OFFENBARUNG MORD

Du sollst dich nicht wider die eigene Natur verhalten, denn solches Tun ruft den Teufel auf den Plan. Achte deine Natur und kultiviere sie, so gefällst du Gott und du wirst auserwählt sein.

Für Irene,
die mich machen und sein lässt,
für Tim,
der mich nicht machen lässt,
und
für Lisa,
die mich weder machen noch sein lässt.

OFFENBARUNG MORD

Ein Roman über die Rückkehr des Verdrängten

– *Gornerenkrimi* –

von

Marcel Hiltbrand

Bibliografische Information der Deutschen Nationalbibliothek:
Die Deutsche Nationalbibliothek verzeichnet diese Publikation in der
Deutschen Nationalbibliografie;
detaillierte Daten sind im Internet über
<http://dnb.d-nb.de> abrufbar.

© 2006 Marcel Hiltbrand
Lektorat, Satz, Umschlaggestaltung, Herstellung und Verlag:
Books on Demand GmbH, Norderstedt
ISBN 10: 3-8334-3769-3
ISBN 13: 978-3-8334-3769-4

1. Kapitel

1948

Pfarrer Richard von Tobel holperte mit seinem alten Militärfahrrad vorsichtig durch die Dunkelheit. Die schwache, zittrige Lampe, welche am Steuerrohr befestigt war, vermochte die schmale Naturstraße kaum zu beleuchten und zwang ihn, mit äußerster Konzentration am rechten Rand entlangzufahren, denn hier konnte er zumindest die Grasnarbe als diffus sichtbare Leitlinie benutzen. Es war August, es hatte bereits seit Tagen nicht mehr geregnet und so bildeten sich unter den Fahrradreifen dünne Staubfahnen, die hinter dem Rad in die Höhe stoben und sich in der Dunkelheit verloren.

Glücklicherweise war dieser Sommer jedoch nicht mehr so trocken und heiß wie der letztjährige. Die Dürre im vorigen Jahr war den Bauern noch sehr gut im Gedächtnis und auch an diesem Abend Gesprächsthema gewesen. Weil weder Heu noch Stroh zur Verfügung standen, verfütterten die Bauern ihrem Vieh Kartoffelstauden, nicht wissend, dass diese giftig sind und viele der Tiere gingen darob elendiglich zu Grunde.

Die Wärme des Tages strahlte immer noch vom Boden ab und nur ab und zu durchfuhr der Pfarrer ein Kälteloch, das ihn erschauern ließ. Den ganzen Abend hatte er mit dem alten Bauern zusammengesessen und mit ihm über Gott und die Welt geredet. Dieser alte Mann hatte ihn tief beeindruckt. Ihm war vor nicht langer Zeit die Frau gestorben und seine Trauer war noch groß, obwohl er sich vor dem Pfarrer tapfer gegeben hatte. Von seinen drei Söhnen waren die zwei älteren längst ausgeflogen und hatten kein Interesse gezeigt, den Betrieb zu übernehmen, und so kam es, dass der Bauer und sein jüngster Sohn in Zukunft ohne eine Frau im Haus zurechtkommen mussten. Der alte Mann war trotz schwerer Schicksalsschläge, zahlreicher Altersbeschwerden und tagtäglich harter Arbeit frei von Verbitterung und las regelmäßig in der Bibel. Von Tobel war zeitweise fast ein wenig beschämt gewesen, wenn der Alte beim Gespräch über ein Thema aus der Bibel zitiert und dem Pfarrer überraschend differenzierte Fragen gestellt hatte.

Plötzlich wurde von Tobel aus seinen Gedanken gerissen. In seinem Sinnen war er mit dem Vorderrad auf die Grasnarbe zwischen Straße und Straßengraben geraten und bewegte sich nun unsicher voran. Er versuchte ruhig zu bleiben und steuerte sorgfältig, ohne das Gleichgewicht zu verlieren, auf die linke Seite. Schon glaubte er, mit geschicktem Manövrieren dem drohenden Graben entronnen zu sein, als ihn eine Grasscholle erneut schwanken ließ. Mit einer schnellen Lenkerbewegung balancierte er aus, was ihn wieder gefährlich nahe an den Graben führte. Doch glücklicherweise wurde die Grasnarbe in diesem Moment breiter, der Graben flacher und endlich gelang es ihm, mit einem beherzten Schlenker seine Spur wieder zu erreichen. Er atmete auf und nahm sich vor, besser auf die Straße zu achten.

Da war aber etwas, das ihn seit Tagen viel mehr beschäftigte als alles andere. Etwas, was ihn beschwingt und alles leicht und unbeschwert werden ließ. Luise. Er war hingerissen von dieser jungen Frau. Die Tatsache, dass es einen Menschen auf dieser Welt gab, der die gleichen Ansichten und Meinungen vertrat und zudem so hübsch war, verzückte ihn. Sie hatte ein herzerfrischendes Kämpferherz für das Gute und Gerechte im Leben und zeigte auch Interesse an ihm. All das machte ihn überglücklich und ließ ihn immer wieder mit seinen Gedanken abschweifen. Und wenn er ehrlich war, hatte sie ihn sogar davon abgehalten, dem alten Mann vorhin richtig zuzuhören.

Seinem schlechten Gewissen war es schließlich zu verdanken gewesen, dass er so lange in der dämmrigen Stube gehockt, mit einem Ohr zugehört und automatisch Antworten auf Fragen gegeben hatte, die dem alten Bauern so wichtig gewesen waren.

Luise. Gedanken an Luise beflügelten ihn. Ihr zurückhaltender Charme, ihr Witz und ihre Lebensfreude. Ganz vorzüglich und unglaublich in ihrer Wirkung auf seine Seele.

Solch wehmütigen Gedanken nachhängend, vergaß er einmal mehr die Umgebung. So hörte er das Automobil nicht, welches langsam aus einem dunklen Waldweg in die Naturstraße einbog und sich dem verträumten Pfarrer auf dem Militärfahrrad näherte. Erst als die starken Lichter des Autos den Straßenabschnitt vor dem Radfahrer erhellten, nahm der Pfarrer mit Wohlgefallen zur Kenntnis, dass ihm dieses Licht gerade recht kam und wenigstens für einen Moment den Weg wies.

Er versuchte diesen Augenblick zu nutzen und den beleuchteten Abschnitt nach Schlaglöchern oder anderen Gefahren abzusuchen. Kurz blickte er nach hinten. Das Automobil näherte sich und in langsamer Fahrt, seine

Scheinwerfer blendeten den Pfarrer. Etwa dreißig Meter hinter ihm drosselte der Fahrer das Tempo und steuerte den Wagen nun in gleich bleibendem Abstand hinter ihm her, was von Tobel mit Verwunderung bemerkte. Sah der Fahrer keine Möglichkeit, ihn zu überholen, oder wollte ihm dieser gar den Weg beleuchten? Er zwängte sich mit seinem Rad noch näher an den rechten Wegrand, was ihm mit den von der plötzlichen Helligkeit irritierten Augen nicht leicht fiel. Zur Bestätigung seines guten Willens wandte er den Kopf noch einmal nach hinten, ohne jedoch direkt in die Scheinwerfer zu blicken, und winkte mit der linken Hand das Auto nach vorn. Und tatsächlich, der Fahrer schien nun doch überholen zu wollen, denn der Motor heulte auf. Ein ungeschickter Fahrer war das, der einen Motor derart forderte, nur um einen Fahrradfahrer zu überholen, ging es dem Gottesmann durch den Kopf. Der Wagen hinter ihm beschleunigte und auf einmal kam dem Pfarrer die Sache nicht mehr geheuer vor. Was war, wenn das Automobil ihn in einer solch hohen Geschwindigkeit überholte und er im selben Moment das Gleichgewicht verlor? Unweigerlich würde er überfahren werden. Nervosität beschlich ihn und er dachte besorgt ans Absteigen.

Plötzlich prallte das Vorderrad auf einen Stein und der Schlag durchfuhr schmerzhaft des Pfarrers Handgelenke. Verärgert fragte er sich, warum er den Stein im Scheinwerferlicht nicht rechtzeitig erkannt hatte. Er konnte den Gedanken kaum zu Ende führen, als das Rad bereits nach rechts wegrutschte und das Fahrrad in Schieflage geriet. Um nicht zu stürzen, riss der Pfarrer den Lenker reflexartig auf die linke Seite.

In diesem Moment war das Automobil heran. Die Stoßstange traf mit einem metallischen Klang das linke Pedal und brachte das Fahrrad mitsamt dem Fahrer ums Gleichgewicht. Der Pfarrer stürzte, wurde unter dem Rad begraben und einen Moment durch den Kies geschoben, ehe das rechte Vorderrad des Automobils schließlich den rechten Fuß des Gestürzten erfasste. Ein wahrhaft höllischer Schmerz durchzuckte ihn, bevor ihn ein Nichts aus dunkelster Schwärze von seiner Pein erlöste.

Ohne anzuhalten, entfernte sich das Automobil mit hochtourigem Motor von der Unfallstelle. Nach fünfhundert Metern bog es mit kaum verminderter Geschwindigkeit und quietschenden Reifen in die Hauptstraße ein und war kurz darauf verschwunden.

Alles wurde still, nur die Grillen zirpten und in der Luft lag der aufgewirbelte Staub der ausgetrockneten Naturstraße.

Das Vorderrad des Fahrrades, seltsamerweise völlig unbeschädigt und steil in die Höhe ragend, bewegte sich leicht und lautlos vor und zurück, bis sich das Ventil durch die Schwerkraft an der untersten Stelle einpendelte und das Rad schließlich ganz zur Ruhe kam.

*

Ungefähr zur gleichen Zeit bemerkte der Sohn des alten Bauern, dass der Pfarrer seine Ledermappe bei ihnen vergessen hatte. Sie lag auf dem obersten Ablagefach der schmiedeeisernen Garderobe. Oft schon hatten Gäste Hüte oder Schirme darauf liegen lassen.

Der Sohn, der mit dem neuen Traktor gerade erst einige Kilometer gefahren war, besann sich nicht lange. Er schnappte sich kurzerhand die Tasche, gab seinem Vater Bescheid und war auch schon aus der Tür. Wenn er schnell fuhr, holte er den Pfarrer noch vor der Hauptstraße ein.

Er startete den Motor des Traktors, legte den ersten Gang ein und fuhr in vollem Tempo davon, sodass sein Vater nur den Kopf schütteln konnte ob der heutigen Jugend.

Einige Minuten später hörte der alte Bauer, der in seine Zeitung vertieft war und zu diesem Zweck seine Brille aufgesetzt hatte, Motorengeräusch nahen. Zweifellos kehrte sein Sohn zurück. Doch seltsam, das Geräusch erstarb, noch bevor der Traktor in gewohnter Weise abgestellt wurde, und gleich darauf stand sein Sohn völlig verstört in der Stube, in der die Standuhr bedächtig tickte und damit den Lebenstakt des Bauern bereits seit siebzig Jahren bestimmte. Er legte seine Brille weg und sah zu seinem Sohn auf. Es musste etwas geschehen sein, das war unschwer zu erkennen. Sein Sohn hatte Schweißperlen auf der Stirn und sein Blick schien fiebrig.

»Ich habe den Pfarrer überfahren!«, schrie er seinem Vater entsetzt entgegen und lief wie ein eingeschlossenes Tier nach der Hetzjagd von einer Wand zur anderen.

»Ich hab ihn nicht gesehen!«, verteidigte er sich und der Stimmlage nach schien es fast, als mache er dem Vater einen Vorwurf damit. Er fuhr sich mit einer fahrigen Handbewegung durch den dichten Haarschopf.

»Was soll ich jetzt tun?«

Der alte Mann sah seinen Sohn an und war etwas verwirrt. Das erste Mal hatte sein Sohn »Pfarrer« und nicht »Pfaff« gesagt. Was hatte der Sohn? Den Pfarrer überfahren? Mein Gott! Was sollte man jetzt tun? Was musste man tun? Das durfte doch nicht wahr sein! Ausgerechnet den Pfarrer!

Derweil stand sein Sohn geistesabwesend am Tisch seinem Vater gegenüber und rieb sich mit zittrigen Fingern über Kinn und Mund.

»Du musst das dem Leuenberger melden«, stotterte nun seinerseits der alte Mann und meinte damit den Polizisten aus dem nahe gelegenen Dorf.

2. Kapitel
1996

Vico Kunz hatte es einmal mehr geschafft. Unbehelligt von den Zöllnern, war er mit dem Nachtzug von Italien in die Schweiz gereist. Wie üblich hatte er sich dort Drogen für einen guten Preis besorgt, welche sich aufgrund ihrer ausgezeichneten Qualität problemlos würden strecken lassen.

Mittlerweile verfügte er über einen zuverlässigen Stamm an Privatkundschaft, die seinen Stoff, seine Zuverlässigkeit und seine Diskretion schätzte. Seine Kunden waren keine abgezehrten Junkies, die in der Gosse lebten, sondern vor allem Leute, die einen guten Job hatten und diesen unter allen Umständen auch behalten wollten, sozial integriert waren und nicht als Süchtige auffielen. Nur ein ganz genauer, mit der Problematik vertrauter Beobachter erkannte den Drogenkonsumenten hinter der perfekten, leicht unterkühlten, scheinbar keimfreien Fassade, die jederzeit und plötzlich Risse bekommen konnte. Solche Abhängige waren leicht zu lenken. Immer saß ihnen die Angst im Nacken, die sie wiederum nur mit Drogen bekämpfen konnten, und so war sich Kunz einer äußerst lukrativen Einnahmequelle sicher, die nicht so schnell versiegen würde.

Dennoch war seine Tätigkeit nicht ungefährlich. Damit legitimierte er seinen immensen Gewinn. Sollten seine Machenschaften doch einmal aufgedeckt und er verurteilt werden, wollte er über ein finanzielles Polster verfügen, das, sicher versteckt, bei seiner Haftentlassung zur Verfügung stehen würde, damit er ein neues Leben beginnen konnte. In dieser Hinsicht war er pragmatisch und diszipliniert genug, seinen Gewinn nicht ganz zu verprassen, sondern etwas auf die Seite zu legen. Hier kam seine so ganz und gar nicht in dieses Milieu passende gutbürgerliche Tugend zum Vorschein, die ihm auch noch anderweitig nützlich war: Sein Lebensstil war zwar aufwändig, aber äußerst diskret.

So kam es, dass Kunz bereits seit mehreren Jahren Drogen von seinen Italienreisen mit nach Hause brachte, dort selber auf seine Kosten kam und, bis dato unbehelligt von der Polizei, sein Business betreiben konnte und sich dabei eine goldene Nase verdiente. Der Handel mit den illegalen Substanzen garantierte ihm ein Leben, in dem er sich leisten konnte, was sein Herz begehrte. Und darunter waren schöne Frauen eines seiner Lieblingsthemen.

Es läutete an der Tür. Eine harmonische Abfolge von Tönen erklang. Kunz lag im Bett und döste, nachdem er seinen Morgenkaffee getrunken und die aktuelle Zeitung durchgeblättert hatte. Beides hatte er lustlos abgefertigt, eher der Gewohnheit als einem wirklichen Bedürfnis folgend, denn er war mit ganz anderen Gedanken beschäftigt. Er war sexuell stark erregt und sah keine Möglichkeit, dies innerhalb nützlicher Frist zu ändern, denn seine Freundin hatte ihn vor drei Tagen verlassen. Er weinte ihr jedoch keine einzige Träne nach, im Gegenteil; wäre sie nicht gegangen, er hätte sie rausgeworfen. Hochkant. Eigentlich hätte er früher reagieren müssen, doch er war es nicht gewohnt, dass ihn jemand verließ. Er bestimmte, wann Schluss war, und niemand anders, schon gar nicht ein solches Luder wie Anna. Nur zu gut war ihm im Gedächtnis geblieben, wie sie aufreizend dahergekommen war und ihn mit ihrer blendenden Schönheit herausgefordert hatte. Natürlich hatte er damals nicht widerstehen können, obwohl er die Rolle des Verführers beanspruchte. Sie hatte überhaupt keinen Respekt gezeigt, den er seiner Ansicht nach verdient hätte, und dies törnte ihn an, ihn, den Macho aus Überzeugung, und schon war es um seine Unabhängigkeit geschehen gewesen. Doch das war noch nicht alles. Bald schlichen sich echte Gefühle ein, die er skeptisch zur Kenntnis nahm, und prompt bewahrheiteten sich seine Ängste. Schnell hatte sie genug von ihm und ließ ihn einfach so zurück – keine Frau hatte sich bisher erdreistet, diesen ersten Schritt zu tun. Nicht einmal mithilfe seiner Drogen konnte er sie zum Bleiben überzeugen. Nur einmal hatte sie probiert und dann lediglich abschätzig gemeint, solchen Scheiß brauche sie nicht, und doch tatsächlich anzufügen gewagt, nur schwache Charaktere hätten so etwas nötig. Dabei ging es gar nicht um Charakter. Er musste es wissen, schließlich hatte er mittlerweile langjährige Erfahrung mit Drogen. Dann kam diese naive Schlampe mit ihrem Psychoscheiß, den sie wahrscheinlich aus irgendeiner dämlichen Frauenzeitschrift hatte, wenn sie denn überhaupt lesen konnte. Es ging um das Feeling, unbesiegbar, gut drauf und ohne Probleme zu sein. Und um nichts anderes. Von wegen Charakter. Die hatte doch keine Ahnung und spielte sich vor ihm auf. So etwas musste ihm widerfahren. Niemals mehr, niemals mehr sollte ihm eine solche Niederlage passieren. Das würde er in Zukunft zu verhindern wissen. Nicht mit ihm! So nicht!

Entschlossen setzte er sich auf, leerte ruckartig seine Kaffeetasse und verkroch sich wieder unter die mit Seide bezogene Bettdecke. Und jetzt war er lüstern und konnte an nichts anderes denken als an die heißen Nächte mit Anna, die wilden Sexspiele, die sie zusammen getrieben hatten und die er nur mit seinem Gift hatte durchstehen können. Unvergesslich, wie sie ihn gereizt hatte, bis er trotz seines Dopings physisch einfach nicht mehr konnte, aber immer noch voll Verlangen war nach diesem heißen, schlanken, biegsamen Körper, der ihm so viel zu geben bereit gewesen war. Geil war das gewesen. Durch diese Gedanken überstark erregt, sehnte er sich nach dieser Frau, ehe er schließlich eindöste, zumal er die ganze Nacht schlecht geschlafen hatte, bis ihn der Türgong unsanft aus dem Schlaf riss.

Missmutig schlug er die Decke zurück und stand auf. Es war ein Sonntag im Spätherbst. Er hatte bereits den Treppenabsatz erreicht, als er bemerkte, dass er nur in der Unterhose dastand. Fluchend ging er zurück und nahm den Morgenmantel vom Bett, zog ihn an, verhedderte sich im linken Ärmel, fluchte wieder und machte sich erneut auf den Weg zur Tür. Wieder erklang der Gong.

»Ich komme ja schon!«, entfuhr es ihm und seine schlechte Laune steigerte sich in eine Wut, die, das kannte er zur Genüge, den ganzen Tag anhalten würde. Er brauchte etwas Stoff. Er schaute, bevor er die Tür öffnete, kurz durch den Spion und erkannte sofort einen seiner langjährigen Kunden – aber einen Kunden, den er lieber nicht mehr gehabt hätte. Einer, dem seine Sucht langsam, aber sicher zu entgleiten drohte. Einer, der, so hörte man sagen, nach einem Streit mit seinem Chef immer öfter der Arbeit fernblieb und immer mehr Stoff brauchte. Unverhältnismäßig mehr. Das war gefährlich. Gefährlich für ihn. Solche Kunden waren nicht mehr diskret, sie drohten aus der Rolle zu fallen. Sie hatten nicht mehr genügend Geld und brauchten den Stoff dringend.

Gab man ihnen keinen mehr, waren sie schnell bereit, mit den Bullen zu drohen. Gab man ihnen Stoff, konnte man sicher sein, kein Geld zu sehen, doch den Kunden umso häufiger. Da war psychologisches Geschick gefragt. Und gerade seinem Geschick war es zu verdanken, dass er so lange nicht mit dem Gesetz in Konflikt geraten war. Doch jetzt wurde sein Gespür von seiner Wut überschattet. Diesen Penner draußen hatte er jetzt satt. Zehntausende von Franken war der ihm schuldig und immer noch schaffte es dieser Kerl, sich auf den Beinen zu halten. Meist kippten diese Typen eher um und starben an einer Überdosis, wurden verhaftet oder in eine Therapie versenkt. Der hier war zäh und riss ihm den letzten Geduldsnerv aus.

Kunz öffnete die Tür, schaute rasch links und rechts in den langen, durch kalte Neonröhren fahl erleuchteten Gang, packte seinen erschrockenen Kunden am Revers, zog ihn brutal in die Wohnung und gab der Tür mit dem rechten Fuß einen Tritt. Nur der neuen soliden Bauweise war es zu verdanken, dass diese nicht laut ins Schloss krachte. Dann ließ er den Mann los. Dieser sackte in sich zusammen und saß nun wie ein Häufchen Elend mit angewinkelten Beinen am Boden und flennte. Es war ein Italo-Schweizer, ein Banker, mittelgroß, charmant, gut aussehend, weltoffen, selbstsicher, stets gut gekleidet mit Hemd, Krawatte und schwarzem Anzug. Doch jetzt war er eine traurige Figur. Fettige Haare, die an der Kopfhaut klebten und einen Glatzenansatz sichtbar machten, schmuddeliges, ehemals weißes Hemd bis zur behaarten Brust offen, die Krawatte lose umgebunden und eine Hose, die ihm beinahe schon über das Gesäß gerutscht war, weil der Gürtel weiß der Teufel wo abgeblieben war.

»Weißt du eigentlich, wie viel du mir schuldest?«, brüllte Kunz und beugte sich zu seinem Kunden hinunter. Ruckartig stand er wieder auf und verzog angeekelt das Gesicht:

»Mann, du stinkst, das ist ja nicht zum Aushalten! Du Sau, verdreck mir ja nicht den Boden!«

Voller Abscheu kickte er den am Boden Hockenden in den Hintern und wandte sich ab. Der Kunde schrie auf und jammerte.

»Vico, wir sind doch Freunde! Das Geld bekommst du, Ehrenwort. Nur noch einmal, ich brauche das Zeug!«

Kunz ging zum Fenster und schaute scheinbar gelangweilt hinaus. Aber er war nervös. So konnte es nicht weitergehen. Dieser elende Junkie schuldete ihm bereits eine riesige Summe Geld. So etwas konnte er sich nicht leisten. Finanziell vielleicht schon, aber das sprach sich herum. Und bald würden alle wissen, dass er es an Härte fehlen ließ. Das wäre der Anfang vom Ende. Am Ende kamen alle dahergetanzt und wollten Stoff auf Pump.

Und er hatte das Risiko. Wenn er diesen Kerl aber rausschmiss, und das hätte er weiß Gott am liebsten sofort getan, war der im Stande, in seiner Verfassung den Bullen einen Tipp zu geben. Verfluchte Situation.

Als er näher zum Fenster ging, sah er unten den grauen Porsche Carrera mit dem geschlossenen schwarzen Faltdach seines Kunden stehen.

»Bist du selber gefahren?«, wandte er sich verwundert an seinen Besucher. Er wollte Zeit gewinnen.

»Meine Freundin hat mich hergefahren, sie wartet unten«, wimmerte der immer noch am Boden Hockende.

Kunz hatte innerhalb von Sekundenbruchteilen eine Idee. Er kannte diese Frau. Sie war ihm schon bei Partys aufgefallen. Groß, schlank, pechschwarze, gekrauste Mähne und schön. Und vor allem, darauf legte er großen Wert, nicht drogenabhängig.

»Ist es immer noch die große Schwarzhaarige?«, vergewisserte er sich. Der Angesprochene, der noch nichts begriffen hatte, hob seinen Kopf und sagte:

»Ja, die Sandra, warum fragst du?«

Mit einem hässlichen Grinsen erwiderte Kunz:

»Bring sie rauf und lass mich eine Stunde mit ihr allein. Dann kriegst du deinen Scheißstoff.«

Sein Gegenüber schien noch mehr in sich zusammenzusacken:

»Das kannst du nicht machen, Vico! Wir sind Freunde und Sandra ist alles, was ich habe.«

»Siehst du«, erwiderte der Drogendealer und war unheimlich stolz auf seine schlagfertige Antwort: »Gute Freunde teilen sich doch alles, ist es nicht so?«

Dabei griff er dem Verzweifelten unters Kinn und hob

es an, damit dieser ihm in die Augen sehen musste. Eine Geste, die er einmal in einem Film gesehen hatte. Sie stand für Überlegenheit und das gefiel ihm.

»Du hast die Wahl! Entweder Stoff gegen Freundin oder du gehst vor die Hunde. Mir ist dein abgefucktes Leben völlig egal!«, schrie er jetzt und ließ den Kopf seines Gegenübers mit einer Bewegung los, die Ekel, Abscheu und grenzenlose Arroganz verriet.

Sein Besucher fing an zu weinen, erhob sich mühsam wie unter einer schweren Last, zog sein Handy aus der Innentasche, wählte mit zittrigen Fingern, zog den Rotz geräuschvoll die Nase hoch und hatte endlich seine Freundin am Apparat.

»Komm bitte rauf, wir müssen was bereden«, bat er sie und steckte das teure Ding wieder weg. Kurze Zeit später ertönte der Gong. Kunz hatte bereits an der Tür gewartet, riss sie auf, lehnte sich nach draußen, packte die Freundin seines Kunden am Handgelenk und zog sie hinein. Dann schloss er die Tür mit einem Fußtritt.

Unsicher glitt Sandra Schneiders Blick zwischen ihrem Freund und Kunz hin und her. Sie spürte die angespannte Stimmung, die den Raum ausfüllte, obwohl sich ihr Freund wieder aufgerafft und die Kleider einigermaßen geordnet hatte.

»Du bist also die Sandra«, bemerkte Kunz mit einem süffisanten Lächeln und taxierte sie von oben bis unten.

»Nicht schlecht, nicht schlecht.«

Dann trat er unangenehm nahe an sie heran. Sein Kunde, der das Ganze beobachtete, nahm all seinen Mut zusammen und zwängte sich zwischen die beiden.

Kunz nahm es mit einem gespielt ängstlichen Lächeln und erhobenen Armen zur Kenntnis, »Entschuldigt, meine Süßen«, und nahm Abstand. Der Banker nahm seine Freundin an den Handgelenken und sagte in einem überraschend entschlossenen Ton, das Gesicht zu Sandra gewandt, aber für Kunz gedacht:

»Lass uns für einen Moment allein!«

»Schon gut, schon gut«, warf Kunz in versöhnlichem Ton ein und entfernte sich von den beiden.

Als er die Treppe hochstieg, war sein Ton wieder scharf und befehlend. Dabei unterstrich er seine Worte mit gestrecktem Arm und drohendem Zeigefinger:

»In einer Minute bist du weg und sie ist hier, ist das klar?«

Erst jetzt verstand Sandra. Sie klammerte sich an ihren Freund und konnte nicht glauben, was da vor sich ging. Er hielt sich nicht mit Entschuldigungen oder Erklärungen auf. Er war süchtig und brauchte das Zeug. Jetzt!

»Ich brauche den Stoff«, versuchte er sich verzweifelt zu rechtfertigen.

»In einer Stunde ist alles vorüber und uns geht es gut.«

Er wollte sie an sich zerren, ihr einen Kuss auf den Mund drücken. Doch sie sträubte sich, benommen von dem, was da mit ihr passierte. Sie konnte es nicht einordnen. Es ging ihr zu schnell. Sie hatte bis jetzt an ihren Freund geglaubt. Jetzt hatte er sie verraten. Ihre verzweifelten Versuche, ihn von den Drogen wegzubringen, waren allesamt gescheitert. Er riss sie hinein. Sie musste das Letzte, was sie besaß, einem anderen überlassen, nur um ihrem Freund zu helfen. Ihren Körper wollte er, ihre

Ehre. Und ihr Freund unterstützte diesen unglaublichen Wunsch auch noch.

Er machte bereits Anstalten zu gehen und löste sich von ihr. Sie war unfähig, ihn zurückzuhalten, aber ebenso unfähig, mit ihm zu gehen. Sie wollte einfach gehen – allein. Einfach gehen. Doch sie schaffte es nicht. Also blieb sie stehen. Das schmucke Handtäschchen in beiden Händen, sah sie in diesem Moment wie ein trauriges Schulmädchen aus, das einsehen musste, dass ihr geliebter Vater sie für immer verließ. Mit traurigem Blick sah sie diesem Mann nach, von dem sie glaubte, sie liebe ihn. Er hatte bereits die Tür geöffnet und wandte sich noch einmal zu ihr hin:

»In einer Stunde sehen wir uns wieder. Ich warte draußen. Du bringst mir den Stoff und alles ist gut.«

Er nickte ihr aufmunternd zu und schloss die Tür. Sie war allein und drehte sich langsam zur Treppe, wo schon Kunz auf sie wartete.

»Du kommst jetzt rauf und ziehst dich aus!«, befahl er ihr, keinen Widerspruch duldend. Geistig völlig abwesend, setzte sie sich in Bewegung und stieg mit ungelenken Beinen die Treppe hoch.

3. Kapitel

1998

Sandra Schneider stand verkrampft und gekrümmt in der Passage an der Wand und musste kotzen, würgen und husten. Heftige Magenkrämpfe hatten sich ihrer bemächtigt.

Die Menschen, die an ihr vorbeigingen, nahm sie nicht wahr. Diese versuchten die Drogensüchtige so schnell wie möglich hinter sich zu lassen. Es waren Menschen, die jeden Tag hier vorbeihasteten, um zur Arbeit zu gelangen. Die meisten waren den Anblick von Junkies gewohnt. Die anderen drückten sich mit betreten-ängstlichen Blicken und diskret ausholenden Schritten an Sandra Schneider vorbei, froh, die unangenehme Situation schadlos überstanden zu haben. Das schlechte Gewissen, welches sich unweigerlich meldete, versuchten sie mit dem Vorwand zu unterdrücken, dass Hilfe doch nichts nutzte, und so wandten sie sich zur Ablenkung wieder Alltagsgedanken zu.

Plötzlich spürte Sandra ein weiteres Mal Magensäure hochsteigen, die fürchterlich zu brennen begann. Ein heftiger Hustenanfall packte sie, der sie noch einmal fast zum Erbrechen brachte. Als sich dieser endlich legte, spie sie das, was sie noch im Mund hatte, angewidert aus, rieb mit dem Unterarm über das Gesicht und richtete sich auf. Panik ergriff sie. Sie hatte soeben ihr Methadon übergeben und würde als Folge davon unweigerlich auf Entzug kommen. Entzug bedeutete noch mehr Krämpfe,

Zittern, Hitzewallungen und Depressionen. Das würde sie unmöglich aushalten können.

Sie ging noch einmal die paar Schritte bis zur Apotheke, trat hinein, sah, dass kein anderer Kunde da war, schwankte an den Verkaufstresen und erzählte der Apothekerin mit verzweifelter Miene ihr Missgeschick. Diese hatte zwar Verständnis und hörte ihr auch geduldig zu, meinte aber, sie sei nicht befugt, ihr eine weitere Portion der Ersatzdroge abzugeben.

Sandra Schneider war den Tränen nahe, doch die Apothekerin blieb unnachgiebig. Sandra bat diese noch einmal, ja fing sogar an zu betteln, doch auch dies vermochte ihr Gegenüber nicht umzustimmen. Plötzlich verlor sie die Beherrschung, die sie so lange mühsam aufrechterhalten hatte, und fuhr die Apothekerin schrill an:

»Du verdammte, blöde Schlampe! Ich brauche mein Methi! Warum gibst du es mir nicht? Warum?«

Sandra richtete sich aus ihrer nach vorn gebeugten und drohenden Haltung auf, drehte sich abrupt um und rannte auf unsicheren Beinen aus der Apotheke.

Die zurückgewichene Apothekerin hatte von drei Mitarbeiterinnen Gesellschaft bekommen und stand mit tief betroffenem, bleichem Gesicht wie angewurzelt da, um diese Schimpftirade zu verdauen. Währenddessen stolperte die Drogensüchtige verzweifelt durch die Gassen, vorbei an den Geschäften, deren Inhaber ihre Lehrlinge nach draußen geschickt hatten, um vor ihren Türen den Unrat der letzten Nacht wegzuwischen.

Als Sandra sich einigermaßen gefangen und entschieden hatte, wie sie zu ihrem Stoff kommen würde, wurde ihr Schritt ein wenig sicherer und zielstrebiger. Trotzdem folgte sie einem inneren Zwang, trat einigen Passanten schwankend in den Weg und bettelte um Kleingeld mit der Begründung, etwas Essbares kaufen zu können. Doch es war ein ungünstiger Moment, das wusste sie als Junkie. Um diese Zeit waren fast nur berufstätige Menschen unterwegs und von diesen war nichts zu erwarten.

Sie ging weiter, unter den Lauben hindurch, bis sie ihr Ziel erreicht hatte. Sie schaute sich um. Glücklicherweise war sie allein. Das erhöhte ihre Chance. Sie wartete kaum zehn Minuten, die ihr aber wie eine Stunde vorkamen, denn ihre Magenkrämpfe wurden bereits heftiger. Sie zwang sich, einigermaßen aufrecht zu stehen. Aufreizend dazustehen wollte ihr nicht gelingen. Sie musste zufrieden sein, trotz all des Frusts, der Krämpfe und der Mutlosigkeit nicht zusammenzubrechen, liegen zu bleiben und zu sterben. Doch das Gift, nach dem sie gierte, hielt sie am Leben, ließ sie kämpfen, ließ sie aufrecht stehen und half ihr, das, was jetzt auf sie zukam, heldenhaft über sich ergehen zu lassen, nur um an ihre Droge zu kommen. Dann konnte kommen, was wollte. Dann war sie stark und unbeugsam. Nichts konnte sie mehr erschüttern und das Leben ging weiter.

Endlich fuhr ein Auto auffallend langsam die Straße entlang und reduzierte sein Tempo weiter, als es fast auf ihrer Höhe war. Sie versuchte sofort, den Fahrer anhand des Autos einzuschätzen. Was sie vorhatte, war ein gefährliches Unterfangen, und Menschenkenntnis war hier überlebenswichtig. Sie hatte mittlerweile ein sicheres Gespür dafür entwickelt, bei welchem Mann sie gefahrlos einsteigen konnte. Sie entspannte sich. Das Auto war ein dunkler, alter Kombi, ein Audi oder ein Opel, so genau kannte sie sich bei Autos nicht aus. Im Fond befand sich ein Kindersitz aus blauem Stoff. Ein Familienvater also. Solche Kunden waren in der Regel diskret, recht umgänglich und kamen schnell zur Sache. Keiner dieser allein lebenden Typen, die oft perverse Spiele verlangten und deren Launen unberechenbar waren.

Die Scheibe der Beifahrertür wurde heruntergekurbelt. Der Fahrer hatte sich herübergebeugt, trug einen Schnauz und schien nervös. Sandra prägte sich sein Gesicht sofort ein – auch eine Strategie, die sie im harten Überlebenskampf der Straße gelernt hatte. Er fragte sie, wie viel, sie antwortete ihm und er öffnete die Tür. Schnell schlüpfte sie hinein und knalle die Tür zu. Der Fahrer gab Gas und erwischte gerade noch die grüne Phase der nächsten Ampel.

4. Kapitel

Frühling 2001

Maria Sollberger saß an ihrem Schreibtisch und beugte sich über die aktuelle Tageszeitung. Ihr Zimmer befand sich im Dachgeschoss des umgebauten alten Bauernhauses und wurde lediglich durch ein einziges Dachfenster erhellt. Es war früher Abend und die Dämmerung hatte eher als sonst eingesetzt, weil schwarze Wolken sich vor die untergehende Sonne geschoben hatten. Vereinzelt fielen schwere Tropfen auf das Fenster und kündigten einen starken Regenguss an.

Die Leselampe auf dem Schreibtisch war eingeschaltet und beleuchtete eine klar abgegrenzte Fläche. Trotzdem konnte Maria kaum etwas sehen, denn immer wieder wurde ihr Blick von hervortretenden Tränen verschleiert.

Sie schniefte ununterbrochen und neben der Zeitung lagen zerknüllte Papiertaschentücher wie kleine weiße Schneebällchen. Sie griff sich ein neues, faltete es mit einer langsamen Bewegung auf und schnäuzte sich still die Nase. Sie wollte nicht, dass ihr Vater sie weinen hörte.

Geistesabwesend blätterte sie die Zeitung durch, war sie doch mit den Gedanken ganz woanders. So sehr sie sich auch bemühte, sie konnte sich nicht auf den Text konzentrieren. Dem Streit mit ihrem Vater heute Abend waren wochenlang Unmutsäußerungen und Gezänk vorausgegangen, welche, zugegeben, von ihr zuweilen provoziert worden waren. Und heute schließlich war der gärende Konflikt eskaliert.

So konnte es nicht mehr weitergehen. Sie war jetzt bald eine erwachsene Frau und wollte ihr Leben selbst in die Hand nehmen. Das versuchte sie Vater in letzter Zeit immer deutlicher zu verstehen zu geben. Doch gerade sie war es, die es an Deutlichkeit fehlen ließ. Ihr Wunsch, nach Israel in einen Kibbuz zu gehen, oder nach Südamerika, um dort Entwicklungshilfe zu leisten, oder nach Afrika, um dort in einer Missionsstation mitzuhelfen, wurde größer, aber eben nicht konkreter … eigentlich wusste sie es noch nicht so genau.

Immer deutlicher glaubte sie zu erkennen, dass ihr Vater keine Ahnung mehr hatte, was in der Welt so vor sich ging, und er weltfremd geworden war. Sie hingegen wollte raus, wollte ins Leben eintauchen, daran teilhaben und nichts verpassen.

Doch im selben Moment, als sie dieses dachte, drängte sich das altbekannte, mittlerweile so verhasste Mitleid mit dem Vater ins Bewusstsein, das all ihre Pläne zunichte machte. Wäre sie nur einmal in der Lage, ihrem Vater unverblümt und offen ihre drängendsten Wünsche kundzutun, und sie hätte auf das kindisch-trotzige Getue in letzter Zeit verzichten können. Aber eben dieses Mitleid und Mitfühlen für die Belange anderer kam immer wieder hoch und fraß die eigenen Bedürfnisse gnadenlos auf. So wurde sie immer wieder gebremst in ihrer ohnehin schon geringen Entschlusskraft und wurde darüber hinaus launisch, ungeduldig und gehässig.

Auf einmal hörte sie ihren Vater die Holztreppe hinaufkommen. Mit einem raschen Griff versuchte sie den

Papierkorb, der sich wieder einmal in die hinterste Ecke verkrochen hatte, unter dem Schreibtisch hervorzuziehen, was sie aus dem Gleichgewicht brachte und fast vom Stuhl fallen ließ. Als sie ihn endlich zu fassen bekam, hielt sie ihn unter die Schreibtischplatte und fuhr mit dem Unterarm über den Tisch, um die zusammengeknüllten Papiertaschentücher in den Korb zu wischen. Hastig stellte sie ihn wieder ab und hockte sich hin, als wäre nichts geschehen. Ihr Vater sollte nicht sehen, dass sie geweint hatte. Kaum dass sie ordentlich saß, kam er auch schon zur Tür herein.

Seit sie denken konnte, tat er das auf diese Art. Leichter Ärger regte sich in ihr, gepaart mit einer Prise mitleidigem Verständnis. Er klopfte nicht an. Schon so manches Mal hätte sie ihn gerne darauf aufmerksam gemacht. Doch so gut kannte sie ihn auch, um zu wissen, dass er ihren Wunsch nie und nimmer verstanden hätte und sie lediglich mit dieser Mischung aus Unterwürfigkeit, Demut und Naivität und mit seinen immer ein wenig feuchten, verwundert aussehenden Augen angeschaut und geschwiegen hätte. Und so unterdrückte sie diesen Wunsch und ließ es gut sein. Wenn schon, hatte sie andere, wichtigere Probleme mit ihm zu besprechen.

»Das Essen ist in zehn Minuten fertig«, sagte der Vater mit seiner schleppenden Stimme, ohne sich den Streit von vorhin anmerken zu lassen. Er war groß und hager und ging wie immer leicht vornübergebeugt, mit eingezogenem Kopf, als wäre der Türrahmen zu niedrig für seine Gestalt. Vater schien sich mit ihrem unverständlichen Gemurmel zufrieden zu geben und schloss die Tür wieder.

Maria wollte eigentlich nicht mehr über die Auseinandersetzung nachdenken und versuchte sich wieder abzulenken, indem sie eine Seite weiter blätterte, wo einige Stelleninserate abgedruckt waren. Seit geraumer Zeit vermochten diese ihr Interesse zu wecken. Sie blätterte weiter, merkte aber auf einmal, dass ein kleines Inserat ihre Aufmerksamkeit erregt hatte, dies aber im ersten Moment nur halbwegs in ihr Bewusstsein gedrungen war. Sie wendete die Seite noch einmal und sah sich diese Anzeige genauer an: Ein Bergrestaurant suchte für die kommende Sommersaison eine Allrounderin. Im April sollte es losgehen. Der Lohn war nicht sehr großzügig, aber dafür wurde man, so der Text, mit einer unvergleichlich schönen Bergwelt und einem intakten Alpleben entschädigt. Sie schaute sich die Adresse genauer an und blätterte dann weiter.

Plötzlich kam ihr in den Sinn, dass Vater ja vor Minuten das Abendessen angekündigt hatte. Schnell sprang sie auf und lief aus dem Zimmer, die hölzerne, gewundene Treppe hinunter in die Küche. Vater saß bereits am Tisch und starrte in gebückter Haltung ins Leere. Normalerweise hätte sie sich entschuldigt, doch heute wollte ihr das nicht gelingen und so blieb sie stumm. Sie zwängte sich auf die Eckbank und wurde sich wieder einmal bewusst, dass der Abstand zwischen Bank und Tisch für ihr Alter eigentlich schon lange nicht mehr angemessen war. Irgendwie hatte dieser Abstand mit ihrem Wachstum nicht Schritt gehalten. Soweit sie zurückdenken konnte, war der Tisch wie festgeschraubt. Doch bisher hatte sich aus unerfindlichen Gründen nie eine Gelegenheit ergeben, dass sie oder Vater den Tisch verschoben hätten.

Vater faltete stumm seine Hände. Wie gewohnt standen auf dem Tisch Suppe und Brot. Was danach folgte, wusste Maria nicht und sie wollte auch nicht fragen. Als sie beide, in stiller Übereinkunft und gemäß jahrelangem Ritual, gemeinsam ihr schweigendes Gebet beendet hatten, hob der Vater mit einer gemächlichen Bewegung den Deckel der Suppenschüssel und schöpfte Maria, die bereits ihren Teller hinhielt, die obligaten eineinhalb Löffel Suppe in den Teller. Als auch er sich bedient hatte, begannen beide mit dem Essen.

Vater löffelte noch, als er unvermittelt die gespannte Stille durchbrach und fragte:

»Sag mir, was du willst, Maria.«

Maria war verblüfft und schwieg. Eigentlich erwartete sie noch einen weiteren Satz von Vater. Doch er blieb stumm und so musste sie wohl oder übel eine Antwort geben. Jetzt, wo er so direkt um Auskunft bat, wurde ihr doch bange vor dieser unverblümten Frage, auf die sie für sich immer eine klare Antwort gewusst hatte. Nein, natürlich nicht ganz konkret, sie wusste nicht, ob sie nach Südamerika, Afrika oder Israel gehen wollte, das nicht, aber sie wusste, dass sie wegwollte. Aber das dem Vater beibringen, unmöglich.

Auch wenn er selbst einmal in Nordamerika gewesen war und höchstens zynisch und despektierlich über dieses Land, die Leute und seine Erlebnisse sprach, würde er es nie verstehen, und, allein gelassen, kaum lebensfähig sein. Mitleid mit ihrem Vater, dem das Leben übel mitgespielt hatte, machte sich in ihrem Kopf breit. Ungehalten, ja wütend erkannte sie einmal mehr, wie dieses Gefühl ihre Pläne für ein selbstständiges Leben zunichte machte, sie fesselte und daran hinderte, die eigene Vorstellung des Lebens zu leben. Sie verachtete dieses Gefühl inzwischen, gerade so sehr, wie es ihr Glaube zuließ und sie es vor Gott verantworten konnte. Doch die Toleranz Gottes wurde mittlerweile auf eine harte Probe gestellt.

Sie konnte Vater unmöglich gestehen, dass sie sich wünschte, im Ausland ihr Glück zu finden. Sie wurde unruhig, weil er eine Antwort erwartete. Auf einmal kam ihr das Inserat in der Zeitung in den Sinn. Wäre das vielleicht eine Alternative? Etwas, was für ihn und sie akzeptabel war? Sie überlegte fieberhaft. Schließlich überwand sie sich und gab mit fester und entschlossener Stimme Antwort:

»Ich will auf eine Alp!«

Mit gesenktem Kopf beobachtete sie Vaters Reaktion. Er aß seine Suppe, als hätte er ihre Worte überhaupt nicht gehört. Dann, nach einer nicht enden wollenden Zeit, sah er sie ebenfalls von unten herauf an und erwiderte schleppend:

»Also gut, wenn dir das so wichtig ist und du mich hier allein lassen willst, dann geh!«

Kaum hatte er die Worte ausgesprochen, führte er in seiner langsamen, bedächtigen, überlegten Art den Löffel wieder zum Mund.

Eine Welle der Wut schoss von Marias Bauch bis zum Kopf und ließ sie beinahe losschreien. Doch in die Wut mischten sich Verständnis und Mitleid und ließen sie die Gefühlsregung ebenso schnell wieder hinunterschlucken. Er hatte ihr immerhin gerade die Erlaubnis gegeben zu gehen. Aber sie war enttäuscht über sich selbst. Sie hatte es wieder nicht geschafft, wie so oft, ihre Wünsche kundzutun. Er wiederum hatte präzise ihren schwachen Punkt gefunden und ihr mit seiner Antwort vorgeworfen, sie wolle ihn herz- und verständnislos, einfach so, mir nichts, dir nichts verlassen. Sie hätte heulen mögen. Trotzdem war es ein Erfolg. Sie wollte sich diesen nun nicht verderben. Immerhin hatte sie es geschafft, den Vater so weit zu bringen, dass er mit etwas einverstanden war, das nur sie wollte. Sie wurde erwachsen und hatte endlich eine Stimme. Dieser Umstand erfüllte sie auch mit Stolz und mit diesen gemischten Gefühlen beendete sie das Essen.

Als sie fertig waren und sie den Tisch abräumte, während Vater bereits abwusch, quetschte sie sich noch einmal auf die Eckbank und rückte mit entschlossenen Bewegungen den Tisch zurecht. Vater schaute nur einmal verstohlen nach ihr, um sich dann wieder dem Abwasch zu widmen. Für heute hatten sie genug gesprochen. Die Details würden sie vielleicht morgen bereden. Oder übermorgen. Oder überhaupt nicht. Vielleicht war es dann plötzlich so weit. In stiller Übereinkunft passiert, ohne viel Aufhebens. Vater hatte akzeptiert, also war er sich der Konsequenzen bewusst und wollte sich nicht mehr äußern.

Nach dem Abwasch – sie konnte es kaum erwarten, damit fertig zu sein, um sich das Inserat noch einmal anzusehen – rannte sie auf ihr Zimmer, blätterte hektisch in der Zeitung, bis sie die Annonce gefunden hatte, und riss sie mit ungeduldigen Bewegungen aus. Sie las sie einmal und noch einmal, sprang auf, holte sich die Landkarte der Schweiz, suchte die entsprechende Alp, fand sie auch und gab sich, bäuchlings auf dem Bett liegend, ihren ersten Träumereien hin.

*

Marias Anspannung wuchs. Sie atmete tief ein, hielt den Atem zehn Sekunden an und ließ ihn dann ganz langsam durch den Mund entweichen. Augenblicklich entspannte sich ihr Körper, schien den Stress mit dem ausströmenden Atem wegzublasen und auf eine wohltuende Art machte sich eine innere Ruhe in ihr breit. Diese Entspannungstechnik hatte sie bei der Lom-Gemeinschaft gelernt. Jetzt fiel es ihr wesentlich leichter, den Hörer des altmodischen Wandtelefonapparates abzunehmen und mit Blick auf das kleine, mittlerweile zerknitterte Inserat die Nummer des Bergrestaurants zu wählen.

Sie musste lange läuten lassen und der Mut wollte sie schon beinahe wieder verlassen, als sie eine männliche Stimme vernahm.

»Bergrestaurant Hübeli, Luginbühl.«

Die Stimme war freundlich und strahlte Ruhe und Zuversicht aus. Sie nannte ihren Namen und kam dann auch sofort auf das Inserat zu sprechen, wonach sie Interesse an dieser Arbeitsstelle bekundete. Im gleichen Atemzug erwähnte sie jedoch auch, dass sie keinerlei Ausbildung oder Erfahrung im Bereich der Gastronomie hätte, aber sehr einsatzfreudig sei und motiviert, diese Aufgabe zu meistern.

Die Stimme am anderen Ende der Leitung hatte keinen Ton von sich gegeben. Als Maria geendet hatte, dauerte es eine Weile, bis sich ihr Gegenüber wieder zu

Wort meldete. Trotz ihrer Entspannungstechnik war ihre Stimme im Verlauf des Gesprächs hektisch geworden. Ihr Gegenüber musste ihre Worte offenbar erst auf sich wirken lassen, was sie verunsichert zur Kenntnis nahm und sie sofort mit mehr Anspannung reagieren ließ. Was er wohl über sie dachte?

Schließlich bekundete Luginbühl Interesse, sie näher kennen zu lernen, und wollte wissen, ob sie Zeit hätte zu einem Vorstellungsgespräch. Maria war erstaunt darüber, erwähnte dies jedoch mit keiner Silbe. Erst im Nachhinein musste sie sich eingestehen, dass dies eigentlich selbstverständlich war, sie aber, unwissend, wie sie war, nicht damit gerechnet hatte, sondern mit einer Anstellung per sofort und einem Kennenlernen des Betriebs bei Arbeitsbeginn.

Überrumpelt stimmte sie einem von Luginbühl vorgeschlagenen Termin zu und notierte sich diesen schnell auf den Rand der Zeitung, die noch auf dem Tisch lag. Sie wusste zwar, dass Vater das nicht gerne sah, wollte aber nicht riskieren, dass sie den Termin vergaß oder ihr Gesprächspartner merkte, dass sie nicht vorbereitet war.

»Wissen Sie, wie Sie uns finden?«, wollte die Stimme am Telefon weiter wissen.

»Das wollte ich gerade noch fragen«, beeilte sich Maria zu erwidern und hatte das Gefühl, dass der Mann am anderen Ende der Leitung ein wenig vorwurfsvoll klang. Sie schloss daraus, dass sie selber diese Frage hätte stellen sollen.

»Also, Sie wohnen in Burgdorf?«, vergewisserte sich der Mann noch einmal.

»Ja.«

»Ich nehme an, Sie kommen mit öffentlichen Verkehrsmitteln?«

»Ja.«

»Dann fahren Sie am besten mit dem Zug über Thun und Spiez bis Reichenbach. Von dort fährt dann ein Postauto ins Kiental und weiter auf die Griesalp. Dort müssen Sie dann noch etwa zehn Minuten gehen, bis Sie bei uns sind. In der Griesalp können Sie jemanden nach dem Weg fragen. Dieser ist leicht zu finden.«

Maria bestätigte ihr Zuhören immer durch ein deutliches »Ja« und schrieb sich alles hastig auf den Zeitungsrand. »Sind Sie gut zu Fuß?«, fragte Luginbühl unvermittelt. Maria hatte diese Frage nicht erwartet und es dauerte einen Moment, bis sie eine Antwort parat hatte.

»Ja, eigentlich schon, warum fragen Sie?«, wagte sie scheu einzuwenden.

»Nur so«, hörte sie Luginbühls einsilbige Antwort. »Also, dann erwarte ich Sie am Dienstag, dreizehnten März um vierzehn Uhr, hier bei uns. Ich wäre froh, wenn Sie die letzten Zeugnisse mitnehmen könnten. Sie haben doch welche?«

»Was für Zeugnisse?«, fragte Maria verdutzt. »Ich habe bis jetzt immer nur den Haushalt für Vater gemacht.«

Sie verspannte sich und wollte anmerken, dass sie vorhin erwähnt habe, keine Ahnung von der Gastronomie zu haben. Doch glücklicherweise ging Luginbühl nicht näher darauf ein und bemerkte nur, dass er das vergessen hätte.

»Dann bringen Sie doch einfach Ihre Schulzeugnisse mit. Ist das in Ordnung so?«, fragte er versöhnlich und wartete gar nicht auf eine Antwort, sondern wünschte Maria einen schönen Tag, verabschiedete sich von ihr und beendete das Gespräch.

Sie hörte kurz darauf ein Summen und hängte ebenfalls den Hörer auf. Aufatmend, doch zufrieden war sie die erste Stufe zum Erwachsenwerden hochgestiegen und dies war doch sehr anstrengend gewesen. Nur die Tatsache, dass sie ihre Schulzeugnisse mitbringen sollte, war befremdend. Sie war seit zwei Jahren nicht mehr zur Schule gegangen und wenn sie mit diesen Unterlagen aufkreuzen musste, kam sie sich nicht sehr erwachsen vor. Na ja, immerhin hatte sie es geschafft anzurufen, hatte vielleicht schon eine Stelle und freute sich auf den nächsten Dienstag, um dieses Bergrestaurant zu besuchen.

*

Maria wartete in Spiez auf den Zug nach Reichenbach. Eigentlich liebte sie Ausflüge dieser Art, doch heute wollte sich die übliche Unbeschwertheit, mit der sie sonst reiste, nicht einstellen. Am Ende dieser Reise wartete ein Gespräch auf sie, bei dem es um ihre Zukunft und ihre Selbstständigkeit ging. Und dieser Gedanke lauerte ständig irgendwo in ihrem Kopf, sprang in den unmöglichsten Augenblicken aus dem Hinterhalt hervor und verdrängte die Reiseeindrücke, die sie so sehr liebte.

Sie hatte noch ein wenig Zeit, spazierte durch das Bahnhofsgebäude hindurch und über die Straße und lehnte sich an die massive Mauer, die sich den Gehsteig entlangzog. Von hier hatte man einen wundervollen

Ausblick auf den Thunersee und die liebliche Bucht, wo auf einem Hügel stolz und erhaben das jahrhundertealte Schloss stand. Die Szenerie wurde umrahmt von imposanten Bergen, deren Schnee sich bereits weit hinauf geflüchtet hatte. Links des Schlosses erstreckten sich die Weinberge, die dem ganzen Gebiet einen mediterranen Anstrich verliehen.

Es war Frühling und Schiffe waren auf dem dunkelblauen See erst spärlich vorhanden. Im Sommer, das wusste Maria von früheren Besuchen, war der See voller Leben, die Strände überfüllt mit Badenden und Spaziergänger flanierten den Seeweg entlang bis zum Dörfchen Faulensee, wo zahlreiche Seerestaurants die Ausflügler bewirteten.

Maria drehte sich um und schaute auf eine der Bahnhofsuhren. Es war Zeit, sich auf den Rückweg zu machen. Der Zug würde jeden Moment einfahren und sie wollte möglichst schnell einsteigen, um einen Fensterplatz zu ergattern. Sie konnte sich nie mit den Gangplätzen anfreunden und dachte immer daran, wie viel sie verpassen würde von dem, was es draußen zu sehen gab, sei es auf den Feldern, auf den Straßen und an den Bahnhöfen.

Der Zug fuhr kreischend ein und eine nasal-hallende Lautsprecherstimme verkündete den Zielort der Fahrt. Maria ging auf eine der Wagentüren zu und wartete, bis diese sich öffnete. Es waren wenige Leute unterwegs, viele Plätze waren leer und so schaffte Maria es ohne große Suche, zu einem Fensterplatz zu kommen.

Sie stellte ihren kleinen Rucksack neben sich und holte eine kleine Bibel aus dem Außenfach. Ihre Bescheinigung, dass sie zum halben Preis fahren durfte, und das Billett legte sie bereit, um nicht vom Schaffner aufgeschreckt zu werden. Da sich sonst niemand in diesem Bereich befand, nahm sich Maria vor, ein wenig in der Bibel zu lesen. Sie tat das nur, wenn sie sich unbeobachtet fühlte.

Nach gut fünfzehn Minuten bremste der Zug in Reichenbach. Maria hatte sich bereits erhoben und schaute interessiert aus dem Fenster. Noch vor dem Bahnhof erblickte sie zwei große Reisebusse und ein kleines, gelbes Postauto. Sie stieg aus dem Zug, durchquerte die Unterführung, deren Wände mit ungeschickten Graffitis verschmiert waren, und schritt als Einzige auf das Postauto zu. Nach einigem Zögern stieg sie die enge, steile Treppe in den Wagen hoch und bemerkte den typischen Geruch, der im Innern des Fahrzeugs herrschte. Unvermittelt erschienen ihr Bilder von unbeschwerten Schulreisen vor Augen, wo sie vielfach mit ebenso riechenden Bussen durch die Gegend fuhren.

Nachdem sie Billett und Wechselgeld vom Chauffeur erhalten hatte, zwängte sie sich durch den engen Gang. Auf der hintersten Bank saßen zwei halbwüchsige Schülerinnen beieinander und tuschelten. Zwischendurch schauten sie immer wieder zu Maria hin. Ihr war das unangenehm, weil sie sich genau vorstellen konnte, worüber sich die zwei unterhielten und verhalten kicherten. Es war ihre Kleidung, mit der sie bei Gleichaltrigen auffiel: der beigefarbene Rock und die hellblaue, gerade geschnittene Jacke, die ein wenig zu lang war. Nicht gerade die Garderobe, die Jugendliche in ihrem Alter trugen. Doch obwohl die Lom-Gemeinschaft keine

Vorschriften bezüglich der Bekleidung kannte, wurde doch erwartet, dass sich die Mitglieder unauffällig und gesittet anzogen. Eigentlich wollte sie sich durch solche Blicke schon lange nicht mehr verunsichern lassen, was ihr auch immer besser gelang. Doch heute schien das ein wenig schwieriger und hatte sicher mit ihrer Nervosität zu tun. Weiter vorne hockte eine kleine alte Frau, die kaum über die Rückenlehne des vorderen Sitzes hinaussehen konnte. Die Frau blickte ihr ebenfalls entgegen, nickte ihr aber freundlich zu. Und so setzte sich Maria ihr gegenüber in dieselbe Sitzreihe und grüßte zurück. Allem Anschein nach war es eine Bäuerin. Sie hielt eine abgewetzte Tasche mit geflicktem Haltegurt und Schottenmuster auf den Knien. Die knotigen Finger waren um die Tasche gelegt.

Der Fahrer startete den Motor und gleichzeitig schlossen sich zischend die Türen. Das Postauto überquerte die Hauptstraße, die von Spiez nach Kandersteg führte, fuhr durch das Dorf bis zu dessen Ausgang, wo die Straße steil und in vielen Kehren bis zur Post des nächsten Dorfes hinaufführte. Maria musste zweimal hinsehen, ehe sie dessen Namen auf dem Ortsschild entziffern konnte: Scharnachtal. Als das Fahrzeug bremste, stand die alte Frau mühsam auf, indem sie sich am Vordersitz hochzog. Sie ergriff den Gehstock, den sie am Haltegriff des Vordersitzes eingehängt hatte, verabschiedete sich von Maria und ging mit am Stock angehängter Tasche vorsichtig den Gang entlang zur Tür. Langsam, mit zittrigen Beinen und beinahe rückwärts bewegte sie sich die Stufen hinunter. In Maria regten sich Gewissensbisse. Warum nur hatte sie nicht eher reagiert und der alten Passagierin beim Aussteigen geholfen? Aber eigentlich wusste sie die Antwort: Sie schämte sich vor den zwei jungen Frauen, die immer noch hinter ihr saßen und ununterbrochen quasselten.

Draußen wechselte die Alte noch ein paar Worte mit dem Fahrzeugführer, der hastig eine Zigarette rauchte. Ein Tourist stieg ein, offensichtlich ein Deutscher. Grau melierte, volle Haare, Mittfünfziger, altmodische Knickerbockerhose mit roten Wollsocken, groß, kräftig gebaut und Selbstsicherheit ausstrahlend. Er sah sich übermäßig lange um, bevor er sich für den Platz unmittelbar vor Maria entschied. Seinen Rucksack, ebenfalls ein altes Modell, stellte er in den Mittelgang und fingerte dann an einem Außenfach herum, bis er eine Wanderkarte hervorzog. Er entfaltete diese und vertiefte sich darin.

Der Chauffeur hatte seine Zigarette noch nicht ganz zu Ende geraucht, als er auf den Eingang des Postgebäudes zuschritt, um den Zigarettenstummel in den roten Aschenbecher zu werfen, der an der Wand befestigt war. Zuerst nahm er jedoch noch einen letzten tiefen, langen Zug, dessen Rauch er erst ausblies, als er bereits beim Einsteigen war. Er setzte sich flink in seinen Sitz, schloss das Kabinentürchen und startete den Motor. Der Fahrer sah nach hinten, fuhr an und bog in die Hauptstraße ein.

Maria war erstaunt, dass der Deutsche keine Fahrkarte löste. Sie fuhren aus dem Dorf und kurz danach wurde die Straße eng und steil, bevor sie bald wieder flacher durch einen Wald führte. Maria hörte, wie die zwei jungen Frauen hinter ihr auf einmal laut kicherten. Gerne hätte sie sich nach ihnen umgedreht, brachte aber den Mut dazu nicht auf.

Bald erreichten sie das Dorf Kiental, welches kurz zuvor mittels eines braunen Tourismusschildes angekündigt worden war. Das Postauto fuhr die enge Straße ins kleine Dorf und hielt wiederum bei der Post. Der Chauffeur stoppte, öffnete die Türen und stieg wieder behände aus der Fahrerkabine.

Die beiden jungen Frauen hatten bereits vor der verschlossenen Tür gewartet, und als diese sich öffnete, sprangen sie übermütig die zwei Stufen hinunter. Eine der beiden warf Maria kurz vor dem Aussteigen einen schnellen Blick zu, bevor sie sich zur Tür abwandte. Maria konnte den Blick jedoch nicht deuten. Der Fahrer verschwand in der Post, bereits wieder eine Zigarette im Mund.

Der Tourist vor ihr schien etwas an seinem Rucksack zu richten, bevor er Maria ansprach: »Entschuldigen Sie«, und sich zu ihr nach hinten beugte. Maria drehte den Kopf zu ihm hin.

»Wissen Sie, wann wir auf der Griesalp ankommen?«

Er sprach einen Dialekt, den sie aber nicht einordnen konnte. Reflexartig schaute sie auf ihre Uhr und gab ihm die entsprechende Antwort. Sie hatte den ganzen Fahrplan auswendig im Kopf. Der Deutsche bedankte sich, lächelte sie mit sachlicher Höflichkeit an und widmete sich wieder seiner Wanderkarte, die mit roten Linien durchzogen war.

Bald darauf kam der Fahrer aus der Post heraus, stieß eine lange Rauchwolke aus und stieg wieder ein. Die Fahrt ging weiter, zuerst aus dem Dorf hinaus, bis die

Straße schließlich derart schmal wurde, dass es Maria fraglich schien, ob der Fahrer den Weg ohne Blechschaden hinter sich bringen würde. Doch er machte keine Anstalten, die Geschwindigkeit zu drosseln.

Maria genoss den klaren Frühlingsmorgen in dieser alpinen Umgebung. Sie beobachtete den Fahrer, wie er vor den engen Kurven gelassen das große Steuerrad mit weit ausladenden Armbewegungen herumdrehte und immer einige Male nachfassen musste, um dem Weg zu folgen. Auf den Wiesen links und rechts der Straße grasten bereits Kühe mit mächtigen Glocken um den Hals und ließen sich auch nicht aus ihrer Ruhe bringen, als das große gelbe Auto mit Lärm und Gestank ihre Idylle durchbrach.

Bald kamen sie an einem verwitterten Restaurant vorbei, unter dessen Giebel mit weißen, abblätternden Buchstaben »Alpenruhe« stand. Draußen standen zwei Geländefahrzeuge.

Unmittelbar nachdem sie diesen Gasthof passiert hatten, fuhren sie durch einen dichten Wald, der mit seinen mächtigen, moosbesetzten Felsbrocken an einen Märchenwald erinnerte. Als dieser nach etwa zweihundert Metern endete, wurde eine unbewaldete Ebene sichtbar, in der sich in einer Senke der Tschingelsee erstreckte. Er war rundherum von hohen Felswänden mit imposanten, hohen Wasserfällen gesäumt. Der See musste einst größer gewesen sein, denn Erdreich hatte im Verlauf der Jahre einen großen Teil der Wasserfläche verdrängt. An manchen Stellen hatten sich bereits stattliche Sträucher breit gemacht. Ein leichter Nebelschleier, schwach und flüchtig, kaum wahrnehmbar, lag über dem See. Maria wäre gerne ausgestiegen und hätte diese Landschaft in ihrer ganzen Stille und Mystik genossen. Sie schaute sich um, weil sie bereits am Ende des Sees angelangt waren. Der deutsche Tourist kümmerte sich nicht um die Landschaft und saß gebeugt über seiner Karte. Maria hätte ihn am liebsten darauf aufmerksam gemacht, was er hier verpasste.

Schließlich erreichten sie den Talkessel. Das Postauto bog nun in den Parkplatz ein, hielt an und der Fahrer stellte den Motor ab. Maria schaute sich um. Die Straße war zu Ende oder, besser gesagt, der Talkessel wurde überragt von senkrechten, zum Teil waldgesäumten Felshängen und das enge Naturstäßchen, das nun in den steilen Bergwald hineinführte, konnte ihrer Ansicht nach mit dem Postauto unmöglich befahren werden.

Der Chauffeur blieb im Auto sitzen, nahm eine Zeitung hervor und begann zu lesen. Unsicher wandte sich Maria nach dem Deutschen um. Dieser hob seinen Blick, schaute sich um und fixierte schließlich Maria. Sie senkte die Augen, hob sie jedoch wieder, weil sie bemerkte, dass er etwas von ihr wollte.

»Wie geht's denn jetzt weiter? Ich nehme an, wir werden mit einem Jeep abgeholt oder so was, nicht?«

Maria lächelte entschuldigend, hob ihre Schultern und entgegnete:

»Ich weiß es auch nicht.«

Der Deutsche erhob sich und ging seitlich den engen Gang entlang nach vorn zum Fahrer.

»Wie geht's denn weiter?«, wiederholte er seine Frage. Maria beobachtete das Ganze interessiert. Der Chauffeur wandte seinen Blick von der Zeitung auf die Uhr, die oberhalb der Windschutzscheibe befestigt war, und erwiderte in breitem Oberländerdialekt:

»In zwei Minuten.«

»Aha«, meinte nun der Deutsche und hielt einen Moment inne, um zu überlegen, was das für ihn bedeutete. Dann drehte er sich um, bedankte sich beim Fahrer, welcher sich bereits wieder seiner Zeitung widmete, und zwängte sich an seinen Platz.

»In zwei Minuten geht's weiter«, bestätigte er nun in väterlichem Ton zu Maria. Diese nickte ihm zu und bedankte sich für die Auskunft. Sie war gespannt auf das, was kommen sollte. Ob sie abgeholt wurden oder, was für sie unvorstellbar war, mit diesem Postauto weiterfuhren, wusste der Deutsche offensichtlich auch nicht. Doch sie kam nicht dazu, lange zu sinnieren.

Auf einmal kam Leben in den Fahrzeugführer. Er legte seine Zeitung weg, hebelte an irgendwelchen Schaltern herum und startete den Motor. Allem Anschein nach war er tatsächlich im Begriff, mit diesem Auto die schmale und steile Bergstraße zu befahren. Maria zwang sich dazu, nicht den Deutschen anzusehen und ihre Verunsicherung kundzutun. Sie erschrak. Ein grelles Tüüü-ta-ta erklang aus dem Horn des Fahrzeugs. Wohlig lief es ihr den Rücken hinunter. Dieser Laut erinnerte sie an einen alten Kinderreim, den Vater ihr vor langer Zeit einmal beigebracht hatte. Das Fahrzeug nahm die steile Strecke in Angriff, schien sich im Zeitlupentempo aufzubäumen und drückte Maria nach hinten in die Sitzlehne.

Schnaubend mühte sich das Postauto bis zu einer schmalen Brücke, wo links das Wasser tief unten, eingeengt zwischen ausgewaschenen Felsen, tosend einen

Fall hinunterdonnerte, sich unter der Brücke hindurchzwängte und weiterdrängte. Maria konnte nicht anders als aufzustehen, um diese landschaftlichen Schönheiten, gepaart mit der abenteuerlichen Fahrt, in vollen Zügen zu genießen. Auch der deutsche Tourist stand mit gebeugtem Oberkörper da, damit er das wilde Spektakel besser aufnehmen konnte.

Kurz darauf erreichte das Postauto eine weitere Sehenswürdigkeit: Auch hier stürzte das Wasser in ungestümer Geschwindigkeit in ein steinernes Becken, wirbelte herum, schäumte, brodelte und zischte, fand einen Ausfluss, drängte sich wild zwischen den engen Felsen hindurch, um sich dann in ein ruhigeres Flüsschen zu verwandeln, das friedlich dem See zufloss. Auf einem Stein stand eine aus Holz geschnitzte Hexe mit einem Besen in der Hand. An einem Baum nahe der Straße war ein Schild aus Holz angebracht, das mit kunstvoller Schnitzerei den Namen des steinernen Beckens verriet: Hexenkessel. Das Wasser toste derart laut, dass die Motorengeräusche des Fahrzeugs fast nicht mehr zu hören waren.

Weitere enge Kehren folgten, bei denen der Fahrzeugführer das Steuerrad immer wieder herumreißen und nachfassen musste. Wieder kamen sie an eine Brücke. Der Fahrer fuhr sehr langsam und Maria wusste nicht, ob er es wegen der schmalen Brücke tat oder den Fahrgästen den Blick auf den Wasserfall ein wenig länger gönnen wollte. Hier brauste das Wasser beinahe senkrecht auf die Brücke zu, um unter dieser weiterzuschießen. Weiße Gischt prallte an die Scheiben. Auch hier ein Schild: Dündenfall.

Ab jetzt wurden die Kehren noch enger. Das Heck des

Busses ragte bei jeder Spitzkehre beängstigend weit über den Abgrund hinaus und ließ Marias Atem stocken. Was wohl geschehen würde, wenn hier ein Auto zu kreuzen versuchte? Nicht auszudenken. Wieder ertönte das laute, durchdringende Geräusch des Signalhorns. Rechter Hand fuhren sie eine steile Felswand entlang und alsbald schwenkten sie in eine Schlucht hinein. Diese wartete mit hohen, schroffen Wänden auf, die dem Ganzen etwas Urtümliches verliehen.

Schließlich erreichten sie einen mit Kies belegten Parkplatz, der von mehrstöckigen alten Holzhäusern umsäumt war. Das kleinste und auch neueste der drei Gebäude war im Chaletstil gehalten und trug den Namen Restaurant Griesalp. Bei den zwei andern handelte es sich offenbar um Ferienlagerunterkünfte.

Das Postauto machte eine Kehrtwende und hielt an. Der Chauffeur öffnete die Türen und wünschte den beiden Passagieren einen schönen Tag.

Maria war noch ganz benommen von den intensiven Eindrücken der Fahrt. Sie stieg langsam aus, als ihr der eigentliche Zweck dieser Fahrt ins Bewusstsein drang. Unbehagen machte sich breit. Sie versuchte sich zu entspannen und ging auf den Fahrer zu, um sich nach dem weiteren Weg zu erkundigen. Als ob der Fahrer wusste, was sie wollte, sah er sie erwartungsvoll an.

»Können Sie mir sagen, wie ich ins Hübeli komme?«

Er zeigte mit der Hand die Straße hinunter, die sie gekommen waren, und erklärte ihr den Weg.

Maria bedankte sich und wandte sich in die angegebene Richtung. Sie schulterte ihren kleinen Rucksack und machte sich auf den Weg.

Als sie über die Brücke ging, bemerkte sie hinter sich den deutschen Touristen, der denselben Weg eingeschlagen hatte. Sie ging weiter und bald führte die Straße um einen Felsen und stieg dann an. Ihr Schritt verlangsamte sich. Die Straße beschrieb einen Bogen um eine tannenbestandene Felswand, und als sie diese hinter sich gelassen hatte, erstreckte sich links und rechts des Weges offenes, mit Felsbrocken durchsetztes Weideland. Weiter oben sah sie das Haus, das sie gesucht hatte: die Pension Hübeli.

Doch kaum hatte sie diese erblickt, stutzte sie und glaubte ihren Augen nicht zu trauen. Auf dem Weideland, das mit einem elektrisch geladenen Zaun von der Straße abgegrenzt war, befand sich eine Herde von ungefähr zwanzig Lamas: braune, weiße, schwarze, Junge, Halbwüchsige und Ausgewachsene. Ein wilder Haufen, völlig geräuschlos. Die Kleinen hatten die Passantin, die die Straße entlangkam, längst ausgemacht und tummelten sich neugierig am Zaun. Halbwüchsige waren miteinander beschäftigt und vergnügten sich mit ausgelassenen Balgereien. Die Ausgewachsenen waren entweder beim Grasen oder schauten mit ihren langen Hälsen und großen Augen selbstsicher, ja selbstgefällig dem Treiben zu und beobachteten die Wanderin auf der anderen Seite des Zauns mit offensichtlicher Skepsis. Maria musste lächeln ob dieser großartigen Szenerie und vergaß für einen wohltuenden Augenblick den Grund ihres Hierseins.

Fünf Minuten später stand sie etwas verloren vor dem Eingang zum Hübeli und musste all ihren Mut zusammennehmen, um den letzten Schritt zu tun.

Plötzlich wurde die Tür zum Restaurant geöffnet und ein Mann in den Fünfzigern trat heraus. Er war klein, mit Bart und Brille, hinter der listige Augen blitzten. Mit Verspätung erblickte er die unentschlossen dastehende junge Frau. Als er sie einen Moment gemustert hatte, verzog sich sein Mund zu einem Grinsen:

»Bist du die Maria Sollberger?«

Maria bejahte perplex und fragte ihrerseits, ob er der Herr Luginbühl sei. Erheitert stellte er klar, dass er nicht der Luginbühl sei, sondern der Alfred Wüthrich und der Viehhändler hier in der Gegend. Sie könne ihn schon beim Vornamen nennen, denn schließlich würden sie sich ja jetzt öfter sehen, wenn sie hier anfangen würde zu arbeiten. Aber er wolle nicht vorgreifen und erst mal abwarten, ob es ihr hier überhaupt gefalle.

Mit diesen Worten schritt er zur Tür zurück, öffnete sie schwungvoll und hielt sie Maria auf. Er zeigte mit seinen kräftigen Fingern in das Innere der Gaststube auf eine Gestalt, von der im Gegenlicht nur die Silhouette zu erkennen war, und meinte, das sei der Luginbühl, übrigens ein flotter Kerl und sein Freund. Mit dem sei schon auszukommen, wenn man ihn erst ein wenig kenne.

Maria hielt den Blick gesenkt, lächelte scheu und quetschte sich neben Wüthrich, der halb im Eingang stand, durch die Tür. Als sie auf gleicher Höhe mit ihm war, bemerkte sie den intensiven Alkoholdunst, den ihr Gegenüber verströmte. Sie bedankte sich und wollte sich schon verabschieden, als der Viehhändler in die Gaststube rief:

»He, Rüedu, hier ist dein neues Fräulein. Wenn sie

überhaupt will. Gib dir ein wenig Mühe mit ihr, sie ist ein flottes Meitschi.«

Das Echo aus der dämmrigen Gaststube ließ nicht lange auf sich warten:

»Mach, dass du fortkommst, sonst lege ich dich übers Knie«, hörte man laut die nicht ernst gemeinte Antwort des Angesprochenen. Wüthrich lachte mit glänzenden Augen, bat Maria mit einer salbungsvollen Geste, näher zu treten, und verabschiedete sich mit den entschuldigenden Worten, dass er leider jetzt müsse, so als wäre es seine Pflicht, sich wegen seines Tuns bei Maria zu rechtfertigen.

Die Tür schloss sich und Maria trat ein wenig weiter hinein. Dieser alte, angetrunkene Mann mit seiner menschlichen, warmen Art hatte die ganze ernsthafte Angelegenheit, als die Maria diesen Moment ansah, etwas leichter und unbeschwerter gemacht. Und außerdem hatte er sowohl sie als auch den Luginbühl als »flott« bezeichnet. Also musste das Vorstellungsgespräch ja erfolgreich verlaufen. Mit diesem eingeredeten Mut ging sie auf den Wirt zu, der ihr bereits entgegenkam. Er wischte sich die Hände an seiner weißblauen Schürze ab und streckte Maria die Hand entgegen:

»Sie müssen Frau Sollberger sein. Sie wurden ja bereits erkannt. Ich bin der Rüedu Luginbühl.«

Maria streckte ihm artig die Hand entgegen, die in der seinen vollständig verschwand.

»Freut mich, dass Sie sich nicht verlaufen haben«, scherzte er und entblößte dabei eine Reihe gelber, schlechter Zähne. Er war sicher an die zwei Meter groß und die

Schürze, die sich um seinen gewaltigen Bauch spannte, wirkte ein wenig lächerlich. Die Bänder, die die Schürze an Ort und Stelle hielten, waren derart gespannt, dass Maria befürchtete, sie könnten jeden Moment reißen. Im Umdrehen sagte er zu ihr:

»Kommen Sie, Frau Sollberger, wir hocken uns an den Tisch, dann können wir über alles reden. Was möchten Sie trinken?«

Damit entfernte er sich von ihr zum Tresen hin.

»Einen Schwarztee bitte«, erwiderte Maria und folgte ihrem Gesprächspartner, der sich bereits an der Kaffeemaschine zu schaffen machte. Er wies Maria mit einer Handbewegung an den Tisch, welcher der Theke am nächsten lag, und sie setzte sich an der Wand auf die alte, solide Holzbank.

Bereits von außen hatte sie bemerkt, dass das Gebäude ziemlich alt sein musste. Hier drinnen war es düster, dies gab aber dem Raum den heimeligen Anstrich einer Bauernstube. An den Wänden hingen alte Schwarzweißfotos der Pension und Bilder von Berglandschaften. Zudem hingen Lampen an den Wänden, welche durch Kupferröhrchen miteinander verbunden waren. Maria kannte die feinen rötlichen Röhren von ihrem Onkel her, der in einem alten Haus in Italien lebte und nur mit Gas kochte. Also stand hier möglicherweise auch nur diese Energie zur Verfügung. Andererseits war die Kaffeemaschine kaum damit zu betreiben.

Maria wurde in ihren Gedanken unterbrochen. Luginbühl kam mit einem kleinen Tablett daher, auf dem je eine Tasse Tee und Kaffee standen. Er reichte Maria den Tee und stellte den Kaffee daneben. Ächzend ließ er sich Ihr gegenüber in einen Stuhl fallen.

*

Zwei Stunden später stand Maria wieder draußen vor der Tür. Sie hatte soeben eine Stelle als Allrounderin angeboten bekommen. Den Vertrag in der Tasche, hatte ihr Luginbühl Bedenkzeit eingeräumt. Wenn sie zusagen wollte, konnte sie den Vertrag innerhalb fünf Tagen unterschrieben zurücksenden.

Sie atmete tief ein und machte sich dann auf den Weg nach Hause. Noch ganz von den vielen neuen Eindrücken gefangen, schritt sie die Straße hinunter, den elektrischen Zaun entlang, hinter dem die Lamas sie wieder interessiert musterten. Doch Maria hatte keine Augen für die Tiere, sie war zu sehr vom Erlebten absorbiert. Der Wirt und seine Frau, die später dazukam, hatten ihr die Pension gezeigt, die Arbeit, die sie zu verrichten hätte, die Arbeitszeiten und sonst noch viele Einzelheiten erzählt. Die beiden waren ihr sympathisch und die Arbeit glaubte sie zu interessieren. Im Moment konnte sie sich gut vorstellen, dort zu arbeiten. Dennoch beabsichtigte sie noch darüber zu schlafen und Vater davon zu erzählen, obwohl sie sich nicht von ihm beeinflussen lassen wollte. Sie war froh, das ganze Prozedere hinter sich zu haben, und nahm sich vor, die Fahrt nach Hause bewusst zu genießen.

Sie wurde aus ihrem Tagtraum gerissen, als sie auf einmal das Geräusch eines herannahenden Fahrzeugs vernahm. Durch das Rauschen des Bachs, der parallel zum

Sträßchen verlief, hörte sie das Auto erst spät. Sie zuckte zusammen, blickte sich um und wandte sich der linken Seite zu, doch die hüfthohe Mauer bot keine Ausweichmöglichkeit. Noch bevor sie ihren Irrtum bemerkt hatte und auf die andere Seite des Weges wechseln konnte, war das Auto da. Es war ein alter, olivgrüner Militärjeep. Der Fahrer hatte die Scheibe offen und starrte sie unverhohlen an. Unangenehm berührt, senkte sie ihren Blick und fixierte stattdessen die Räder des Autos. Der Fahrer war nun genau auf ihrer Höhe. Zu allem Überfluss hielt er an und lehnte den Unterarm auf die heruntergekurbelte Scheibe.

»Du möchtest sicher runter zur Griesalp. Das Postauto fährt in zwei Minuten. Wenn wir uns beeilen, schaffst du es. Komm, steig ein.«

Maria hob den Kopf und schaute verdutzt. Diese unverblümte Art irritierte sie, ließ sie ihre Scheu einen Moment vergessen. Doch gleichzeitig regte sich auch Misstrauen in ihr. Er schien zu merken, dass sie mit seiner Art nicht zurechtkam.

»Du wirst doch im Hübeli arbeiten kommen, hab ich Recht?«

Schon der Zweite, der wusste, was sie hierher geführt hatte und weshalb sie hier oben war. Es stimmte also doch, dass auf dem Land nichts geheim gehalten werden konnte.

»Jetzt musst du dich aber entschließen, wenn du noch rechtzeitig ankommen willst.«

Kurz entschlossen willigte sie ein, lief um das Auto herum und riss die Beifahrertür auf. Verwirrt, wie sie war, geriet sie in ein Durcheinander mit ihren Füßen, dem

Rucksack und dem ungewöhnlich hochbeinigen Auto, das ohne Hilfe der Hände nicht zu besteigen war. Indes hockte der Fahrer wie angegossen in der gleichen Position wie vorher, beobachtete jedoch Marias ungeschickte Bemühungen mit einem süffisanten Grinsen.

Endlich war sie drinnen, schlug die Tür wieder zu und hockte sich hin, den Rucksack zwischen den Beinen am Boden.

Ein Geruch nach säuerlichem Kuhdung stach ihr in die Nase. Mit einem wenig zimperlichen Rums legte der Fahrer den Gang ein und der Wagen setzte sich in Bewegung. Das Fahrzeug entwickelte einen gewaltigen Lärm und kam kaum vom Fleck. Wäre sie doch zu Fuß gegangen, bereute sie ihren überstürzten Entschluss sogleich.

»Wann wirst du im Hübeli anfangen?«, fragte der Fahrer, den Motorenlärm übertönend.

»Ich weiß überhaupt noch nicht, ob sie mich wollen … und ich muss mich ja auch noch entscheiden«, warf sie schnell ein. In diesem Moment ertönte von unten herauf das charakteristische Signalhorn des Postautos.

»Hörst du das? Jetzt bist du leider zu spät. Das Postauto ist soeben abgefahren«, bemerkte der Fahrer mit einem Achselzucken, das aber nicht das geringste Bedauern ausdrückte. Sie ärgerte sich über die Geste.

»Dann warte ich halt auf das nächste«, erwiderte sie trotzig.

»Da kannst du lange warten. Das fährt erst in zwei Stunden.«

Ehe Maria groß zum Überlegen kam, was sie jetzt tun sollte, kam der Fahrer mit einem Vorschlag: »Du hast aber Glück. Ich fahre sowieso nach Reichenbach.

Wenn du willst, kannst du mit mir kommen, ... wenn dir meine Karre gut genug ist.«

Er schaute Maria wieder mit diesem vieldeutigen Gesichtsausdruck an, den sie bereits kannte. Hättest du das nicht früher sagen können, dachte sie sich und bemerkte, wie ihr der Typ immer unsympathischer wurde.

»Ich komme natürlich gerne mit«, bemühte sie sich um einen freundlichen Ton, »wenn es keine Umstände macht«, gab sie noch eins obendrauf, was sie sofort bereute. Dem war doch gar nicht daran gelegen, ihr zu helfen. Der wollte ein wenig Unterhaltung und seine Neugierde befriedigen. Also musste er gar nicht so tun, als sei er ihr eine große Hilfe.

Sie waren mittlerweile am Eingang zur Schlucht angelangt und der Fahrer steuerte sein altes Auto sehr langsam und vorsichtig in die enge, unübersichtliche Kurve. Sie war gesäumt von hohen Felswänden, die keinen Überblick über die nächsten vier oder fünf Meter erlaubten. So musste er sich vor entgegenkommenden Fahrzeugen in Acht nehmen, zumal er als abwärts Fahrender keine Vorfahrt genoss. Maria nutzte seine Konzentration, um ihn von der Seite diskret zu mustern. Er trug seine dunkelblonden Haare millimeterkurz und war braun gebrannt. Auf seinen Wangenknochen entdeckte sie ein paar vorwitzige Sommersprossen. Sein Alter schätzte Maria auf etwa dreißig. Er war eher klein, hatte eine kräftige Statur und das Hemd, dessen Ärmel er bis über den Ellenbogen hochgekrempelt hatte, spannte sich um die Oberarmmuskeln. Er war aber mit Bestimmtheit kein Oberländer. Er sprach Berner Dialekt. Sein Gesicht war im Profil markant, aber dennoch ebenmäßig und anziehend.

Kaum dass sie durch die abenteuerliche Schlucht fuhren, spürte Maria die Kühle, die die schroffen Felswände abstrahlten. Im Sommer mochte das sicherlich ein angenehmer Effekt sein, jetzt aber fröstelte sie beinahe ein wenig.

Kaum aus der Schlucht, wurde es wieder wärmer und ihr Fahrer auch wieder gesprächiger.

»Wie heißt du überhaupt?«, wollte er auf einmal wissen. Ohne auf eine Antwort zu warten, fuhr er sogleich fort: »Also, ich bin der Vico«, und hielt ihr die rechte Hand hin, ohne aber seinen Blick von der Straße zu nehmen. Maria war für einen Moment überrumpelt, ergriff mit Zurückhaltung und entsprechend wenig Entschlossenheit seine Hand und erwiderte:

»Freut mich, ich heiße Maria Sollberger.«

Kaum hatte sie ihren Namen ausgesprochen, hätte sie sich am liebsten die Zunge abgebissen. Wie blöd das doch klang. Maria Sollberger. Sie war doch nicht in einer neuen Schulklasse und dieser Vico doch nicht ihr neuer Lehrer, der sie bat, sich der Klasse vorzustellen. Mein Gott, wie peinlich das war. Zum Glück sah er sie nicht an, denn ihre Ohren fingen an zu glühen. Beklommen starrte sie auf die Straße.

Als sie sich endlich ein wenig von ihrer Verlegenheit erholt hatte, blinzelte sie zu Vico hinüber und erschrak. Er hatte sie anscheinend, nur unterbrochen durch gelegentliche Blicke auf die Straße, die ganze Zeit beobachtet. Und als er ihren Seitenblick bemerkte, hatte er schon wieder dieses Grinsen aufgesetzt. Blöder Kerl. Du kannst wohl nichts anderes, dachte sie wütend und verkrampfte sich auf ihrem Platz immer mehr.

So fuhren sie weiter, Vico geschickt und mit großer Routine durch die engen Kehren manövrierend.

Auf einmal, überraschend für beide, sahen sie sich unvermittelt hinter einer der Kurven einem entgegenkommenden Auto gegenüber. Vico ließ sich jedoch nicht aus seiner Gelassenheit bringen. Kaum war der Jeep zum Stillstand gekommen, riss er heftig am Schalthebel und fuhr mit geschickten Lenkbewegungen auch schon rückwärts in eine Ausweichstelle, hinter der das Gelände steil und bedrohlich nach unten abfiel. Maria kam so in den zweifelhaften Genuss, aus dem Fenster direkt in den leeren Raum zu blicken, der erst weit unten im Tschingelsee endet. Hoffentlich weiß er, was er tut, dieser Vico, hoffte Maria inständig. Als sich die beiden Fahrer gegrüßt hatten und das andere Auto verschwunden war, fuhr Vico wieder los. Wieder schien er zu spüren, was in Maria vorging.

»Da wird's einem schon ein wenig mulmig zumute, findest du nicht?«

Maria, die sich einmal mehr ertappt fühlte, zuckte jedoch nur mit der Schulter und ließ mit verzogenem Mund ein Brummeln hören, das ihre ängstlichen Bedenken gegenüber Vicos Fahrkünsten überhaupt nicht zum Ausdruck brachte.

Vico erwies sich doch noch als guter Unterhalter. Er hatte viele lustige Anekdoten zu erzählen, die Maria, zuerst verhalten, dann immer ungehemmter und unbekümmerter loskichern ließen. Auch seine lebhafte und unbeschwerte Art zu erzählen fand sie ausgesprochen unterhaltsam.

Als sie nach etwa fünfundzwanzig Minuten in Reichenbach ankamen, bemerkte Maria, dass sie sich bereits seit geraumer Zeit auf ihrem Sitz ihm zugewandt hatte und bei den farbigen Schilderungen seines Alltags immer wieder laut aufgelacht hatte. So wusste sie mittlerweile von ihm, dass er in seiner kleinen, heruntergekommenen Sennhütte, die sich auf dem Chutz befand, völlig allein lebte, zwei Ziegen besaß, ein paar Hühner, deren genaue Anzahl sich immer mal wieder änderte, weil sie vom Fuchs besucht wurden, eine Kuh, die auf den Namen Anisha hörte und folgsam wie ein Hund auf sein Pfeifen hin in den Stall zum Melken getrottet kam.

*

»Und deine Unterkunft? Stellen sie dir ein Zimmer in der Pension zur Verfügung?«, fragte Vater Maria entgegen seiner sonstigen Art mit einem Blick, der zwischen Interesse und Besorgnis schwankte.

»Ein wenig weiter oben, ungefähr fünfzig Meter die Straße entlang, besitzen die Wirtsleute ein kleines Ferienhäuschen. Ich werde dort oben ganz für mich allein sein«, erwiderte Maria stolz und begeistert.

Maria und ihr Vater waren beim Abendessen und sie erzählte ihm bis ins kleinste Detail und wild durcheinander, was sie alles erlebt hatte: die eindrückliche Fahrt mit dem Postauto durch die imposanten Felsen und stiebenden Wasserfälle, die Lamas, das Treffen mit dem Wirt und seiner Frau, die Hausführung und alles, was ihr sonst gerade in den Sinn kam. Nur die Fahrt mit

Vico schien sie vergessen zu haben, denn die erwähnte sie mit keiner Silbe.

Ihre Ohren glühten, als sie mit ihren Erzählungen zu Ende war und während des Essens mit vollem Mund – was sie noch nie getan hatte – aufsprang, sich am Tisch stieß, bemerkte, dass der Vater den Tisch wieder in die alte Position gerückt hatte, in ihr Zimmer rannte, im Rucksack kramte, wieder hinuntersprang und dem Vater den Vertrag unter die Nase hielt.

Dieser nahm ihn Maria ab, legte ihn bedächtig auf den Tisch und murmelte ermahnend, sie solle sich vorerst einmal wieder setzen, damit sie die Mahlzeit beenden konnten. Maria wurde ihr ungestümes Verhalten augenblicklich bewusst und gesittet ging sie um den Tisch, zwängte sich zurück auf ihren Platz auf der Eckbank und aß schweigend weiter. Dabei beobachtete sie, wie ein kleiner Milchkaffeefleck durch den Vertrag hindurchgesaugt wurde und das Blatt dort leicht verfärbte.

Maria und ihr Vater hatten das Abendessen seit Längerem beendet. Sie befand sich in ihrem Zimmer und hatte soeben mit ihrem Lieblingsstift aus ihrem alten und ausgebeulten Etui aus der Schulzeit die Unterschrift unter den Vertrag gesetzt. Die Unterschrift wollte jedoch ihrem kritischen Blick nicht standhalten. Doch nun war sie gesetzt und konnte nicht mehr rückgängig gemacht werden.

Neben ihr befand sich ein Papier, das mit ihren Signaturen übersät war, eine davon war eingekreist. Leider gelang ihr diese kein zweites Mal. Sie zerknüllte das Übungspapier und warf es in den Papierkorb, der wieder weit unter den Tisch gerutscht war. Den Vertrag faltete sie sorgfältig zusammen und steckte ihn in das Kuvert, das sie bereitgelegt und bereits beschrieben hatte. Der kleine, helle Kaffeefleck auf dem Papier erregte ihren Unmut. Warum sie den Vertrag nicht sofort entfernt hatte, als sie Vaters Missgeschick erblickte, konnte sie beim besten Willen nicht sagen. Sie nahm den Vertrag noch einmal aus dem Kuvert, faltete ihn in der umgekehrten Richtung und steckte ihn erneut in den Umschlag. So, hoffte sie, wäre der Fleck nicht auf Anhieb oder eventuell überhaupt nicht zu entdecken. Sie befeuchtete mit der Zunge eifrig die Lasche und drückte sie an. Immer wieder rieb sie darüber, weil sie Vaters alte Umschläge kannte, deren Leim mittlerweile fast unbrauchbar geworden war. Sie musste den Vertrag noch heute Abend einwerfen.

Hastig verließ sie ihr Zimmer, ging hinunter in den Keller, wo sich Vaters Bastelraum befand, und erklärte ihm, während sie in die Jacke schlüpfte, dass sie nur noch schnell zum Briefkasten laufen wolle, um den Brief einzuwerfen. Vater war ganz vertieft in die Reparatur des Bügeleisens der Nachbarin, und ehe er begriff, was los war, befand sich Maria schon draußen. In der frühen Abenddämmerung trieb der kalte Wind Wolkenfetzen über den Himmel und strich ihr unangenehm unter die Kleidung. Sie schloss die Jacke und machte sich frohgemut auf. Der Weg führte sie durch eine Siedlung aus älteren, dunklen Einfamilienhäusern im Chaletstil, die rund um Vaters altes Bauernhaus gruppiert waren. Unterwegs begegnete ihr kein Mensch, nur ein Hund kam ihr entgegen, hektisch, mit unstetem Blick, und suchte offenbar nach Hause zu kommen.

*

Maria rannte die enge Wendeltreppe hinunter zum Wandtelefon und nahm den Hörer ab.

»Maria Sollberger.«

»Guten Tag, Frau Sollberger, hier ist der Rüedu Luginbühl vom Hübeli.«

»Guten Tag, Herr Luginbühl«, erwiderte Maria voll gespannter Erwartung.

»Wir haben den unterschriebenen Vertrag von Ihnen zurückerhalten. Sie möchten also bei uns arbeiten kommen?«, vergewisserte sich Luginbühl. Sein Ton war freundlich, doch die Frage ließ sie stutzen. Wollte er sie auf die Folter spannen oder warum fragte er noch einmal nach, nachdem er offenbar den Vertrag von ihr in Händen hielt? Ihr kam der Kaffeefleck in den Sinn. Die Verunsicherung wich einem gewissen Ärger, der sich in mehr Entschlossenheit äußerte.

»Wenn Sie mich wollen, würde ich gerne kommen«, meinte sie schließlich.

»Also, Frau Sollberger, Sie können am zweiten April bei uns anfangen. Das ist ein Montag. Wir haben zwar, wie Sie ja wissen, am Montag geschlossen, aber so können Sie sich in Ruhe einen Überblick verschaffen.«

Ein Schwall der Vorfreude und der stolzen Genugtuung, dem Erwachsensein ein großes Stück näher gerückt zu sein, ließ Maria fast einen Hüpfer tun. Doch sie blieb sachlich und hörte weiter zu, als wäre nichts geschehen. Luginbühl fuhr fort:

»Ich schicke Ihnen den von uns unterschriebenen Vertrag zu und dann warten wir gespannt auf Ihr Kommen am dritten April. In Ordnung so?«

Marias Herz klopfte wie wild.

»Das ist gut so für mich. Ich danke Ihnen vielmals.«

Mehr brachte sie im Moment nicht heraus.

»Wenn Sie noch Fragen hätten bis dahin, rufen Sie uns ungeniert an. Wir sind, außer vielleicht montags, immer erreichbar.«

Auch diesmal konnte Maria keine Antwort geben und so entstand eine weitere Pause:

»Ich wünsche Ihnen bis dahin eine gute Zeit. Adieu, Frau Sollberger.«

»Danke gleichfalls. Adieu, Herr Luginbühl«, beeilte sich Maria zu erwidern und wartete, bis ihr Gesprächspartner den Hörer auflegte. Erst dann tat sie das Gleiche.

Maria atmete tief ein und hüpfte dann wie ein kleines Mädchen von einem Bein auf das andere. In diesem Moment trat der Vater zur Tür herein. Verlegen hielt Maria inne und blieb inmitten der Wohnküche stehen. Ihr Vater ließ sich nicht anmerken, ob er ihren Gefühlsausbruch mitbekommen hatte. Sie holte Luft und bemühte sich abermals um einen sachlichen Tonfall:

»Ich habe die Stelle erhalten und werde am dritten April anfangen zu arbeiten … das ist ein Montag.«

Sie sah Vater an und hoffte auf eine Antwort, wusste aber, dass das eigentlich vergebliche Mühe war. Erstaunt vernahm sie dann doch seine Stimme, ein Zeichen dafür, dass er sich um ihr Wohlergehen Gedanken machte:

»Hoffentlich gefällt's dir.«

Mit diesen Worten schlurfte er in die Stube, nahm die Zeitung vom Tisch, ließ sich in den Sessel fallen, setzte die Lesebrille auf, öffnete die Zeitung und vertiefte sich darin. Maria nahm erleichtert zur Kenntnis, dass er sich nicht abschätzig zu ihrer Anstellung geäußert hatte, und rannte übermütig die Treppe hinauf. Tanzenden Schrittes erreichte sie ihre kleine Musikanlage, legte eine CD ein und stellte den Lautstärkeregler kühn auf den vierten Punkt der Skala. Sie konnte sich nicht entsinnen, die Musik je so laut gehört zu haben. Nicht einmal dann, wenn Vater außer Haus war.

5. Kapitel

Toni Schmid war auf dem Weg nach Hause und lenkte sein Geländefahrzeug am Hübeli vorbei, bei dem sich das Sträßchen verzweigte. Eines davon erstreckte sich an der rechten Bergflanke in großer Höhe gegen den Talausgang, endete abrupt nach gut einem Kilometer und führte dann als Wanderweg ins Kiental hinunter.

Auf halber Strecke zeigte ein gelber Wegweiser einen weiteren Weg ins Tal an. Der Bärenpfad. Einer Legende zufolge soll dort ein starker Senne mit einem riesigen Bären einen aussichtslosen Kampf ausgefochten haben. Der Senne habe nur deshalb überlebt, weil beide im Kampf umschlungen die Felswand hinunterstürzten und der Senne oben zu liegen kam. So habe der letzte Bär der Berner Alpen im Kiental im Jahre siebzehnhundertachtzig sein Leben verloren.

Tonis Heimetli lag hinten im Tal. Neben dem Hübeli vorbei, weiter zum Steinenberg, wo sich die Kapelle und das Chalet der Nonnen befanden, führte die Straße nicht allzu steil nach oben, zweigte schließlich vor dem Bürgli links ab, um nach einem kleinen Waldstück bei Tonis Haus zu enden. Er war also ein wenig abseits der bekannten Route, wo sich an schönen Sommersonntagen Heerscharen von Bergwanderern zu Fuß aufmachten, um zur Gspaltenhornhütte, zur Sefinenfurgge oder sogar auf das Schilthorn zu gelangen.

Toni hatte das Waldstück seines Bruders, das vom Sturm arg in Mitleidenschaft gezogen worden war, zu durchforsten. Er hatte seine ganze Ausrüstung in seinem Geländefahrzeug verstaut. Ein wilder Geruch nach Harz, feuchtem Waldboden, frischem Holz, Benzin und kaltem Zigarettenrauch strömte aus dem offenen Fahrerfenster. Er und sein Bruder hatten den ganzen Tag gearbeitet und nun musste er in den Stall, um die Tiere zu versorgen. Als er nun im ersten Gang langsam die steile Kurve hochfuhr und sich unmittelbar neben dem Hübeli befand, schaute er rasch – so wie er das immer tat – zum Eingang des Restaurants, ob er vielleicht einen seiner Nachbarn zu sehen bekam. Doch stattdessen erblickte er ein neues, junges Gesicht, welches wohl der neuen Allrounderin gehören musste. Sie trug die obligate weißblaue Schürze, an denen man die Angestellten des Restaurants erkennen konnte. Auch wusste man immer im Voraus, wann eine neue Person angestellt wurde. Alfi, der Viehhändler, gab einem nur zu gerne Nachhilfeunterricht, sollte man nicht mehr ganz auf dem Laufenden sein. Er sah also das neue Mädchen und war natürlich neugierig, sie kennen zu lernen. Noch während der Fahrt nach Hause entschloss er sich, nach dem Melken das Hübeli aufzusuchen, um die Neue zu begutachten.

Als Erstes erblickte Toni in der dämmerigen, von Rauch durchzogenen Gaststube Alfred Wüthrich, den alle nur Alfi nannten. Er saß am Stammtisch und unterhielt sich mit zwei Gästen, die Toni nicht kannte. Es mussten Touristen sein, denn sie trugen sportliche Freizeitkleidung. Alfi war in seinem Element und offensichtlich ein wenig alkoholisiert. Auf einmal lehnte er sich nach vorn, zog den Kopf zwischen die Schultern, verschränkte die Arme auf dem Tisch und wollte von den Anwesenden in verschwörerischem Ton wissen:

»Wisst ihr, warum die Frauen breitere Hüften haben als wir Männer?«

Er schaute listig und mit glänzenden Augen in die Runde und ließ die Spannung steigen, sofern dieser Witz bei den jungen Männern Spannung zu erzeugen vermochte.

»Damit sie den Wäschekorb besser in die Hüften stemmen können.«

Die Männer schmunzelten, Alfi ergriff sein Bierglas, lehnte sich weit zurück und brach in schallendes Gelächter aus, das die zwei jungen Touristen sichtlich mehr amüsierte als der plumpe Witz.

Als er sich von seinem Lachanfall erholt hatte, erblickte er Toni und rief ihm mit erhobenem Bierglas zu:

»Prost, Toni. Komm zu uns und bestell dir ein Bier.«

Toni ging auf den Tisch zu, grüßte die Anwesenden und setzte sich auf den Stuhl gegenüber seinem Stammtischbruder.

»Hast du Maria schon gesehen?«, raunte Alfi zu Toni in neugierigem Flüsterton. »Das wäre eine für dich, Toni. An die musst du dich ranmachen, bevor es ein anderer tut. Wenn ich ein paar Jahre jünger wäre, dann würde ich dir zeigen, wie man so etwas macht.«

Toni grinste nur verlegen, wohl wissend, dass auch Alfi nie verheiratet gewesen war, und schaute verstohlen über seine Schulter nach Maria. Er saß über den Tisch gebeugt und hatte die Hände darauf verschränkt. Maria hantierte an der Kaffeemaschine, als sich ihre Blicke trafen. Toni zuckte unmerklich zusammen und wandte sein Gesicht sofort wieder ab. Frauen verunsicherten ihn zutiefst.

Insgeheim musste er Alfi ja Recht geben. Er war mittlerweile neununddreißig Jahre alt und immer noch nicht verheiratet. Er war ein Bergbauer, der kaum Gelegenheit hatte, eine für ihn infrage kommende Frau zu finden. Er war ein herzensguter Kerl, zwar geistig etwas zu kurz gekommen, aber immerhin in der Lage, sein Haus und den ganzen Bauernbetrieb in Schuss zu halten.

Zudem war er bekannt als Arbeitstier, ungeheuer fleißig und half hier beim Holzen und da beim Heuen, wenn gerade Not am Mann war. Die Bauern aus der Umgebung schätzten ihn zwar als Arbeitskraft, waren aber auch immer gerne bereit, über ihn zu spotten und ihn auf den Arm zu nehmen, wann und wo sich die Gelegenheit dazu bot. Auch Alfi, der arbeitslose Viehhändler und die Tageszeitung des Kientals, wie er auch genannt wurde, suchte sich gerne den Toni aus, um seine derben, manchmal geradezu heimtückischen Späße mit ihm zu treiben.

Diese Mischung aus Kumpelhaftigkeit und Bosheit, die die Menschen ihm entgegenbrachten, allen voran Alfi, konnte er nie richtig einordnen, verwirrte ihn und machte ihn mit den Jahren verbittert. Trotzdem hockten die zwei immer wieder beisammen und nicht selten kam es dabei zu wüsten Besäufnissen, bis beide sich aneinander festhalten mussten, um überhaupt noch stehen zu können.

Mit dem weiblichen Geschlecht war das so eine Sache. Insgeheim wünschte sich Toni nichts sehnlicher als eine Frau. Doch dies erwies sich als schwierig. Man kannte ihn im engen Tal, alle wussten, wer er war und was man über ihn sagte. Keine Frau hatte sich je für ihn interessiert. Aber seine Hoffnung blieb stark und mit jedem Frühling keimte sie wieder auf. Wenn das Tal aus seiner Winterstarre erwachte und in den Restaurants, Hotels und Pensionen neues Personal seine Arbeit aufnahm, befanden sich darunter auch immer wieder weibliche Angestellte, die Tonis mittlerweile unscharfem Wunschbild entsprachen. Diese jungen Frauen, die hie und da mit ihm ein paar Worte wechselten, ließen ihn den Glauben nicht verlieren, irgendwann eine zu finden, die es ernst mit ihm meinte. Aber bislang war nie etwas daraus geworden. Die Sommer wandten sich dem Ende zu und die Frauen waren abgeklärter geworden, behandelten ihn korrekt, aber mehr war nie von ihnen zu erwarten. Einige ließen sich sogar von den Bauern hinreißen, trieben böswilligen Schabernack mit ihm und bald hatte er für diese nur noch Verachtung übrig.

Maria hatte den Kaffee für einen der Touristen in der Hand und kam damit an den Tisch. Sie bemerkte, dass über sie gesprochen wurde. Sie stellte dem Gast den Kaffee hin, wandte sich an Toni und fragte nach seinen Wünschen. Ehe dieser zu Wort kam, mischte sich Alfi ein:

»Jetzt kannst du bestellen«, belehrte er Toni unnötigerweise und sprach ihm damit jegliche Selbstbestimmung ab. Toni reagierte nicht darauf und orderte ein Bier. Er war nicht in der Lage, Maria in die Augen zu schauen, und sein Blick hüpfte unruhig hin und her. Maria nahm die Bestellung entgegen und ging davon.

»Frag sie, woher sie kommt«, forderte Alfi wieder.

»Ach, hör schon auf«, entgegnete Toni ungehalten und mit einem säuerlichen Lächeln im Gesicht.

So ging es weiter mit Alfi und Toni. Die jungen Männer verabschiedeten sich von den Einheimischen und verschwanden auf ihre Zimmer. Es waren – so hatte sie Alfi ausgequetscht – Mountainbiker, die eine mehrtägige Tour unternommen hatten und am nächsten Tag zeitig aufstehen wollten, um über das Hohtürli nach Kandersteg zu fahren. Toni hielt das für ein unmögliches und gefährliches Unterfangen und der Viehhändler pflichtete ihm bei, auch wenn er seit 35 Jahren nicht mehr in dieser Höhe gewesen war.

Die beiden blieben noch lange hocken und kamen mit den verschiedensten Gästen in Kontakt. Einheimische und Touristen kamen und gingen an diesem Abend. Um halb zwölf waren sie schließlich wieder allein und hatten entsprechend viele Biere intus. Die Köpfe zusammengesteckt besprachen sie sehr private Angelegenheiten.

»Den Vico vom Chutz kennst du ja auch?«, wollte Alfi von Toni wissen.

Toni nickte. In Erwartung einer interessanten Neuigkeit wurde sein benebeltes Bewusstsein etwas klarer.

»Er soll früher Drogen genommen haben und in Bern unten mehr Kokain verkauft haben als alle anderen Händler zusammen.«

Alfi ließ seine Mitteilung wirken und genoss Tonis sichtbar gewordenen Unmut.

»Er habe sogar selber Drogen geschmuggelt, von Holland in die Schweiz, und sie hier verkauft. Nachdem er im Knast war, musste er eine Therapie machen.«

»Unsereins schuftet das ganze Leben und solche Sauhunde können eine Behandlung machen und werden von uns Steuerzahlern noch unterstützt. Erschießen sollte man die, das käme billiger … und wir hätten unsere Ruhe!«, entrüstete sich Toni mit schwerer Zunge.

»Und weißt du, was das Beste ist dabei?«, kam nun Alfi zum Höhepunkt der Geschichte.

»Der Kunz hat den Chutz gekauft. Der gehört jetzt ihm.«

Damit lehnte er sich vom Tisch weg, um Raum zu schaffen für weitere Kraftausdrücke, die er sich von Toni erhoffte. Dieser schüttelte jedoch nur müde und resigniert den Kopf und murmelte etwas Unverständliches.

So ging es weiter und Toni kam diese Nacht wieder einmal sehr spät ins Bett. Das hieß, er wurde zusammen mit Alfi um ein Uhr in der Nacht von Luginbühl, dem Wirt, freundlich, aber bestimmt hinauskomplimentiert, sodass der Bergbauer und der Viehhändler sich aneinander klammerten und den langen Weg, der sie immerhin eine Stunde kostete, zu Tonis Haus hochtorkelten. Zusammen leerten sie noch eine halbe Flasche Bäzi, klagten einander ihr Leid, bevor Toni sturzbesoffen in sein Schlafgemach hinaufkroch und bald darauf ein herzzerreißendes Schnarchen ertönen ließ. Alfi, nicht minder alkoholisiert, versank auf dem zerschlissenen und stinkenden Ruhebett in einen tiefen Schlaf.

Trotz allem krochen sie am nächsten Morgen in aller Herrgottsfrühe aus den Federn, marschierten gemeinsam ins Hübeli, um ihre Autos abzuholen, und verabschiedeten sich verschämt voneinander, so als würden sie sich nur sehr flüchtig kennen.

*

Es war der dreißigste April, ein Montag, an dem Maria frei hatte. Ihr gefiel die Arbeit. Sie war jetzt fast auf den Tag genau einen Monat hier. Sie hatte sich gut eingelebt und die kleine Unterkunft unweit des Hübeli, die sie für sich allein zur Verfügung hatte, gefiel ihr zunehmend besser. Zu Beginn ihres Aufenthaltes hatte sie sich ein wenig gefürchtet in diesem fremden Chalet, das ihr wie ein Hexenhäuschen vorkam. Sie war froh, dass es so klein und übersichtlich war. Doch mit der Zeit kannte sie die Eigenarten und Geräusche, die Einrichtung wurde ihr vertraut und so fühlte sie schon bald eine gewisse Geborgenheit, sobald sie die Tür hinter sich schloss. Auch half ihr der kleine, altmodische Radioempfänger, den sie hier vorgefunden hatte, über diese Zeit hinweg. Die Empfangsqualität war zwar mehr als dürftig, doch die vertrauten Stimmen der Moderatoren erinnerten sie an zu Hause und gaben ihr eine gewisse Stabilität und Sicherheit.

Ihr Heim war winzig, mit zwei Stockwerken, die beide nur etwa fünf auf fünf Meter maßen. Da es am Abhang gebaut war, gab es im unteren Stock, der durch eine schmale, steile Treppe mit dem oberen verbunden war, lediglich zwei Fenster, die nach vorn hinausgingen. Diese waren klein und vermochten den Raum nur ungenügend zu erhellen. Zwei Kajütenbetten und ein kleines WC mit Waschbecken füllten den Raum bereits aus.

Im oberen Stock, wo sich auch der Haupteingang befand, war die Küche, der Ess- und Aufenthaltsraum, untergebracht. Die Fenster an zwei Seiten und die Wände aus Fichtenholz machten den Raum hell und freundlich.

Maria hielt sich meist in diesem Raum auf und ging nur zum Schlafen nach unten. Die Beleuchtung funktionierte mit Solarenergie und die Lampen erzeugten lediglich ein dumpfes, schummeriges Licht, das zum Lesen gerade noch genügte. Doch helleres Licht, sinnierte Maria, hätte auch gar nicht in dieses Haus gepasst, hätte die ganze verwunschene Stimmung zunichte gemacht, die sie schätzen gelernt hatte. Heute war sie schon beinahe stolz darauf, in einem Hexenhaus zu wohnen.

Sie hatte lange geschlafen und saß jetzt am grob gezimmerten Esstisch, trank ihren Milchkaffee und blätterte in einer der alten Illustrierten, die sie erst kürzlich im Stauraum der Eckbank entdeckt hatte. Neben ihr lagen weitere Ausgaben und ein wenig weiter entfernt ihre Bibel. Die Illustrierten hatten sie in ihren Bann gezogen. Die Welt der Reichen und Schönen übte auf sie eine Anziehung aus. Auch die Seiten der Lebensberaterinnen waren für sie höchst interessant, zumal die Themen Beziehung und Sexualität im Vordergrund standen. Zu Hause hätte sie nie den Mut aufgebracht – hätte sie überhaupt je eine solche Zeitschrift zu Gesicht bekommen –, sich so selbstvergessen darin zu vertiefen.

Sie nahm einen weiteren Schluck Milchkaffee, der inzwischen kalt geworden war. Dann schweifte ihr Blick zur an der Wand hängenden Pendeluhr. Es war bereits Viertel vor elf. Sie hatte sich vorgenommen, heute noch Vater anzurufen und dann nach dem Gebet in der Kapelle eine Wanderung in die Gamchi zu unternehmen. Der schmale Weg dorthin war ein ganz besonderes Erlebnis, das Maria bereits mehrere Male genossen hatte. Auf der linken Seite einer tiefen, keilförmigen Schlucht, deren steile Wände nur aus Geröll bestanden, das immer mal wieder ins Rutschen geriet, schlängelte sich der schmale Wanderweg bis in die Gamchi. In schwindelerregender Tiefe rauschte ein Gebirgsbach, der sich im Laufe der Zeit in das lose Gestein eingefressen hatte. Am Weg standen zur Erinnerung an verunglückte Menschen drei Gedenktafeln, die von trauernden Hinterbliebenen dort angebracht worden und im Sommer nicht selten mit Blumen geschmückt waren. Schließlich vollführte der Weg eine kleine Kurve um einen Felsvorsprung herum und auf einmal machten die hohen, kargen, von Geröll und wenig Vegetation durchsetzten Felswände einer Hochebene Platz, die mit ihren üppig grünen Matten und dem ruhig dahinfließenden Bach einen wundervollen Kontrast zu den kargen Gesteinsmassen bildete, die man hinter sich gelassen hatte.

Maria legte die Illustrierte beiseite und stand auf. Sie stellte die Tasse auf den Spültisch, ging zu einem der Fenster und schaute nach dem Wetter. Es schien ein sonniger Tag zu werden. Überhaupt waren die letzten Tage des Monats April überraschend mild gewesen und hatten den Schnee in den Hochtälern rasch schmelzen und die Bergbäche anschwellen lassen. Die Krokusse auf den Wiesen rundum blühten in voller Kraft und zeigten dem Schnee unmissverständlich, wer nun mindestens für die nächsten vier Monate das Sagen hatte. Maria wandte sich um und trat zur fahrbaren Gasheizung, die sie am Morgen, nachdem sie aufgestanden war, eingeschaltet hatte. Die Morgenstunden waren trotz steigender Temperaturen immer noch empfindlich kühl. Sie langte nach hinten, um den Gashahn zuzudrehen. Wieder musste sie sich eingestehen, dass sie nicht mehr sicher war, in welcher Richtung dies zu geschehen hatte. Da Gas ihr immer noch ängstlichen Respekt einflößte, ärgerte sie sich über ihre Unsicherheit. Mithilfe des Wasserhahns, den sie kurz aufdrehte, vergewisserte sie sich, dass sie den Verschluss richtig bedient hatte.

Sie stieg in ihre Wanderschuhe, nahm den rostroten Fleecepullover vom Haken, schlüpfte hinein und zog den Reißverschluss so weit nach oben, bis der Kragen ihr Kinn bedeckte. Dann ergriff sie ihren kleinen Rucksack mit dem Allernötigsten darin, verschloss die Tür und machte sich auf den Weg. Sie wandte sich nach rechts und marschierte gut gelaunt das steile Sträßchen hoch, um zuerst in der kleinen Kapelle ein Gebet zu verrichten. Bald schon zweigte ein schmaler, aber asphaltierter Gehweg links ab, der zunehmend steiler werdend zu ihrem Ziel führte. Die Kapelle lag mitten in der abschüssigen Bergwiese, auf der einige wenige Kühe grasten. Rundherum lagen große Felsbrocken verstreut, die von den mächtigen Felsmassiven, welche sich bis auf zweitausendvierhundert Meter erhoben, vor langer Zeit einmal hier heruntergedonnert waren.

Maria war etwas außer Atem. Sie öffnete das Tor des Zauns und verschloss es sorgfältig wieder, ging die breite Natursteintreppe hoch und stand nun vor dem Eingang der Kapelle. Rechter Hand stand eine hölzerne Vitrine, worin sich Ansichtskarten, Traktate und ein Gästebuch fanden. Altbacken das Ganze. Eine Geldkassette aus geschmiedetem Eisen stand auf der Vitrine, um eventuell erstandene Ansichtskarten zu bezahlen.

Maria legte die Hand auf den Türgriff der schweren

Kapellentür und hoffte, dass sich sonst niemand im winzigen Gebäude aufhielt. Zögernd trat sie ein. Feuchte, muffige Luft und schummriges Licht umfingen sie und sie wähnte sich sogleich in einer anderen Welt. Die Tür hielt sie fest, weil sie aus der Erfahrung wusste, dass diese andernfalls mit lautem Getöse ins Schloss fallen und so die ganze heilige und besinnliche Atmosphäre zunichte machen würde. Außerdem ziemten sich in einem Gotteshaus keine lauten Geräusche.

Als sich ihre Augen an die Lichtverhältnisse gewöhnt hatten, merkte sie, dass sie nicht allein war. Auf der vordersten linken Bank saß eine zusammengekauerte kleine Gestalt mit einer schwarzen Kopfbedeckung. Zweifellos eine Nonne beim Gebet. Maria wurde unsicher und tat einen Schritt zurück, um die Kapelle wieder zu verlassen. Doch im selben Augenblick hob die Nonne ihren Kopf, stand auf und wandte sich dem Eingang zu:

»Bleib nur da, mein Kind. Lass dich von mir nicht stören. Gott würde mir nie verzeihen, wenn ich ein junges Fräulein vom Beten abhalten würde.«

Dabei war der verhaltene Schalk in der Stimme nicht zu überhören. Sie kam näher und Maria machte unwillkürlich Platz, was ihr aufgrund der Enge nicht leicht fiel. Erst jetzt konnte Maria Einzelheiten im Gesicht der Nonne erkennen. Sie hatte wache Augen hinter einer sehr altmodischen, schweren Brille mit übergroßen Gläsern und war schon ziemlich alt. Ihre Mundwinkel zeigten immer noch ein verschmitztes Lächeln und Maria fand diese alte Frau auf Anhieb sympathisch. Als die Nonne an Maria vorbeiging, wandte sie Maria ihr Gesicht zu, schaute ihr direkt in die Augen und musterte sie interessiert. Maria blickte verlegen nach unten und blinzelte nur ein paarmal zurück.

»Behüt dich Gott, mein Kind«, sprach die Nonne und schlüpfte hinaus.

Eine halbe Stunde später kam Maria an den Gletschermühlen vorbei, die auf dem Schild als Gletschertöpfe bezeichnet wurden und eindrücklich belegten, wie es hier vor tausenden von Jahren ausgesehen haben musste. Kurz darauf erreichte sie den Wendeplatz für die Postautos der Griesalp, der von den drei Gebäuden umsäumt war. Auf dem etwas abseits gelegenen Parkplatz standen einige wenige Autos. Menschen waren keine zu sehen. Maria wandte sich dem nordöstlichen Gebäude zu, an dessen äußerster Ecke zum Wald hin eine Telefonzelle stand. Sie zerrte kraftvoll an der Tür und öffnete sie. Nach kaltem Zigarettenrauch stinkende Luft stach ihr in die Nase. Sie nahm den Hörer ab und schob ihre Karte ein. Nach dem Wählen läutete es fünfmal, ehe ihr Vater den Hörer abnahm und sich mit seiner schleppenden Stimme meldete. Augenblicklich verspürte Maria Heimweh. Sie sah Vater vor sich, das alte, schwarze Wandtelefon, die Wohnküche, die Treppe in den oberen Stock und schließlich ihr Zimmer, das ihr viel bedeutete.

»Hallo Vati, ich bin's, wie geht's?«, sprudelte es aus ihr heraus. Ihr Vater brauchte ein bisschen Zeit, um die Frage zu beantworten. Maria kannte ihn und unterdrückte deshalb ihre Ungeduld. Was sie dann hörte oder besser, wie es sich anhörte, machte Maria den Eindruck, dass ihr Vater sie wahrhaftig vermisste. Das tat ihr gut, machte sie aber auch ein wenig traurig. Mitleid beschlich sie gegenüber ihrem Vater. Er wusste zwar nicht viel zu sagen, meinte, dass es den Kaninchen gut ginge, sie bereits wieder Junge hätten und er wieder einmal starke Schmerzen im Rücken verspüre und deswegen kaum mehr schlafen könne.

»Brauchst du die Salbe noch, die dir der Doktor verschrieben hat?«, wollte Maria wissen und wusste im gleichen Moment, dass sie mit dieser Frage prompt in die Falle getappt war. Jetzt hatte er die Gelegenheit erhalten, ihr Fehlen zu Hause zu bemängeln in dem Sinne, er könne ja schließlich die verflixte Salbe um Gottes willen nicht allein einreiben.

»Ich kann halt die Salbe nicht allein einreiben«, klagte der Vater nun auch tatsächlich. Maria atmete lautlos aus und ließ die Schultern sinken. Sie nahm sich jedoch vor, sich nichts anmerken zu lassen. Mit vordergründiger Leichtigkeit erwiderte sie:

»Frag doch die Frau Oberli, die hat immer geholfen, wenn wir sie um etwas gebeten haben.«

»Du weißt doch, dass ich das nicht gern tue«, gab Vater trotzig zur Antwort und damit war das Thema für beide erledigt. Doch der Vater wollte es sich im Moment mit seiner Tochter nicht verscherzen. So kam ihm das nächste Thema gerade recht, obwohl er es mit Skepsis in der Stimme vortrug. Er konnte damit das Telefonat, auf das er so sehnlichst gewartet hatte, geschickt und unauffällig verlängern. Eine kleine Pause entstand. Dann die Stimme des Vaters:

»Letzten Donnerstag wollte dich jemand besuchen kommen«, spannte er seine Tochter auf die Folter.

»Dieser Lomus, oder wie er heißt, kam vorbei.«

Maria konnte es kaum fassen und wurde ganz aufgeregt.

»Lomus war wirklich bei dir? Ich kann es gar nicht glauben. Erzähl doch bitte, Vati, wie war es?«

Maria platzte beinahe vor Neugierde.

»Ach, da gibt es nicht viel zu erzählen. Ich hatte meinen Sonntagsspaziergang gerade beendet, da stand er vor der Tür und meinte, du hättest dich lange nicht mehr im Geistigen Zentrum blicken lassen. Er mache sich Sorgen um dich. Ich bat ihn natürlich herein und da meinte er, er habe gehört, dass du im Kiental in einem Restaurant arbeiten würdest. Er habe große Bedenken und glaube, du könntest vom Weg der Weisen abkommen. Es sei wichtig, den eigenen Nachwuchs zu pflegen. Nur so könntet ihr groß werden und mehr noch, eure Lehre den Unweisen näher bringen. Er kam mit zwei seiner Inneren Weisen und fragte mich nach deinem genauen Aufenthalt. Er will zu dir kommen, Maria. Wann, konnte er noch nicht sagen.«

Maria hörte ihrem Vater gespannt zu und unterbrach ihn nicht ein einziges Mal, bis sie erfuhr, dass Lomus sie besuchen wollte.

»Er will mich wirklich besuchen? Hier oben? Das kann doch nicht sein Ernst sein! Und wie soll ich ihn bloß empfangen? Ich wohne in einem winzigen Häuschen und er wird sicher mit seinen zwei Inneren Weisen kommen! Ich kann ihnen nichts anbieten, Vati! Hat er nichts weiter gesagt?«, wollte Maria in einem Ton wissen, der immer verzagter klang.

»Ich kann dir leider auch nichts Näheres sagen«, beeilte sich der Vater zu erwidern, dem der Klang in der Stimme seiner Tochter natürlich nicht entgangen war.

»Aber wenn du nicht willst, musst du ihn ja gar nicht empfangen. Oder hat er dich bereits so vereinnahmt, dass du ihm hörig bist?«, wagte der Vater besorgt einzuwenden. Maria atmete hörbar ein und Entrüstung machte sich breit. Doch der Vater beschwichtigte sofort und versuchte Maria zu beruhigen, indem er seiner Stimme noch ein wenig mehr Zuversicht verlieh:

»Maria, vielleicht hat er das nicht so ernst gemeint. Vielleicht will er dich ja nur auf geistigem Weg besuchen. Du hast mir ja von angeblichen übersinnlichen Fähigkeiten erzählt, die er haben soll.«

»Die hat er auch!«, unterbrach Maria ihren Vater mit dem gleichen Trotz, mit dem er vorhin geantwortet hatte.

»Und vielleicht ist er so beschäftigt, dass er keine Zeit findet, zu dir zu kommen. Sollte er das dennoch vorhaben, weiß er natürlich bereits, wie du lebst und dass du ihn kaum gebührend empfangen können wirst. Aber mach dir keine Sorgen deswegen. Hast du das verstanden, Maria?«, wollte der Vater bestätigt wissen. Maria war nun tatsächlich etwas beruhigt:

»Vielleicht hast du Recht, Vati.«

Wieder entstand eine Pause. Diesmal etwas länger.

Dann redeten sie noch etwas über Themen ohne Belang und verabschiedeten sich schließlich voneinander, nachdem Maria dem Vater versichert hatte, sie werde spätestens dann wieder anrufen, wenn Lomus ihr seinen Besuch abgestattet habe.

Als der Vater den Hörer auf die Gabel hängte, wurde er nachdenklich, sinnierte den Worten dieses selbst ernannten Führers nach und bekam auf einmal ein sonderbares Gefühl in der Magengegend. Dass Lomus' Worte in zweierlei Hinsicht verstanden werden konnten, merkte er nicht, er spürte nur, etwas war ihm unangenehm. Vielleicht konnte er auch nicht objektiv überlegen, weil seine Tochter sich von ihm weg zu diesem Mann hinbewegte. Das schmerzte ihn und machte ihn traurig. Auf keinen Fall jedoch wollte er seiner Tochter im Wege stehen. Nur das nicht. Wenn ihm nicht so viele Menschen in seinem Leben im Wege gestanden hätten, würde heute vieles anders aussehen. Und deshalb sollte sich dieser Fehler bei seinem Kind nicht wiederholen.

*

Marias Gedanken wirbelten durcheinander, als sie die Telefonzelle verließ und sich auf den Weg in die Gamchi machte. Vaters Mitteilung, Lomus wolle sie besuchen, bereitete ihr Unbehagen, aber auch gespannte Erwartung. Was konnte er nur von ihr wollen? Die Lom-Sekte wurde immer größer und Lomus immer bekannter. So hatte er unmöglich Zeit, sich um alle seine Söhne und Töchter zu kümmern. Und jetzt wollte er sich persönlich um sie bemühen. Unvorstellbar! Und wie sollte sie darauf reagieren? Waren die zwei Getreuen, die Inneren Weisen Kiddha und Siddha, wohl auch dabei? Würde er sich voranmelden? Hätte sie wohl frei an diesem Tag, wenn er kommen wollte? Und wie lange würde er bleiben? All diese Fragen schwirrten Maria durch den Kopf, machten sie ganz benommen und bereiteten ihr Magenbeschwerden.

Oder hatte er vielleicht eine Vision gehabt und ihr

eine besondere Rolle zugedacht? Es war etliche Male vorgekommen, als sie im Haus des Lomus zum Abendgebet versammelt waren und Lomus plötzlich, ganz unvorbereitet, in Trance verfiel und dann eine Nachricht erhielt. Der Meister erwachte dann jeweils wieder, zeigte irgendwo in die Menge und flüsterte seinen zwei Getreuen etwas zu. Diese kamen von der Bühne, bewegten sich würdevoll durch die Menge, die respektvoll Platz machte, und erreichten schließlich betend die vom Universum bestimmte, durch Lomus' Stimme erkorene Person aus der Anhängerschar. Dann wurde diese Person, deren Aufregung und Stolz durch glühende Wangen und glänzende Augen sichtbar wurden, auf die Bühne gebeten, wo sie von Lomus den Segen erhielt und von der Masse der Anhänger mit einem lauten Gebet bestätigt wurde. Dieses Gebet tönte jeweils so schauerlich schön, durch Dutzende von Stimmen vorgetragen, dass es Maria den Rücken hinabkribbelte. Die auserwählte Person wurde dann von den zwei Inneren Weisen nach hinten geführt, wo sie in ihr neues, den anderen Mitgliedern unbekanntes Arbeitsgebiet eingeführt wurde.

So in Gedanken versunken, wanderte Maria den Weg hinauf durch den Wald und erreichte schließlich einen kleinen Bergbach, über den ein schmaler Steg führte und der den Wald enden ließ. Sie durchquerte einen Zaun, der mit einer schäbigen, halb verfallenen kleinen Gartentür versehen war, stieg drei, vier Schritte das Bachbett hinauf über einen flachen Grat und befand sich unvermittelt in einer anderen Welt. Erst jetzt nahm sie die Umgebung wieder bewusst wahr, nachdem sie in Gedanken bei den Feierlichkeiten der Lom-Sekte gewesen war. Der Lärm des Bergbachs war fast völlig hinter dem Grat geblieben und an seine Stelle trat ein fröhliches Gebimmel von kleinen Glocken, die die wenigen, weit verstreuten Kühe um den Hals trugen. Sie grasten friedlich auf der Bergweide und die einsame Wanderin hatten sie noch gar nicht bemerkt.

Maria entdeckte einen kleinen Stier, der sich durch sein dunkleres Fell von den anderen Tieren abhob. Da er noch sehr jung war, hatte er noch nicht den typisch maskulinen Körperbau erwachsener Tiere. Er trug aber bereits einen Nasenring und das genügte, um Maria vorsichtig werden zu lassen. Scheu blickte sie sich nach dem Stier um und ging den Wanderweg entlang, nicht ohne auf der Hut zu sein.

Allmählich kam sie einer Sennhütte näher, die auf Anhieb einen ordentlichen Besitzer auszeichnete. Die Hütte war zwar sehr alt und von der Sonne dunkelbraun und schwarz gebrannt, aber rundherum machte alles einen sehr aufgeräumten Eindruck. Beim Näherkommen bemerkte sie eine Gestalt, welche mit gesenktem Kopf und etwas auf den Armen haltend gemächlich aus dem Schatten des Stalldachs an die Sonne trat. Es war Toni Schmid, der mit einem Fellknäuel beschäftigt war, das er zwischen den großen Händen trug. Er war völlig vertieft in ein Zwiegespräch mit einem winzigen Kätzchen und streichelte es ganz zärtlich mit den Fingerkuppen. Als Marias Fuß über eine Unebenheit scharrte, schaute Toni verwundert auf.

»Hallo Toni, ich habe gar nicht gewusst, dass sich dein Heimet hier befindet.«

Sie hatte kaum das erste Wort ausgesprochen, da senkte Toni verschämt den Blick und erwiderte einsilbig:
»Hallo.«
Er beschäftigte sich noch eindringlicher mit dem Tierchen und streichelte es nun mit einer Intensität, die scheinbar keine Ablenkung erlaubte.
»Wie herzig«, entfuhr es Maria, sie trat näher an ihn heran und wunderte sich im gleichen Moment selbst über ihre Kühnheit. Tonis offensichtliche Unsicherheit im Umgang mit ihr vermochte ihre eigene Zurückhaltung abzuschwächen. Sie war jetzt so nah, dass sie den intensiven Stallgeruch von Tonis Kleidern wahrnahm. Dieser war ihr wider Erwarten nicht unangenehm, sondern löste im Gegenteil so etwas wie heimatliche Gefühle oder auch eine seltsame Art der Sentimentalität aus. Sie wagte nun den schüchternen Versuch, den Arm nach dem Kätzchen auszustrecken, um es an den Fingern schnuppern zu lassen.
Plötzlich und blitzschnell spannte sich das Kätzchen in Tonis klobigen Händen und sprang von seiner Hand. Alles ging so schnell, dass Toni sich nur noch rasch ein wenig bücken konnte, damit der Sprung des Wollknäuels ein wenig gebremst wurde. Das Kätzchen landete auf einer Steinplatte des Weges und huschte schnell, aber mit unsicheren Schritten und steil in die Höhe ragendem, kurzen Schwänzchen davon. Toni und Maria schauten dem Kätzchen nach, bis es in einem Spalt der Stallwand verschwunden war.
Toni drehte sich halb zu Maria um, hielt den Blick gesenkt und spielte mit seinen derben Schuhen mit einem Kiesel. Er fühlte sich höchst unwohl, von einer Frau so

überrumpelt worden zu sein, und hatte im ersten Moment nicht einmal ihren Namen gewusst. Er hatte die Stallkleidung an, sein Haar war struppig und ungewaschen.

Zwischen den beiden entstand eine Pause und auch Maria hatte der Mut verlassen, irgendetwas zu sagen. Toni überlegte krampfhaft, wie er eine Unterhaltung beginnen sollte. Endlich kam ihm etwas in den Sinn:

»Ich habe noch mehr davon, komm doch mit.«

Ohne sich nach Maria umzusehen, stapfte er breitbeinig nach vorn gebeugt, als wäre das Terrain steil ansteigend, in Richtung Stall, die Hände bis zu den Unterarmen in den Hosentaschen vergraben. Maria folgte ihm in einigem Abstand. Sie wusste nicht genau, was Toni meinte. Waren es Kätzchen? Toni war inzwischen beim Stall angelangt. Die obere Hälfte der Stalltür stand bereits offen und Toni drehte den Hebel des unteren Teils in die senkrechte Lage. Gleichzeitig betätigte er mit routinierten Bewegungen den altmodischen elektrischen Drehschalter, der sich hoch oben an der Türfassung befand. Er trat ein und schaute sich nach Maria um.

»Komm, aber wir müssen ruhig bleiben.«

Maria trat ebenfalls ein und Toni ging so leise wie möglich voraus. Der Stall war trotz der elektrischen Lampe düster. Die Decke hing tief, die Balken bogen sich bedrohlich nach unten. Auch hier machte alles einen ordentlichen, aufgeräumten Eindruck. Der Schorrgraben, die Rinne für den Kot und den Urin der Kühe, war sauber herausgeputzt, die Schorrschaufel hatte einen neuen, mit dem Ziehmesser entrindeten, offensichtlich von Toni selbst hergestellten Stiel. Auf einem Gestell stand die obligate rote angerostete Metallbüchse mit Melkfett. Die Lampe, befleckt mit unzähligen toten Insekten, brannte so schwach, als sei sie nur dazu da, sich selbst zu beleuchten.

Toni ging ganz nach hinten und kauerte sich in der finsteren Ecke des Stalls auf den Boden. Er schaute zu Maria und bedeutete ihr zu kommen. Sie setzte sich leise und vorsichtig in Bewegung. Als sie bei Toni anlangte, sah sie in seine Richtung. In einer Krippe, die an der Wand montiert war, aber offensichtlich nicht mehr gebraucht wurde, befand sich eine Katze in einem gemütlichen Nest aus Stroh. Zwei kleine Kätzchen tollten darin herum. Die Mutter lag träge und ausgelaugt, aber mit schwellenden Zitzen auf der Seite und blinzelte mit erhobenem Kopf die beiden Besucher an. Die Kleinen kletterten auf der Alten herum, bissen ihr in den Schwanz und balgten ausgelassen und linkisch miteinander. Maria war ganz hingerissen von diesem Anblick und konnte einen Laut der Rührung nicht unterdrücken. Toni streckte die Hand langsam aus und griff sich mit sanften Fingern eines der Jungen. Es trug ein schwarzweißes Fell und ließ sich ohne Widerstand aus seiner vertrauten Umgebung weg in Tonis Hände entführen. Toni streckte es Maria hin, die zögerlich nach dem Kleinen griff. Dabei berührten sich Tonis und Marias Hände sanft und für einen kurzen Moment konnte Maria Tonis Wärme spüren. Sie wandte sich von Toni ab, um das Kätzchen im Licht zu betrachten. Toni erhob sich aus seiner kauernden Haltung und starrte dabei mit wehmütigem Blick auf Marias Kopf mit den dunkelblonden, zu einem Zopf zusammengebundenen Haaren.

*

Zwei völlig identische Geländewagen der Marke Mercedes, Modell ML 500, fuhren in geringem Abstand und zu schnell durch das beschauliche kleine Dorf Kiental. Diese Autos erregten bei den wenigen Menschen, die sich an diesem gewöhnlichen Dienstag auf der Straße befanden, einiges Aufsehen. Die Fahrzeuge, in der noblen Farbe Schwarz gehalten, glänzten, waren brandneu und wollten nicht so recht ins Bild dieses Bergdorfes passen. Sie fuhren aus dem Dorf hinaus, und obwohl die Straße sich verengte, beschleunigten sie noch einmal. Sie ließen den Campingplatz rechter Hand hinter sich und erreichten schließlich das Schild außerhalb des Dorfes, das zu verstehen gab, die Straße werde nach hundert Metern kostenpflichtig und die entsprechende Gebühr könne auch unterwegs bezahlt werden. Sie erreichten die angekündigte Kontrollstelle, die aus einem kleinen, hübschen und neuen, im einheimischen Chaletstil gehaltenen Häuschen bestand. Davor saß ein Mann auf einer Sitzbank, vor der Zugluft geschützt durch eine stillose Plexiglasscheibe, und las in einer Zeitung.

Da der Bergbach unweit der Straße vorbeifloss und die neuen Fahrzeuge kaum durch Lärm auffielen, bemerkte der Mann die Autos erst spät. Hastig stand er auf und stellte sich entschlossen mitten auf die schmale Straße. Er war groß, kräftig gebaut und trug eine abgegriffene Ledermappe mit Gurt um die Schulter. Beide Fahrer mussten scharf abbremsen. Erst als das erste Fahrzeug stand, machte der Kontrolleur einige Schritte an die Seite des Fahrers. Die getönte Scheibe erlaubte keinen Blick hinein. Es dauerte auffällig lange, bis die Scheibe leise surrend in der Tür verschwand. Ein ernst und entschlossen dreinblickender Mann Anfang vierzig mit schulterlangen, dünnen, blonden Haaren blickte aus dem Fenster und fixierte die Augen des Kontrolleurs. Dieser ließ sich nicht beirren. Er griff in seine Ledertasche, nahm einen Zettel heraus und reichte sie dem Mann mit den Worten:

»Zehn Franken.«

»Ich zahle für beide«, erklärte der Fahrer mit unbewegtem Gesicht und einem kurzen Kopfdrehen nach hinten.

»Zwanzig Franken«, erwiderte der stämmige Kontrolleur und hielt kurz darauf dem Gegenüber einen weiteren Zettel hin. Der Fahrer hatte wie von Zauberhand plötzlich eine Zwanzig-Franken-Note in seiner schlanken, sehr gepflegten Hand, streckte sie in die Höhe und schaute, ohne den Kontrolleur eines Blickes zu würdigen, geradeaus.

Der Kontrolleur war gezwungen, einen Schritt zum Fahrzeug hin zu tun, um mit gestrecktem Arm die Banknote zu erreichen. Mit der anderen Hand reichte er ihm die Zettel, die der Fahrer mit einem kurzen Blick entgegennahm. Der Kontrolleur tat wieder einen Schritt zurück und schon surrte die Scheibe nach oben. Der Wagen fuhr los und hinter ihm setzte sich der zweite in Bewegung, durch dessen ebenfalls abgedunkelte Scheiben keine Einzelheiten zu erkennen waren. Die beiden Fahrzeuge brausten davon und waren schon bald zwischen den Hügeln verschwunden.

Der Kontrolleur blickte ihnen nach und wollte bereits den Kopf schütteln, als er hinter sich ein weiteres Fahrzeug kommen hörte. Er drehte sich um und erkannte Toni Schmid, der in seinem zerbeulten alten Subaru die Fahrt verlangsamte und bereits die Scheibe herunterkurbelte in der Absicht, mit dem Wegmeister einen Schwatz zu halten.

In der Zwischenzeit rauschten die beiden Fahrzeuge mühelos die steile Straße hinauf, kamen zum Tschingelsee und fuhren mit unverminderter Geschwindigkeit an dem Schild vorbei, welches darauf aufmerksam machte, dass das Kreuzen mit dem Postauto verboten war. Sie hatten Glück und konnten die Bergstraße ohne Gegenverkehr passieren, erreichten schließlich die Schlucht, fuhren weiter, bis sie zum Parkplatz für Ausflügler kamen, wo die Straße zum Hübeli durch ein Fahrverbotsschild für Unbefugte gesperrt war. Das vorausfahrende Auto verlangsamte die Fahrt zwar ein wenig, fuhr aber dann an dem Schild vorbei, das zweite im Schlepptau, bis zum Hübeli hinauf. Daraufhin parkten beide Fahrzeuge schwungvoll auf dem großen, unmissverständlich mit »Privat« bezeichneten Parkplatz des Ferienlagerhauses der »Freunde der Natur«.

Der Fahrer mit den blonden, schulterlangen Haaren stieg aus dem ersten Fahrzeug, schaute sich um, ging zum anderen Auto und öffnete dessen hintere rechte Tür. Ein großer Mann mit langen, grau melierten, nach hinten gekämmtem Haaren stieg mit anmutigen Bewegungen aus dem Auto. Eine Aura des Unnahbaren umhüllte ihn: Lomus, Führer der Lom-Sekte, Herr des Weisenzirkels und Meister des Schicksals.

Wortlos blieb er stehen und schaute sich um. Der Blonde wandte sich seinem Gegenüber zu und zeigte mit einer kaum merklichen Kopfbewegung auf das Restaurant.

»Dort muss es sein.«

Der Fahrer des zweiten Autos war nun ebenfalls ausgestiegen und zu dritt begaben sie sich in Richtung Hübeli.

6. Kapitel

Der nächtliche Besucher gedachte sein Auto wohlüberlegt an einem unauffälligen Ort zu parken. Dazu wählte er den großen, mit Schotter belegten Parkplatz, der unweit der Griesalp unmittelbar hinter der Schlucht angelegt worden war und vor allem an den Wochenenden rege benutzt wurde.

Mit Genugtuung stellte er fest, dass lediglich zwei Autos abgestellt waren. Den Nummernschildern nach zu urteilen, kam ein Auto aus Holland und das zweite aus dem Aargau. Gut, dachte er, keine Einheimischen, die sein Fahrzeug erkennen könnten.

Langsam fuhr er auf den Platz, der sich zuerst fünfzig Meter den Bergbach entlangzog, um dann um einen Hügel herum zu führen. Hier weitete er sich und endete an einem sanft ansteigenden, lichten Wäldchen, in dem sich ein paar Feuerstellen befanden und mittlerweile auch etlicher Unrat angesammelt hatte. Ging man weiter, wurde das Waldstück unvermittelt begrenzt von der steilen, teilweise sogar überhängenden Felswand der Griesschlucht, wo sich das enge, steile Sträßchen zur Griesalp hinaufwand.

Der Fahrer rollte mit seinem Auto auf dem Parkplatz bis zum Waldrand und versuchte das Fahrzeug möglichst unauffällig zu platzieren, indem er den Schatten der hohen Tannen nutzte.

Als er den Motor abstellte, hüllte ihn augenblicklich Finsternis ein. Überrascht stellte er fest, dass er nicht mit so starker Dunkelheit gerechnet hatte, und so entschied er sich kurz entschlossen für die Taschenlampe.

So geräuschlos wie möglich schloss der nächtliche Besucher die Fahrertür, obwohl er sich kaum vorstellen konnte, hier von einem Augenzeugen beobachtet zu werden. Er ging ums Auto herum und stieß dabei an eine Wurzel, die ihn stolpern ließ. Beinahe fiel er hin, konnte sich jedoch gerade noch auffangen. Nur mit Mühe unterdrückte er einen Fluch. Doch die Einsicht, sich kaum unter Kontrolle zu haben, machte ihn wütend. Blind tappte er mit den Fingern das Autoblech entlang, bis er den Griff der Hecktür gefunden hatte.

Beim Öffnen erleuchtete eine kleine träge Lampe schwach das Innere des großen Fahrzeugs. Pingelige Ordnung herrschte und erlaubte ihm mit einem Griff die starke, aus Aluminium gefertigte Taschenlampe zu ergreifen und in die Jacke zu stecken. Sorgfältig zog der Mann an der Hecktür und ließ sie sanft ins Schloss gleiten. Wieder umschloss ihn dieselbe undurchdringliche Dunkelheit und die Stille wurde nur vom nahe gelegenen Bergbach mit einem sanften Rauschen durchbrochen.

Entschlossen schritt der Mann los. Kurze Zeit später ließ er einen Felsvorsprung hinter sich, der den Blick frei machte auf ein paar beleuchtete Fenster des Berghauses Hübeli. Nach fünfzig Metern bog er scharf links ab und überquerte den schmalen, aus zwei Baumstämmen bestehenden Steg, der den Chutzbach überquerte. Nach ein paar Schritten den Bach entlang öffnete der nächtliche Besucher ein Gartentürchen, das mit einem Drahtring geschlossen war, schlüpfte hindurch und legte den Drahtring wieder über den Pfosten. Er atmete auf. Die heikelste Strecke, nämlich das Sträßchen, hatte er hinter sich gebracht, ohne dass ihm jemand begegnet war.

Den weiteren Weg konnte er nun im Schutze von Tannen und Gräben in der Dunkelheit zurücklegen, was ein Entdecken seiner Person nahezu unmöglich machte. Mittlerweile gelang es ihm recht gut, die Umgebung wahrzunehmen. Kurz orientierte er sich, bevor er weiterging. Das Gelände stieg steil an und zwanzig Meter oberhalb stand ein kleines Ferienhaus. Diese Perspektive, von unten und des Nachts, war ihm fremd. Das kleine Haus machte von hier unten einen viel größeren Eindruck und beinahe schien ihm, als spüre das Haus seine verwerfliche Tat. Er hielt sich rechts davon und schnaufte mittlerweile ganz ordentlich die steile Wiese hinauf.

Endlich erreichte er das Gartentor, langte herüber und hob den Hebel nach oben. Noch einmal schaute er sich forschend um, doch nichts Auffälliges war zu entdecken. Gebückt ging er durch das offene Tor, denn eine große Tanne streckte ihren untersten Ast über den Zaun und behinderte sein Eindringen. Sorgfältig schloss er das Tor wieder und schlich nun im Schatten der weiteren Tannen bis zum Haus.

Ihm wurde mulmig zumute. Sein Herz klopfte wie verrückt, doch er spürte deutlich, dass dies nicht nur von der körperlichen Anstrengung verursacht wurde. Ein weiteres Mal sah und hörte er sich um. Nichts. Alles war ruhig. In einem Chalet viel weiter oben brannte Licht, ebenso, kaum sichtbar durch den Tannenhag rund um den Sitzplatz des Hauses, immer noch die trüben Lichter des Hübelis. Ein gedämpftes Brummen verriet den laufenden Stromgenerator des Restaurants.

Bis jetzt hatte er eigentlich nichts Illegales getan, versuchte er sein Gewissen zu beruhigen. Auch das, was jetzt kommen würde, war kaum mehr als eine Entwendung zum Gebrauch, und dieser Tatbestand konnte kaum als Straftat angesehen werden.

Ausgestattet mit seinem selbst eingeredeten Mut, machte der nächtliche Eindringling sich an die Arbeit. Er ging gebeugt zum Gartenkamin, fasste zielstrebig unter die schwere Steinplatte und hielt den Hausschlüssel in der Hand. Als er bei der Haustür angekommen war, steckte er den Schlüssel in das Schlüsselloch. Obgleich er sich tief hinunterbeugte, musste er dieses mehr erspüren, als dass er es sah. Er drehte den Schlüssel und drückte die Klinke vorsichtig nach unten. Die Tür ließ sich geräuschlos öffnen, er trat ein, schloss sie rasch, aber vorsichtig wieder und blieb stehen.

Es war stockfinster und roch nach feuchter, abgestandener Luft. Die elektrische Beleuchtung wollte er nicht benutzen, das Risiko war ihm zu groß. Deshalb griff er in seine Jacke und holte die mitgebrachte Taschenlampe hervor. Ein heller, starker Strahl durchbrach die Dunkelheit und traf eine geschlossene Tür am Ende des kurzen Ganges. Unmittelbar links neben dem Eingang verlief eine sehr steile und enge Holztreppe nach oben in den ersten Stock, wo sich neben dem Vorraum mit dem grünen Bürotisch das Schlafzimmer befand. Genau dieser Vorraum war sein Ziel. Als er die Treppe hochstieg, zerriss ein fürchterliches Knarren die Stille und der Eindringling befürchtete, dies sei bis ins Hübeli hinauf zu hören. Als er die Stufen zurückgelegt hatte, leuchtete er an die Wand, wo er das Gewünschte erwartete.

Und tatsächlich. Hier hing er. Ein schwarzer, schauerlich schön aussehender Compound-Bogen. Ein Hightech-Produkt mit einem raffinierten Mechanismus aus Umlenkrollen, die den Bogenschützen befähigten, trotz des immensen Zuggewichts die Sehne beinahe mühelos zu ziehen. Dadurch war ein ruhiges Zielen fast ohne Kraftaufwand möglich. Der Pfeil wurde mit derartiger Wucht losgeschleudert, dass dieser problemlos in der Lage war, einen menschlichen Körper zu durchdringen. Ein tödliches Geschoss.

Der Mann ließ den kräftigen Strahl seiner Taschenlampe das Gestell entlanggleiten. Hier lagen sie. Eine Anzahl Pfeile, aus Kohlefasern hergestellt. Außer einem. Diesem galt sein Augenmerk. Ein Hochgeschwindigkeitspfeil aus Flugzeugaluminium mit einer Spitze aus strahlenförmig sich erweiternden, scharf geschliffenen Lamellen, die durch die Eigendrehung des Pfeils schreckliche Wunden verursachten.

Vorsichtig, fast ehrfürchtig ergriff der nächtliche Besucher den Bogen und nahm ihn vom Haken. Er wog ihn in der Hand und ein neutraler Beobachter hätte ohne weiteres den routinierten Bogenschützen erkannt. Trotz der aufwändigen Technik war der Bogen erstaunlich leicht und lag perfekt in der Hand. Der Mann stellte die Taschenlampe auf das Gestell und der Strahl stach scharf gegen die weiß gestrichene Weichfaserplatte an der Decke und vermochte den Raum genug zu erhellen, damit er den Pfeil ergreifen konnte, ihn zusammen mit dem Bogen in die rechte Faust nahm, die Taschenlampe mit der Linken ergriff und sich auf den Rückweg machte. Ungeduld erfasste ihn nun und trieb zur Eile.

Hastig und dennoch vorsichtig stieg er die Treppe hinunter. Da der Bogenschütze keine der beiden Hände frei hatte, musste er um seine Balance kämpfen. Die Treppe war so schmal und steil, dass er sich beim Hinuntergehen ein wenig wegdrehte und mit dem Bogen die Wand entlangschrammte.

Als er unten angekommen war, legte er die Lampe auf die Treppe, öffnete die Tür, erschrak und schloss sie rasch wieder. Die Lampe, er hatte die Lampe vergessen auszuschalten! Er knipste sie aus und steckte sie wieder in die Jacke. Erneut öffnete der Mann die Tür und in diesem Moment erhellte der Mond, hinter einer Wolke hervorkommend, die Gegend, um gleich darauf hinter der nächsten Wolke zu verschwinden.

Nichts Verdächtiges war zu hören oder zu sehen. Seine Anspannung nahm wieder ab und er versuchte sich zu beruhigen, indem er sich einredete, dass sicherlich niemand um diese Zeit in dieser Gegend anzutreffen war oder gar etwas gesehen haben könnte.

Die nächtliche Gestalt legte den Bogen und den Pfeil auf die Bank, die rechts neben dem Eingang an der Hauswand stand, schloss die Tür wieder, drehte den Schlüssel, zog diesen ab und brachte ihn in das Versteck beim Gartengrill. Als Dieb wollte er sichergehen und fand es besser, das Haus so zu verlassen, wie er es angetroffen hatte. Auch dann, wenn er das Diebesgut nach getaner Arbeit wieder zurückzulegen gedachte.

Bald erreichte der nächtliche Besucher sein Ziel, nachdem er durch den Bach gewatet, einen Graben mit schmalem Fußweg und noch schmalerem Steg durchlaufen und schließlich ein Waldstück durchquert hatte.

Nun suchte er den geeigneten Standort, den er aus der Erinnerung von früheren Besuchen gewählt hatte. Es war ein Felsbrocken, ungefähr einen Meter hoch, der oben eine fast horizontale, ebene Fläche besaß. Dahinter lag seiner Ansicht nach der perfekte Standort für einen gezielten und tödlichen Schuss. Wie geschaffen für sein Vorhaben. Der Fußweg war hier so angelegt, dass er etwa zwanzig Meter parallel daran vorbeiführte. Hinter diesem Stein konnte er gelassen auf der Lauer liegen, im richtigen Augenblick aufstehen und den Pfeil losschnellen lassen.

Zu diesem Zweck erklomm der Mann den Felsbrocken und legte sich rücklings auf das dichte Moospolster, das sich darauf gebildet hatte. Seine Atemstöße gingen immer noch keuchend und ruckartig und er war jetzt doch froh, sein Ziel erreicht zu haben. Modriger Geruch von Moos und Flechten stach ihm in die Nase. Dieser Geruch erinnerte ihn an den Tod und als Mörder auf der Lauer fand er dies im Moment sehr passend.

Langsam kroch ihm die Kälte den Rücken hinauf, dort, wo er am meisten geschwitzt hatte. Erst jetzt merkte er, dass sein ganzer Oberkörper nass war von der Anstrengung der letzten halben Stunde. Bevor er sich weiter vorbereitete, gönnte er sich eine Pause. In der Ferne, weit unten im Tal, bellte ein Hund.

Nach einer Weile wechselte er in eine sitzende Stellung und fing an, seinen Oberkörper zu entkleiden. Erst die dunkelgrüne Faserpelzjacke, dann den Wollpullover und schließlich das weiße, ärmelloses Unterhemd. Danach zog er den Wollpullover als Erstes an, gefolgt vom Unterhemd und der Jacke. Diesen Trick hatten sie damals im

Militär angewandt, wenn sie schweißnasse Wäsche trugen und keine Gelegenheit sahen, diese zu wechseln. So befanden sich die feuchten Kleider nicht direkt auf der Haut, kühlten diese somit nicht unangenehm aus und nichts war im Weg oder ging verloren. Zudem nutzte es, trotz der Nässe, als Wärmeisolator.

In diesem Moment wurde seine Hoffnung erfüllt. Der Mond war voll, hatte sich bereits seit Längerem durch einen hellen Schein hinter einem Wolkenband oberhalb des Bundstocks wieder bemerkbar gemacht und leuchtete nun ohne Hindernis zur Erde hinab, wo er das enge Tal mit seinen schroffen Felsen, den dicht bewaldeten Hängen und schneebedeckten Bergen in kontrastreiches, kaltes Licht tauchte.

*

Vico passte einen günstigen Moment ab, bevor er sich erhob. Er beobachtete Maria aus den Augenwinkeln und hörte dabei mit einem Ohr Alfi und Toni zu, die über Ländlermusik lamentierten. Alfi vertrat lautstark die Meinung, dass die heutigen Musikstücke einfach nicht mehr so klangen wie die alten. Auf Rückfrage von Vico, der sich kein bisschen darum scherte, warum das so war, sondern durch diese Frage nur von sich selbst ablenken wollte, erwiderte Alfi nur, das könne er eben auch nicht sagen.

Unterdessen war Maria dabei, ihr Tablett mit dem schmutzigen Geschirr zu beladen, um es in die Küche zu tragen.

»Du wirst doch einfach alt und hörst die Töne nicht

mehr richtig, Alfi«, feixte Vico weiter und nutzte das laute Lachen von Toni und Alfi als Vorwand, die Runde zu verlassen mit der Begründung, er müsse mal eben austreten.

»Hättest doch vorhin mit mir kommen können«, meinte Alfi mit anzüglichem Lachen und prustete im Duett mit Toni los.

»Wenn du dabei Hilfe brauchst, komme ich das nächste Mal gerne mit. Ist er denn so klein?«, gab Vico schlagfertig zurück und die beiden Zurückgebliebenen kugelten sich beinahe vor Lachen.

Maria durchquerte in diesem Moment den Saal und warf einen schnellen Blick in die Männerrunde. Ihr und Vicos Blick trafen sich und sie wandte, peinlich berührt, sofort ihren Kopf ab und fixierte die Tür zur Küche.

Vico ging hinter ihr her, bis er im schmalen Korridor stand, der zum Ausgang führte. Er wusste, Maria war heute allein. So trat er ohne die geringste Scheu in die Küche, die er zuvor noch nie betreten hatte. Er blieb kurz stehen und kickte mit dem Fuß die Tür ins Schloss. Maria räumte mit automatischen Bewegungen das schmutzige Geschirr auf die Chromstahlspüle und warf ihm dabei immer wieder scheue Blicke zu. Ihr Herz pochte so stark, dass sie glaubte, Vico könne ihren Herzschlag hören.

Langsam kam er auf sie zu, bis sie ihn aus dem Blickfeld verlor und er schließlich hinter ihr stand. Wie gelähmt vor gespannter Erwartung stand sie da und ihr Unterleib wurde auf einmal, ausgehend vom Magen, von einer angenehmen Wärme durchzogen, die sich bis in ihr Gesicht und weiter in ihre Ohren weiterzog. Unfähig, sich zu bewegen, stand sie starr und wandte lediglich den Kopf zur Seite. Auf einmal schlang er sanft seine kräftigen nackten Unterarme um ihre Schultern und hielt sein Gesicht nahe an ihren Hals. Sie roch den schwach wahrnehmbaren, aber unverkennbaren Geruch nach Kuhstall, Heu und Rauch, der von ihm ausging. Ihre Besorgnis, etwas Verbotenes zu tun, wechselte zu machtvoller Zuneigung, der sie sich kaum erwehren konnte.

Als seine Lippen ihren Hals berührten, erzitterte sie vor Wollust und ließen sie sämtliche inneren Widerstände vergessen. Sie ließ sich fallen in dieses intensive Gefühl, verlor das Gleichgewicht und konnte in diesem Moment nicht anders, als ihre Hände zu heben, sie auf Vicos Unterarme zu legen, um diese sanft zu drücken und sich, an Vico gelehnt, diesem Augenblick voll und ganz hinzugeben.

*

Vico Kunz öffnete die Tür des Hübeli und trat in die Dunkelheit hinaus. Er atmete tief ein. Sein Kopf war von der rauchgeschwängerten Luft und dem Alkohol, den er im Verlauf des langen Abends genossen hatte, dumpf und schwer. Das schwache Licht, das aus den Fenstern des Hübelis drang, ließ ihn beim Ausatmen eine Dampfwolke erblicken. Die kalte Frühlingsnacht machte ihn frösteln. Er steckte die Hände tief in die Hosentaschen und zog die Schultern zusammen. So stand er da und schaute sich um. In der Ferne bellte ein Hund, wahrscheinlich von der Griesalp her.

Der Himmel war klar und der Mond stand hinter dem

Hübeli. Er konnte ihn zwar nicht direkt sehen, wusste aber, dass er da war und bereits ziemlich voll sein musste, vielleicht war bereits Vollmond. Es kam ihm gelegen, weil er so den letzten Rest des Weges, den er nur zu Fuß zurücklegen konnte, besser zu sehen bekam. Dieser war nämlich nicht ganz ungefährlich, führte er doch mittels eines schmalen, wackligen Stegs, den er schon längst hätte ersetzen sollen, durch einen tiefen Graben, in dem der Chutzbach nach unten schoss.

Vico machte sich auf den Weg zu seinem Auto, das wenige Meter vom Hübeli auf dem Parkplatz stand. Als er dort anlangte, sah er den vollen Mond, der sein kaltes Licht auf die Erde sandte. Vico stieg in das unverschlossene Fahrzeug und fuhr los. Die Fahrt endete jedoch kurz darauf wieder. Neben dem Bach lenkte er den Jeep in eine Ausweichstelle, stellte den Motor ab, zog die Handbremse und stellte sich auf eine längere Wartepause ein. Beim Gedanken an die bevorstehenden Stunden huschte ein erwartungsvolles Lächeln über sein Gesicht.

*

Immer wieder warf Maria einen Blick auf die große Pendeluhr, die in der Gaststube hing und deren Zeiger sich mit unbeirrbarer Genauigkeit fortbewegten, ohne sich auch durch den nervösesten Blick von Maria aus ihrer Ruhe bringen zu lassen. Es waren mittlerweile noch fünf Personen in der Gaststube, die grüppchenweise an den Tischen hockten und ihren Schlummertrunk einnahmen.

Da waren Alfi und Toni, die sich im Augenblick nicht mehr viel zu sagen hatten, immer wieder ein Bier bestellten und Maria in ein Gespräch verwickeln wollten. An einem anderen Tisch saßen drei junge Bergsteiger, die ein Zimmer bestellt hatten und warme Ovomaltine trinkend Erfahrungen übers Klettern austauschten. Zwischendurch falteten sie geräuschvoll ihre mitgebrachten Landkarten auseinander, um sich dann wie Verschwörer darüber zu beugen. Der nachfolgende Kommentar hatte aber gar nichts Diskretes mehr an sich, denn mit breitem, lautem Walliser Dialekt gaben sie ihre Erlebnisse zum Besten.

Maria hatte alle Arbeiten, die sie am Feierabend erledigen musste, bereits im Wissen getätigt, dass Bergwanderer keine Nachtmenschen waren, wenn sie sich auf einer Tour befanden. Es bestand also berechtigte Hoffnung, bald Feierabend machen zu können. Es war Dienstag und so arbeitete sie allein und konnte die Gaststube schließen, sobald sie keine Gäste mehr zu bewirten hatte.

Allmählich wurden die Besucher doch müde und gähnten immer öfter und ungehemmter. Die Ovomaltinen waren ausgetrunken und die Karten ordentlich zusammengefaltet und auf die leere Eckbank gelegt. Auf einmal, wie auf Kommando, erhoben sich die drei, schoben die Stühle umsichtig an ihren Platz und machten sich mit etwas steifen Beinen auf den Weg zu ihrem Zimmer im ersten Stock. Als der hinterste der drei gerade durch die Tür in den Korridor verschwand, entdeckte Alfi, der ihnen träge nachgesehen hatte, auf der Eckbank die Landkarten, die die drei offensichtlich vergessen hatten.

Mit heiserer Stimme und verwaschener Sprache rief er den dreien nach, erhob sich schwankend, musste sich am Stuhl festhalten, bis er sein Gleichgewicht gefunden hatte, und machte sich mit unsicheren Beinen auf den Weg, um den Touristen die Karten zu bringen. Einer der drei war jedoch schneller, kam mit federnden Bewegungen auf den Tisch zu, bedankte sich halbherzig bei Alfi für seine Bemühungen und wandte sich zügig ab. Dabei war nicht zu übersehen, dass er nicht viel von diesem versoffenen, leutseligen und nach Urin stinkenden Alten hielt, der den ganzen Abend anzügliche und primitive Witze zum Besten gegeben hatte.

Maria, die die drei Männer vorbeimarschieren ließ und ihnen eine erholsame Nachtruhe wünschte, war im Nachhinein selber überrascht über ihre berechnende Art. Als sie nämlich Alfi aufstehen sah, nutzte sie die Gelegenheit, eilte mit zwei, drei schnellen und leisen Schritten in die Küche, packte ihr Portemonnaie, lief wieder zur Tür, kam möglichst gelassen in die Gaststube und meinte so freundlich und beflissen, wie sie nur konnte:

»Du wolltest zahlen, Alfi?«

Alfi reagierte mit seinem benebelten Bewusstsein etwas langsam, schaute zu Maria hin und überlegte, so lange, bis es Maria dabei unbehaglich wurde. Doch glücklicherweise mischte sich Toni in das Gespräch ein, kippte mit dem Oberkörper auf die linke Seite, zog seinen Geldbeutel aus der rechten Gesäßtasche und meinte ebenfalls mit belegter Stimme, aber gönnerhaft: »Komm, Alfi, diesmal zahle ich.«

Dabei schaute er Maria abwartend an, um zu erfahren, wie viel er zu berappen hatte. Maria, die ein schlechtes

Gewissen bekam ob ihrer Dreistigkeit, die zwei Männer, die ihr doch wohlgesonnen waren, auf diese unfeine Art hinausgeworfen zu haben, lief rot an und kam einen Moment ins Stottern, als sie den Betrag für die achtzehn Bier zusammenzählen musste. Alfi war mittlerweile mit hängendem Kopf und gebeugtem Rücken wieder an den Tisch herangetreten, musste sich aber mit beiden Händen an der Stuhllehne festhalten. Trotzdem ließ er es sich nicht nehmen, den letzten Inhalt seines Bierglases in einem einzigen Zug mit einer Mimik aus Verwegenheit und Selbstmitleid hinunterzustürzen. Toni überließ Maria ein großzügiges Trinkgeld und erhob sich schwerfällig. Er wartete, bis sich Alfi erholt hatte und auch bereit war, den Heimweg anzutreten, und schließlich trotteten beide, Alfi voraus, dem Ausgang entgegen. Maria öffnete ihnen noch die Tür, wünschte ihnen ebenfalls eine gute Nacht und ahnte bereits, dass die zwei wahrscheinlich wieder bei Toni übernachten würden.

Sie schaute den zwei Gestalten nach, wie sie langsam in der Dunkelheit verschwanden. Kurz bevor sie ganz außer Sichtweite waren, konnte sie noch eben erkennen, wie Alfi auf einmal ausscherte, an die Straßenmauer schwankte, dort mit dem Rücken zu ihr breitbeinig stehen blieb, sich umständlich zwischen seinen Beinen zu schaffen machte, mit einer Hand an der Mauer Halt suchte und schließlich ein lautes, immer wieder unterbrochenes Geplätscher hören ließ. Maria schloss verschämt die Tür. Peinlicherweise klemmte diese wieder, sodass dies nicht lautlos geschah. Sie drehte den altmodischen, schweren Schlüssel zweimal um und schaute dann auf ihre Armbanduhr. Es war zwanzig Minuten vor zehn.

Maria machte sich auf den Weg. Der Mond, oberhalb des Bundstocks vor nicht langer Zeit aufgegangen, sandte sein fahles Licht zur Erde hinab. Die Luft war kühl und nur zwei der von hier einsehbaren Ferienhäuschen hatten noch Licht, das schummrig und schwach aus den kleinen Fenstern drang. Die Sterne funkelten aus der endlosen Entfernung des Universums auf die Erde hinab. Weit oberhalb des Abendbergs blinkte ein kleiner, gelber Punkt und bewegte sich langsam gen Norden.

Aber im Moment hatte sie keine Augen für Himmelsbeobachtungen. Sie war zu angespannt und freute sich, ja konnte es kaum erwarten, Vico zu treffen und mit ihm zusammen zu sein. Sie hatte mit ihm vereinbart, dass er auf der Straße mit seinem Jeep auf sie warten würde. Den genauen Ort hatten sie jedoch nicht mehr planen können, weil ein Gast nach der Bedienung rief. Und da die Stimme nicht aus der Gaststube ertönt war, sondern nahe der Küchentür, war Maria derart erschrocken, dass sie zusammenzuckte, sich blitzartig aus Vicos Umarmung herausgewunden hatte, um ihr Portemonnaie zu ergreifen und hinauszueilen, nur um dann dem Gast erklären zu müssen, wo sich die Toilette befand. Als sie diesem den Weg gewiesen hatte, war Vico auch schon unauffällig aus der Küche geschlüpft, hatte sie noch wie zufällig mit einer streichelnden Hand von der Taille zum Rücken hin berührt, was sie heftig elektrisiert hatte. Noch bevor sie ihre Aufmerksamkeit wieder Vico zuwenden konnte, war er aus der Tür verschwunden gewesen. Das Letzte, was sie erkennen konnte, war ein schelmisches Zwinkern mit einem Auge gewesen.

Sie überquerte die kleine Holzbrücke und ging dann

rechts das steile, den Chutzbach entlang verlaufende Sträßchen hoch, weil sie wusste, dass Vico diesen Weg immer fuhr. Ihr war jedoch nicht klar, wo genau sich sein Heimetli befand, nur so viel, dass es sich nicht viel weiter oberhalb des Hübelis auf einer von Wald umsäumten Lichtung versteckte und von diesem aus nicht eingesehen werden konnte.

Auf einmal leuchteten ihr zwei rote Lichter entgegen. Sie blinkten ein paar Mal auf, dann blieb es wieder dunkel. Das mussten die Rücklichter des Jeeps von Vico sein. Sofort beschleunigte sich ihr Herzschlag wieder. Maria ging weiter und sah kaum noch, wo sich das Auto befunden hatte, als sie auf einmal heftig zusammenfuhr. Durch das laute Geräusch des Bergbachs und die Dunkelheit hatte sie nicht bemerkt, dass Vico hinter sie getreten war und sie umarmte. Sie wurde lediglich eines Schattens gewahr und kurz darauf fühlte sie Arme, die sie mit sanfter Kraft umschlangen. Der steile Anstieg, die Verliebtheit und der kleine Schreck ließen ihren Puls jagen und hatten eine ganz eigentümliche und unglaublich starke Wirkung, die sie jedes Gefühl für Zeit und Raum verlieren ließ.

Sie fuhren das schmale Natursträßchen hoch, das sich in engen Kurven immer höher schraubte. Die beiden Scheinwerfer fingerten durch die Dunkelheit und beleuchteten immer ein wenig zu spät die engen Kehren.

Maria war einmal mehr beeindruckt von Vicos Fahrkünsten. Trotz der Dunkelheit lenkte er den Jeep wagemutig durch die holprigen Kurven und war vollends beschäftigt mit Schalten, Lenken und Um-die-Kurven-Spähen. Dessen ungeachtet fasste er zwischen dem Schalten einmal kurz mit der Rechten und einem charmanten Lächeln nach Marias Hand und drückte diese beherzt.

Auf einmal zeigte seine rechte Hand durch die Windschutzscheibe auf die Straße: »Schau dort, ein Hase!«

Maria hatte ihn fast zur selben Zeit erblickt. Ein Hase, der unbeweglich mitten auf der Straße verharrte. Im nächsten Augenblick sprang er auf, änderte seine Richtung und machte sich gemächlich hoppelnd davon. Doch seltsamerweise jagte er nicht durch die Büsche, sondern lief mit wippendem Stummelschwanz eine ganze Weile mitten auf dem Weg vor dem Auto her. Erst dann schien er seinen Fehler festgestellt zu haben, denn er wechselte plötzlich und blitzschnell wieder die Richtung gegen die Böschung hin und verschwand mit einem gewaltigen Satz endlich im Gras des Wegrands. Vico lachte amüsiert auf und Maria war gerührt von diesem kleinen Schauspiel, das die Natur ihr zu dieser späten Stunde geboten hatte.

Doch im nächsten Moment waren ihre Gedanken wieder bei Vico. Auf einmal steuerte er den Wagen auf eine Art Parkplatz, der lediglich aus einer verbreiterten Kurve bestand. Er hielt an und stellte den Motor ab. Mit einem kräftigen Ruck zog er die Handbremse, die laut ratschte, kletterte aus dem Wagen und stieß die Tür zu. Nur Sekunden später wurde die Beifahrertür aufgerissen und Vicos strahlendes Gesicht wurde von der Innenraumbeleuchtung schwach erhellt.

»Darf ich bitten?«, meinte er mit einer angedeuteten Verbeugung und erhobener Hand. Maria, peinlich berührt, ließ sich das nicht zweimal sagen. Sie ergriff Vicos Hand und ehe sie sich versah, lag sie ihm in den Armen. Mit einem lockeren Fußtritt kickte er die Autotür ins Schloss, drehte sich um und trug Maria hinein in die Dämmerung.

»Ich würde dich ja gerne weiter tragen, aber hier ist nur ein Fußweg. Und wir wollen doch nicht, dass dir etwas passiert, oder?«, grinste er sie an und stellte sie sanft und mühelos, als wäre sie eine Feder, auf die Füße.

»Bleib ganz dicht hinter mir. Das ist der geheime Weg in mein kleines Reich«, tat er geheimnisvoll und ging langsam voraus, nicht ohne Maria an der Hand zu nehmen. Der Weg führte scheinbar ins Nichts, denn nur die ersten paar Meter waren zu sehen, bevor dieser in einer dunklen Wand aus Wald und Finsternis verschwand. Der Mond war ausgerechnet jetzt wieder durch ein Wolkenband verdeckt. Vorsichtig machten sie sich auf den Weg. Es war wirklich nur ein schmaler Fußweg, der stellenweise mit Brettern belegt war. Der ganze Abhang gluckste leise von den unzähligen kleinen und kleinsten Rinnsalen. Jeder Schritt, den sie taten, erzeugte schmatzende Geräusche, die die beiden zuweilen amüsiert auflachen ließen und die sie bald auch stimmlich imitierten.

Kurz nachdem sie vom Wald verschluckt worden waren und am hangseitigen Wegrand ein Halteseil aus einem rostigen, dünnen Draht passiert hatten, erreichten sie den tiefsten Punkt des Grabens. Hier mussten sie über einen Steg, der aus einem schmalen Brett bestand und unter dem ein kleiner Bach rauschend nach unten floss. Maria hielt sich nahe an Vico, weil hier unten die Dunkelheit noch größer und der Pfad stellenweise kaum breiter als der Fuß war. Sie blieb kurz auf dem Brett stehen und spähte etwas ängstlich nach unten. Ihr Blick kam jedoch nicht weit. Man hörte nur den Bach rauschen. Zu sehen war nichts.

»Bist du da noch nie ausgerutscht?«, musste sie die bis dahin der Dunkelheit angemessene Lautstärke erhöhen, weil das Wasser beachtlichen Lärm erzeugte. Vico stand direkt vor ihr auf dem Brett, das sich bedrohlich nach unten bog.

»Nein, wieso? Und du?«

Dabei fasste er sie an den Hüften und fing an, auf dem Brett zu wippen, bis sich dies auf- und abbewegte.

»Hör auf damit!«, schrie nun Maria, zwischen Angst und Ausgelassenheit schwankend, und drängte Vico auf das andere Ufer zu. Kaum dort angekommen, wurde Vico wieder ernst:

»Hier musst du besonders aufpassen.«

Und tatsächlich. Hier war kaum mehr oder eigentlich überhaupt kein Weg mehr auszumachen. Maria wusste gar nicht, wo sie stehen sollte. Alles steil, steinig, rutschig und nass. Zum Glück gab ihr Vico neuerlich ein Seil zu fassen, diesmal ein altes ausgeleiertes Bergsteigerseil, das hier zwischen zwei Bäumen gespannt war und so etwas wie Sicherheit vermittelte. Doch am Ende des Seils wurde der Pfad wieder ganz passabel und Maria konnte besser Fuß fassen.

Ein kühler Luftzug wehte an ihnen vorbei und trug einen intensiven Geruch nach feuchter Erde und Harz mit sich. Sie tasteten sich vorsichtig weiter, bis sie einen lichten Waldabschnitt erreichten. Auch wurde die Umgebung durch den Mondschein wieder ein wenig heller. Ab und zu machte Vico Maria auf ein Hindernis auf dem Weg aufmerksam und hielt ihre Hand, bis sie dieses überwunden hatte.

Schließlich hatten sie den Waldrand hinter sich gelassen und waren gleichzeitig am Ende des Grabens angelangt. Über ihnen sah Maria im jetzt hellen Mondschein ein Seil, das zum Transport von Waren diente. Sie ließ ihren Blick das Seil entlanggleiten und erblickte hoch über ihren Köpfen ein windschiefes, großes Holzgerippe, an dem das Seil verankert war. Also konnte das Haus nicht mehr weit entfernt sein. Maria war mittlerweile ganz schön außer Atem gekommen und, als hätte Vico ihre Gedanken erraten, meinte er:

»Jetzt sind wir bald oben.«

Dabei packte er übermütig wie ein kleiner, ungeduldiger Junge Maria erneut an der Hand und sie ließ sich bereitwillig, aber mit gespielter Überraschung und einem verspielten Ausruf, der sie selber verblüffte, von ihm mitreißen.

*

Der nächtliche Besucher mit dem Bogen hatte das typische Geräusch eines Jeepmotors schon seit längerer Zeit gehört. Sein Körper und sein Geist waren vollkommen konzentriert. Die Euphorie hatte sich gelegt, seine absolute Entschlusskraft war geblieben. Nicht der geringste Hauch von Unsicherheit oder Zweifel störte seine klaren Gedanken, die nur ein Ziel kannten: diesen Mann zu vernichten. Der Puls war angenehm erhöht, ohne seine ruhige Hand, die er zum Zielen brauchte, zu stören.

Der Mond schien seinen Entschluss zu billigen, mehr noch, er half ihm bei seinem Vorhaben, indem er die Nacht hell erleuchtete. Blieb nur zu hoffen, dass er sich nun endgültig von den Wolkenfetzen gelöst hatte. Der Mann war vorbereitet und hatte mit seiner Uhr gestoppt, wie lange er gebraucht hatte, um vom Parkplatz bis an die Stelle zu gelangen, an dem sein Opfer in der besten Position stand. Kaum hatte er den Motor verstummen gehört, startete er die Stoppuhrfunktion seiner Armbanduhr. Es würde mindestens drei Minuten dauern, bis er den Pfeil spannen und dann abwarten konnte, bis zuerst der Kopf und dann der Oberkörper aus dem Graben auftauchen würden.

Zwei Minuten waren vergangen. Der Schütze zog den Pfeil aus dem dichten Moospolster, in das der Stein gehüllt war, und legte ihn auf die Halterung am Griff des Bogens. Dann führte er das eingekerbte Ende des Schafts in die Sehne. Die Kuppen des Zeige- und Mittelfingers hielten die Sehne ober- und unterhalb des Pfeilschafts und waren bereit, sie nach hinten zu ziehen und so den Bogen in eine Tod bringende Spannung zu versetzen. So stand er da, hinter dem großen, flachen Stein, der ihn halb verdeckte, wie ein kampferprobter, zu allem bereiter Indianer mit Pfeil und Bogen, als Silhouette nur zu erkennen, vor dem kalten Licht des Mondes, und visierte die Stelle an, wo der Weg aus dem Graben führte.

Seine Euphorie war jetzt gänzlich verschwunden. Er horchte, er starrte auf die Stelle, wo sein Opfer in wenigen Sekunden auftauchen musste. Er hatte keine körperlichen Wahrnehmungen mehr. Kein Glücksgefühl, keinen Hass, kein Herzklopfen und keine Magenkrämpfe, die ihm ansonsten in Stresssituationen zu schaffen machten. Nichts störte seinen Bewegungsablauf. Er war nur noch reine Absicht, diesen Pfeil im richtigen Moment losschnellen zu lassen und diesen Menschen am weiteren Leben zu hindern.

Jetzt glaubte er etwas gehört zu haben. Augenblicklich zerrte er mit aller Kraft an der Sehne. Zuerst war sie kaum zu ziehen, doch dann nahm das Zuggewicht plötzlich rapide ab, und als er den Zugarm so weit wie möglich nach hinten bewegt hatte, war dank der raffinierten Übersetzung kaum noch Zug auf der Sehne. Ohne vor Anstrengung zu zittern, zielte er ruhig und vollkommen konzentriert auf die Stelle, wo das Geräusch herkam.

Jetzt! Die rote Baseballmütze mit dem Sportschlittenlogo auf der Stirnseite, von der sich dieser Kunz nie zu trennen schien und die sich im Rhythmus der Schritte hin und her bewegte, tauchte auf, bald darauf die Schultern und der Oberkörper. Der Schütze wusste, jetzt würde der Weg eine Kurve beschreiben, sein Opfer diesem folgen und so ein perfektes Ziel abgeben. Ein Schritt, zwei Schritte und schon wandte sich das Opfer wie geplant frontal dem Schützen zu, schaute mit vornübergebeugtem Kopf auf den mit Wurzeln und Steinen besetzten Weg und wurde nun vom Mond hell erleuchtet.

Zeige- und Mittelfinger der Zughand entspannten sich. Der Pfeil schnellte los und schoss mit ungeheurer Wucht seinem Ziel entgegen. Blitzschnell und tödlich.

Kaum aus dem Graben gekommen, erschrak Maria plötzlich fürchterlich. Drei Sachen passierten beinahe gleichzeitig. Nahe ihrem Kopf vernahm sie ein lautes, kurzes, widerwärtiges Geräusch, das sich anhörte wie zerreißendes Fleisch. Gleichzeitig spürte sie, wie etwas Warmes, Nasses ihr Gesicht bespritzte und im gleichen Augenblick riss Vico seine Hand von der ihren los, hielt sie zusammen mit der anderen an seinen Hals und blieb wie vom Donner gerührt stehen.

Sie schaute in Vicos Gesicht. Der Anblick ließ sie im ersten Moment erstarren. Aus seinem Hals ragte etwas Langes, Dünnes. Ihr Herz machte einen gewaltigen Schlag und ihre Knie fingen an zu zittern. Ein Schrei wollte sich aus ihrer Kehle lösen, wollte den gewaltigen Schreck hinausschreien. Doch in diesem Moment machte Vico einen Schritt nach hinten. Sein Fuß trat zu weit hinaus, der Pfad, matschig und weich, vermochte an seinem äußersten Rand das Gewicht nicht zu halten, brach ab, löste sich ebenfalls unter Marias Standbein und beide verloren das Gleichgewicht.

Marias Beine glitten unten weg, sie fiel auf den Bauch, rutschte den Abhang hinunter und wurde von der Dunkelheit verschluckt.

Das Geschoss raste durch die Dämmerung und war mit den Augen nicht zu verfolgen. Plötzlich sah der Schütze Kunz wie erstarrt dastehen und sich an den Hals greifen. Er hatte zu hoch gezielt. Der Pfeil war in den Hals eingedrungen und ragte im Nacken hinaus. Man hörte Kunz röcheln. Er kam in Schieflage und war auf einmal von der Bildfläche verschwunden.

Der Triumph währte nur einen winzigen Augenblick. Kaum fand sich der Schütze geistig wieder in der Realität, wurde ihm bewusst, dass er etwas gesehen hatte, was ihn zutiefst verängstigte. Als sich Kunz nämlich während des Gehens ein wenig abdrehte, glaubte der Schütze dahinter etwas erblickt zu haben, das erst jetzt vollständig und klar in sein Bewusstsein drang. Einen Kopf mit blonden Haaren. Eine Welle des Entsetzens breitete sich vom Magen kommend bis in sein Gehirn und ließ ihn auf einmal schwarze Punkte sehen. Dann wurde ihm schwindlig. Er ließ den Bogen zu Boden fallen und musste sich setzen. Doch die Ungewissheit zwang ihn rasch, wieder aufzustehen. Die Eindrücke wirbelten wirr durch seinen Kopf und ließen keinen klaren Gedanken zu, geschweige denn einen Entschluss zu fassen. Wer war diese Person, die Kunz begleitet hatte? Hatte diese ihn gesehen oder gar erkannt? Diese Vorstellung schauderte ihn. Doch die Ungewissheit würde er noch weniger ertragen. Er hätte es gerne rückgängig gemacht, doch da gab es nichts dergleichen. Unumstößlich stand fest, er hatte einen Menschen auf dem Gewissen. Er war ein Mörder, der das Leben eines Menschen ausgelöscht hatte.

Er ergriff den Bogen, raffte sich auf und verließ schwankend und würgend den Felsbrocken. Schließlich erreichte er die Stelle, an der Kunz von seinem Pfeil durchbohrt worden war. Angestrengt starrte er abwechselnd vor sich auf den Weg und den Graben hinunter. Hier war es bedeutend dunkler als oben auf dem Felsen. Allmählich glaubte er, dort unten etwas zu erkennen, das wie ein Mensch aussah. Doch es war unmöglich, hier ohne Hilfsmittel hinunterzusteigen und heil wieder hochzukommen.

*

Eine Menge nasser Erde, Geröll und Steine rutschte hinter Maria her. Sie spürte auf einmal Widerstand unter ihrem rechten Fuß. Instinktiv spannte sie die Muskeln an, bemerkte, wie der Widerstand hielt, und tatsächlich konnte sie ihren Rutsch bremsen. Benommen und vor Panik zitternd blieb sie liegen. Seltsamerweise spürte sie in diesem Moment Schmerzen, die über den Überlebenstrieb hinausgingen: Das Gesicht brannte und der Mund war voller Dreck. Sie vernahm mehr, als sie sehen konnte, wie Geröll rund um sie in Bewegung war. Sie hob den Kopf und versuchte sich zu orientieren. Steil, mit Geröll durchsetzt, rutschig, nass und abweisend schimmerte bedrohlich der Abhang über ihr.

Sie versuchte ihre Gedanken zu ordnen. Vico hatte plötzlich seine Hand von der ihren gerissen, nachdem das hässliche Geräusch ihre kleine Idylle zerstört hatte. Vico musste von etwas in den Hals getroffen worden sein. Doch was es genau war, hatte sie nicht erkennen können. Blut, ja Blut war es gewesen, das ihr warm ins Gesicht gespritzt war. Vicos Blut. Mit einer Mischung aus Nicht-wahrhaben-Wollen und Widerwillen fuhr sie sich mit der rechten Hand in einer energischen Bewegung über das Gesicht und spürte Sand und Dreck zwischen Handfläche und Backe. Es tat weh, doch sie machte weiter.

Auf einmal realisierte Maria, dass ihr Fuß und der halbe Unterschenkel nass waren und unangenehm kalt wurden. Offenbar stand sie im Wasser. Das Geröll war mittlerweile zum Stillstand gekommen und zu hören war nur noch das Rauschen des Wassers. Sie schaute noch einmal nach oben und drehte dann den Kopf nach links unten. Nirgends konnte sie irgendetwas erkennen. Sie räusperte sich, um nach Vico zu rufen. In diesem Augenblick erblickte sie oben, wo der Pfad entlangführen musste, undeutlich im Mondlicht eine Gestalt. Das war nicht Vico. Die Silhouette hielt etwas in der Hand und ihre gebückte Haltung schien darauf hinzudeuten, dass die Gestalt nach unten spähte. Maria wagte nicht, sich zu rühren. Jetzt erkannte sie den Gegenstand. Zweifellos handelte es sich um einen Pfeilbogen. Die abgeklungene Panik nahm wieder von ihr Besitz. Und was Vico den Hals zerrissen hatte, musste demzufolge ein Pfeil gewesen sein. Mein Gott. Wollte er auch noch auf sie schießen? Die ganze Situation kam ihr unwirklich vor. Jemand mit einem Pfeilbogen, der auf andere schoss. Ihre Knie fingen wieder an zu zittern. Krampfhaft versuchte sie ruhig zu liegen, die linke Gesichtsseite auf dem nassen Geröll, spähte sie gebannt nach der Gestalt. Diese schob den Kopf noch weiter nach vorn, bewegte ihn hin und her. Sie tat einen weiteren Schritt. Plötzlich wurde Maria von einem beißend grellen Lichtstrahl geblendet, der von der Gestalt ausging. Doch kaum wollte sie die Augen schließen, erlosch das Licht bereits wieder. Bitte Gott, hilf mir!, flehte Maria lautlos. In diesem Moment wurde es warm zwischen ihren Beinen. Ihre Blase entleerte sich und sie sah beim besten Willen keine Möglichkeit, sich wieder unter Kontrolle zu bringen.

Schließlich verschwand die Gestalt mit einer fließenden Bewegung und nach einem Moment des Bangens und Hoffens, dass die Gefahr endlich vorüber war, drehten sich Marias Gedanken wieder um Vico. Ihre Augen wurden feucht und verschleierten ihr den Blick. Sie zwang sich dazu, den Gefühlsschwall, der sie zu überwältigen drohte, wegzustecken. Sie musste Vico finden, doch sie sah nichts als die schwachen und dunklen Umrisse des Grabens, der in der Dunkelheit wie ein drohender Schlund groß und mächtig schien und durch die feuchten Augen ein bizarres, beängstigendes und unwirkliches Bild abgab.

*

Maria bewegte den Fuß ein wenig, der immer noch Halt auf etwas Festem gefunden hatte. Sofort drohte sie wieder zu rutschen. Verzweifelt wollte sie sich mit beiden Händen an dem Geröll festklammern. Doch nichts war da, das Halt bot. Hurtig suchte der Fuß das angestammte Hindernis wieder zu erspüren, aber es war bereits zu spät. Sie hatte keinen Erfolg und rutschte sogleich weiter hinunter. Erfolglos versuchte sie mit allen vieren, irgendwo, irgendwie die Rutschpartie, deren Geschwindigkeit immer schneller wurde, zu bremsen. Nackte Todesangst nahm von ihr Besitz. Nirgends konnte sie auch nur den kleinsten Halt finden, spürte sie den kleinsten Widerstand, der ihr half, den gefährlichen Rutsch den Graben hinunter zu bremsen. Auf einmal waren ihre Beine in der Luft, dann der Unterleib und schließlich der Oberkörper. Mit einem verzweifelten Aufschrei fanden auch die

Hände keinen festen Gegenstand mehr vor. Sie befand sich im freien Fall, der ihr den Atem stocken ließ.

Doch der Sturz dauerte nur einen Sekundenbruchteil. Hart landete sie unterhalb eines zwei Meter hohen Felsens, wo das Wasser hinabfiel und sich in einem knöcheltiefen Becken sammelte. Das Wasser plätscherte auf ihre Füße und spritzte ihr ins Gesicht. Sie zog die Beine an, kam auf die Knie und kroch mit letzter Kraft auf eine Geröllbank. Eine unglaubliche Erleichterung durchströmte sie, als sie realisierte, dass sie noch am Leben war. Dort, einigermaßen auf dem Trockenen und in Sicherheit, rollte sie sich zusammengekrümmt wie ein Fötus und völlig entkräftet auf die Seite und blieb liegen, unfähig, sich zu bewegen oder ihre Gedanken zu ordnen.

Nur die Angst, der unbekannte Bogenschütze könnte es auch auf sie abgesehen haben, hielt sie davon ab, sich völlig gehen zu lassen, sich in die angenehme Dumpfheit der völligen Empfindungslosigkeit zu flüchten, um das Erlebte nicht mehr im Bewusstsein zu halten.

Der reine Überlebenstrieb war es schließlich, der sie nach einiger Zeit auch zur eigennützigen Einsicht zu bringen vermochte, dass sie in dieser Verfassung und der gefährlichen Situation, in der sie sich befand, kaum in der Lage war, nach Vico zu suchen. Dieser Trieb meldete sich immer stärker und ließ sie umso klarer denken. Sie musste sich in Sicherheit bringen.

Sie wischte sich die nassen Haare aus dem Blickfeld und orientierte sich. Dank dem Mond waren sogar Einzelheiten zu erkennen. Zu ihrer Überraschung und Erleichterung war hier das Gelände nicht mehr so steil und gefährlich. Der tiefe, steile Graben hatte sich verflacht und war lediglich noch eine Senke, die kurzzeitig in fast ebenes Gelände mündete. Hier war es ein Leichtes herauszukommen. Nur das zählte jetzt. Sie erhob sich vorsichtig. Das rechte Handgelenk schmerzte. Zum Glück nichts Schlimmes, wie ihr schien. Gebeugt wie eine alte Frau stand sie da, nass, frierend und verängstigt wie ein waidwundes Tier, und machte sich schließlich auf den Weg nach Hause. So drückte sie sich den Felsen entlang, halb kriechend, halb laufend, stolperte immer wieder, beobachtete nach allen Seiten, ob niemand sie verfolgte oder aus dem Hinterhalt belauerte.

Erst nachdem sie über dunkle Wiesen mit grasenden Kühen gehetzt war, den Schlüssel mit einer fahrigen Bewegung ins Schloss der Tür ihres kleinen Häuschens gedreht hatte, hineinstrauchelte und voller Panik die Tür wieder zuschlug und den robusten Riegel vorschob, fühlte sie sich einigermaßen sicher. Ohne zu zögern, entledigte sie sich ihrer Kleider, die sich wegen der triefenden Nässe kaum vom Leib zerren ließen, und begab sich auf kürzestem Weg ins Bett, denn sie fror und zitterte erbärmlich. Erst viel später im Bett, sie hatte die Arme um die Beine geschlungen, glitt die enorme Anspannung von ihr ab und machte einem Schluchzen Platz, das kurz darauf in einem furchtbaren Weinkrampf endete, der sie regelrecht durchschüttelte.

Und während Maria knapp dem Tod entronnen war, brach ein heftiges Gewitter über die Garneren herein, das die Bäche an der ganzen Talseite innerhalb kürzester Zeit zu reißenden, gefährlichen, tiefbraunen Fluten werden ließ, die alles mitrissen, was sich ihnen in den Weg stellte. So auch der Chutzbach, den Maria und Vico auf dem Steg überquert hatten, bevor sie beide in die Tiefe gerissen wurden.

Zwanzig Meter unter dem schmalen Brücklein, am rechten, steil ansteigenden, mit losem Geröll durchsetzten Ufer, lag ein toter menschlicher Körper mit dem Bauch auf einem großen Stein, die Arme und Beine auf beiden Seiten leblos herunterhängend, wie ein erlegtes Reh auf den Schultern des Jägers. Wasser umspülte einen Fuß und bewegte diesen im immer gleichen Takt hin und her.

Als nun auf einmal der Bach anschwoll, kam auch Bewegung in den Toten. Das Wasser zerrte immer heftiger, zuerst am Fuß, bald am Unterschenkel und schließlich am Oberschenkel, wo es die Leiche in eine Drehbewegung versetzte und somit das Gleichgewicht verlieren ließ. Kaum in der tosenden, schäumenden, reißenden, braunen Brühe, wurde der tote Körper von dieser gepackt und gnadenlos mitgerissen, gedreht, zusammengestaucht, untergetaucht, über Steine, die der Flut noch standhielten, emporgehoben, durch Schluchten gepresst, über Fälle geworfen bis zum Hexenkessel.

Dort war der Leichnam für einen Moment gefangen, doch wirbelte das Wasser ihn herum, schäumte und zischte, als hätte die Hexe in einem Anflug von Größenwahn mit einem unflätig-dreisten Zauberspruch den Teufel höchstpersönlich in den Kessel gelockt, um ihn das Fürchten zu lehren, sodass dieser gefangen war und vor Wut und grenzenloser Entrüstung in blinde Raserei verfiel und das Wasser darob zum Kochen brachte, das schließlich mit geballter Kraft weiterschoss, den leblosen Körper mitriss, bis irgendwann die Fluten sich angesichts des sich erweiternden und flach werdenden Bachbetts beruhigten und mit gemächlicherem Tempo dem Tschingelsee zustrebten. Die dreckige Brühe hinterließ im See einen toten menschlichen Körper, der, bevor er durch den Ausfluss getrieben, am oberen kleineren der zwei Inselchen hängen blieb und durch den Wasserdruck in seiner Lage stabil gehalten wurde.

*

Maria rutschte auf dem Bauch liegend mit unaufhaltsamer Langsamkeit, die ihre verzweifelten Bemühungen zu verhöhnen schien, die steile Geröllhalde hinunter. Ihre Hände versuchten vergeblich irgendwo, irgendwie Halt zu finden. Endlos die Rutschpartie, erfolglos ihr verzweifelter Kampf, dieser Einhalt zu gebieten. Die Finger schmerzten, die Steine verschwammen vor ihren Augen. Sie raste und plötzlich spürten ihre Beine keinen Halt mehr. Mit einem heftigen Ruck erwachte Maria und bemerkte, dass sie aufrecht im Bett saß, ihre Arme in die Höhe hielt und die Finger krampfhaft an einer imaginären Stelle Halt suchten.

Der Traum befand sich wie real in ihrem Bewusstsein. Sie wischte sich über das Gesicht, überzeugt, auf diesem Sand und Dreck zu spüren. Doch da war nichts dergleichen. Sie legte sich zurück und blieb wie benommen liegen, merkte, dass sie vollkommen durchgeschwitzt war und sich auch das Leintuch feucht und kalt unter ihrem Rücken anfühlte. Sie fröstelte. Langsam gelang es ihr,

Traum und Wirklichkeit voneinander zu trennen. Gott sei Dank, es war nur ein Traum, stellte sie mit Erleichterung fest. Doch langsam fing das Gedächtnis wieder zu arbeiten an und die Realität drängte sich einer bleiernen Flutwelle gleich in ihr Bewusstsein.

Es war kein Traum! Es war real Erlebtes. Undeutliche, schemenhafte Bilder begannen sich vor ihrem geistigen Auge zu formen, wurden deutlicher und verdichteten sich, bis sie Vico vor sich sah, wie er seine Hand von der ihren losriss und sich den Hals hielt, nachdem sie das hässliche Geräusch vernommen hatte. Dann der Sturz ins Leere, der Blick nach oben, der ihr den Tod in Form einer dunklen, pfeilbogenbewehrten Gestalt vor Augen geführt hatte, die sie womöglich ebenfalls erschossen hätte. Wie sie aus Todesangst die Kontrolle über ihre Körperfunktionen verlor.

Sie hätte alles darum gegeben, jetzt, in diesem Moment, noch einmal zu erwachen und aufzuatmen, weil sich ein fürchterlicher Albtraum endlich aufgelöst hatte. Obwohl ihr kalt war, schlug sie die Decke zurück und ging zitternd die Treppe hoch. Sie musste Gewissheit haben. Ihr wurde flau. Einerseits wagte sich ein flüchtiger Hoffnungsschimmer in ihrem Kopf breit zu machen, andererseits beängstigte sie die Tatsache, die nassen Kleider als unmissverständliche Zeugen der nächtlichen Geschehnisse zu erblicken.

Da lagen sie. Ihre Kleider vom Vorabend. Um den dreckigen, nassen Haufen hatte sich eine braune Wasserlache gebildet, die sich entlang der Fliesenfugen einen Weg bis zur Eingangstür gebahnt hatte. Das flaue Gefühl im Magen verstärkte sich und erfasste auf einmal den ganzen Körper, bis sie heftig zitternd, die Arme um den nackten Körper geschlungen, kaum zu koordinierten Bewegungen fähig, die Treppe hinuntertorkelte und sich ins Bett verzog. Erst nach und nach konnte sie sich im feuchten Bett erwärmen.

Lange blieb sie liegen, um nachzudenken und ihre Gedanken zu ordnen. Was war mit Vico geschehen? War er wirklich von einem Pfeil in den Hals getroffen worden? Sollte sie der Polizei Bescheid geben? Oder war doch alles nur ein Traum und sie würde bei den Beamten ein mitleidiges, an ihrem Verstand zweifelndes Lächeln ernten? Die Verletzungen waren real. Die Kleider droben, schmutzig und nass, waren es ebenso. Ein Gedanke durchzuckte sie. Sie setzte sich auf, zog die Beine an und fuhr mit der Handfläche auf Höhe des Unterleibs über das Leintuch. Es fühlte sich nass an. Der Gedanke, der sie zu dieser Handlung veranlasste, verstärkte sich. Sie schlug hastig die Decke zurück. Ein schwach gelblicher Fleck, der leicht säuerlich roch, präsentierte sich ihr. Dies verunsicherte sie vollends, gab aber der Albtraumvariante auf einmal mehr Gewicht. Zweifellos war sie gestürzt. Wieder kamen ihr die Kleider in den Sinn. Aber hatte sie den Rest vielleicht nur geträumt? War sie am Ende selber gestürzt, allein und ohne Vico? Je mehr sie über das Vorgefallene nachdachte, desto diffuser, desto unsicherer wurde sie, was nun Traum und was Wirklichkeit war. Alle Möglichkeiten spielte sie durch, bis sich die Gedanken schließlich selbstständig machten und sie sich in wilde Geschichten verstrickte, die bald nichts mehr mit dem Erlebten zu tun hatten. Dabei schreckte sie auch die Idee nicht ab, dass sie womöglich bereits tot war. Ob man wohl merkte, wann man tot war? Oder lebte man sein Leben weiter, nur existierte man für die anderen einfach nicht mehr?

An diesem Punkt geschah in Marias Unterbewusstsein etwas Entscheidendes. Um der übermächtigen Angst, die sie in den Wahnsinn zu treiben drohte, nicht mehr schutzlos ausgeliefert zu sein, wurde schließlich die Möglichkeit des Albtraums als Realität angenommen. Und ob dieses Schutzmechanismus reifte in ihr ein Gedanke heran, wie sie Gewissheit über die Geschehnisse erlangen konnte: Sie würde dort hinaufgehen an die Stelle, wo das Unglück passiert war, die Lage erkunden, um dann Vicos Haus aufzusuchen. Vielleicht würde er dort sein, sie erleichtert in die Arme schließen und ihr erklären, dass er vorgehabt hatte, nach dem Versorgen der Tiere zu ihr hinunterzukommen, um zu sehen, was mit ihr geschehen wäre. Er hätte sie nämlich plötzlich aus den Augen verloren, nachdem er von irgendetwas, wahrscheinlich von einem herunterkollernden Stein, am Hals getroffen worden sei.

Diese Idee gab ihr Mut und Zuversicht. Sie schlug erneut die Decke zurück, stand auf und bewegte sich auf unsicheren Beinen zum Schrank, um sich einen Trainingsanzug überzuziehen. Dann ging sie mit schweren Schritten die Treppe hoch. Sie musste sich setzen und strich sich die Haare, die wirr und hölzern wirkten, aus dem Gesicht. Gebeugt saß sie da und starrte auf das Rinnsal, das von den nassen Kleidern ausging.

Langsam meldete sich der Schmerz, den sie bald am ganzen Leib verspürte. Schwer erhob sie sich, zog die Hose herunter und schaute sich den linken Oberschenkel an. Blaue Flecken und Abschürfungen waren zu sehen. Vorsichtig und mit besorgter Miene fuhr sie mit den Fingern darüber. Die Blutergüsse schmerzten ganz erheblich. Die Abschürfungen brannten leicht, taten aber nicht sehr weh. Auch an den Ellenbogen konnte etwas nicht in Ordnung sein. Auch da fand sie offene Stellen, die aber nicht stark geblutet haben konnten. Eine der Verletzungen konnte sie nicht richtig einsehen, sosehr sie sich auch verrenkte. So ging sie wieder die Treppe hinunter auf die Toilette und streckte den Ellenbogen gegen den Spiegel. Alles halb so schlimm, dachte sie erleichtert. Lediglich dann, wenn sie den linken Arm ganz streckte, schmerzte das Ellbogengelenk erheblich. Als sie näher an den Spiegel trat, sah sie auf ihrer Stirn und am Kinn leichte Schürfwunden. Auch von einem Finger spürte sie jetzt einen Schmerz ausgehen. Als sie diesen inspizierte, erkannte sie, dass der Nagel bis in die Hälfte des Nagelbettes eingerissen war. Kaum hatte sie dies erblickt, sog sie vor Schreck zischend die Luft zwischen den Zähnen ein. Der Schmerz drängte sich erst jetzt in den Vordergrund, so hässlich sah diese Wunde aus. Sie ging wieder nach oben. Neben dem Schwedenofen befanden sich ein Feuerlöscher und ein hölzerner Erste-Hilfe-Kasten. Diesen hatte sie zu Beginn ihres Aufenthaltes einmal kurz überprüft, aber dann nie mehr geöffnet. Sie wusste überhaupt nicht mehr, ob sich darin etwas Brauchbares befand. Erst nach heftigem Zerren ließ sich der Deckel öffnen. Fläschchen, Tuben und Tablettenschachteln waren auf zwei Ebenen verteilt. Eine kleine Blechbüchse erregte ihre Aufmerksamkeit. Darin befanden sich jede Menge Pflaster und kleine Verbandrollen in einem wirren

Durcheinander. Doch es war genau das, was sie suchte. Eines der Fläschchen war als Desinfektionsmittel deklariert. Bevor sie sich an den Tisch setzte, ging sie in die Küche und nahm aus einer Schublade eine Schere an den Tisch. Dann entschloss sie sich aber doch anders und ergriff die Utensilien, stand auf und ging wieder die Treppe hinunter auf die Toilette. Zwar war hier das Licht wesentlich schlechter, doch konnte sie den Spiegel zu Hilfe nehmen und auch das Blut an den Wunden besser abwaschen.

Als sie ihre Verletzungen, so gut es eben ging, versorgt hatte, ging sie wieder nach oben und begann nun eilig, die nassen Kleider einzusammeln mit der Absicht, diese draußen auf der Leine zum Trocknen aufzuhängen. Sie stieg in die riesigen Gummistiefel, die sie damals bei ihrem Einzug hier vorgefunden hatte, und hob die nassen Kleider auseinander. Sie entschied sich vorerst für die Hose und den Pullover, die schwer waren und trieften, und hielt sie weit weg vom Körper.

Entschlossen stapfte sie nun zur Tür, hebelte daran herum, bis sie offen war, und trat nach draußen. Der Morgen war frisch und die Vögel gaben ein Konzert. Die Sonne beschien bereits einzelne Bergspitzen. Die zerklüftete Felswand der Schöni reflektierte das helle Licht in gelbroter Farbe und kündigte unmissverständlich einen prächtigen Tag an. Maria blieb mit den tropfenden Kleidern kurz stehen und nahm die herrlich frische Natur in sich auf. In dieser Umgebung verschwand auch der letzte Rest von Gewissheit, dass in der Nacht etwas derart Dramatisches geschehen war. Sie war gestürzt, das konnte ja noch sein, aber dass ein Mensch mit Pfeil und Bogen auf einen anderen schoss, das war doch ganz offensichtlich ein böser Traum gewesen. Und dann noch hier oben. In dieser Idylle. Vico würde auf sie warten und sie freute sich darauf, wie er sie in seine starken Arme nehmen würde.

Guten Mutes warf sie die Hose und den Pullover über die Leine und stapfte mit gesenktem Kopf durch das nasse Gras, um die restlichen Kleider zu holen. Erst als sie den Kopf hob, um die Türklinke zu ergreifen, erblickte sie aus den Augenwinkeln auf Kopfhöhe etwas, was nicht hierher gehörte. Sie hob den Blick und blieb wie vom Donner gerührt stehen. Ihr Herz setzte einen Moment aus und schlug schließlich umso wilder. Ihr Schreck war unbeschreiblich. Vor ihren Augen erblickte sie einen Zettel, der an einen rostigen Nagel an der Tür aufgespießt worden war. »Wenn du redest, bist du tot!«

Maria starrte unverwandt die Nachricht an. Nachdem sie das Geschehene so wunderbar verdrängt hatte, schlug die Realität mit der Wucht eines Dampfhammers zu und nahm ihr fast die Luft. Immer wieder zog das Blatt Papier sie in seinen Bann, musste sie die Worte lesen, musste ihren Sinn verstehen, musste erkennen, dass es aus dieser Geschichte, die Unheil über sie gebracht hatte, kein Entkommen mehr gab. Sie musste sich eingestehen, dass alles, so wie sie es in Erinnerung gehabt hatte, Wirklichkeit war.

Auf einmal hatte sie das Gefühl, beobachtet zu werden, fühlte einen bohrenden Blick in ihrem Rücken. Mit einem kurzen Aufschrei, gefolgt von einem Zusammenzucken, wirbelte sie herum und starrte hinter ihr die nähere Umgebung an. Aber es war nichts zu sehen. Vielleicht war er unmittelbar hinter dem Windfang und lauerte ihr auf. Dieser Gedanke löste sie aus ihrer Starre und sie stolperte die zwei, drei Schritte in die Küche hinein, rammte die Tür mit einem heftigen, verzweifelten Stoß ins Schloss und betätigte erneut den schweren Riegel.

Als sie an der Tür lehnte, kullerten ihr die Tränen über die Wangen, ohne dass sie etwas dagegen tun konnte. Ein Schluchzen folgte und sie sank langsam in sich zusammen, bis sie wie ein Häufchen Elend hinter der Tür in der Wasserlache der noch verbliebenen Kleider hockte, den Kopf in den Händen vergraben und die Füße in den mächtigen Gummistiefeln. Zu allem Überfluss nahm die Übelkeit, die sie bereits vor der Tür erfasst hatte, zu und zwang sie, aus ihrer sitzenden Haltung zum Abwaschbecken zu rennen, wo sie darüber gebeugt kotzte und würgte, obwohl sie noch nichts im Magen hatte.

*

Das Postauto war für eine Hochzeitsfahrt unterwegs und dementsprechend mit weißen Bändern, die fröhlich im Wind flatterten, und gelben Blumen geschmückt. Von Reichenbach her kommend, wo die Gesellschaft an der kirchlichen Trauung teilgenommen hatte, ging die Fahrt nun zum Festessen in das Griesalp-Restaurant. Der Himmel erschien in einem sanften Blau und erlaubte der Sonne großmütig, ihr Strahlenmeer ungehindert auf die Erde zu senden.

Nach dem besinnlichen und ernsten Teil in der Kirche hatte die Gästeschar einen Aperitif im altehrwürdigen Bären in Reichenbach eingenommen. Die anfängliche

Zurückhaltung der Festgäste war daraufhin langsam gewichen und man war sich näher gekommen. So herrschte eine ausgelassene Stimmung, die selbst den Chauffeur zum Schmunzeln brachte, zumal der Onkel der Braut, ein korpulenter Außendienstler mit zu hohem Blutdruck, gewohnt war, gute Stimmung zu verbreiten.

Fast alle der Gäste kannten das Kiental und die abenteuerliche Fahrt mit dem Postauto auf die Griesalp. So wussten auch viele, dass sich ein Blick aus dem Fenster lohnte, wenn sich der Wald vor dem Tschingelsee lichtete und man einen bezaubernden Blick auf den Talkessel mit den hohen Felsen, den stiebenden Wasserfällen und den See genießen konnte. So auch die Tante des Bräutigams, eine ältere, spindeldürre und introvertierte zähe Bäuerin mit einer ausgeprägten Hakennase und scharfen Augen, die – das war allgemein bekannt – Ameisen auf zehn Meter Entfernung erkennen konnte. Trotz der guten Stimmung, die auch sie ein wenig aus der Reserve zu locken vermochte, liebte sie die Ruhe mehr als den Trubel. So schweiften ihre Gedanken auch mal ab und sie unterstützte dies bewusst, indem sie aus dem Fenster schaute.

Der Seespiegel war niedrig. Die längere Schönwetterperiode, die nur durch ein örtliches Gewitter vor zwei Tagen unterbrochen wurde, ließ die Wassermenge nur kurze Zeit etwas anschwellen. So schweifte ihr Blick den senkrecht abfallenden, zerklüfteten Felswänden mit den hohen Wasserfällen entlang, um dann den See in seiner natürlichen Pracht zu bewundern mit der Erkenntnis, dass er zusehends wieder verlandete. Ihr Blick glitt am Ufer entlang Richtung Ausfluss, um dann weiterzuwandern, als sie stutzte. Am Ufer eines der zwei kleinen Inselchen, welches höchstens zwei, drei Enten Unterschlupf bot, sah sie etwas, was sie irritierte. Sie konnte es vorerst nicht glauben, aber dort lag ein Mensch im Wasser. Kaum ein Zweifel. Unbeweglich, schlaff, die Kleider klebten am Körper. Sie schauderte bei dem Gedanken. Aber sicher war: Entweder war das eine sehr aufwändig hergestellte Puppe oder es war ein toter Mensch. Aber eine Puppe? Hier im Tschingelsee? Kaum. Wer sollte schon Zeit für solch eine morbide Idee haben, hier oben mit einer Puppe zu hantieren? Für Verena Zbären, die alles andere als naiv oder unwissend war und der man nicht so leicht etwas vormachen konnte, ein unvorstellbarer Gedanke.

Diese Überlegungen waren in Sekundenbruchteilen durch ihren Kopf gegangen und so war das Postauto noch nicht viel weiter vorangekommen. Mit dem Ellbogen stieß sie ihrem Mann derb in die Seite. Dieser amüsierte sich gerade köstlich über den Witz, den er soeben gehört hatte. Sein Bäuchlein hüpfte dabei im Takt des Lachens auf und ab. Deshalb deutete er das raue Signal seiner Frau auch falsch, dachte, sie unterhalte sich ebenfalls, nickte ihr nur bestätigend kurz zu, ohne sie richtig anzusehen. Der nächste Hieb folgte deshalb unverzüglich und noch heftiger. Überrascht und auch ein wenig verärgert drehte er sich nun deutlich weniger vergnügt zu seiner Frau herum und starrte sie missbilligend an. Diese deutete mit ihrem spitzen Zeigefinger aus dem Fenster und bemerkte gehässig, als sei er wieder mal der Letzte, der etwas begriff:

»Dort im Wasser liegt eine Leiche!«

»Ach was«, hörte sie ihn sagen und er wandte sich wieder den vergnüglicheren Dingen zu. Erst nach einem Augenblick schien er über ihre Worte nachzudenken. Steif in seinem Sitz verharrend, überlegte er und begriff ihre Worte erst jetzt. Da er sie bereits neununddreißig Jahre kannte, ihre scharfen Augen ebenfalls, wusste er, die Vrene machte keine Scherze.

Er wandte sich noch einmal zu ihr und vergewisserte sich. Nicht, dass er ihrer Aussage misstraute. Sie hatte immer Recht, was beobachtbare Tatsachen betraf. Er wollte nur sichergehen, dass er das Gesagte akustisch verstanden hatte:

»Was ist dort?«

»Eine Leiche!«, hörte er sie ungeduldig ausrufen. Kein Zweifel also, erschrak er. Dort im Wasser war eine Leiche. Das war sicher. Wie das Amen in der Kirche, die sie vorhin besucht hatten. Wenn Vrene das sagte, dann war es so. Punkt. Ächzend kam er auf die Beine, quetschte sich auf den Gang und versuchte nach vorn zu kommen. Vorbei an lachenden, scherzenden und sich amüsierenden Verwandten. Die, welche sich weniger von der heiteren Stimmung mitreißen ließen, wunderten sich über ihren Bekannten. Sie konnten sich keinen Reim darauf machen, was in ihn gefahren war, sich so vehement einen Durchgang zu erzwingen. Er schob hier ein Kind unsanft zur Seite und ärgerte sich da über einen Ballon, der ihm in die Quere kam. Sie suchten nach einem Grund, erhofften sich von ihm eine Erklärung, doch er zwängte sich unbeirrt nach vorn zum Chauffeur. Also schauten sie nach hinten zur Vrene, die gerade mit der Frau ein paar Worte wechselte, die eine Reihe vor ihr saß und die niemand so recht kannte. Diese erstarrte und hielt die Hand vor den Mund. Wie eine Welle breitete sich nun die Mitteilung der grausigen Entdeckung von hinten nach vorne aus.

Mittlerweile erreichte Hans Zbären den Fahrer und forderte ihn auf, sofort anzuhalten, seine Frau hätte im See eine Leiche gesehen. Dieser, nicht daran glaubend, aber der Kunde war König und dies war ohnehin eine Sonderfahrt ohne Fahrplandruck (er hatte Sonderwünsche betreffend bereits viel erlebt), blieb gelassen, hielt an und schaute sich um. Mittlerweile war eine Traube Menschen, wenn man im engen Postauto davon reden konnte, um die Verena Zbären entstanden und ein aufgeregtes Getuschel, so als hätte man Respekt vor dem Toten, den eigentlich noch gar niemand richtig gesehen hatte. Die Verena Zbären war der Mittelpunkt und immer wieder musste sie vor ungläubigen Mitfahrern ihre Beobachtung wiederholen. Und je ungläubiger diese reagierten, desto sicherer wurde sie sich und desto trotziger und ungeduldiger erklärte sie es der nächsten skeptischen Fragerin und zeigte jeweils mit ihrem dürren Finger auf die betreffende Stelle. Alle starrten mit wiegenden Köpfen aus den Fenstern, um einer Fensterstrebe oder einem Kopf, der die Sicht behinderte, auszuweichen.

Der Chauffeur wusste dieses Verhalten nicht recht einzuordnen. Deshalb entschloss er sich, die Türen zu öffnen, was mit einem Zischen geschah, und dies war der Startschuss, der die Gesellschaft in Bewegung brachte. Aus der hinteren Tür quoll die Menge hinaus. Die Wagemutigen und die, welche gut zu Fuß waren, überholten die Langsameren und übernahmen die Spitze, darunter der energische Bräutigam mit seinem Bruder, der als Trauzeuge fungiert hatte. Die Kinder mit ihren weißen und gelben Ballons, die gen Himmel drängten, wurden von den besorgten Müttern zurückgerufen. Die Braut und ihre Trauzeugin blieben beim Postauto stehen, schauten aber angestrengt zu dem Inselchen herüber. Die beiden Brüder gingen nun nebeneinander, starrten aber unentwegt auf ihr Ziel. Endlich hatten sie das Ufer erreicht.

Das Inselchen war nur einige Meter vom Ufer entfernt. Jetzt sahen die beiden deutlich, und es gab keinen Zweifel, dass hier eine Leiche mit dem Gesicht nach unten im Wasser trieb. Mehr noch: Aus dem Nacken ragte ein langer, dünner Gegenstand, dessen Ende abgebrochen sein musste und der nachfolgende Teil abgeknickt. Nach kurzer Beratung identifizierten die Brüder den Gegenstand als Pfeil. Die Leiche wurde von der schwachen Strömung leicht bewegt. Die Hüfte des Körpers war auf das Inselchen gestoßen und die Strömung beidseits hielt den schlaffen Leichnam im Gleichgewicht. Es wäre eine Frage der Zeit gewesen, wann der Körper links oder rechts des Inselchens vom Wasser erfasst und durch den Ausfluss weiter Richtung Tal getrieben worden wäre.

Die beiden wurden jetzt in ihrer entschlossenen Haltung angesichts der ungewöhnlichen Situation doch ein wenig unsicher. Sie schauten einander an und jeder hoffte, der andere hätte einen Vorschlag, wie sie weiter vorgehen sollten. Mittlerweile waren mehrere Männer zu den anderen gestoßen und versuchten Einzelheiten zu erkennen. Die Frauen, die sich ebenfalls auf den Weg gemacht hatten, blieben in respektvollem Abstand. Endlich hatte sich der Bruder des Bräutigams zu einem Entschluss durchgerungen:

»Wir müssen ihn da rausholen. Es geht nicht mehr lange und er treibt davon. Wer weiß, ob er dann noch gefunden wird.«

Die anderen Anwesenden blieben stumm. Keiner wollte sich zu dieser delikaten Aufgabe äußern, zumal sie mit Dreck und Nässe verbunden war, nicht zuletzt Widerwillen auslöste und Grausen verursachte. Und sie waren immerhin mitten in einem Hochzeitsfest und entsprechend gekleidet.

Nun kam Bewegung in die beiden Brüder. Gleichzeitig hoben sie den rechten Fuß und begannen an den Schnürsenkeln ihrer glänzenden Lackschuhe herumzuziehen. Doch als die Braut dies bemerkte, schrie sie auf und rannte mit hochgezogenem Schleier unter Protesten ihrer Brautführerin auf das Ufer zu. Die Gäste, welche sie im Rücken wussten, drehten sich verblüfft nach ihr um und beobachteten das Schauspiel. Als sie bei ihrem frisch Angetrauten anlangte, weinte sie und flehte ihn unter Tränen, um Gottes willen nicht dort hinauszugehen, um die Leiche zu bergen.

»Wir feiern schließlich unser Hochzeitsfest!«, schluchzte sie mit tränenerstickter, aber trotziger Stimme und hängte sich an seine Schultern, um sowohl Trost zu suchen als ihn auch festzuhalten, ahnend, dass *ihr* Fest gelaufen war. Die Stimmung, die so viel versprechend aufgekommen war, war dahin. Alle würden weder Appetit verspüren, geschweige denn zur Musik des Schwyzerörgeliduos einen Tanz wagen. Es würde vielmehr ein Leichenmahl im Hochzeitskleid werden. Ausgerechnet ihr musste das passieren. Sie, die sich so sehr gefreut hatte, sie, die plötzlich gezweifelt hatte, dass ihr jetziger Mann überhaupt gewillt war, diesen Schritt zu tun, sie, die sich gegen die Eltern durchgesetzt hatte, diesen Mann zu heiraten. Und jetzt das. Es war zum Heulen. Diese Einsicht ließ sie an der Schulter ihres Mannes die bereits in der Kirche aufgekeimte Rührseligkeit vollends aufbrechen und ganz entsetzlich losheulen.

Der Brautführer verstand sofort, legte die Hand auf seines Bruders Schulter und meinte entschlossen: »Sie hat Recht, ich gehe allein!«

Er war zwar älter und besonnener, aber trotzdem vielfach der Unterlegene der beiden, wenn es darum ging, Meinungen zu vertreten oder etwas anzupacken. Und da er weder Freundin noch Frau hatte, musste er auch keine Intervention von dieser Seite befürchten.

Er löste also den zweiten Schuh vom Fuß, gürtete auch die Hosen los und zog diese rasch aus. Als er noch die Socken von den Füßen gezerrt, das Hemd über den Kopf gestreift hatte und von den anderen scharf beobachtet wurde, trat er langsam ins Wasser und tastete sich auf dem sandigen Boden langsam vorwärts. Allmählich wurde er von der Strömung erfasst, die sich doch als stärker erwies als vermutet. Er war jetzt bis zum Bauch im Wasser, hielt die Arme nach oben, um das Gleichgewicht zu halten, und stemmte sich gegen den von links kommenden Wasserdruck.

In diesem Moment kam der Fahrer des Postautos herbeigeeilt. Er hielt ein öliges Hanfseil in der Hand und bemerkte außer Atem zu den Umstehenden:

»Ich habe per Funk den Alfred Schori erreicht. Er wird so bald wie möglich kommen.«

Die meisten wussten, dass er damit den Polizisten von Reichenbach meinte, den alle Einheimischen kannten und der allgemein als umgänglich und gutmütig angesehen wurde, der auch mal ein Auge zudrückte und über einen gesunden Menschenverstand verfügte, was hieß, die Sorgen und Nöte der Bergbauern kannte – sein Vater war selber Bauer im benachbarten Frutigtal – und der sich auch mal in den Kneipen zeigte und sich einladen ließ. Heutzutage eine Seltenheit, nicht nur bei Polizisten, wie viele der bodenständigen Bergbauern feststellen mussten. Leider.

Der Bräutigam löste sich sanft, aber bestimmt aus der Umarmung seiner Braut und streckte den Arm nach dem Seil aus. Als er es in der Hand hielt, rief er seinem Bruder zu, der inzwischen seine liebe Mühe hatte, der Strömung standzuhalten. Dieser sah keine Möglichkeit, sich zu drehen, und rief dem Helfer zu, das Seil oberhalb von ihm auszuwerfen. Der Bräutigam befolgte das Gesagte und sein Bruder konnte das Seil mit einigem Balancieren auch packen.

Er war noch etwa einen Meter von seinem Ziel entfernt, konnte aber nur winzige Schritte machen, damit er nicht weggeschwemmt wurde. Endlich hatte er die Insel erreicht und hielt sich an einem dünnen Ast einer jungen Erle fest. Er kämpfte sich näher an die Insel und suchte sich einen sicheren Stand. Als er diesen gefunden hatte, lehnte er sich an die Böschung und versuchte nun mit verkniffenem Gesicht, das Seil um den Oberkörper des Toten zu schlingen. Doch die Strömung verhinderte dieses Unterfangen. Nach zweimaligem Probieren gab er es auf, knotete mit flinken Händen das Seil zu einer Schlaufe und schlang diese um die linke Hand des Toten. Sofort zogen der Fahrzeugführer, der Bruder und zwei weitere Männer an dem groben ausgefransten Hanfseil. Der Leichnam wurde kurz von der Strömung gepackt, schrammte mit den Beinen an dem Bräutigam vorbei, der vor Abscheu den Mund verzog, und wurde ans Ufer gezogen.

Nun lag der Körper auf dem Bauch. Als man ihn aber an Land zog, blickten die Anwesenden entsetzt in ein völlig verunstaltetes Gesicht. Einige der Umstehenden machten einen erschrockenen Schritt zurück, andere hielten sich die Hand vor den Mund und die Braut, die, obwohl angeschlagen, einen neugierigen Blick nicht verkneifen konnte, bekam einen erneuten Heulkrampf in ihrem zu engen Kleid, das sie kaum richtig atmen ließ.

*

Die makabre Neuigkeit verbreitete sich in Windeseile im engen Tal, und zwar durch Alfred Wüthrich, den arbeitslosen Viehhändler. Wer auch sonst hatte für Neuigkeiten ein derart feines Gespür, dass er just in dem Moment zum Tschingelsee fuhr, als das Ganze passierte?

Ein Opel-Geländefahrzeug hinter ihm machte nervös mit der Lichthupe auf sich aufmerksam und wollte an Alfi vorbeifahren. Alfi entschloss sich, bei der nächsten Gelegenheit rechts auszuscheren und den Fahrer vorbeizulassen. Erst als das Fahrzeug auf seiner Höhe war, erkannte er den Insassen. Es war der Polizist von

Reichenbach, der ihm zuwinkte, herunterschaltete und Vollgas gab.

Alfi war sofort klar, dass hier etwas passiert sein musste. Warum sonst fuhr der Dorfpolizist an einem Sonntagvormittag so schnell und zielstrebig an ihm vorbei, nachdem er ihn sogar von der Straße weggedrängt hatte? Das war gar nicht typisch für seinen Namensvetter, mit dem er ab und zu in der Bahnhofskneipe in Reichenbach ein Bier trank.

Er gab ebenfalls Gas. Aber sein uralter Volvo, den er erst kürzlich erstanden hatte, wollte nicht so recht auf Touren kommen. Er fluchte und sehnte sich nach seinem kleinen Viehtransporter. Dann wäre er dem Schori spielend gefolgt. Obwohl er im Innern seines Herzens genau wusste, dass dem nicht so war, gab ihm dies wieder Grund, über die Sozialtante der Gemeinde zu schimpfen. Die hatte ihm nämlich mit Nachdruck nahe gelegt, nachdem er schon längst kein Vieh mehr zu transportieren hatte, diesen Transporter, der viel zu viel soff und ständig Reparaturen benötigte, zu verkaufen und ein vernünftiges Auto anzuschaffen. Schließlich lebe er nun, nachdem er Konkurs hatte anmelden müssen, von der Sozialhilfe und das ginge nicht an, wenn er ständig mit dieser Karre herumkurven müsse. So hatte er schließlich klein beigegeben, war türschlagend aus ihrem Büro marschiert, hatte den Transporter einem befreundeten Bauern verscherbelt und einem ebenfalls befreundeten Garagisten den alten Volvo abgekauft.

Mit vorgerecktem Hals, den Kopf beinahe an der Windschutzscheibe, riss und schob Alfi wie wild am Schalthebel, ließ das Getriebe krachen und den Motor aufheulen. Als er die Waldstrecke und die nachfolgende kleine Erhebung, die die Sicht auf den See verhinderte, endlich hinter sich hatte, war ihm auf Anhieb klar, dass es hier sein musste, wo der Dorfpolizist so schnell hinwollte.

Ein wildes Durcheinander präsentierte sich Alfi. Menschen liefen aufgeregt herum, am See hatte sich eine Traube gebildet und der Schori war gerade dabei, sich einen Durchlass durch die Menge zu verschaffen. Einzelne Autos standen kreuz und quer nachlässig geparkt halb auf der Straße. Zum Teil waren die Türen geöffnet. Aus einem erklang gedämpfte Ländlermusik, ein anderes hatte die Warnblinkanlage eingeschaltet.

Mitten im Trubel stand das Postauto ordentlich geparkt am Straßenrand und an der Tür lehnte der Chauffeur, der nervös an einer Zigarette zog. Ein junger Mann blieb neben seinem Auto stehen und starrte völlig versunken auf sein Handy, während sein Daumen flink über die Tasten flog. Alfi stieg ungelenk aus dem zerschlissenen Sitz und machte sich auf den Weg zum Fahrer. Hinter ihm hörte er den Handybenutzer fluchen. Dem Dialekt nach war der Mann nicht von hier. Instinktsicher für Neuigkeiten, glaubte Alfi, dass der Postautofahrer am ehesten wusste, was dort am Ufer passiert war. Dieser sah ihn kommen und stieß sich vom Postauto ab.

»Salü Fridu.«

»Salü Alfi.«

»Was ist denn hier passiert?«, fragte Alfi mit einer Kopfbewegung dem Ufer zu. Ganz offensichtlich bekümmert kam die Antwort:

»Wir haben den Kunz gefunden. Im Wasser. Er hat einen Pfeil im Hals.«

Dabei deutete er mit der die Zigarette haltenden Hand auf seinen Hals.

»Der Vico? Das darf nicht wahr sein! Der Vico Kunz vom Chutz?«

Der Chauffeur blies den Rauch aus, sah auf den Boden und nickte. Dann ließ er die Zigarette fallen, trat darauf und machte mit dem Fußballen eine Drehbewegung. Mit gesenktem Kopf meinte er mehr zu sich selbst:

»Es ist kein schöner Anblick. Sie haben ihn nur anhand der Kleider erkannt, geh besser nicht hin.«

Alfi war hin- und hergerissen. Sein Anstand war ihm im Weg. Liebend gerne wäre er zum Ufer gerannt und hätte sich die Sache näher angesehen. Aber der Fahrer hatte ihn davor gewarnt und so wollte er nicht plötzlich als geifernder Gaffer verschrien sein. Andererseits waren wahrscheinlich alle, die jetzt unschlüssig herumstanden, am Wasser gewesen und hatten sich das grausige Szenario angesehen. Es wäre also beinahe eine Vergewaltigung der menschlichen Neugier, wenn er sich nun beherrschen würde. Aber immerhin war er Geschäftsmann – im Moment zwar in finanziellen Nöten, aber immerhin –, der auf seinen Ruf Acht geben musste. Und das gab schließlich den Ausschlag. Verdrossen entschloss er sich, die Sache nicht näher zu betrachten und über den Dingen zu stehen.

Ein ihnen bekannter Bauer trat aus der Menschentraube heraus und näherte sich den beiden gemächlichen Schrittes. Sein Äußeres war ungewohnt, hatte er doch seine Festtagskleider an. Der Fahrzeugführer machte eine Kopfbewegung zu seinen Passagieren und dem herannahenden Bauern hin.

»Vor allem für die Hochzeitsgäste ist das nicht gerade ein schönes Geschenk.«

»Das ist eine Hochzeit?«, wunderte sich Alfi und realisierte erst jetzt, dass das Postauto entsprechend geschmückt war.

»Wo wollen sie denn feiern?«

»Auf der Griesalp«, gab der Chauffeur kurz angebunden Antwort.

In diesem Moment durchzuckte Alfi ein Gedanke. Wenn er schon die Leiche nicht zu Gesicht bekam, dann wollte er wenigstens der Erste sein, der die Neuigkeit verkünden durfte. Auf einmal hatte er es eilig. Bestimmt wussten die in der Gorneren noch nichts von den Ereignissen, zumal eine telefonische Verbindung mit dem Funktelefon von hier aus nicht möglich war. Deshalb auch das Gefluche des Handybesitzers vorhin.

Der Bauer war unterdessen mit einem Gruß an sie herangetreten und schaute sich um. Alfi kannte ihn vom Sehen, wusste aber sonst nichts über ihn. Zum Fahrer gewandt, meinte er:

»So, ich werde wohl mal unsere Gesellschaft zusammentrommeln und schauen, dass wir weiterkommen.« Achselzuckend fügte er hinzu: »Viel werden wir ja wohl nicht mehr zu feiern haben.«

Dann ließ er völlig unerwartet einen deftigen Fluch hören, den der Viehhändler und der Chauffeur aus lauter Verblüffung heraus mit einem verhaltenen Lachen quittierten, dem ein betretenes Schweigen folgte.

Je länger die Ruhe anhielt, desto unwohler fühlte sich Alfi, und so sah er die Zeit gekommen zu gehen. »So. Ich muss wohl auch weiter«, sagte er und reichte zuerst dem Fahrer, dann dem Bauern flüchtig die Hand zum Abschied.

Mittlerweile hatten sich noch mehr Menschen mit Autos angesammelt. Gerade sah Alfi, dass ein Autofahrer aus seinem Fahrzeug aussteigen wollte, der dieses quer vor seinem eigenen Wagen abgestellt hatte. Alfi erhöhte sein Tempo und rief dem Mann zu, er wolle wegfahren. Der begriff, stieg noch einmal ein und setzte seinen Wagen etwas zurück. Alfi winkte ihm zu, dass der Platz nun genüge, stieg ein und fuhr los. Er wollte jetzt so schnell wie möglich die schrecklichen Neuigkeiten weitergeben. Er nahm sich vor, zuerst auf die Griesalp zu fahren und sich dort mit seinen Informationen interessant zu machen.

Als er fünfzehn Minuten später auf dem großen Platz mitten zwischen den drei Gebäuden angekommen war, empfingen ihn drei Alphornbläser, die, umringt von zahlreichen Schaulustigen, im Halbkreis dastanden und offensichtlich auf die Ankunft der Hochzeitsgesellschaft warteten. Auch der Wirt und seine Frau befanden sich darunter und schienen unruhig. Alfi fuhr eine elegante Kurve und hielt direkt vor dem Wirtspaar. So hastig es seine bereits etwas steifen Knochen erlaubten, stieg er aus. Der Wirt hielt ihm die Tür auf und ohne einen Gruß meinte er:

»Hier kannst du nicht parken, Alfi, gleich kommt eine Hochzeitsgesellschaft.«

»Da musst du dich noch einen Moment gedulden«, wandte Alfi ein und ließ genüsslich einen Moment verstreichen.

»Bist du ihnen begegnet?«, fragte nun die Wirtin ungeduldig, deren mädchenhaftes Gesicht auffällig gerötet war.

»Sie sind unten beim See und haben etwas gefunden«, erwiderte Alfi mit viel sagendem Blick. Das Wirtspaar merkte, dass etwas nicht stimmen konnte, und beide schauten sich irritiert an. Der Wirt wurde jetzt ärgerlich. Sein ganzer Plan mit dem Essen geriet durcheinander und jetzt noch ein Wichtigtuer, der mit der Sprache nicht herausrücken wollte.

»Also, was ist los?«, forderte er ultimativ eine Antwort von Alfi und unterstrich seine Forderung mit einer heftigen Handbewegung, die er aber sogleich bereute. Schließlich war er Wirt und Alfi ein, wenn nicht gerade beliebter und umgänglicher, so doch guter Kunde von ihm. Und diesen wollte er sich trotz allem nicht vergraulen. Alfi erkannte nun auch, dass es besser war, mit der Antwort herauszurücken, und erzählte die ganze Geschichte der Leiche von Vico Kunz, die mit einem Pfeil im Hals gefunden wurde.

Blitzartig machte die Nachricht die Runde. Die Alphornbläser legten ihre Hörner einfach auf den Boden und hockten sich nachdenklich, ja deprimiert auf die Holztröge, die den Wendeplatz des Postautos vom Gartenrestaurant abtrennten. Sie und alle anderen Anwesenden mussten das Gehörte erst einmal verarbeiten und schauen, wie es unter diesen Umständen weiterging. Die Umstehenden fanden sich in Grüppchen zusammen, doch das Gespräch untereinander fanden sie nicht. Eher war das Gegenteil der Fall. Betroffene Gesichter, die den Boden neben den Füßen studierten. Ab und zu hob man wieder die Köpfe, scheinbar die Berge betrachtend, doch der Blick blieb leer, weil sie eigentlich nur nach innen schauten.

Alfi, zuerst stolz, die Neuigkeit verkündet zu haben, plagten nun doch Gewissensbisse. Er machte, dass er fortkam. Auch im Hübeli wollte er die Nachricht überbringen, doch nahm er sich vor, dies mit mehr Vorsicht zu tun.

Als er im Hübeli durch die Tür ging, bemerkte er anhand des kaum vorhandenen Geräuschpegels, dass hier nicht viel los war. In der Gaststube war tatsächlich niemand anwesend. Lediglich Maria hantierte an der Kaffeemaschine herum. Alfi war etwas enttäuscht. Er hatte seinen Vorsatz, die Sache etwas gefühlvoller zu verkünden, bereits wieder vergessen und wäre gern vor mehr Publikum gestanden.

»Salü Maria. Hast du schon gehört?«, begrüßte er sie und bemerkte, dass sie wegen seines plötzlichen Erscheinens leicht aufschreckte. Sie musste ihn beim Hereinkommen überhört haben.

»Hallo Alfi«, erwiderte sie leicht verlegen, »was soll ich gehört haben?«

»Wir haben den Vico gefunden. Unten im See. Tot. Er hat einen Pfeil im Hals.«

Alfi wollte sich mit der Hand an den Hals fassen, um seine Worte bildhaft zu unterstreichen, als er bemerkte, wie Maria zu schwanken begann, sich an der Kaffeemaschine festhielt und schließlich in den Knien einknickte, auf dem Gesäß landete und vor sich hinstarrte. Ungeschickt ergriff Alfi in dem Moment ihre Handgelenke, als sie in sich zusammenfiel, und so konnte er nur noch verhindern, dass ihr Kopf auf den Boden schlug.

Doch Maria kam schnell wieder zu sich. Alfi hatte sich mit steifen Gelenken zu ihr herunterbeugen wollen, als Maria mit sichtlicher Willensanstrengung und wackligen Knien wieder auf die Beine kam. Alfi war ihr keine große Hilfe, doch gemeinsam schafften sie es, wieder hochzukommen.

Marias darauf folgende Bitte war so ungewohnt eindringlich, nichts über ihre Schwäche verlauten zu lassen, dass Alfi sogleich hellhörig wurde. Sein Hirn arbeitete fieberhaft, um zu ergründen, warum niemand etwas erfahren durfte. Hatte er vorher noch gemeint, Marias Schwäche sei aufgrund der allzu drastischen Vorstellung, wie der Pfeil aus Vicos Hals ragte, entstanden, merkte er nun, dass mehr dahinter stecken musste. Er fasste Maria sanft um die Schulter und wollte sie zur Eckbank des Stammtischs führen. Doch Maria lehnte mit einer lahmen Bewegung ab. Sie wand sich, kraftlos und immer noch halb benommen, aus der Umarmung, kehrte Alfi den Rücken zu, trottete mechanisch zur Kaffeemaschine zurück, ergriff den dort liegenden nassen Lappen und fing an, ebenso mechanisch über die Chromstahlabdeckungen zu fahren. Alfi stand indes etwas hilflos mitten im Raum und ging schließlich zum Stammtisch, wo er sich geistesabwesend hinhockte und darüber nachdachte, warum Maria so und nicht anders auf seine Nachricht reagiert hatte.

Glücklicherweise hatte Maria kaum Gäste zu bewirten. Immer wieder glaubte sie, das Bewusstsein zu verlieren, und konnte sich nur mit äußerster Willensanstrengung auf den Beinen halten. Sie betete beinahe ununterbrochen zu Gott und dieser schien doch ein Einsehen zu haben und schickte kaum Gäste ins Hübeli, und wenn, dann solche, die ihre Ruhe haben wollten und keine komplizierten Wünsche vorbrachten.

7. Kapitel

Herbst 2001

Das ganze Oberland geriet ob des Verbrechens in Aufruhr. Der grausige Mord am Sennen Vico Kunz vom Chutz, der medienwirksam mit Pfeil und Bogen verübt wurde, rief zahlreiche Journalisten auf den Plan. Die Regenbogenpresse titelte: »Wildwest-Mord im Berner Oberland«.

Die Polizei, sosehr sie sich auch anstrengte, war bis in den Spätsommer nicht in der Lage, den Mörder ausfindig zu machen.

Irgendwann war dann im engen Kiental das Gerücht aufgetaucht, wahrscheinlich seien es alte »Freunde« aus der Drogenszene gewesen, die Kunz umgebracht hätten. Und damit war, zumindest für die einheimische Bevölkerung, die Sache erledigt gewesen. Dankbar hatte man diese Erklärung aufgenommen und je mehr Menschen davon wussten, desto mehr wurde das Gerücht zur Wahrheit. Man erzählte es dem Gegenüber mit einem missbilligenden, viel sagenden Kopfnicken, froh darüber, dass niemand im Tal für diesen hinterhältigen Mordanschlag zur Verantwortung gezogen werden musste. Schließlich hatte man es gewusst, und zwar immer schon, dass niemand hier oben zu so etwas fähig sein konnte.

Das Gerücht verfestigte sich schließlich endgültig zur scheinbaren Wahrheit, als die Polizei – war es Zufall? – die Ermittlungen just in dem Moment einstellte, als das Gerede von »Freunden« aus dem Drogenmilieu von Bern noch jungfräulich frisch war. Doch so wie die Bevölkerung bei ihren Gesprächen langsam zum Alltag fand, die Polizei immer seltener ins enge Tal hinauffuhr, schlich sich die Normalität zuerst schüchtern, dann immer selbstbewusster in die Gespräche der Menschen hier oben und bald wollte sich niemand mehr für diese Geschichte interessieren.

Und so ging der Sommer langsam vorüber und wurde vom Herbst abgelöst. Nach den Monaten August und September mit hohen Temperaturen und fast keinen Niederschlägen war er unvermittelt und unerwartet früh hereingebrochen. So entschlossen sich die Sennen in den obersten Weiden, da bereits zweimal Schnee bis in tiefe Lagen gefallen war, früher als sonst ins Tal zurückzukehren.

So machte man sich bereit, um die Alpabfahrt in Angriff zu nehmen. Mensch und Tier freuten sich auf die Rückkehr ins Tal und waren entsprechend ungeduldig. Mit lautem Glockengebimmel machte man sich auf den Weg, begleitet von scharfen Befehlen der Sennen und ungehaltenem Hundegebell. Kam man unterwegs an eingezäunten Weiden vorbei, auf denen noch Kühe weideten, wurden auch diese von dem vorbeiziehenden Tross in ihren Bann gezogen und rannten mit, solange es der Zaun zuließ. Immer wieder kamen auf dem engen unübersichtlichen Bergsträßchen Fahrzeuge entgegen oder drängten von hinten heran, um zu überholen. Je länger der Weg, desto ruhiger wurden die Tiere und umso geordneter ließen sie sich treiben. Doch irgendwann wurden sie müde und unwillig und waren nur noch mit viel Geschrei und ab und zu mit mehr oder weniger sanften Hieben mit dem derben Stock in Bewegung zu halten.

Die wenigen Touristen verfolgten das Spektakel mit sentimentalem Blick und die einheimischen Zaungäste gaben bereitwillig Auskunft, wenn sie über Einzelheiten dieses Anlasses erzählen konnten.

So kam es, dass schließlich alle Bauern, die ihre Herden im Sommer oberhalb der Gorneren sömmerten, ihre Tiere zu Tal gebracht hatten, die Sennhütten winterfest waren und es in der Gorneren langsam still wurde. Nur ein paar verspätete Touristen und Einheimische mit vereinzelten Kühen bewegten sich in der leeren und ruhigen Gegend und warteten, teils sehnsüchtig, teils gottergeben auf den großen Schnee, der bald kommen und die Gorneren in eine weiße, menschenleere Berglandschaft verwandeln sollte.

*

Schwester Luise hatte soeben ihre Abendmahlzeit beendet, als sie sich anschickte, das Geschirr zum Spülen in die Küche zu räumen. Als sie mit vollen Händen vom Esstisch in Richtung Küche ging, bemerkte sie mit einem Blick aus dem Fenster, dass die Tannenwipfel heftig schaukelten. Der heutige Wetterbericht hatte denn auch für den Abend heftige Winde und Regen oder in höher gelegenen Lagen sogar Schnee vorausgesagt.

Kurz entschlossen entschied sie sich dazu, das Geschirr warten zu lassen, weil die Glasvitrine vor der Kapelle mit den Traktaten, Ansichtskarten und dem Gästebuch vor dem Eintreten des Regens versorgt werden musste.

Sie trat vor die Tür. Auf dem mit Granit belegten Vorplatz entdeckte sie kleine, dunkle Flecken, die sich schnell vermehrten. Der Regen hatte bereits eingesetzt. Mit gesenktem Kopf ergriff sie den altmodischen Schirm, der an der Hauswand lehnte, spannte ihn auf und eilte der kleinen Kapelle entgegen. Diese stand ungefähr hundert Meter vom Haupthaus entfernt, abseits des schmalen Sträßchens, das von der Griesalp hier hinauf und weiter bis zum Bärgli führte.

Als sie die hundert Meter zurückgelegt hatte, bog sie rechts in den schmalen Weg ein, der zuerst sanft ansteigend, dann immer steiler werdend direkt bei der Kapelle endete.

Schwester Luise war trotz ihres hohen Alters von einundsiebzig Jahren noch ausgezeichnet in Form. Ihr wackerer Schritt verlangsamte sich nur unmerklich, als sie den steilen, mit altem und brüchigem Asphalt gedeckten schmalen Fußweg zur Kapelle in Angriff nahm. Als sie oben anlangte, schnaufte sie ein paar Mal heftig ein und aus und kurz darauf ging ihr Atem so ruhig und gleichmäßig, als ob sie nie heraufmarschiert wäre.

Kurz sah sie sich um und genoss das prächtige Alpenpanorama. Doch jagten bereits Nebelfetzen durch die Luft und hüllten die Berge zeitweise in einen undurchsichtigen Schleier. Schwester Luise machte sich hurtig an die Arbeit, denn der Wind blies die Regentropfen, die, weiß und groß, bereits nach Schnee aussahen, unter das Vordach. Die Glasscheibe der Vitrine, in der sich die Ansichtskarten und Traktate befanden, hatte bereits ein paar Tropfen abbekommen. So öffnete Schwester Luise die Kapellentür und sofort regte sich leichter Ärger in ihr. Der Grund dafür war die mit einem Türschließer versehene Tür der Kapelle. Immer wenn sie die Vitrine in die Kapelle trug – und dafür brauchte sie beide Hände –, schlug ihr diese verflixte Tür entgegen und schrammte an der Vitrine entlang. Erst gestern hatte sie sich vorgenommen, aus einem Stück Holz einen Keil zu fertigen, der unter die Tür geklemmt werden konnte. Aber wieder hatte sie ihn vergessen. Sie nahm sich vor, diese Arbeit noch am Abend in Angriff zu nehmen.

Wie erwartet, schabte auch diesmal der Schaukasten mit einem unangenehmen Geräusch an der Tür. Mehr noch, als ob Gott ihr die Notwendigkeit dieses Keils noch einmal ins Bewusstsein rufen wollte, verfing sich beim Hineintragen der gläserne Deckel mit der Holzumrandung der Vitrine so unglücklich in der Türklinke, dass dieser sich beinahe vollständig öffnete, um dann plötzlich mit einem lauten, scheppernden Geräusch wieder zuzufallen. Erschrocken erstarrte Schwester Luise, verzog den Mund und kniff die Augen zusammen. In ihrer Vorstellung war die Scheibe bereits zu Bruch gegangen. Langsam öffnete sie die Augen wieder und schaute erstaunt und erfreut auf das noch intakte Glas, richtete ihren Blick nach oben und murmelte ein »Danke«. Eilig stellte sie die Vitrine zwischen die Bänke, zog die Tür wieder auf und ergriff auch noch den Stuhl für müde Wanderer, der sich ebenfalls draußen befand.

Die Hektik war vorüber. Schwester Luises Hand verschwand zwischen den Falten ihres Habits und kam mit einem riesigen, sorgfältig gebügelten Taschentuch heraus, dessen graues Muster dem des Schirms auffallend ähnlich sah. Gewissenhaft wischte sie die Scheibe trocken. Alles war heil geblieben und im Trockenen. Sie ordnete die Ansichtskarten ein wenig und entschloss sich dann, sich noch einem kurzen Gebet hinzugeben, bevor sie sich wieder auf den Rückweg machen wollte.

Sie reinigte ihre Brille und faltete das Taschentuch akkurat zusammen, bevor sie es wieder verstaute. Erst dann ging sie den kurzen Mittelgang zwischen den lediglich drei Bankreihen nach vorne und setzte sich würdevoll auf die linke vorderste Bank, auf der, wie bei allen anderen, zwei Personen Platz fanden. Sie schaute auf das Mosaikbild hinter dem Altar, schloss die Augen, senkte den Kopf und faltete die Hände in ihrem Schoß. Augenblicklich versank sie in eine tiefere Bewusstseinsebene. Die Umgebung nahm sie nicht mehr wahr. Ihr wurde warm ums Herz, sie fühlte sich leicht, unbeschwert und Gott am nächsten und bat ihn, sie zu erhören.

Sie hatte ihr eigenes, ganz persönliches, auf ihre Lebensumstände ausgerichtetes Gebet, das sie nur in einzelnen Passagen in all den Jahren jeweils etwas angepasst hatte. Den Text dieses Gebets hatte sie nur Gott offenbart, niemandem sonst, und sie nahm an, dass viele Mitschwestern ihr eigenes Gebet sprachen, aber es war nicht üblich in ihrer Schwesternschaft, dass man untereinander besprach, welchen Inhalt der Dialog mit Gott hatte.

*

Schwester Luise hatte ihr Gebet beendet und nahm langsam ihre Umwelt wieder wahr. Als sie aber aus der Versunkenheit im Gebet auf die Ebene der Realität hinüberwechselte, erblickte sie vor ihrem geistigen Auge ein Bild, das sich so schnell bewegte und blass erschien, dass sie sich nicht in der Lage sah, dies festzuhalten. Etwas kam jedoch nur allzu deutlich zum Ausdruck: Es war ein düsteres, von Schwermut geprägtes Bild, das durch seine Grau- und Schwarztöne Schmerz, Verzweiflung und Hoffnungslosigkeit auszudrücken schien.

Schwester Luise waren solche Bilder nicht neu. Sie kamen in letzter Zeit häufiger vor und entpuppten sich im Nachhinein vielfach als Vorahnungen auf bevorstehende Todesfälle oder andere einschneidende Schicksalsschläge ihr bekannter Personen. Sie versuchte sich noch einmal darin zu vertiefen, damit das Bild klarer und offenkundiger in ihr Bewusstsein drang. Sie hatte nicht etwa Angst vor solchen Traumbildern, sondern war neugierig und davon überzeugt, dass Gott ihr einen Verstand gegeben hatte, um das Leben zu meistern, und Visionen, um weise zu werden. Gott machte keine Fehler und diese Visionen konnten unmöglich vom Teufel kommen, wie viele ihrer Mitschwestern zu behaupten pflegten.

Ihre Bemühungen blieben jedoch vergeblich. Ihr gelang es beim besten Willen nicht mehr, die besagte Bewusstseinsebene des Gebets zu erreichen. Es hatte im Moment keinen Zweck und so erhob sie sich schließlich seufzend, trat nach vorne und beschäftigte sich mit flinken Händen mit dem Trockenblumengesteck auf dem Altar. Als sie die Blumen nach ihrem Gutdünken gerichtet hatte, begutachtete sie kritisch das Resultat aus einiger Distanz. Sie war damit zufrieden.

In diesem Augenblick huschte das Bild erneut durch ihren Kopf. Doch wieder konnte sie es nicht richtig fassen. Sie hielt einen Moment in ihrer Bewegung inne, um den Bildern Gelegenheit zu geben, noch einmal zu erscheinen. Doch es tat sich nichts mehr. Also ging sie zur Tür, trat hinaus und machte sich daran, die Kapelle für die Nacht abzuschließen und zum Haus zurückzukehren.

Es regnete noch heftiger, der Nebel flog an ihr vorbei und der Wind rüttelte an ihrem Schirm. Trotz der Dämmerung, die schon hereingebrochen war, sah sie, dass die Berge bereits mit einer zarten, weißen Schicht bedeckt waren, die sich nach unten hin auflöste und auf Höhe der unteren Bundalphütte in Regen überging.

Die Schwester marschierte den Weg hinunter und bog auf dem Sträßchen nach links ab. Sie musste hin und wieder großen, durch den Regen aufgeweichten und von den nachfolgenden Tieren zertretenen und verschleppten Kuhfladen ausweichen, die zuhauf auf dem schmalen Sträßchen lagen. Ein untrügliches Zeichen dafür, dass die Sennen mit ihrem Vieh aus den obersten Weiden bereits den Alpabzug angetreten hatten und der Sommer nun endgültig vorbei war. Eine Tatsache, die das Herz der Nonne immer wieder von Neuem mit Wehmut erfüllte, obwohl sie dafür keine Erklärung fand und sie doch die Ruhe während der Wintermonate hier oben mehr schätzte als das lebhafte Treiben in der Sommersaison.

Das Wummern eines schweren Motorrads riss sie aus ihren Gedanken. Leise zuerst, wurde das Geräusch rasch lauter. Sie trat an den Rand des Sträßchens und ließ den

Fahrer vorbei, den sie mit einem Lächeln begrüßte. Es war der bärtige Bergbauer, der jeden Tag zur gleichen Zeit von einer Weide zur anderen fuhr, um die Kühe zu versorgen und zu melken. Beinahe wurde Schwester Luise durch den hochspritzenden Kot getroffen, als der Bauer direkt neben ihr durch einen dieser Fladen fuhr. Erst als dieser vorüber war, wagte sie einen Blick auf ihren Habit zu werfen, der – Gott sei Dank – nichts abbekommen hatte.

Als sie kurz darauf die Tür des Chalets »Ruf Gottes« öffnete, wo sie zu Hause war, begab sie sich in die Küche, um den begonnenen Abwasch zu Ende zu führen. Als sie damit fertig war, trocknete sie sich die Hände und machte sich auf den Weg nach draußen, wo sich an der Hausfassade ein stattlicher Holzstapel befand. Mit geneigtem Kopf, um dem nassen, windigen Wetter wenigstens ein wenig zu entgehen, beeilte sie sich mit der Suche nach einem geeigneten Stück Holz für den Keil zur Arretierung der Kapellentür. Sie wusste, dass sich hier noch etliche Scheite aus Vierkanthölzern befanden. Die Suche war von kurzer Dauer und schon machte sie sich auf, um in den Keller hinunterzusteigen, dessen Tür sich um die Ecke des Haupteingangs an der Hausfassade befand.

Die Solarlampe, deren Schalter sie betätigte, verbreitete ein fahles, schummriges Licht, kaum dazu geeignet, einen Arbeitsplatz zu beleuchten. Doch Schwester Luise war schlechtes Licht gewohnt, zumal sie wusste, dass die Lampe erst nach ein paar Minuten ihre vollständige Helligkeit erreichen würde.

Allerlei Werkzeuge, die Rost angesetzt hatten, hingen an den Wänden oder lagen auf diversen überladenen

Gestellen. In der Mitte des Raums, der kaum höher als Schwester Luise war, stand schief und wacklig ein kaum mehr hüfthoher Scheitstock, abgenutzt durch jahrzehntelangen Gebrauch. In einer Ecke befand sich eine uralte Werkbank und der Boden war übersät mit Holzspänen.

Schwester Luise ging im niedrigen Raum geschäftig umher, holte sich verschiedene Werkzeuge an die Werkbank und begann mit geschickten Händen die Fertigung des Holzstücks. Nach einer halben Stunde hatte sie mit Säge, Raspel und Feile einen passablen Keil hergestellt, der sich sehen lassen konnte.

Eine schöne Eigenschaft, die man sonst von Kindern kennt, konnte sich Schwester Luise bis ins hohe Alter erhalten, nämlich Freude zu empfinden über einen selbst gemachten Gegenstand. So verstand es sich von selbst, dass sie diesen Keil unbedingt noch ausprobieren musste.

Wider jegliche Vernunft und nur ihrer Freude Ausdruck gebend, entschloss sie sich deshalb, noch einmal die Kapelle aufzusuchen, um das gefertigte Holzstück auf seine Tauglichkeit hin zu überprüfen. Es war schon ziemlich dunkel, als die Beize, mit der sie den Türstopper behandelt hatte, endlich trocken war und sie sich, mit ihrem Schirm ausgerüstet, auf den Weg zur Kapelle machte. Selbstverständlich hatte sie für alle Fälle ihre verbeulte, olivgrüne Militärtaschenlampe dabei.

Mit wackeren Schritten stieg sie die Anhöhe hinan. Auf einmal musste sie über sich selbst schmunzeln, als sie an das Bild dachte, das sie einem zufälligen Beobachter vermittelte, wenn sie des Nachts mit einer Taschenlampe in der Kapelle herumgeistern würde. Jeder gläubige Mensch musste es doch mit der Angst zu tun bekommen und so hoffte sie, niemand möge ihr begegnen.

Unter dem Kapellendach war die Dämmerung bereits von der Dunkelheit vertrieben worden. Sie leuchtete mit der Taschenlampe das Türschloss an und öffnete die Tür bis zum Anschlag. Dann ließ sie den Keil fallen. Jetzt kam der große Augenblick: Würde er wohl passen? Sie schubste ihn mit dem linken Schuh elegant unter die Tür. Er saß. Als sie jedoch die Tür losließ, rutschte sie samt dem Stopper langsam in die geschlossene Position. Schwester Luise ließ sich jedoch deswegen nicht entmutigen. Vor ihrem geistigen Auge erblickte sie auf einmal den alten Schreiner, der im Kloster diverse Reparaturen durchführte, die die Schwestern nicht selber erledigen konnten. Er schubste in solchen Momenten nicht den Keil unter die Tür, sondern zerrte die Tür auf den Keil. Sie versuchte es erneut und siehe da, es funktionierte. Ein verhaltenes »Ha« entschlüpfte Schwester Luises Mund, das ihren Stolz über die gelungene Arbeit offenbarte, beziehungsweise war sie natürlich stolz darauf, dass Gott ihr die richtige Eingebung gegeben hatte.

Sie stieß die Tür wieder auf und dirigierte den Türstopper mit dem Fuß unter die Vitrine. Als sie gerade dabei war, den Eingang der Kapelle zu verschließen, erschienen vor ihrem geistigen Auge wieder die flüchtigen, unscharfen Bilder, die sie bereits kannte. Sie vergaß für einen Moment ihre reale Umgebung. Diesmal waren die Bilder klarer und fassbarer. Sie sah den Kopf einer jungen Frau, der Hals ging über in den nackten Unterleib, einen Brustkorb gab es nicht, ebenso wenig waren

Beine vorhanden. Das Gesicht war verzerrt. Was drückte es aus? Entsetzen, Abscheu, Furcht oder Trauer? Eine klare Deutung fiel ihr schwer. Auch war ihr das Gesicht unbekannt.

Schwester Luise seufzte, als das Bild wieder verblasste. Was hatte dieser unschöne Traum wohl zu bedeuten? Der nackte Unterleib blieb in ihren Gedanken hängen. Waren es bloß erotische Fantasien, die sich hier in den Vordergrund drängten? Doch kaum gedacht, kam ihr diese Erklärung abstrus vor. Für solche Vorstellungen war sie nun definitiv zu alt. Das konnte es kaum sein. Diese hatte sie sich immer – auch vor Gott – ohne Scham eingestehen können, denn sie war überzeugt, eine Verdrängung dieser nur zu menschlichen Gefühle hätten sich in einer pervertierten und somit weitaus gefährlicheren Form wieder Ausdruck verschafft und das hatte sie nie riskieren wollen.

Es half alles nichts. Sie musste der Vision Zeit lassen. Angestrengtes Nachsinnen, wie sie es am Abend auf der Bank hier in der Kapelle getan hatte, brachte sie nicht weiter. Auch das, seufzte Schwester Luise, war eine Alterserscheinung, die ihr nicht unbedingt gelegen kam: Einsichten und Erfahrungen brauchten lange, ehe sie in das Bewusstsein gelangten, verarbeitet wurden und dann das Verhalten beeinflussten. Also versuchte Schwester Luise das Ganze erst einmal ruhen zu lassen und damit schloss sie die Tür nun endgültig ab.

Als sie sich umdrehte, sah sie, dass sich die Wolken wieder ein wenig gelichtet hatten und ein paar Sternen die Gelegenheit boten, verschmitzt auf die Erde hinabzufunkeln. Auch der Mond, beinahe rund, vermochte sein Licht durch die nun durchlässige Wolkenschicht zur Erde zu schicken. Geradeaus vor ihr erhob sich das verschneite Blüemlisalpmassiv mit der noch gerade sichtbaren gleichnamigen Hütte, die sie einmal bei einer Bergwanderung vor vielen Jahren besucht hatte. Rechter Hand fiel das Gelände bis zum Sträßchen ab, um danach wieder zu einem Grat hinaufzusteigen, der etwa die gleiche Höhe wie die Kapelle einnahm. Knapp hinter dieser Anhöhe stand ein Chalet, dahinter das sich mächtig erhebende Ärmighorn, dessen Spitze sich drohend gegen das Häuschen neigte und dieses so geduckt hielt.

Seit Schwester Luise regelmäßig die Horneren besuchte – und das waren immerhin bereits fünfundzwanzig Jahre –, war das Häuschen während ihrer Anwesenheit nie bewohnt worden. Es schien ein Geisterhaus zu sein. Alle anderen Häuser hatte sie im Verlauf ihrer langen Zeit hier für kürzere oder längere Zeit im Sommer oder im Winter mit offenen Fensterläden und schimmernden Fenstern gesehen.

Durch die von Jahr zu Jahr immer höheren und mächtiger werdenden Tannen mit den weit ausladenden Ästen schien es, als wollte sich dieses Haus immer mehr verstecken, um schließlich dem drohenden Berg hinter ihm vollständig zu entfliehen.

Sie sinnierte noch über dieses einsame Chalet, als sie forschend die Augen zusammenkniff. Täuschte sie sich oder schien durch das mit Fensterläden geschlossene Fenster tatsächlich Licht? Sie war sich ihrer Sache keineswegs sicher, zumal die Lichtverhältnisse mit ihrem Wechselspiel ein genaues Beobachten erschwerten. Sie schaute in den Himmel und dann wieder auf das Haus. Das gleiche Ergebnis. Trotzdem blieb sie skeptisch ob ihrer Wahrnehmung. Sollte es wirklich so sein, dass einmal jemand in diesem Haus anwesend war? Erstaunlich und irritierend zugleich. Rasch rief sie sich zur Ordnung, denn schließlich gehörte das Haus nicht ihr und der Besitzer konnte ja in die Gorneren reisen, wann und wie ihm beliebte. Trotz all dieser Erklärungen wurde ihr aber im gleichen Moment bewusst, dass ihre sachlichen Gedanken jeder Grundlage entbehrten. Seit sie in den Keller hinabgestiegen war, um den Keil zurechtzuschnitzen, hatte sie eine Ruhelosigkeit erfasst, die sie sich nicht erklären konnte. Kamen die Traumbilder durch die Unruhe zustande oder die Unruhe durch die Traumbilder? Sie nahm sich noch einmal bewusst vor, der Unruhe und den Träumen Zeit zu lassen, und versuchte aus diesem Grund das Chalet hinter dem Grat einstweilen zu vergessen.

Mit diesem Vorsatz machte sie sich auf den Weg nach Hause, um ihre Strickarbeit wieder aufzunehmen. Weihnachten war nicht mehr fern und im Kinderheim Sunnehus, das ihre Schwesternschaft in der Ostschweiz betrieb, waren die Strickwaren der Mitschwestern jeweils heiß begehrt. Und die heutigen Kinder waren ja so etwas von wild und ungestüm. Da ging immer mal wieder etwas kaputt.

*

Den letzten Rest der Strecke beschleunigte sich Schwester Luises Schritt. Erst kurz vor dem Zaun drosselte sie ihr Tempo und ging entschlossen durch das Gartentor des versteckten Häuschens. Dass dieses offen war, bestärkte sie in der nun zweifelsfreien Gewissheit, dass in diesem Haus etwas vor sich ging. Bevor sie sachte an die Tür klopfte, atmete sie zwei-, dreimal tief ein. Nichts war zu hören. Sie beugte sich gegen die Wand und lauschte angestrengt. Jetzt kam doch so etwas wie Befangenheit in ihr auf. Doch Gott würde ihr schon den richtigen Weg weisen. Sie klopfte noch einmal, dieses Mal mit mehr Vehemenz. Wieder nichts. Sie legte die linke Hand auf die Klinke und drückte sie langsam nach unten. Mit einem leisen Knarren ließ sich die Tür öffnen.

Schwaches, trübes Licht fiel hinaus. Schwester Luise beugte sich nach vorn und spähte hinein. Ein modrigfeuchter Geruch kam ihr entgegen und schien ihr zu bestätigen, dass sich in diesem Haus lange niemand mehr aufgehalten hatte. Sie sah durch einen unbeleuchteten Flur in ein Zimmer, dessen Tür halb geöffnet war und in dem eine Lampe brannte. Das typische, aus Solarzellen produzierte gelbliche Licht. Schwester Luise blieb stehen und horchte.

Auf einmal hörte sie unterdrückte menschliche Laute. Im ersten Moment erschrak sie, zuckte zusammen und ihr Puls beschleunigte sich. Doch beinahe im gleichen Augenblick wusste sie mit absoluter Sicherheit, was hier vor sich ging. Ihre Unruhe, ob sie das Richtige tat, fiel augenblicklich von ihr ab und machte einem professionellen, routinierten Denken Platz. Unzählige Male hatte sie damals in Namibia im Missionshospital solche Laute gehört. Hatte Tage und Nächte damit zugebracht dabeizusitzen, zu warten, zu bangen, mitzuhelfen und mitzufühlen. Hatte Freudentränen gesehen, aber auch Verzweiflung und sogar Widerwillen. Zweifellos befand sich in diesem von mächtigen Tannen versteckt gehaltenen Haus eine Frau in den Geburtswehen. Und ganz offensichtlich allein. Denn die Schwester hörte weder andere Geräusche, noch brannte Licht in einem anderen Raum, der auf die Anwesenheit einer weiteren Person schließen ließ.

Die Schwester wollte die unbekannte Frau auf keinen Fall erschrecken, war aber dennoch fest entschlossen, der Gebärenden in dieser schweren und schmerzhaften Stunde beizustehen.

Sie wurde von einer Welle der Traurigkeit erfasst. Hier wurde ein Kind zur Welt gebracht und niemand wusste davon oder durfte davon erfahren. Was wäre mit dem Kind geschehen, wenn sie nicht von Gott den Auftrag erhalten hätte, in diesem Haus nachzusehen, was hier passierte? Während diese Gedanken durch ihren Kopf geisterten, schritt sie in gebeugter Haltung leise den Gang entlang und rief ein in seiner Lautstärke und Freundlichkeit gut abgewogenes »Hallo« in das Zimmer, um die Frau nicht zu verängstigen. Die Verfassung dieser Gebärenden war bereits mehr als außergewöhnlich und konnte keinen zusätzlichen und unnötigen Schrecken ertragen.

Bevor Schwester Luise in der Tür stand, rief sie noch einmal. Sie wusste nicht, ob die Frau sie gehört hatte, denn das Stöhnen war lauter geworden und der Atem ging nun zunehmend stoßweise. Immer noch keine Antwort. Die Schwester ging jetzt langsam hinein und sah schließlich die Frau auf dem Bett liegen. Sie erkannte sie auf Anhieb. Eine Welle des Mitleids überkam Schwester Luise im Moment, als sie merkte, wer diese Frau war. Ein Kind noch, das sie damals im Frühling in der Kapelle getroffen hatte und das durch ihre Anwesenheit im Gotteshaus beinahe von ihrem Gebet abgehalten worden war.

Es war das Schlafzimmer. An den fichtengetäfelten Wänden hingen Kalenderbilder von hiesigen Berglandschaften. Verschneite Berge und blühende Bergwiesen mit wundervollen Aussichten auf hohe Gipfel. Das Doppelbett, dessen Kopfende sich an der linken Wand befand, war altmodisch, mit einer Bettumrandung aus schwerem, dunklem Holz ausgestattet und wirkte wuchtig, als sei es für ewig gebaut. Die Vorhänge aus rot-weiß kariertem Stoff waren aufgezogen, doch die Fensterläden waren verschlossen und gaben dem Raum eine eigenartig trostlose und beengende Atmosphäre, die Schwester Luise jeweils auch in ihrer Zelle spürte, wenn sie nach Wochen oder gar Monaten wieder hier heraufkam und immer als Erstes die Läden öffnete, um Tageslicht hereinzulassen. Der Holzboden war belegt mit Teppichresten in verschiedenen dunklen Farben, deren Ränder und Ecken ausgetreten waren, Fäden zogen und kleine Gummiteilchen verloren. In der Ecke stand ein alter beigefarbener Gasofen. Die Lampe verbreitete nur sehr spärliches Licht und bestand aus einer Kugel aus dünnem Reispapier, das von einem Peddigrohrgerüst gehalten wurde. Links und rechts des Bettes an der Wand befanden sich zwei alte schwere Nachttischchen mit gläsernen Abstellflächen. Auf dem linken standen ein Glas Wasser, das sich die Frau zurechtgemacht haben musste, und ein alter Wecker, der aber stehen geblieben war. Die Bettdecken schienen von der Frau in großer Eile auf die rechte Seite geschoben worden zu sein, denn eine war halb heruntergerutscht. Die Kissen lagen beide zusammengestaucht unter dem Kopf der Frau. Ihr Kopf war tiefrot, die Augen hielt sie geschlossen.

Anscheinend hatten die Eröffnungswehen bereits vor einiger Zeit begonnen. Sie schien ihre Umgebung überhaupt nicht mehr wahrzunehmen. Ein Grund mehr für Schwester Luise, sich sehr vorsichtig zu erkennen zu geben. Sie blieb nach wie vor bei der Tür stehen und rief noch einmal, diesmal ein wenig lauter: »Hallo«.

Jetzt schien die junge Frau etwas gehört zu haben. Sie fuhr zusammen, weitete für einen Moment die Augen und blickte der Nonne direkt ins Gesicht. Schwester Luise wurde sich bewusst, dass sie in ihrer schwarzen Tracht sicherlich im ersten Moment eher einen beängstigenden denn einen Vertrauen erweckenden Eindruck hinterließ, doch das ließ sich jetzt nicht ändern. Die junge Frau entspannte sich aber erstaunlicherweise sofort wieder und schloss die Augen. Schwester Luise schien sogar einen Seufzer der Erleichterung zu vernehmen, denn der Kopf der jungen Frau sank tiefer in das Kissen.

Jetzt war die erste Hürde für die frühere Hebamme getan. Sie huschte um das Bett herum, beugte sich behutsam über die junge Frau und betrachtete sie näher.

»Ich bin Schwester Luise. Ich glaube, wir sind uns in der Kapelle schon einmal begegnet«, flüsterte sie mehr als sie sprach. Dann streckte sie ihre linke Hand aus, legte sie der Gebärenden behutsam auf die Stirn und begann ihr liebevoll feuchte Haarsträhnen, die am Kopf klebten, aus dem Gesicht zu streichen. Die Frau ließ es geschehen und, ermuntert durch ihre duldende Haltung, sprach die Nonne weiter:

»Und wie heißt du, mein Kind?«

Zu Schwester Luises Überraschung fasste die Frau die sie streichelnde Hand und drückte diese mit verzweifelter Kraft an ihr Gesicht.

»Maria«, stöhnte sie. Diese Geste vermochte Schwester Luise trotz ihrer jahrzehntelangen Tätigkeit als Helfende zu rühren und bestärkte sie in der Absicht, dieser Frau, die Maria hieß, beizustehen.

Sie löste sich sanft von ihr und besprach leise ihr weiteres Vorgehen. Maria nickte nur und war mit ihrem Bewusstsein voll auf die Vorgänge in ihrem Körper konzentriert.

Schwester Luise musste sich zuallererst einen Überblick verschaffen. Wie weit war der Geburtsvorgang bereits fortgeschritten, wie ging es der werdenden Mutter, wo war die Küche, war Wasser vorhanden, wo waren Tücher? Das alles forderte nun ihre ganze Aufmerksamkeit. Sie merkte, dass sie ein wenig aus der Übung war, und zwang sich, ruhig und konzentriert an die Sache heranzugehen.

Sie begann mit der Untersuchung der jungen Frau. Zu diesem Zweck kündigte sie dieser ihren Wunsch an und deckte sie ab. Schwester Luise nahm erstaunt zur Kenntnis, dass die werdende Mutter lediglich den Unterleib entkleidet hatte. Sie vermutete, dass Maria durch heftig schmerzende Wehen bis jetzt davon abgehalten worden war. Es musste sehr geeilt haben. Die ausgezogenen Kleider und die halbhohen Wanderschuhe lagen irgendwo am Boden und zeugten von hektischem Ausziehen.

»Du musst dich ausziehen, Maria«, wies Schwester Luise Maria in einer Mischung aus Strenge und Güte an mit dem Wissen, dass Gebärende eine einfache Sprache mit klaren Anweisungen am ehesten aufnehmen konnten. Nach einem Augenblick richtete sich Maria auf und begann umständlich, unter Stöhnen und abwesendem Blick sich ihrer restlichen Kleider zu entledigen. Schwester Luise half, so gut sie konnte. Dazwischen wandte sie sich immer wieder zum Schrank und versuchte eine Gummiunterlage oder etwas Ähnliches für die Matratze zu finden.

Auch brauchte sie eine Wolldecke. Als sie nach einigem Suchen fündig wurde und diese aus dem untersten Fach des Schranks hervorzog, entdeckte sie dahinter einen wohlgeordneten Stapel von plastifizierten Tüchern, wie sie im Krankenhaus für inkontinente Patienten Verwendung fanden. Welch ein Glück.

Maria war inzwischen ausgezogen und stand verloren und zitternd vor dem Bett. Die Nonne bereitete unterdessen in aller Eile das Bett vor. Als sie damit fertig war, hieß sie Maria, sich hinzulegen. Als sie im Begriff war, die Wolldecke über Maria auszubreiten, realisierte sie erst, wie grob sich diese anfühlte. Schnell nahm sie noch ein Leintuch hervor, entfaltete dieses und bedeckte damit sanft Marias nackten Körper, der zwar die typischen Merkmale einer schwangeren Frau besaß, nur waren diese erstaunlich schwach ausgeprägt.

Als Schwester Luise Maria bedeckt hatte, ging sie zum Gasofen und versuchte diesen in Betrieb zu nehmen.

Nach einigen unsicheren Handgriffen an der elektrischen Zündung gelang es ihr schließlich doch noch, diesen in Gang zu setzen.

Als sie sich vergewissert hatte, dass dieser auch richtig heizte, machte sie sich auf, das Haus weiter zu erkunden und zu schauen, ob sie weitere brauchbare Gegenstände finden konnte. Eigentlich war ja eine Geburt etwas Natürliches, und verlief diese normal, brauchte sie kaum Hilfsmittel dazu. Dennoch war es gut, darüber Bescheid zu wissen, womit sie allenfalls rechnen konnte, sollten sich unvermittelt Komplikationen einstellen.

Sie ging aus dem Zimmer und schaute sich um. Die Küche musste sich rechter Hand befinden. Als sie auf dem Weg war, erblickte sie links die Toilette, ebenfalls wichtig zu wissen. Sie öffnete die nächste Tür und befand sich mit einem Schritt in der Küche, obwohl sie wegen der Dunkelheit nichts sehen konnte. Es waren die Gerüche, die ihr signalisierten, wo sie war. Sollte sie die Fensterläden öffnen oder nicht? Unschlüssig überlegte sie einen Moment, ließ es dann aber bleiben, tastete stattdessen nach dem Lichtschalter und betätigte ihn. Ein kurzes Flackern war die Folge, bevor eine schwache Lampe von der Decke herableuchtete. Die feuchte, würzige und abgestandene Luft brachte sie fast zum Würgen. Aber sie musste sich jetzt um anderes kümmern und trat, den Ekel unterdrückend, an den Spültisch. Wie erwartet, stand nur kaltes Wasser zur Verfügung. Sie öffnete ihrem Gefühl folgend eine Schranktür und wurde prompt fündig. Einige Pfannen türmten sich darin, unter anderen eine große Spaghettipfanne, die sie ergriff und ins Spülbecken stellte. Nachdem sie den Wasserhahn vollständig aufgedreht hatte, plätscherte ein kläglich dünner Strahl in die Pfanne. Auf einem Fensterbrett fand Schwester Luise ein Feuerzeug. Sie trat an den Gaskocher neben der Spüle, drehte den Gashahn auf und hielt den Knopf fest, bis die Flamme den Fühler erwärmt hatte. Ungeduldig schaute sie nun in die Pfanne, die aber erst knapp zur Hälfte gefüllt war. Trotzdem war sie zufrieden. Nun brauchte sie noch eine Schere, saubere Tücher und eventuell eine Schüssel und Wärmflaschen. Sie zog, wiederum ihrem Gefühl folgend, eine Schublade auf, wühlte kurz zwischen Büchsenöffner, Korkenzieher, Kellen und Reibeisen herum und fand auch tatsächlich eine robuste, altmodische Schere, die sogar zu schneiden schien. Sie legte sie neben den Kocher und suchte weiter nach den erforderlichen Utensilien. Sie brauchte nicht lange, dann hatte sie die gewünschten Hilfsmittel im Zimmer neben Maria bereitgelegt.

Während das Wasser auf dem Gaskocher erhitzt wurde, ging sie zu Maria ins Zimmer und setzte sich auf die Bettkante. Maria war zwar nach wie vor immer wieder geistig abwesend, aber ansonsten schien der Geburtsvorgang noch nicht akut.

»Ich mache nun warmes Wasser und dann gehe ich mir die Hände waschen. Danach möchte ich dich einmal untersuchen. Ist das in Ordnung so?«

Als Maria nickte, fuhr die Schwester fort:

»Obwohl ich das gerne täte, kann ich unmöglich jetzt jemanden zu Hilfe rufen.«

Noch während sie sprach, schüttelte Maria bereits verzweifelt den Kopf. Es wurde für die Schwester offensichtlich, was sie längst geahnt hatte. Die Frau hatte diese

Schwangerschaft verheimlicht und gedachte das auch mit der Geburt zu tun. Trotz dieser Ahnung machte sich nun bei der Nonne Betroffenheit breit. Wie nur war es möglich, dass in der heutigen Zeit, in der alle Tabus keine mehr waren, eine junge Frau Schwangerschaft und Geburt verheimlichen musste? Und was wohl waren die Hintergründe für dieses Vorgehen, das ihr sehr nach einer Verzweiflungstat aussah? Offensichtlich musste hier viel Leid passiert sein. Sie verstand das nicht und das Gefühl der Betroffenheit verwandelte sich in ein tiefes Mitleid mit der jungen Frau, die hier wie ein Tier in die Höhle geflüchtet war, um im Verborgenen zu gebären.

»Du brauchst keine Angst zu haben, Maria. Ich habe Erfahrung als Hebamme. Ich war lange Jahre in Namibia und habe sicherlich an die hundert Kinder zur Welt gebracht. Gezählt habe ich sie aber nie«, versuchte sie Maria zu beruhigen. Sie lächelte schelmisch und konnte in Marias Gesicht, das durch den Schmerz angespannt und verzerrt war, eine kurze Erheiterung feststellen.

»Ich werde jetzt die Lage des Kindes abtasten. Versuch einfach, dich zu entspannen. Den Rest kannst du mir überlassen.«

Maria nickte und sank zurück ins Kissen. Behutsam und konzentriert machte sich Schwester Luise an die Untersuchung. Sie blickte dabei ins Leere und fühlte nur die Signale, die ihr ihre Hände übermittelten. Sie war erstaunt, wie alle Handgriffe plötzlich wieder vollkommen präsent waren, so als hätte sie nicht seit fünfzehn Jahren keine Geburt mehr begleitet. War sie vorhin ein wenig nervös geworden, als sie die Situation erkannte, so war sie nun wieder mit Leib und Seele Hebamme, die bereits unzähligen Kindern das Licht der Welt erblicken geholfen hatte, fernab von unnötiger Hektik und Unsicherheit, das Richtige zu tun.

Das Kind befand sich in der richtigen Lage und bei Maria war, soweit sie das erkennen konnte, auch alles in Ordnung. Nur etwas gab ihr zu denken. Die Untersuchung, die leider nur durch Abtasten durchgeführt werden konnte und deshalb ungenau ausfiel, ließ ein viel zu kleines Kind erwarten. Blieb nur zu hoffen, dass alles gut ging.

*

Immer wieder sprach Schwester Luise beruhigend auf Maria ein, erklärte ihr die verschiedenen Handgriffe, die sie tätigte, und erkundigte sich nach ihrem Befinden. Die Frage nach dem Warum und Wieso, die sich immer drängender stellte, brannte ihr zwar auf der Zunge, sie zwang sich aber, ihre Neugierde im Zaum zu halten. Maria hatte jetzt genug zu tun und sie wollte sie in dieser schweren Stunde nicht noch unnötig belasten. Sie sollte sich voll und ganz auf die Geburt konzentrieren, war dies doch bereits einer der wichtigsten Faktoren, um ein Kind erfolgreich auf die Welt zu bringen.

Immer wieder hatte sie in Namibia erfahren müssen, dass sich die werdenden Mütter nicht auf ihr Kind freuten, keinen Vater angeben konnten, finanzielle oder familiäre Situationen für ein Kind höchst ungünstig standen oder alles zusammen. In solchen Fällen war die Gebärende immer noch zusätzlich belastet und das wirkte sich meist ungünstig auf den Geburtsvorgang aus. Und Maria war ja ganz offensichtlich ein solcher Fall.

Schwester Luise schaute auf die Uhr. Es war bereits halb zwei in der Nacht. Vor gut einer Viertelstunde war die Fruchtblase geplatzt, doch das Kind ließ noch auf sich warten. Maria ging es den Umständen entsprechend gut. Schwester Luise schaute sich noch einmal alle Utensilien an, die sie sich für die Geburt bereitgelegt hatte. Sogar einen Gliedermeter hatte sie gefunden, um die Länge des Neugeborenen zu messen, sowie Papier und Bleistift, um die Geburt zu dokumentieren. Ihr war es ein Anliegen, alles richtig zu machen.

Jetzt hieß es abwarten und so war auch die Möglichkeit gekommen, um ihren Gedanken nachzuhängen und ein Gebet zu sprechen. Sie würde dies der werdenden Mutter widmen, von der sie lediglich den Vornamen wusste und wo sie arbeitete, dem Kind, das hoffentlich gesund zur Welt kommen würde, und ihr selbst, damit sie das Richtige zu tun in der Lage sein würde.

Sie hatte sich einen alten Stuhl aus der Küche geholt und setzte sich an die Bettkante, schloss die Augen, faltete die Hände und sprach lautlos ein Gebet. Doch es fiel ihr unerwartet schwer, sich zu konzentrieren. Was hatte ihr Gott da für eine merkwürdige Aufgabe zuerkannt? Er hatte sie in dieses Haus geleitet, von dem man hätte meinen können, es hätte keinen Besitzer, und was fand sie vor? Eine junge Frau, die sich hierhin zurückgezogen hatte, um heimlich zu gebären. Sie hatte bereits viel erlebt und für solcherart Überraschungen und Herausforderungen war sie nun eigentlich wirklich zu alt. Aber offenbar sah das der Allmächtige etwas anders. Langsam stellte sich wieder dieser leise Groll gegen den Herrn ein, den sie bereits in jungen Jahren verspürt hatte, wenn Er ihr Aufgaben zutrug, die sie nicht verstehen konnte und die keinen Sinn in ihrem Leben zu geben schienen. Demut!, riefen ihr dann die Mitschwestern zu, die mit solchen Schicksalsschlägen besser umzugehen verstanden. Also hatte sie Demut geübt. Immer und immer wieder, jahrelang, bis sie irgendwann zerknirscht – oder aufatmend? (die Gefühle damals waren wirr) – feststellen musste, dass sie Demut nicht leben konnte. Es gelang ihr nicht, beim besten Willen nicht. Unmöglich für sie, sich einfach ohne nachzudenken dem Willen Gottes zu unterwerfen. Für sie musste es zumindest einen Sinn geben, weshalb Er so und nicht anders waltete.

Maria stöhnte auf, verkrampfte sich und holte die Schwester aus ihren Gedankenreisen: »Ich kann nicht mehr! Ich halte das nicht mehr aus. Bitte helfen Sie mir!«

Schwester Luise erhob sich rasch und machte sich auf die Geburt gefasst. Auch hier konnte sie aus der Erfahrung schöpfen. Die Gebärenden glaubten jeweils dann nicht mehr zu können, wenn das Kind unmittelbar dabei war, auf die Welt zu kommen. Und tatsächlich! Die Presswehen schienen zu beginnen und damit stand die Geburt direkt bevor.

Schwester Luise gab der Gebärenden noch einmal ruhig und mit halblauter Stimme Anweisungen, merkte aber, dass Maria instinktiv das Richtige tat, indem sie mit aller ihr zur Verfügung stehenden Kraft presste. Bald wölbte sich der Damm und die Nonne erzeugte mit der flachen Hand Gegendruck. Kurz darauf wurde der kleine, schwarz behaarte Kopf des Neugeborenen sichtbar. Eine Wehenpause stellte sich ein, worauf er wieder zurücksank. Kaum begannen neue Wehen, schob er sich weiter nach vorn, bis er schließlich vollständig aus der Scheide herausgetreten war. Sorgfältig umfasste die Schwester den Kopf und stützte ihn mit der hohlen Hand. Jetzt erkannte sie die Nabelschnur, die sich um den Hals gewickelt hatte. Rasch und zielstrebig, aber ohne Hektik, löste sie diese und sprach gleichzeitig beruhigende Worte zu Maria über den Fortschritt der Geburt.

Dann ging alles plötzlich sehr schnell, denn der Rest des Körpers flutschte nun regelrecht aus Marias Unterleib, begleitet von einer Menge Fruchtwasser.

Es war ein Mädchen. Schwester Luise umfasste das Neugeborene vorsichtig und nahm es in die Hand. Es spuckte bereits das Fruchtwasser aus dem Mund, atmete ein und sogleich erklang eine dünne, wimmernde Stimme. Die Nonne beobachtete das Kind noch eine Weile, ob es auch richtig atmete. Die Haut sah gut durchblutet aus und war rosig.

Nach einer Minute, als die Nabelschnur zu pulsieren aufgehört hatte, machte Schwester Luise sich mit routinierten Bewegungen an die Abnabelung. Dazu band sie die Nabelschnur in einem Abstand von acht Zentimetern vom Bauch des Kindes ein erstes Mal ab, machte fünf Zentimeter davon entfernt eine weitere Abbindung und schnitt die Nabelschnur dann mit der alten Schere entzwei. Schließlich war die neue Erdenbürgerin nachts um zwei Uhr zehn entbunden und damit ein selbstständiges Wesen.

Die Schwester hatte sehr rasch bemerkt, dass das Kind

viel zu früh geboren war. Es war nicht nur zu klein, sondern zeigte weitere typische Merkmale einer Frühgeburt. So war es über und über mit Käseschmiere bedeckt und besaß am ganzen Körper feinen Haarwuchs. Schwester Luises Sorge um das Neugeborene wuchs, denn ohne rasche und professionelle Hilfe würde es zweifellos schwierig werden, das Kindlein durchzubringen. Doch dies war in der momentanen Situation ein eher problematisches Unterfangen. Gedankenverloren blickte die Nonne auf das namenlose kleine Geschöpf, das nach ihrer Schätzung kaum mehr als zwei Kilo auf die Waage brachte.

Bevor sie sich aber in ihren sorgenvollen Gedanken verlor, musste sie nun unverzüglich alle Vorkehrungen treffen, um das Kind warmzuhalten. Sie legte es zurück auf Marias Brust und beeilte sich, die Wärmflaschen mit warmem Wasser zu füllen, denn als Frühgeburt würde es sonst seine Wärme nie selbst halten können. Schwester Luise ergriff die oberste eines ganzen Stapels von farbigen Bettflaschen, die aufgetürmt auf ihre Verwendung warteten. Als sie jedoch die erste Flasche aus einer mit warmem Wasser gefüllten Thermoskanne füllen wollte, sprang diese regelrecht auseinander. Das Gummi war spröde und hart geworden. Schnell ergriff sie die zweite, doch auch die ließ sich nicht mehr verwenden. Die Schwester begutachtete nun die restlichen sechs Flaschen sorgfältig und konnte dann drei finden, die sich als brauchbar erwiesen. Diese drei mussten genügen. Auch musste der Kleinen eine Windel umgebunden werden, ohne dass sie sich zu sehr abkühlen konnte. So nahm die Schwester das kleine Kind wieder sanft von der Brust der Mutter und legte es aufs Bett. Sie ergriff das oberste Tuch des zurechtgelegten Stapels, fertigte mit flinken Händen eine Windel daraus und legte sie dem winzigen Kind um. Dann packte sie dieses in ein hellgelbes Frotteetuch ein und drapierte die drei Wärmflaschen rundherum. Schließlich war nur noch das winzig kleine Köpfchen mit den schwarzen Haaren zu sehen.

Maria versuchte das Prozedere zu beobachten, jedoch fielen ihr immer wieder die Augen zu. Fürs Erste war das Kind versorgt. Bald darauf, Schwester Luise hatte sich eine kurze Pause gegönnt und auf den Bettrand gesetzt, um ein weiteres Gebet für das kleine Geschöpf und dessen Mutter zu sprechen, wurde bereits die Nachgeburt ausgestoßen, die von der Schwester mit einer blauen Plastikschüssel aufgefangen werden konnte. Das dabei hervorströmende Blut entfernte die Nonne mit Frotteetüchern, die sie in dem bereitgelegten Plastiksack verstaute. Sie legte die Schüssel zur Seite und begann Marias Unterleib zu waschen. Noch bevor sie ihre Arbeit zu Ende führen konnte, war die frisch gebackene Mutter bereits eingeschlafen und so ließ es die Nonne bei einer nicht allzu gründlichen Reinigung bewenden. Sie sollten dafür noch genügend Zeit haben und die Wäsche würde ohnehin mit dem Wechsel der Bettwäsche einhergehen.

Aufgrund der besonderen Situation hatte es die Schwester unterlassen, Maria nach dem Namen für das Kind zu fragen, bereute dies aber jetzt. Als sie jedoch Maria völlig entkräftet mit dem Kind auf der Brust betrachtete, glaubte sie auf einmal zu wissen, dass Maria gar keinen Namen für das Kind hatte. Diese Erkenntnis machte sie nach der Freude über die geglückte Geburt wieder traurig und bedrückt, aber auch ein wenig wütend auf ihre Hilflosigkeit der ganzen vertrackten Situation gegenüber. Sie nahm sich vor, Maria, wenn sie sich von der Geburt erholt hatte, doch endlich nach den Umständen zu fragen. Es war ihr ein Bedürfnis, die Hintergründe zu erfahren. Mit Geduld und Taktgefühl kam sie sicherlich dahinter, was geschehen war.

Sie machte sich daran, die gebrauchten Gegenstände wieder wegzuräumen, ertappte sich jedoch dabei, wie sie diese wieder exakt an den Ort legte, von dem sie sie entfernt hatte. War es reine Höflichkeit dem vielleicht unfreiwilligen Gastgeber gegenüber oder war sie auch schon dabei, das Geschehene zu vertuschen? Wieder sah sie sich mit unbeantworteten Fragen konfrontiert. Wem gehörte dieses Haus überhaupt? War Maria hier eingedrungen, um versteckt ihr Kind zu gebären? Oder gehörte dies Haus womöglich jemandem, den Maria kannte? Noch mehr Fragen, die ihr Unterbewusstsein eigentlich schon beantwortet hatte und sie danach handeln ließ. Sie war dabei, die Spuren zu verwischen, wenn sie alles wieder pingelig genau herrichtete, wie es gewesen war. Und weshalb hatte sie die Fensterläden nicht geöffnet? Kopfschüttelnd machte sie sich weiter an die Arbeit. Und zwar so, wie sie begonnen hatte. Aber diesmal bewusst. Alles an seinen Platz.

Es war inzwischen früher Morgen geworden. Etwas hatte die Schwester geweckt, doch sie konnte nicht sagen, was es war. Sie hatte vorsichtshalber das Licht die ganze Nacht brennen lassen in der Hoffnung, dass die Batterien dieser Belastung standhielten. Müde blinzelnd schaute sie auf die Uhr. Es war zehn nach sechs. Sie hatte immerhin etwas mehr als zwei Stunden geschlafen. Nachdem die Nonne in der Nacht die Aufräumarbeiten beendet hatte, sah sie sich in dem kleinen Häuschen ein wenig näher um. Sie fand dabei nichts Außergewöhnliches vor. Außer den bekannten Räumen gab es lediglich noch ein Wohnzimmer. Erfreut hatte sie festgestellt, dass sich hier ein stattlicher Ruhesessel befand, den sie, ohne lange zu zögern, in das Schlafzimmer geschleppt hatte, um die restlichen zwei Stunden der Nacht darin zu ruhen und Mutter und Kind nahe zu sein.

Sie erhob sich vorsichtig. Der Nacken schmerzte und der kleine Finger der linken Hand war eingeschlafen. Offensichtlich hatte sie sich in dem Sessel während des Schlafes etwas verspannt. Die Fensterläden waren nach wie vor verschlossen und sie gedachte daran auch nichts zu ändern, solange sie die näheren Umstände der Geburt nicht in Erfahrung gebracht hatte.

Sie schaute auf Mutter und Kind, die beide friedlich schliefen. In diesem Moment tat Maria einen tiefen Atemzug, erwachte und schien sofort mit allen Sinnen präsent. Ihr Kopf wandte sich nach rechts und sie erblickte ihr Kind, das sie lange Zeit betrachtete. Erst nach einem Moment wandte sie sich Schwester Luise zu, die ihr einen guten Morgen wünschte. Maria blieb stumm und wandte ihren Kopf mit teilnahmslosem Blick wieder ihrem namenlosen Kind zu, das dick eingewickelt neben ihr lag und schlief.

»Ein himmlisches Geschöpf«, meinte die Nonne selig.

»Möchtest du einen Tee?«, wurde sie wieder sachlicher. Maria nahm Schwester Luises Angebot dankbar an. Als die Nonne nach ein paar Minuten mit der Tasse Tee zurückkehrte, hatte sich Maria bereits die Kissen hinter dem Rücken geordnet und saß nun aufrecht im Bett, das Neugeborene in ihrem Schoß. Ein untrügliches Zeichen dafür, bemerkte Schwester Luise, dass es ihr besser ging.

»Darf ich mich setzen?«, fragte sie in einem höflichen Tonfall, bevor Maria wortlos ihre Zustimmung gab, indem sie mit einer angedeuteten Bewegung vom Bettrand nach innen rutschte. Schwester Luise reichte ihr die Teetasse, die sie mit beiden Händen ergriff, als wollte sie sich damit erwärmen.

Am liebsten hätte die Schwester Maria mit der Hand über den Kopf gestreichelt und sich nach ihrem Befinden erkundigt. Aber eigentlich kannte sie dieses Kind, das viel zu schnell zur Mutter geworden war, erst seit ein paar Stunden. Sie hatte zwar mit ihr einen sehr intimen Moment erlebt, aber ansonsten hatte sie sie nur noch einmal kurz in der Kapelle gesehen. Sie wollte die Distanz nach der intensiven kurzen Zeit wieder ein wenig erhöhen und verzichtete deshalb auf Körperkontakt.

Schwester Luise suchte nach Worten, um das Gespräch zu beginnen. Maria schlürfte ihren Tee und blickte dabei ins Leere. Der Schwester schien, als hege Maria einen Verdacht, was da kommen sollte.

»Hast du schon einen Namen für das Kind?«, begann die Schwester behutsam. Maria blickte weiter geradeaus ins Leere und schüttelte nur nachdenklich den Kopf.

»Soll ich die Fensterläden öffnen, damit Licht hineinkommt? Es ist nämlich schon wieder hell«, versuchte die Schwester erneut zu sondieren und beugte sich dabei vor, um aufzustehen. Hatte sie es sich doch gedacht. Maria reagierte zu hastig: »Lassen Sie nur, ich möchte noch ein wenig schlafen.« Dabei legte sie der Schwester ihre Hand auf den Unterarm und sah diese mit einem um Verständnis bettelnden Blick an. Schwester Luise hatte genug gesehen und gehört. Sie wollte Maria nicht länger quälen und sie womöglich zum Lügen zwingen. Der Fall lag eigentlich ziemlich klar. So sprach sie ohne Umschweife weiter:

»Ich sollte einen Arzt benachrichtigen, der dich und das Kind untersucht. Aber das willst du eigentlich gar nicht. Hab ich Recht, Maria?«

Wieder nur ein stummes Nicken mit Blick ins Leere.

»Du möchtest auch nicht, dass irgendjemand etwas von diesem Kind erfährt?«

Keine Antwort.

»Und niemand wusste, dass du schwanger warst. Und dieses Haus, Maria, wem gehört das und wie bist du hier hereingekommen?«, wurde die Schwester eindringlicher. Das Ganze nahm sie selbst mit. Sie sah Maria in die Augen und erkannte, dass sich diese auf einmal mit Tränen füllten und das Kinn zu zittern begann. Zuerst lautlos, auf einmal heftig und unkontrolliert fing Maria zu schluchzen an. Der heiße Inhalt der Teetasse schwappte bedrohlich gegen den Rand und Schwester Luise ergriff rasch, in Sorge um das Neugeborene, die Tasse aus Marias Händen und stellte sie auf den Stuhl neben dem Bett. Maria ließ es geschehen und bald wurde sie von einem regelrechten Weinkrampf befallen, der sie herzzerreißend durchschüttelte. Schwester Luise konnte nicht anders, als Maria den Arm um die Schulter zu legen und ihren

Kopf sanft auf ihren Schoß in das schwarze Gewand zu dirigieren, was die junge, verzweifelte Mutter dankbar mit sich geschehen ließ. In dieser Position verharrten beide und die Schwester strich Maria sanft und tröstend über Kopf und Haar, als wäre sie ihre Tochter.

Nach einer langen Zeit, in der die Getröstete beinahe schon eingeschlafen war, hob die Schwester Marias Kopf und führte diesen auf das Kissen zurück. Danach erhob sie sich leise und begab sich in die Küche.

Ihre Gedanken kreisten rund um die mysteriösen Umstände der Geburt und wie es mit Mutter und Kind weitergehen sollte. Sie allein war kaum in der Lage, sowohl das Kind wie die Mutter, auch ein Kind, also die beiden Kinder zu pflegen und zu betreuen, zumal das Neugeborene stark untergewichtig war und besonderer Pflege bedurfte. Andererseits wollte sie Maria noch ein wenig Zeit einräumen, um sich zu erholen und vielleicht auch zur Vernunft kommen zu lassen, dass sie reinen Tisch machte und alles erzählte. Aber, da war sich Schwester Luise im Klaren, sie musste irgendwie Babynahrung auftreiben, um dem Säugling, der nach ihrer Schätzung mindestens vier Wochen zu früh auf die Welt gekommen war, ausreichend und richtig angereicherte Nahrung verabreichen zu können. Diesen Umstand musste sie Maria beibringen. Und zu diesem Zweck musste sie Maria verlassen.

Sie erhob sich vom Küchenstuhl und begab sich ins Schlafzimmer zurück. Maria döste mit geschlossenen Augen vor sich hin. Als sie die Nonne hereinkommen hörte, schlug sie ihre geröteten Augen auf. Diesmal setzte sich Schwester Luise, ohne um Erlaubnis zu bitten, auf die Bettkante mit der Absicht, nun entschlossener vorzugehen. Sie ergriff Marias linke Hand und legte sie in ihre Hände in den Schoß.

»Maria!«, begann sie eindringlich, »dein Kind ist zwar gesund, aber viel zu früh auf die Welt gekommen. Es braucht besondere Pflege, sonst kann es nicht überleben. Wäre es nicht besser, du erzählst mir alles, wir holen einen Arzt und du gehst mit dem Kindlein in ein Krankenhaus. Dort wärt ihr gut aufgehoben und du hättest die Gewissheit, dass alles gut wird.«

Bereits während des Sprechens verkrampfte sich Marias Hand in Schwester Luises Händen, ihr Gesichtsausdruck verfinsterte sich, ihre Augen verwässerten zusehends, sie blieb aber sonst gefasst.

»Ist es denn so schlimm?«, wollte Schwester Luise zur Bestätigung wissen und kam sich selbst elend vor. Maria blieb auch jetzt stumm. Die Schwester überlegte einen Moment und rang sich zu einem Entschluss durch. Dann hob sie zur Bekräftigung die Hand und ließ sie auf Marias fallen.

»Also! Wir machen es so: Du bleibst noch hier und ich besorge uns richtig gute, nahrhafte Babynahrung, damit dein Kind groß und stark wird. Dazu muss ich zwar nach Reichenbach fahren, was ich nicht gern tue, weil du dann allein mit dem Kind bist, aber es bleibt uns wohl nichts anderes übrig. Dir und dem Kind geht es ja den Umständen entsprechend gut. Nur eins musst du mir versprechen«, und dabei schaute sie Maria mit einem Blick zwischen Güte und Strenge an, »dass du hier bleibst und dich nicht rührst. Ich mache dir jetzt noch etwas zu essen und Tee dazu und dann sehe ich, wie ich zu den nötigen Sachen komme. Bist du damit einverstanden?«

Dabei schlug sie noch einmal, diesmal eine Spur energischer, auf Marias Hand und erwartete von ihr ein Nicken, das auch prompt und sichtbar erleichtert erfolgte.

Schwester Luise erhob sich schwerfällig von der Bettkante. Die kurze Nacht im Sessel hatte doch Spuren hinterlassen, die sie beim Aufstehen im Rücken spürte. Als sie in der Küche Wasser aufgesetzt hatte, informierte sie Maria über ihren Abstecher ins Chalet »Ruf Gottes«, um Esswaren zu holen. Wieder nur ein Nicken von Maria, das die Schwester als Einverständnis interpretierte. Sie hängte das Handtuch, mit dem sie sich die Hände getrocknet hatte, an den Haken und schritt zum Ausgang.

Vorsichtig öffnete sie mit beiden Händen die Tür und spähte hinaus. Es regnete leicht, ein Nieselregen nur. Dazu ein sanfter Nebelschleier, der gemächlich zum Wald zog, wo er sich in den mächtigen Tannen verlor. Das Gras glänzte, denn trotz Niederschlag war die hoch liegende Wolkendecke so dünn, dass einzelne Sonnenstrahlen durchbrachen. Das Geräusch eines Flugzeugs war zu hören, wurde zunehmend lauter und die fernen Wasserfälle ließen ein monotones Rauschen hören. Niemand war zu sehen. Dort, etwa fünfzig Meter gegen den lichten Wald zwischen dem Sträßchen und ihrem Standort, erblickte sie ein Reh. Der beste Garant dafür, dass sich niemand in der Nähe befand. Sie ergriff die zwei schwarzen Kehrichtsäcke neben dem Eingang, stellte sie nach draußen, trat hinaus, schloss die Tür sorgfältig und nahm die Säcke wieder auf. Dann ließ sie das Haus rasch hinter sich. Sollte doch noch ein Mensch auftauchen, war es das Beste, wenn dieser sie möglichst weit weg vom Haus entdecken würde. Das Reh, die seltsame Gestalt in der schwarzen Kleidung und mit den schwarzen Säcken in Händen im Blick, machte sich unwillig Richtung Wald davon.

Nachdem die Nonne den Inhalt des einen Beutels sorgfältig am Waldrand vergraben hatte, kehrte sie mit der Schaufel ins Haus zurück, verstaute diese wieder im Gartenhaus, zog die Gummistiefel aus, wusch sich die Hände und fing dann an, in ihren Vorräten zu wühlen. Sie hatte bereits im Geiste ein Menü für Maria gekocht, Spaghetti mit Tomatensauce. Sie aß so etwas zwar selten, wusste aber erstens, dass das alle jungen Leute gerne mochten, und zweitens, dass die junge Schwester Isolde (na ja, jung war übertrieben bei einer Nonne von achtundfünfzig Jahren) dies einmal in einem Willensschub von persönlicher Lebensreform eingekauft, aber dann nie gekocht hatte. Dies war auch besser so, denn damit, so war Schwester Luise überzeugt, hätte Schwester Isolde bestimmt gekleckert. So wie sie immer kleckerte, wenn es denn etwas zu kleckern gab. Bei dieser Vorstellung vergaß die Nonne für einen kurzen Moment den Ernst der Lage und lachte laut auf.

Endlich hatte sie das Gewünschte gefunden. Ein kurzer Kontrollblick auf das Verfallsdatum und schon verstaute sie die Sachen in ihrem kleinen Rucksack. Sie ging in die Küche und griff sich aus der Obstschale ein paar Birnen, die sie ebenfalls in den Rucksack packte. Kurz hielt sie inne und überlegte, ob sie sonst noch etwas brauchte.

Aber ihr kam nichts in den Sinn. So verschloss sie den Rucksack und schulterte diesen mit einer schwungvollen Bewegung. Sie sah auf die Uhr. Elf Uhr dreißig. Gerade richtig für das Mittagessen. Danach gedachte sie mit dem Postauto nach Reichenbach zu fahren, um ihren Einkauf zu tätigen. Sie würde also genug Zeit haben. Das Postauto fuhr um zwei Uhr zehn ab Griesalp. Wieder sah sie sich unauffällig um, als sie zum Haus hochging. Niemand war zu sehen. Lediglich weit oben, nur als kleinen blauen Punkt, erkannte sie einen einsamen Wanderer, der von der Gamchi her den Weg entlangmarschierte. Vorsichtig öffnete sie die Tür, blickte noch einmal in den Raum, um dann flink hineinzuschlüpfen.

»Ich bin's«, rief sie mit leiser Stimme Richtung Schlafzimmer. Jetzt wusste sie, was sie vergessen hatte. Hausschuhe. Der Boden war nämlich durch ihre schmutzigen Schuhe bereits ziemlich in Mitleidenschaft gezogen. Sie legte den Rucksack auf den Stuhl bei der Garderobe, öffnete ihn und kramte darin, bis sie das Gewünschte in der Hand hielt. Als sie ins Zimmer kam, war Maria wach und schaute sie an und sogleich huschte ein Lächeln über das junge, erschöpfte Gesicht. Die Nonne ging zum Bettrand und hielt Maria eine Birne hin:

»Möchtest du eine Birne?«

»Ja, gerne«, entgegnete Maria und streckte lahm die Hand nach der Frucht aus. Schwester Luise überreichte sie Maria mit einem schelmischen Lächeln.

»Weißt du, wie die heißen?«

Maria verneinte mit einem Kopfschütteln.

»Gute Luise. Das sind meine Lieblingsfrüchte«, erklärte

Schwester Luise und nahm erfreut zur Kenntnis, dass sich Marias Mund erneut zu einem Lächeln verzog.

»Ich mache uns jetzt ein gutes Essen. Es wird dir schmecken. Davon bin ich überzeugt.« Damit ging sie entschlossenen Schrittes in die Küche.

8. Kapitel

Maria hatte sich schlafend gestellt. Nach dem zweiten Besuch der Nonne um drei Uhr in der Früh, bei dem sie aus einem unruhigen Schlaf erwacht war, kreisten ihre Gedanken nur noch, und sie sah sich außerstande, etwas daran zu ändern. Obwohl sie unglaublich müde war und ihr Körper keine Kraft für irgendetwas fand, gelang es ihr nicht, auch nur für einen Moment diese Gedankenspirale zu unterbrechen, sich davon zu lösen, um in die matte Schwere des Schlafs hinüberzugleiten. Stunden mussten seither vergangen sein. Ihre Uhr hatte ihr die Schwester vor der Geburt abgenommen und irgendwo hingelegt.

Es war dämmrig im Raum. Nur durch die Fensterläden, die von Spalten durchzogen waren, drang diffuses Licht herein. Zwischen das Zischen des Gasofens mischte sich das kaum hörbare Atemgeräusch ihres Kindes und zwang Maria immer wieder in die Realität zurück, wenn sie versucht war, mittels Gedankenflucht den so lang ersehnten Schlaf endlich zu finden. Einmal mehr drehte sie den Kopf nach ihrem Kind und hoffte dabei inständig, das leise Atmen möge sich als Hirngespinst erweisen. Doch einmal mehr erfüllte sich ihr Wunsch nicht – alles war real.

Acht Monate lang hatte sie es meisterhaft verstanden, die Schwangerschaft zu verheimlichen. Sie hatte mit Vico eine intensive und schöne Zeit verbracht, hatte endlich jemanden gefunden, der sie verstand und seine starken und schützenden Hände über sie gehalten hatte.

Er fand immer beruhigende Worte für ihre Probleme und ging diese mit Leichtigkeit und Humor an, sodass sie richtiggehend auflebte. Die anfängliche Ablehnung gegen den jungen Sennen mit dem derben Charme hatte sich in Zuneigung verwandelt, und schließlich war daraus tiefe, innigste Liebe entstanden, in deren Sog sich alle Lom'schen Gesetze auflösten. Gesetze, die solche selbst gewählten Verbindungen und körperliche Liebe zur Sünde stempelten. Dann, auf dem Höhepunkt ihrer Liebe, wurde sie umso härter bestraft für den schändlichen Gesetzesbruch. Sie wurden abrupt und mit Gewalt auseinander gerissen und sollten sich von da an nie mehr sehen. Ihr kläglicher Versuch, die Ereignisse als bösen Traum abzutun, damit sie sich nicht in einem Wahn verlor, wurde zerschlagen, als sie den Drohbrief des unbekannten Mörders fand. Aus Selbstschutz verbrannte sie den Zettel, denn immer wenn sie ihn zu Gesicht bekam, packte sie ein eisiger Schauer, und dies hätte sie nicht lange aushalten können. Ein weiteres Mal erreichte sie die Grenze ihrer Belastbarkeit, als auf einmal Alfi die Botschaft überbrachte, Vico sei tot im Tschingelsee gefunden worden.

Dann das mühsame Versteckspiel mit ihrer Schwangerschaft. Mit aller Gewalt versuchte sie, ihren wachsenden Bauch klein und unscheinbar zu halten, und es gelang ihr so gut, dass niemand etwas Auffälliges an ihr entdeckte. Lediglich Vroni, ihre Chefin, schien manchmal etwas irritiert über ihre Launenhaftigkeit und musterte sie zuweilen reichlich skeptisch. Aber mit dem Verstecken und dem Nicht-wahrhaben-Wollen der Realitäten war es nicht getan. Über diese Sache würde kein Gras wachsen, bis früher oder später alles ausgestanden war. Hier wuchs ein Kind heran, und dies würde sich irgendwann einen Weg auf diese Welt bahnen wollen, egal wie sehr sich Maria auch anstrengte, dies geheim zu halten. Und plötzlich war es dann so weit gewesen, nach ihrer Berechnung viel zu früh. Die Schmerzen im Unterleib hatten begonnen, und sie wusste sofort weshalb. Statt dass sie nun das Geheimnis lüftete und sich in fachliche Obhut begab, flüchtete sie und verdrängte so ein weiteres Mal, zog sich in das seit Langem unbewohnte Ferienhäuschen zurück, dessen Schlüsselversteck sie einmal bei einem Gespräch zwischen dem Kaminfeger und dem Besitzer aufgeschnappt hatte.

Und jetzt war das Kind da, und es gab nichts mehr zu leugnen, zu verheimlichen und zu verdrängen. Sie musste den Tatsachen ins Auge blicken und sich der Realität stellen – so schmerzlich und ungerecht sie auch immer war.

Doch Maria entschied sich anders. Wie hätte sie auch der Wirklichkeit trotzen können, sie, die sich selbst gegenüber ihrem schwachen Vater nicht durchsetzen konnte. Sie, die sich bei dem Unglück mit Vico in eine Traumwelt flüchtete, weil sie die Wahrheit nicht ertrug. Sie, die ihren eigenen Willen derart vermissen ließ und das eigene Ich so diffus und schwammig wahrnahm, dass sie ihr Heil bei einem Sektenführer zu finden hoffte. Sie konnte nicht anders. Vielleicht wäre ihr dies gelungen, wenn sie im Vollbesitz ihrer Kräfte gewesen wäre, aber nicht in diesem Moment, in dem sie sich körperlich und seelisch in miserabler Verfassung befand. Einmal mehr wählte sie den vordergründig einfachsten Weg. Sie musste hier weg. Allein. Ohne den Ballast der Verantwortung.

Behutsam schlug sie die Decke zurück und setzte sich auf den Bettrand. Leichter Schwindel erfasste sie, und zwischen den Beinen spürte sie den dicken Verband. Der Puls pochte dort leicht, doch glücklicherweise war sie schmerzfrei. Als sie sich nach wenigen Augenblicken von der Benommenheit erholt hatte, stand sie langsam auf. Um nicht zu stürzen, nahm sie den rechten Arm zu Hilfe. Im Stehen strich sie, so gut es eben ging, die strähnigen Haare aus dem Gesicht. Die ruckartige Bewegung, die sie dabei mit dem Kopf vollführte, ließ erneut einen Schub Benommenheit aufkommen. Langsam trottete sie zum Stuhl, wo ihre Kleider, von Schwester Luise fein säuberlich gefaltet, auf einem Stapel lagen. Zuoberst fand sie auch ihre Uhr, und neugierig blickte sie darauf. Es war Morgen, sieben Uhr fünfunddreißig. Mit einer langsamen Bewegung ergriff sie die Kleider, ging aus dem Zimmer, zog die Tür hinter sich zu und betätigte den Lichtschalter. Der Flur erhellte sich. Hier war es deutlich kühler, weil der Gasofen außerhalb des Zimmers seine Wirkung verlor. Maria ging zum Stuhl bei der Garderobe hinüber und kleidete sich an. Jede Bewegung kostete viel Kraft, und als sie endlich angezogen war, ging ihr Atem schwer.

Nach einer Weile erhob sie sich und schaute sich um. Sie würde ihr Kind in Schwester Luises Obhut belassen und sich an Lomus wenden. Obwohl sie schwer gegen sein Gesetz der Keuschheit verstoßen hatte, würde sie versuchen, ihn milde zu stimmen und ihm bei einer günstigen Gelegenheit von ihrem Kind erzählen. Wenn sie sich in Zukunft ganz in den Dienst der Glaubensgemeinschaft stellen würde, so würde er sicher mit Nachsicht auf ihren Fehltritt reagieren.

Sie machte sich daran, das Haus wieder so instand zu setzen, wie sie es angetroffen hatten. Dies gebot ihr ihre gute Erziehung. Bald hatte sie sämtliche Sachen, die sie oder die Nonne verwendet hatten, versorgt und widmete sich nun dem Kehrichtsack. Sie zerrte ihn aus der Halterung, zog ihn an den Plastikschnüren zusammen, verknotete diese und überlegte einen Augenblick, was sie mit ihm anfangen sollte. Entgegen ihrer Moralvorstellung, die ihr solch umweltverschmutzendes Tun eigentlich untersagte, entschloss sie sich, diesen unweit des Hauses im steil abfallenden Waldstück zu entsorgen. Sie hatte keine Kraft, ihn über eine längere Distanz zu tragen und regulär im Container im Hübeli oder im Tschingel zu deponieren. Mit dem Sack in Händen öffnete sie vorsichtig die Tür und lugte hinaus. Es schien ein schöner Tag zu werden, doch eine leichte, aber unangenehm kalte Brise kam von Westen und erfasste sie. Ein Schaudern ging durch ihren Körper, und gleichzeitig füllten Tränen ihre Augen. Doch es waren keine Tränen, die von der Kälte verursacht wurden. Wenn sie die reine, klare Luft der Bergwelt schnupperte, konnte sie einmal mehr nicht glauben, was ihr widerfuhr, seit sie hier in der Garneren weilte. Ihre aufkommende Sentimentalität bezwingend, beobachtete sie die nähere Umgebung, bis sie sich sicher sein konnte, allein zu sein. Weiter unten, im Haus der Nonne, zerrte die Brise den Rauch aus dem Kamin. Mit vorsichtigen Schritten ging Maria auf den Wald zu, um sich des Sacks zu entledigen. Das

Pochen zwischen ihren Beinen verstärkte sich zwar, doch Schmerzen traten keine auf.

Maria machte sich wieder im Haus zu schaffen und hatte ihr Vorhaben kurz darauf beendet. Ohne lange zu suchen, fand sie Papier und Bleistift und schrieb mit eiligen Bewegungen einen Brief für die Nonne, die ihr so herzlich zugeneigt gewesen war. Zu guter Letzt gedachte sie das Bett einigermaßen zurechtzumachen und sich von ihrem Kind zu verabschieden. Den Gasofen ließ sie laufen. Die Nonne würde sicher bald wieder hochkommen und sich des Säuglings annehmen.

In diesem Moment erscholl es von draußen gedämpft und fragend:

»Maria?«

Sie stockte und blieb über den Brief gebeugt starr stehen. Wer konnte das sein? Zweifellos eine männliche Stimme. Etwas tonlos und heiser. Der Schreck, ertappt worden zu sein, und die Einsicht darüber, wer es war, kamen beinahe gleichzeitig. Kiddha, die rechte Hand von Lomus, war draußen. Er durfte von dem Kind und den Umständen, warum Maria da war, um keinen Preis erfahren. So rasch es ihre körperliche Verfassung zuließ, ergriff sie den kaum zu Ende geschriebenen Brief, steckte ihn unsorgfältig gefaltet in die Gesäßtasche und stakste mit eiligen Schritten zur Tür. Mit gelassenen Bewegungen öffnete sie und stand auch tatsächlich Kiddha gegenüber. Die Türschwelle glich die unterschiedliche Körpergröße aus, und so stand sie ihm unangenehm nahe. Unmerklich zuckte sie zusammen und errötete. Wie hatte er sie nur gefunden? Es war ihr Versteck, und Schwester Luise hatte sie sicherlich nicht verraten.

Kiddhas Nähe war ihr seit jeher unangenehm. Er hatte seine dünnen Haare zusammengebunden, was sein hageres Gesicht noch schmaler erscheinen ließ. Er trug einen beigefarbenen Mantel aus teurem Tuch, der seiner Figur etwas Fülle verlieh, dazu braune, filigrane Wildlederschuhe. Eine ganz und gar unpassende Bekleidung in dieser alpinen Welt. Sein Ausdruck zeigte keine Regung, sein Atem ging so ruhig, als stünde er schon lange da. Seine stahlblauen Augen fixierten Maria, als wollte er sie schelten. Er verunsicherte Maria derart, dass sie sich, zum Zweck ihres Aufenthalts gefragt, zu einer Notlüge hinreißen ließ.

»Ich schaue hier nach dem Rechten. Der Besitzer hat mich darum gebeten.«

Ihre Unaufrichtigkeit ließ sie ein weiteres Mal erröten, und inständig hoffte sie, Kiddha würde nichts davon bemerken. Warum er wohl hier war? Sollte sie sich nun über seine Anwesenheit freuen, obwohl er ihr unsympathisch war? Immerhin würde er sie vielleicht mitnehmen. Sie neigte den Kopf und war im Begriff, die Tür hinter sich zuzuziehen. Doch Kiddha stand so nah, dass sie kaum Platz fand, einen Schritt nach draußen zu tun. Sie fürchtete schon, er wolle eintreten, und so zog sie – allen Mut zusammennehmend – die Tür bis an ihre Fersen heran und lehnte sich dabei nach vorn. Der dumpfe Ton brachte nun doch Bewegung in ihr Gegenüber, und Kiddha wich aus, indem er einen Schritt nach rückwärts machte.

Maria trat nun endgültig aus dem Haus, schloss die Tür und tat einen Schritt, um wortlos kundzutun, dass sie gewillt war zu gehen. Ihr Gegenüber schaute sie an und fragte mit seinem slawischen Akzent, ob sie nicht abschließen wolle.

»Der Besitzer will es so«, log sie ein zweites Mal.

Kiddha kommentierte die Antwort nicht und ging mit gesenktem Kopf voraus.

»Lomus erwartet dich. Er findet, nachdem du deine Arbeit hier beendet hast, ist es nun Zeit für dich, deiner wahren Bestimmung zu folgen. Er hatte eine Eingebung und will dich in den Inneren Zirkel einführen – obwohl du noch nicht mal den Äußeren Zirkel erreicht hast.«

Die letzten Worte klangen vorwurfsvoll.

Maria atmete innerlich auf. Lomus' geistige Kräfte waren wundervoll. Kaum hatte sie sich dazu entschieden, die Corneren zu verlassen, um in die Glaubensgemeinschaft einzutreten, wurde sie von Kiddha abgeholt. Er würde sie mitnehmen, und sie musste sich nicht um die Fahrt nach Marchbärg kümmern. In ihrer Verfassung ein großer Vorteil und ein Zeichen dafür, dass sie nun den richtigen Weg eingeschlagen hatte.

Ohne ein Wort zu verlieren, akzeptierte Maria stillschweigend die Aufforderung von Lomus' rechter Hand. Sie ließ Kiddha vorausgehen und versuchte die abschüssige Weide mit möglichst kontrollierten Schritten hinter sich zu bringen. Beim Anblick des Sträßchens weiter unten erinnerte sie sich an den Weidezaun. Wie bloß sollte sie diese Hürde mit ihrem pochenden Unterleib übersteigen, ohne dass Kiddha etwas von ihrer Unpässlichkeit mitbekam? Sie überlegte fieberhaft, wie sich das bewerkstelligen ließe. Doch als sie näher traten, erkannte sie, dass der Stacheldraht an einer Stelle zerschnitten war und die gekrümmten Enden in die Luft ragten. Ihr Begleiter schritt hindurch, und Maria fragte sich unwillkürlich, ob er den Draht zertrennt haben mochte.

Kurz darauf erreichten sie das Haus, das den ganzen Sommer lang ihr Domizil gewesen war. Kiddha bog in die von Tannen umsäumte Einfahrt, bremste seinen Schritt und wandte sich mit einer etwas blasierten Geste an Maria:

»Du kannst schon mal dein Gepäck im Schuppen bereitstellen, während ich das Auto holen gehe.«

Maria stutzte. Woher wusste er, wo sie ihr Gepäck versteckt hatte? Tatsächlich hatte sie am letzten Tag ihres Arbeitsvertrags ihre Unterkunft peinlich sauber instand gesetzt und dann das Gepäck im Schuppen untergebracht, bevor die Wehen sie zwangen, in das fremde Häuschen einzudringen.

Da sie sich unbeobachtet fühlte, stakste sie im Schongang zum Haus, hob den leeren Blumentopf, ergriff den Schlüssel, sperrte auf und eilte schnurstracks auf die Toilette. Ihr Verdacht bewahrheitete sich. Sie blutete, glücklicherweise aber nur schwach. Rasch kleidete sie sich an und war schon bald wieder draußen. Seit sie das Blut zwischen ihren Beinen wahrgenommen hatte, gestaltete sich das Gehen deutlich schmerzvoller. Sie nahm im Schuppen die beiden Gepäckstücke an sich und hörte in diesem Moment das Fahrzeug herannahen. Langsam kehrte sie zum Parkplatz zurück. Die Last ließ den Puls im Unterleib pochen.

Ihr Begleiter stieg aus dem Fahrzeug und streckte seine feingliedrige Hand nach ihrer Habe aus. Normalerweise hätte sich Maria nicht bereit erklärt, sie abzugeben, doch unter diesen Umständen war sie froh um die

Hilfe. So wurde ihr Unterleib geschont und Kiddha von ihr abgelenkt, was ihr ermöglichte, mit einem nahezu schmerzfreien, aber umso auffälligeren Schritt ins Auto zu steigen.

Mit energischen Bewegungen nahm Kiddha den Rucksack und die Tasche an sich, ging zum Auto, öffnete die Hecktür und wuchtete die Gepäckstücke hinein. Er schloss die Tür und befahl Maria, ohne sie eines Blickes zu würdigen:

»Du kannst hinten einsteigen.«

Er vollführte einen Bogen um sie und kletterte in den hochbeinigen Wagen. Maria versuchte es ihm gleichzutun, die Schmerzen behinderten sie jedoch. In diesem Augenblick erinnerte sie sich an den Moment vor bald neun Monaten, als sie in ähnlich ungeschickter Weise, aber aus anderem Grund bei Vico eingestiegen war. Alles hatte so schön angefangen. Sie wischte sich die Tränen ab, die im selben Moment hervorquollen, und um sich abzulenken, schaute sie aus dem Fenster, dessen Glas getönt war und keinen Blick nach innen erlaubte. Die Wärme im Wagen und die dunklen Scheiben vermittelten ihr Geborgenheit und schirmten sie angenehm von der imposanten Bergwelt draußen ab, in der sie rückblickend fast nur Leid erfahren hatte. Sie legte ihren Faserpelzpullover ab und lehnte sich tief in den Sitz zurück. Der Fahrer startete den Motor, und beinahe lautlos setzte sich das Gefährt in Bewegung.

Niemand würde sie mehr in der Gorneren zu Gesicht bekommen und lästige Fragen stellen, wo sie in den letzten Tagen gewesen war oder warum sie sich nicht gemeldet hatte. Sie war ihm Begriff, noch einmal neu zu beginnen. Der erste Start in ein eigenständiges Leben war gewaltig missglückt, doch nun tat sich eine zweite Chance auf. Sie wollte Lomus nicht enttäuschen und würde sie zu nutzen wissen, zumal er sie bevorzugt behandelte.

Maria erwachte ruckartig aus einem tiefen, traumlosen Schlaf. Erschrocken blickte sie aus dem Fenster nach vorn. Das Auto war soeben abgebogen und holperte auf der von Schlaglöchern durchsetzten Naturstraße nach Marchbärg. Die Steinchen unter den Rädern knirschten leise. Bald fuhren sie durch ein dichtes Waldstück, das schon bald einem großen, leicht hügeligen Weidestück Platz machte, dessen Felder jetzt im Spätherbst alle brachlagen. In der Mitte gruppierten sich eng aneinander geschmiegt mehr als ein Dutzend stattliche Bauernhäuser, von denen fast nur die großflächigen, mit rostroten Ziegeln gedeckten Dächer zu sehen waren. Inmitten der Häuser ragte eine schlanke Stange in den Himmel, an der eine träge Fahne in den Farben der Lom-Gemeinschaft hing, eine kreisrunde, gelbe Scheibe, die die Sonne darstellte, auf hellblauem Grund. Über der Landschaft lag, wie von den hohen Tannen festgehalten, ein leichter Nebelschleier, in den hinein die Schornsteine ihren Rauch entließen. Ein idyllisches Fleckchen Welt, das Geborgenheit und Zugehörigkeit verhieß.

Kaum eine außen stehende Menschenseele verirrte sich noch in dieses Dorf, seit dieser Lomus hier das Sagen hatte. Immer mehr Häuser waren im Verlauf der Zeit in seinen Besitz übergegangen, und in den Nachbardörfern klagte man offen darüber, mit welch unsauberen Machenschaften sich dieser Sektenführer dort eingenistet hatte. Doch immer mehr Anhänger hofften hier ihren Seelenfrieden zu finden, kampierten zuweilen zuhauf in Zelten auf der großen Lichtung und drückten dem Dorf ihren Stempel auf. Schließlich fühlten sich auch die letzten verbliebenen Bewohner nicht mehr zu Hause und verließen die kleine, abgeschottete Siedlung, deren Wald sich immer schützend um ihr Dorf geschlungen hatte und mit einem Mal bedrohlich und beengend wirkte. So wurde aus dem winzigen Bauerndorf innerhalb weniger Jahre eine Gemeinschaft, die durch den Wald und den Glauben von der Umwelt weitgehend isoliert lebte.

Maria sah sich bald am Ziel, und in die freudige Erregung mischte sich, je näher sie kamen, Beklommenheit. Derweil saß Kiddha stumm am Steuer und kommentierte ihr Erwachen mit keiner Silbe. Die Uhr im Armaturenbrett zeigte zehn Uhr vierzehn. Kiddha verlangsamte das Tempo, als die ersten Häuser den Weg säumten. Keine Menschenseele war zu sehen, aber dies war für Maria, die bereits früher des Öfteren hier gewesen war, nichts Außergewöhnliches. Exakt um diese Zeit fand jeweils die Morgengebetsversammlung statt, die sich von zehn bis elf Uhr hinzog.

»Als Mitglied des Inneren Zirkels wirst du ein eigenes Zimmer haben«, durchbrach Kiddha die Stille mit ungewohnt gönnerhafter Stimme.

»Ich werde dich nun dort hinbringen, und nach der Morgenversammlung wirst du auf die Eintretensfeier vorbereitet, die dann abends um acht Uhr in der Kirche stattfindet. Es ist besser, wenn du dich vorher nicht sehen lässt.«

Nach einer Pause fuhr er fort:

»Du wirst sehen, unsere Gemeinschaft ist seit deinem letzten Besuch stark gewachsen. Wir müssen uns schon bald neue Räumlichkeiten suchen, und unsere Kirche wird in Kürze ausgebaut.«

Seine Stimme hatte nun einen wärmeren Ton bekommen, in der auch ein wenig Stolz mitschwang. Er hielt vor einem Bauernhaus am Rande des Dorfes an, stellte den Motor ab und wandte sich nun sogar zu Maria um, ehe er sprach.

»Hier ist deine Unterkunft. Richte dich ein. Du wirst dann etwa um Viertel nach elf abgeholt.«

Bevor er ausstieg und sie mit dem Gepäck hineinbegleitete, brachte er sogar ein Lächeln zustande, das aber Marias Ablehnung ihm gegenüber nur ein klein wenig zu schmälern vermochte.

Das Zimmer erwies sich als vollständig renoviert. Maria fühlte sich auf Anhieb wohl darin. Die Wände und die niedrige Decke waren mit heller, freundlicher Fichte getäfelt. Im Raum standen ein Bett, ein Schreibtisch und ein eingebauter Kleiderschrank. Über dem Bett hing in der Größe eines Briefpapiers das Konterfei von Lomus. Sein Blick war gen Himmel gerichtet, die Hände hielt er geöffnet, um zu empfangen. Kurz hielt Maria inne und sprach ein Gebet, in dem es um das Wohlergehen von Lomus und seiner Sache ging. Als hätte das Gebet unmittelbar seine Wirkung entfaltet, glaubte sie förmlich zu spüren, wie sie von einer Kraft durchflutet wurde, die ihre Vorfreude auf das Bevorstehende stärker und intensiver werden ließ. In einem separaten kleinen Raum fand Maria eine Dusche und eine Toilette. Auch diese waren neu und schienen noch gar nie benutzt. Vor den kleinen Fenstern, die einen ungehinderten Blick auf die Dorfstraße zuließen, hingen Vorhänge in einem blauen Pastellton. Was Maria ein wenig merkwürdig fand, war, dass die Zimmertür beim Hereintreten in das Haus offen stand, als sie diese jedoch verschließen wollte, sie weder einen Schlüssel noch ein Schlüsselloch finden konnte. Das Zimmer war also nicht abschließbar. Ihr fragender Blick an Kiddha gerichtet, der sich bereits zurückzog, wurde nicht beachtet.

Um elf Uhr fünfzehn sollte sie abgeholt werden. Zeit, um endlich eine Dusche zu nehmen. Als sie zurückdachte, wie lange sie nicht mehr geduscht hatte, schämte sie sich vor Kiddha. So rasch es ihr körperlicher Zustand zuließ, entkleidete sie sich. Dabei hörte sie ein Rascheln in der Gesäßtasche der Hose. Ach ja, der Brief, entsann sie sich. Diesen musste sie unbedingt noch heute der Nonne zukommen lassen. Welch ein Glück. Als sie aus dem Fenster gesehen hatte, gewahrte sie schräg gegenüber einen Briefkasten. Und da alle in der Kirche waren, würde sie nicht gegen Kiddhas Bitte verstoßen, sich nicht sehen zu lassen. Etliche Kuverts und Briefmarken lagen in ihrer Tasche.

Mit Erleichterung stellte sie fest, dass die Blutung aufgehört und die Schmerzen nachgelassen hatten. Stattdessen spannten ihre Brüste immer stärker, und sie ahnte, dies würde noch schlimmer werden. Trotzdem hatte sie an Zuversicht gewonnen.

Sie trat aus der Dusche und trocknete sich die Haare. Das verkrustete Blut zwischen ihren Beinen war abgewaschen, und ihr Bauch hatte sich bereits sichtbar zurückgebildet. Bald würden alle Spuren der Geburt vergangen sein, und sie konnte hier im Schutz der Gemeinschaft die Vergangenheit vergessen. Nur mit einem Slip bekleidet, legte sie sich auf das Bett und sinnierte, was sie hier erwartete. Doch ihre Brüste machten ihr Kummer. Sie spannten immer mehr, nein, sie schmerzten richtiggehend, und bald nahmen sie ihre ganze Aufmerksamkeit in Anspruch.

Um sich von dem Schmerz abzulenken, stand sie wieder auf und machte den Brief für die Nonne versandfertig. Einen Moment war sie geneigt, diesen neu zu verfassen, verzichtete aber darauf, verschloss das Kuvert und notierte die Adresse. Kurz darauf war sie neu eingekleidet und trug den Umschlag zum Briefkasten über die Straße. Immer noch musste sie ihre Füße vorsichtig aufsetzen, denn jeder Schritt setzte sich bis in ihre Brüste fort und verursachte dort immer stärkere Schmerzen.

Maria stand mit nacktem Oberkörper in der Toilette und betrachtete kritisch ihre Brüste. Der pochende Schmerz hatte im kurzen Verlauf ihres Aufenthalts mit einem Mal ein beunruhigendes Maß angenommen. Das Bild, das sich ihr bot, half auch nicht, sie vom Gegenteil zu überzeugen. Sie waren groß aufgeschwollen, und zusammen mit dem pulsierenden Schmerz schien ihr, als drohten sie demnächst zu platzen. An den Ansätzen waren die blauen Adern überdeutlich zu sehen. Die Brustwarzen, die bei der geringsten Berührung fürchterlich schmerzten, waren hellrot und nässten, die umliegende Haut wechselte vom gleichen Rot über Tiefrot bis ins Bläuliche, je weiter weg diese von der Brustwarze entfernt lag. Sie wandte sich ab und kramte in ihrem Nessessär. Gott sei Dank! Sie war fündig geworden. In der Hand hielt sie einen Blister mit Schmerztabletten, von denen sie drei Stück herausdrückte und schluckte. Zudem schnitt sie sich zwei Pflaster zurecht, die sie mit größter Sorgfalt auf ihre Brustwarzen zu kleben versuchte. Doch der Versuch, diese anzubringen, erwies sich als schwieriges Unterfangen. Die nasse Haut verhinderte ein sofortiges Haften, was sie dazu zwang, diese mit mehr Druck zum Kleben zu bringen. Das wiederum war kaum zum Aushalten. Mit geschlossenen Augen und zwei Seufzern gelang es ihr schließlich doch. Danach zog sie ihr T-Shirt über. Trotz sorgfältigster Bewegungen zuckte sie jedes Mal zusammen, wenn der Stoff scheuerte. Hoffentlich wirkten die Medikamente bald, denn in zehn Minuten würde sie abgeholt werden.

Kurz darauf vernahm sie von draußen Stimmengewirr. Die Mitglieder der Gemeinschaft kehrten von der Kirche zurück. Eigentlich hatte sie sich auf das Wiedersehen gefreut, doch der Schmerz überschattete alles, und sie fürchtete sich jetzt beinahe davor, zumal die Medikamente noch keinerlei Wirkung zeitigten.

Zwei Kinder rannten vor ihrem Fenster vorbei, dann kamen Schritte näher, und vier erwachsene Personen, die sie nicht kannte, gingen vorüber. Alle, auch die Kinder, trugen das zu den Gebeten obligate Gewand, ähnlich einer Tunika, in den Farben Hellblau und Gelb. Immer wieder näherten sich größere und kleinere Grüppchen von Menschen, bogen irgendwo ab und verschwanden in den Häusern. Für einen Schwatz war es zu kalt, und schließlich musste langsam an das Mittagessen gedacht werden. Dann verebbte der Menschenstrom, und bald senkte sich wieder Stille über das Dorf.

Maria, die in aufgerichteter Stellung im Bett alles mitbekommen hatte, legte sich wieder zurück. Die Medikamente entfalteten ihre Wirkung nun doch allmählich, doch ihr Kopf wurde davon ebenfalls betroffen. Ihr war bewusst, dass sie eine zu hohe Dosis eingenommen hatte, doch die Schmerzen ließen es nicht anders zu. Schlaff blieb sie liegen, schloss die Augen und gab sich der Benommenheit hin.

Wie durch Watte nahm sie wenig später wieder Schritte von Personen wahr, die an ihrem Fenster vorbeihasteten. Kurz darauf wurde irgendwo im Haus eine Tür geöffnet und wieder verschlossen. Dann pochte es sachte an ihre Zimmertür. Maria kämpfte gegen ihre Benommenheit, schaffte es jedoch nicht aufzustehen, und so beschränkte sie sich darauf, mit dünner Stimme die Person hereinzubitten.

Marias Position gestattete keinen Blick auf die Türe hinter ihr, aber die Schritte zeugten von Vorsicht und respektvoller Zurückhaltung.

»Hallo«, sprach eine weibliche Stimme verhalten und freundlich in den Raum. Raschelnder Stoff verriet Maria das Näherkommen einer Person, und bald blinzelte sie in das ausgemergelte, kantige Gesicht einer Frau um die fünfzig. Sie trug eine Brille mit einem dünnen Metallgestell mit großen, runden Gläsern, was ihr den Touch einer intellektuellen Vegetarierin verlieh. In die Kleidung der Gemeinschaft gehüllt, blickte sie mit strahlendstem Lächeln, das ein übergroßes Gebiss freilegte, in Marias Gesicht und begrüßte sie. Das Lächeln machte jedoch bald einer ernsten Miene Platz. Die Frau wandte sich zum Eingang um und raunte einer zweiten Person etwas zu, das Maria nicht verstehen konnte. Eifrig trippelte diese in den Raum, eine Frau, die nicht viel älter als Maria sein konnte und sie nur stumm musterte. Die ältere der beiden, offenbar die Wortführerin, kam nun noch näher.

»Was ist los, mein Kind? Du bist doch krank, du hast Fieber!« Damit langte sie mit der flachen Hand auf Marias Stirn. Wie zur Bestätigung schloss Maria die Augen. Wieder trafen sich die Blicke der beiden Frauen, die ob der überraschenden Situation vergaßen, sich bei Maria vorzustellen. Die ältere bat ihre Begleiterin, Middha zu holen.

Maria nahm immer weniger von ihrer Umwelt wahr. In ihrem halbwachen Zustand erfasste sie lediglich die Frau mit der Brille, die, auf Hilfe wartend, sich auf der äußersten Bettkante niedergelassen hatte und mit steifem Rücken Marias Hand hielt.

Ein Schwall geistiger Energie zerrte Maria in die Gegenwart zurück, und wie unter einer schweren Last öffnete sie die Augen. Die Frau, die ihr die Hand gehalten hatte, verschwand gerade lautlos aus dem Zimmer. Zwei Augenpaare fixierten sie, und der kleine Schreck, der sich beim Erkennen dieser Blicke einstellte, holte sie endgültig aus ihrer Ohnmacht.

Seitlich vor einer korpulenten Frau, es musste diese Middha sein, stand Lomus mit auf den Rücken verschränkten Armen. Er überragte seine Begleiterin körperlich um vieles, und von ihm ging eine so gewaltige charismatische Ausstrahlung aus, dass es Maria die Tränen in die Augen trieb. Ihr Geist wurde auf einmal frei, unbeschwert und leicht. Wenn sie nicht im Bett gelegen hätte, so schwach und voller medikamentengedämpfter Schmerzen, sie wäre vor Ehrfurcht auf die Knie gefallen. Warme Wellen der Erleichterung durchfluteten sie vom Bauch ausgehend bis in den Kopf. Sie fühlte sich, als wäre sie zu Hause angekommen. Endlich. Warum bloß hatte sie sich im Innersten so lange gesträubt, in die Gemeinschaft einzutreten? Vieles wäre ihr erspart geblieben. Nie mehr wollte sie weg.

Die Frau neben Lomus löste sich aus seinem Schatten, machte einen kleinen Bogen um ihn herum, wie um seiner Aura nicht zu nahe zu treten, und kam nun langsam auf Maria zu. Sie beugte sich zu ihr hinunter, streckte ihre Hand aus und drückte leicht, indem sie sich tatsächlich als Middha vorstellte, Marias entkräftete Hand. Ohne ein weiteres Wort zu verlieren, plumpste sie schwer atmend auf den Bettrand, ergriff Marias Unterarm und hielt ihre Fingerkuppen auf das Handgelenk. Middhas Körperfülle ließ die Matratze in arge Schräglage geraten. Gleichzeitig legte sie ihre zweite Hand mit offener Handfläche auf Marias Stirn. Einen Moment verharrte sie so und blickte ins Leere. Dann nickte sie Lomus kurz zu. Dieser wandte sich wortlos der Tür zu und schritt würdevoll aus dem Raum. Jemand schloss die Tür, und Maria war mit ihrer Untersucherin allein.

Middha lehnte sich nach vorn, um ihren Schwerpunkt zu verlagern, streckte dazu die kurzen, kräftigen Arme aus und wuchtete sich auf die Beine. Dann zog sie die Bettdecke zurück. Maria war zu schwach und benommen, sich gegen die Untersuchung zu sträuben. Ihr war klar, dass sich hier eine kompetente Person an die Arbeit machte, die rasch ihre körperlichen Beschwerden herausfinden und sicher auch die richtigen Schlüsse daraus ziehen würde. Aber sie ließ es geschehen, unfähig, dem Lauf der Dinge eine Wende zu geben. Sollten sie ihre Schwangerschaft doch bemerken. Sie war zu Hause hier, fühlte sich geborgen, ernst genommen, und Lomus wusste, was gut für sie war.

»Ich muss dich untersuchen, Maria, zieh dich bitte aus. Du hast Fieber.«

Maria fühlte sich um Stunden zurückversetzt. Unmittelbar vor der Geburt hatte sie aus dem Mund von Schwester Luise fast die gleichen Worte gehört. Als wäre dies wichtig, konzentrierte sie sich ungewollt auf den genauen Wortlaut, bis dieser auf einmal klar und deutlich – als wäre er real – in ihrem Kopf zu hören war. Sie erschrak. Schwester Luise musste hier sein. Ihre Stimme war deutlich zu hören. Sie hob den schweren Kopf und schaute sich um, doch nirgends erblickte sie eine weitere Person. Die Worte hallten nach, wurden immer leiser, verstummten langsam, und Maria fand sich wieder in der Realität. Doch kaum wollte sie der Aufforderung Folge leisten, kehrte der Schall zurück, als sei er von einer weit entfernten Felswand gestoppt und zurückgeworfen worden. »Maria, ich muss dich untersuchen.« Die Worte nisteten sich in ihr Gehirn, kreisten dort immer schneller und lauter, wurden gar unangenehm schrill, bis sie sich mit schmerzverzerrtem Gesicht die Ohren zuhielt. Glücklicherweise ließ der Schmerz ebenso unvermittelt nach. Middha starrte sie unverwandt an, und Maria nahm wie durch einen Schleier wahr, wie Middha ihre Lippen immer wieder zum Wort Maria formte, sie aber keinen Laut zu hören bekam. Angsterfüllt schloss sie die Augen wieder. Gewaltig und wuchtig rauschten die Worte heran, einer riesigen, alles zerstörenden Welle gleich, die sie übermannte und in ihrem Kopf ein Dröhnen und Rauschen verursachte, dem ihr Verstand nicht gewachsen war. Die Worte, nun gebrüllt im Duett von Schwester Luise und Middha, brachen sich an ihren Schädelwänden zu einem Crescendo, schwollen ab, um dann noch schonungsloser in ihrem Hirn zu rumoren. Längst schon zuckte Marias Körper ob der Tortur, hielt sie sich die Hände vor die Ohren, um das schreckliche Geräusch nicht weiter eindringen zu lassen, schrie ihre Kehle den imaginären Schmerz hinaus, doch alles schien vergebens – der Höllenlärm hielt an, bis Maria nur noch wimmernd und stöhnend da lag und sich nicht mehr zu wehren wusste.

Middha hatte bemerkt, dass Maria sich plötzlich vor ihr zu ängstigen schien. Deshalb nahm sie ein wenig Abstand, indem sie sich von der Bettkante rutschen ließ und sodann mit Besorgnis das Verhalten von Maria beobachtete. Sie wartete, bis sich Maria ein wenig beruhigte, um dann Hilfe herbeizuholen. Maria brauchte unverzüglich Beistand, sie war ganz offensichtlich vom Teufel besessen, und nur Lomus war mächtig genug, dem Leibhaftigen das Fürchten zu lehren und ihn für immer von Maria fernzuhalten. Wie gut war es doch, dass Maria den Weg zu ihnen in die Gemeinschaft endlich gefunden hatte. Ihr Seelenheil war ihr sicher.

Marias Zuckungen wurden weniger und die Schreie leiser. Middha sah nun den Augenblick gekommen,

Hilfe herbeizuholen, war sie doch erstaunt, dass bis dahin niemand vom Lärm herbeigelockt worden war. Dies ließ sie ungestüm nach der Zimmertür greifen, diese aufzerren und herausrufen, sie brauche dringend Beistand. Als sie vom oberen Stock her eilige Schritte vernahm, hastete sie erleichtert zurück zur nunmehr wimmernden Maria. Die zwei Frauen, die Maria in Empfang genommen hatten, gesellten sich schnaufend zu Middha und starrten auf den ermatteten Leib ihres Gastes. Middha raunte den zwei Herbeigeeilten Worte über Marias seltsames Verhalten zu, was alle drei nachdenklich werden ließ, bis die Wortführerin einen Schritt nach vorn tat und Middha anhielt mitzuhelfen.

In stummem Einverständnis, als sei diese Arbeit Routine, machten sich die zwei älteren Frauen daran, Maria von ihren Kleidern zu befreien, wogegen die jüngste sich stumm zurückhielt, das Prozedere jedoch genau beobachtete. Jeder Handgriff saß, und zuletzt blieb nur noch das T-Shirt übrig. Middha bewegte sich trotz ihrer Körperfülle behände an das Kopfende des Bettes, griff unter Marias Arme in der Absicht, sie in eine sitzende Stellung zu ziehen. Als der Griff die Achsel umschloss und Middha sanfte Kraft aufwandte, um ihr Vorhaben in die Tat umzusetzen, schrie Maria auf. Der Schmerz in den geschwollenen Lymphknoten zerrte sie in die Wirklichkeit zurück, doch sofort fiel sie wieder in den Dämmerzustand. Irritiert löste Middha ihre Hände und trat etwas zurück. Mit knappen Worten wandte sie sich, nach einer Schere verlangend, an die Zuschauende. Diese machte rechts kehrt, war, kaum draußen, bereits wieder im Zimmer und überreichte der Auftraggeberin mit ausgestreckter Hand das Gewünschte.

Wortlos machte diese sich daran, ihr Vorhaben in die Tat umzusetzen. Sie begann beim Bauchnabel und zertrennte den Stoff von Marias T-Shirt, bis sie beim Hals angelangt war. Dann legte sie die beiden Teile auf die Seite.

Erschrocken hielt sie inne und starrte auf die krankhaft veränderten Brüste. Die Jüngste der drei hielt sich die Hand vor den Mund. Allen war auf Anhieb klar, dass das Aussehen nicht normal war, und so brauchte es keine erklärenden Worte.

Middha erholte sich als Erste. Geschickt und schamlos griff sie der Bewusstlosen plötzlich zwischen die Beine und untersuchte sie. Als hätte Maria eine ansteckende, zwingend tödlich endende Krankheit, zuckte Middha zurück, machte einen Schritt rückwärts und keuchte:

»Sie hat geboren!«

Ihre beiden Begleiterinnen konnten sich eines kurzen, spitzen Schreis nicht erwehren, und aus ihren Gesichtern sprach Entsetzen. Nach der Schrecksekunde verfinsterten sich ihre Mienen, und die Sympathie für Maria verwandelte sich in Abscheu und Verachtung.

Mit befehlender Stimme gab die Wortführerin Anweisungen:

»Sie braucht dringend eine Purifikation. Schaffen wir sie in die Kammer. Und du, Adda, benachrichtige Lomus.«

Höhnisch ergänzte sie:

»Mit der Aufnahme in den Inneren Zirkel wird es nun wohl nichts.«

Der pochende Schmerz in ihren Brüsten, im Kopf und in den Achselhöhlen war das Erste, was Maria wieder wahrnahm. Mit geschlossenen Augen versuchte sie sich zu orientieren und erste, vorsichtige Eindrücke zu sammeln, wie es um sie und ihre Umwelt stand. Das Öffnen der Augen ängstigte sie. Ihren Körper nahm sie nur als schmerzenden, schweren, müden und zu keiner Bewegung fähigen Fremdkörper wahr, der ihr wie isoliert von Geist und Seele im Wege stand. Sie lag auf einer harten Unterlage, ein rauschendes Pochen, verursacht durch ihren Puls, war das einzige Geräusch, ansonsten herrschte Totenstille. Anscheinend gefährdete nichts Akutes ihr Erwachen.

Langsam hob sie die müden Lider und blickte mit verschwommenen Augen nach oben. Als die Pupillen nach einigem Blinzeln endlich richtig fokussierten, drehte sie den Kopf zuerst nach links und dann nach rechts. Sie lag in einem quadratischen Raum von etwa vier Metern Seitenlänge, dessen Decke und Wände vollständig mit Holz vertäfelt waren. Nirgends gab es eine Öffnung, weder Fenster noch eine Tür, wenigstens soviel sie erkennen konnte. Nach hinten zu schauen wollte ihr nicht gelingen. Was sie jedoch in ihren Bann zog und dem Raum eine unglaublich warme und behagliche, ja geradezu sakrale Atmosphäre verlieh, waren die vielen brennenden Kerzen, die entlang der Wände auf Augenhöhe aufgestellt waren. Ihre Farben wechselten sich ab zwischen Pastellblau und Dunkelgelb und zogen sich wie ein leuchtendes Band rund um den Raum. Die Ständer, die die Kerzen hielten, waren weiß, kreuzförmig und ragten in den Raum hinein.

Maria wollte sich erheben, um auch die Rückseite des Raumes zu inspizieren, verwarf aber den Gedanken sofort wieder, als allein der Versuch noch stärkeren Schmerz verursachte, der sie zwang, sich weiter auf ihren Körper zu konzentrieren. Offenbar verloren die Medikamente allmählich ihre Wirkung.

Trotzdem versuchte sie sich durch den Schmerz nicht allzu sehr vereinnahmen zu lassen. Bruchstückhaft konnte sie das Vergangene wieder ins Gedächtnis rufen. Mit einem Schaudern dachte sie an ihren Wahn, der sie plötzlich erfasst gehabt hatte, sie Stimmen in unvorstellbarer Lautstärke hören ließ und ihr beinahe das Gehirn zertrümmerte. Die Kammer, ja, sie musste sich hier in der Kammer befinden. Sie erinnerte sich an Gesprächsfetzen, die ihre Gastgeberinnen miteinander gewechselt hatten. Sie nahmen mit heftiger Ablehnung zur Kenntnis, dass Maria vor Kurzem ein Kind geboren hatte und sie deswegen in diese Kammer gebracht werden musste.

Hinter ihr ertönte ein Geräusch. Vorsichtshalber schloss sie augenblicklich die Augen und stellte sich schlafend. Dem Geräusch nach zu urteilen wurde eine Tür geöffnet und wieder verschlossen. Sie vernahm leise und langsame Schritte. Sie spürte, jemand starrte auf sie hinab. Bald darauf näherte sich etwas Warmes, beinahe Heißes ihrem Kopf, und schließlich fühlte sie eine große, sanfte und weiche Hand auf ihrer Stirn ruhen. Sofort war ihr klar, dass es sich um Lomus handeln musste.

Obwohl keine Stimme ertönte, sprach nun jemand zu ihr. Es waren nicht Worte, die ihr übermittelt wurden, sondern sie vernahm die Nachricht mithilfe von Bildern. Sie erschrak darob, doch was sie zu hören bekam, war noch viel beunruhigender, und nur die Hand, die ihren

Kopf berührte, vermochte zu verhindern, dass sie trotz der pochenden Schmerzen aufsprang und die Flucht ergriff.

»Maria, du hast eine schwere Sünde begangen. Du hast ein Kind geboren, obwohl du für den Inneren Zirkel vorgesehen warst. Ein solches Verhalten ist unverzeihlich und kann durch nichts entschuldigt werden. Der Teufel hat sich deiner bemächtigt, und du ließest es ohne Widerstand geschehen. Du hast dich vereinnahmen lassen und bist unrein geworden.

Du kannst nur in unsere Gemeinschaft aufgenommen werden, wenn du geläutert bist, und dies wird ein langer, schmerzvoller und von Entbehrungen geprägter Weg sein.

Aber nicht nur du, Maria, auch dein Kind ist schuldig und unrein und muss geläutert werden. Wo ist dein Kind, Maria, wo ist dein Kind?«

Die Frage, ohne Worte gestellt, fing in Marias Kopf zu rotieren an, und einen kurzen Moment glaubte sie ein weiteres Mal Opfer eines wahnhaften Erlebens zu werden, als diese glücklicherweise leiser und leiser wurde, um schließlich ganz zu verstummen.

Unwillkürlich entstand in ihrem Kopf ein Bild, in dem die Nonne das Kind in den Armen hielt.

Wieder kam ein Gedankenaustausch zustande, indem Lomus ihr zu verstehen gab, dass er die Nachricht, wo sich das Kind befand, erhalten hatte.

Nach einer Pause löste sich die Hand von Marias Stirn. Die intensive Wärme blieb bestehen. Die Gestalt bewegte sich mit leisen Stoffgeräuschen von ihrem Standort weg und trat in Marias Blickfeld. Sie öffnete die Augen und wandte den Kopf Lomus zu. Dieser hielt die Hände hinter dem Rücken verschränkt, sein sonst offenes, graumeliertes Haar hatte er hinten zusammengebunden. Mit starrem Blick, der Abweisung und Missfallen ausstrahlte, fixierte er Marias Augen. Sie hielt den Atem an.

»Willst du in unsere Gemeinschaft aufgenommen werden, Maria, musst du dich einer Läuterung unterziehen. Diese kann, je nach Schweregrad deiner Verfehlungen, sehr lange dauern und sehr schmerzhaft sein.«

Einen Moment lang schloss Lomus die Augen. Sein Kopf hob sich langsam gen Himmel, und er schien sich gedanklich weit fortzubewegen. Der Atem ging schwer und träge. Seine imposante Gestalt wankte leicht, seine Gesichtszüge entspannten sich. Die zahlreichen Kerzen rund um den Raum flackerten mit einem Mal nervös. Mit einem leichten Zucken schnellten die Augenlider auf einmal nach oben, er starrte die Decke an, und indem er die Augen zusammenkniff und seine Gesichtszüge in kummervolle Falten legte, nahm er wieder Maria ins Visier, derweil sich das hektische Geflacker der Kerzen sofort beruhigte.

»Es tut mir Leid, Maria, aber du wirst zweifellos während langer Zeit in dieser Kammer verbleiben müssen. Dein Vergehen wiegt schwer.«

Lomus atmete hörbar ein und aus, als stünde er unter einer schweren Last.

»Bist du bereit dazu, Maria?«

Marias Schmerzen hatten sich während des Gesprächs dramatisch verschlimmert, und Lomus, hoch über sie aufragend, strahlte so viel Klarheit, Kraft und Selbstsicherheit, ja Stolz und Allwissenheit aus, da kam sie sich behütet und beschützt vor. Er sollte entscheiden, deswegen war sie ja in die Gemeinschaft eingetreten. Endlich wollte sie von dieser Aufgabe, die sie noch nie richtig bewältigt hatte, erlöst sein und sich fallen lassen in die weiche Watte der Unentschlossenheit, der Willenlosigkeit, um geleitet und geführt zu werden. Nie mehr würde sie für Entscheidungen büßen müssen, die sie selber gefällt hatte.

Das schwache Nicken, nur um endlich frei zu sein, frei von den Zwängen des Lebens, fiel ihr nicht schwer.

Lomus nahm ihr Bestätigen scheinbar ohne Gefühlsregung zur Kenntnis.

»Gut, Maria.«

Damit hielt er ihr noch einmal die offene Hand auf die Stirn und entfernte sich dann, ohne ein weiteres Wort zu verlieren, aus Marias Blickfeld. Das Geräusch einer Tür drang an die Ohren, dann wurde es still. Die Kerzen, vom Windstoß gestört, flackerten kurz auf, um dann ruhig und besinnlich weiterzuleuchten.

Maria hörte hinter sich, wie die Tür in schneller, ja hektischer Folge auf- und gleich darauf wieder verschlossen wurde. Seltsamerweise waren die Kerzen dieses Mal davon nicht betroffen. Ruhig spendeten sie ihr goldenes Licht.

Maria erstarrte. Eine weibliche, hysterisch hohe Stimme ertönte hinter ihr und warf ihr die schlimmsten Beschimpfungen an den Kopf.

»Hier bist du also, du kleine, elende Hure, lässt dein Kind im Stich und machst dich klammheimlich davon. Flüchtest dich in den Schutz eines miesen Sektenführers, der nichts anderes im Kopf hat, als junge Mädchen zu verführen. Und du, du merkst es nicht mal, bist ihm hörig und lässt dein Kind verhungern. Schäme dich, Maria, schäme dich!«

Maria erkannte die Stimme, und diese Erkenntnis machte sie nicht im Geringsten entspannter. Es war Schwester Luise, die hier Maria wüst zu erniedrigen suchte. Sie konnte es nicht glauben, dass eine Nonne mit solch vulgärer Sprache ihren Unmut äußerte. Aber es gab keinen Zweifel. Sie war es.

Schnaubend stand sie hinter Maria und setzte erneut zu einer Schimpfkanonade an: »Du Hure, Gott wird dich strafen, du wirst dem Teufel gefallen und zur ewigen Verdammnis verurteilt.«

Die Gestalt hinter Maria schnaufte und schien sich einen Moment erholen zu müssen. Dann wurde die Stimme eindringlich, beschwörend und betonte jede Silbe:

»Geh zum Teufel, Maria, geh zum Teufel. Er ist draußen, Maria, er wartet auf dich, geh, Maria, geh. Geh den letzten Weg, der dich zur verdienten Strafe führt, geh, Maria, geh.«

Wie unter Zwang mobilisierte Maria sämtliche Kräfte, erhob sich aus ihrer liegenden Haltung und setzte sich auf. Das Blut pochte mittlerweile vom Bauch aufwärts bis in den Schädel hinein und ließ sie benommen die Stimme hören, um dem Befehl Folge zu leisten. Sie drehte den Kopf nach links, und durch ihre Haarsträhnen hindurch erblickte sie zum ersten Mal die Tür. Kein Mensch außer ihr befand sich im Raum. Trotzdem war die Stimme da.

»Geh, Maria, geh den letzten Weg, Maria, geh.«

Maria musste gehorchen. Sie zwang sich auf und stand endlich schwankend neben dem Bett. Vielleicht war Schwester Luise vorausgegangen. Wieso hörte sie aber ihre Stimme immer noch? Doch das Denken fiel ihr zu schwer, um sich weiter mit dieser Frage zu beschäftigen. Einfach gehorchen. Langsam, auf steifen, wackligen Beinen mit schwankendem Gleichgewicht taumelte sie auf den Ausgang zu. Schwer stützte sie sich auf die Klinke und ließ sich von der sich öffnenden Tür leiten. Sie ging weiter, die Umgebung nicht mehr wahrnehmend. Im Gang, den sie durchquerte, herrschte Dämmerung.

»Geh, Maria, geh!«

Sie erreichte eine weitere Tür. Wieder betätigte sie die Klinke. Ein eisiger Wind strömte ungestüm herein, erfasste sie und zerrte an ihrer Tunika.

»Geh, Maria, geh!«

Mechanisch setzte sie Fuß vor Fuß und entfernte sich immer weiter vom Haus. Die Brise raubte ihr die Wärme, doch Maria empfand es als befreiend, denn der Schmerz wurde dadurch weniger.

»Geh, Maria, geh!«

Schließlich erreichte sie das offene Feld, das sich hinter dem Haus bis zum Wald rund um das Dorf spannte. Sie stakste weiter und weiter. Die gefrorenen Erdschollen, aus denen noch alte Stängel von Maisstauden ragten, bohrten sich in die Fußsohlen, bis sich das gefrorene Erdreich blutig färbte. Doch Maria spürte das alles nicht mehr.

»Geh, Maria, geh!«

Marias Gang wurde steifer und ungelenker, je länger sie sich durch den Acker fortbewegte und vom eisigen Wind ausgekühlt wurde.

Mit einem Mal vermochte sie den linken Fuß nicht mehr zu heben, schob ihn vor sich her. Die Zehen stießen an eine Scholle, und Maria fiel vornüber. Die Arme und Hände waren zu steif, der Geist zu wenig gegenwärtig, um den Fall abzubremsen. Dumpf schlug sie auf. Einer feurigen Lanze gleich schoss der Schmerz in ihr Hirn. Bewusstlos blieb sie liegen. Der kalte Wind pfiff durch die nahe gelegenen Tannen, strich über den Acker und saugte im Vorbeigehen die restliche Wärme aus dem ausgemergelten Körper.

Es war zehn Uhr vormittags des nächsten Tages. Schwester Luise hatte sich am Vorabend entscheiden müssen, wie sie es in der Nacht mit der Wöchnerin und dem Kind handhaben wollte. Einerseits hätten die Mutter und das Neugeborene einer andauernden Beaufsichtigung bedurft, andererseits war sie sich ihrer nachlassenden Kräfte angesichts ihres fortgeschrittenen Alters sehr wohl bewusst. Diese ließen kaum mehr zu, dass sie an zwei aufeinander folgenden Nächten zu wenig schlief. So hatte sie sich dafür entschieden, in der Nacht ein- oder zweimal im Geburtshaus nach dem Rechten zu sehen. Dies war in Anbetracht der problemlosen Geburt und der guten Verfassung des Kindes und der Mutter, trotz Frühgeburt, sicherlich zu verantworten. Sie sollte Recht behalten. Beide Male, einmal um elf Uhr nachts, das zweite Mal um drei Uhr morgens, traf sie Mutter und Tochter in guter Verfassung an.

Schwester Luise nahm es inzwischen gelassen, in das fremde Ferienhäuschen einzudringen, obwohl sie immer noch im Unklaren über die Besitzverhältnisse war.

Mit leichtem Schritt hatte sie den Hügel schon fast erreicht, der wie ein schützender Wall vor dem Gebäude lag. Sie schaute sich noch einmal um, bevor sie durch das schmale Gartentor ging. Dabei hörte sie das Kind weinen und dies gab ihr eine zusätzliche Legitimation für ihr Vorhaben. Die Fensterläden waren nach wie vor verschlossen und nach außen schien das Haus immer noch unbewohnt.

Kaum hatte sie den mittlerweile in Fleisch und Blut übergegangenen Kontrollblick hinter sich gebracht und war durch die Tür geschritten, wurde sie gewahr, dass etwas nicht stimmte. Sie hörte nun das kleine Kind besser und es schien, als wäre es verzweifelt. Schwester Luise hätte nie und nimmer erklären können, wie sie das Schreien eines Säuglings unterscheiden konnte. Dennoch glaubte sie, je nach Bedürfnis des Kindes einen Unterschied herauszuhören.

Früher hatte sie einmal den Ehrgeiz gehabt – damals in Namibia –, die verschiedenen Arten des Weinens und Schreiens bei Kleinkindern einem bestimmten Wunsch zuzuordnen. Leider war ihr das nur zum Teil gelungen und heute staunte sie über ihre damaligen Ambitionen, merkte aber auch, dass sie müde war und mit einundsiebzig Jahren für solche Dinge keine Kraft mehr aufbringen konnte.

Indessen spürte sie noch etwas. Etwas, das sie sich nicht gerne zugestand, weil diese Form von Emotionen sie irritierten, verunsicherten und an ein dunkles Kapitel in ihrem Leben erinnerten: Das kleine Kind war ihr bereits sehr ans Herz gewachsen. Mehr noch. Hier war eine Liebe zu einem Menschen entstanden, eine merkwürdige Art der Bindung oder eher der Verwandtschaft, die sie in jungen Jahren bereits kennen gelernt hatte und deren Überwindung sie damals beinahe den Verstand gekostet hätte.

Sie trat ins Haus, ging durch den Gang zum Schlafzimmer und wurde abrupt aus ihren Gedanken gerissen. Ein anderes Gefühl, das mit der Kälte zusammenhängen musste, überfiel sie und ließ ihren Körper schaudern. Sie trat mit erhöhter Aufmerksamkeit ins Schlafzimmer und schaute zum Bett, auf dem sie lediglich das gut verpackte Kind erblickte, das ununterbrochen schrie. Von der Mutter keine Spur. Die Bettdecke, die sie benutzt hatte, war zurückgeschlagen, als sei Maria in großer Hast aufgestanden. Das Kissen war zerknüllt und der Kopfabdruck noch sichtbar. Schwester Luise ging zum Bett, beugte sich zum schreienden Baby, zog die Decke weiter zurück und nahm es in die Arme.

Augenblicklich verstummte das dünne Geschrei der Kleinen. Sie ging mit auf das Kind gerichteten Augen und tröstenden Worten zur Tür und rief nach Maria. Niemand antwortete. Die Mutter musste in der Küche oder auf der Toilette sein. Sie rief noch einmal und ging dabei in die dunkle Küche. Immer noch keine Antwort. Unruhig geworden, gedachte sie noch in der Toilette nachzusehen. Das Kind im Arm, klopfte sie an die Tür, und als sie keine Reaktion vernahm, öffnete sie sie langsam. Es war dunkel. Auch hier war niemand. Ihr wurde bange. Wo konnte sich Maria bloß aufhalten? Für sie war es unvorstellbar, dass Maria das Kind einfach so im Stich ließ.

Sie ging noch einmal durch die Räume, um diese nach

einem Zettel oder anderen Spuren von Maria abzusuchen. Nach einer Weile stand sie wieder am Ausgangspunkt. Nichts. Kopfschüttelnd wandte sie sich zum Gasofen, beugte sich hinunter, griff nach den Bedienelementen und stellte fest, dass der Hahn zwar offen stand, die Flasche aber mittlerweile leer sein musste. Auch Kleider und Schuhe waren weg. Einer Eingebung folgend, suchte sie noch einmal die Küche auf und öffnete den Kehrichteimer. Kaum zu glauben. Offensichtlich war ein neuer Sack eingelegt worden, denn auch der Abfall war weg. In der Toilette erinnerte ebenfalls nichts an Maria. Als wäre sie nie da gewesen. Hätten da nicht das Kind und die Abdrücke im Kopfkissen eine andere Sprache gesprochen, sie hätte sich in einem Traum gewähnt.

Ratlos, mit schaukelnden Bewegungen, stand die Schwester mitten im Flur und überlegte, was zu tun war. Doch nach kurzer Überlegung musste sie sich achselzuckend eingestehen, dass sie im Moment zum Warten verurteilt war. Nach Maria zu suchen war zu aufwändig und mit dem Säugling auch kaum möglich. Vielleicht erschien die Mutter schon bald wieder und der Grund für ihren geheimnisvollen Abgang würde sich als ganz banal erweisen, würde sie nur erst die Hintergründe erfahren.

Schließlich wandte sie sich hingebungsvoll an das namenlose neugeborene Kind in ihren Armen und sprach ihm tröstende Worte zu: »Deine Mami ist leider im Moment nicht da, aber glaub mir, wir zwei kommen zurecht miteinander. Was du jetzt brauchst, ist ein Name. Du lebst jetzt bereits mehr als einen Tag und ich weiß beim besten Willen nicht, wie ich dich nennen soll. Und wie kann man ohne einen Namen ein großes, starkes Mädchen werden? Das darf doch nicht sein. Wie möchtest du denn heißen? Sag's mir, kleine Maus.«

So ging der Monolog weiter und Schwester Luise vertiefte sich voll und ganz in das Gespräch mit dem kleinen Geschöpf, das keinen Namen hatte, dessen Mutter spurlos verschwunden war und zu dem die Schwester eine eigentümlich enge, rational nicht erklärbare Verbindung spürte, die von Stunde zu Stunde inniger und tiefer wurde.

*

Maria blieb verschwunden und Schwester Luises Unrast wuchs im Angesicht ihrer Hilflosigkeit. Sie hatte das Neugeborene zu sich in ihr Haus genommen, um ihm die beste Pflege angedeihen zu lassen, zu der sie mit ihrem Wissen und ihrer Erfahrung in der Lage war. Doch auch Marias Verschwinden bereitete ihr Sorgen, da auch sie Schaden nehmen konnte, wenn sie den Säugling nicht stillte. Sie riskierte damit unweigerlich eine schwere Brustentzündung, die ohne ärztliche Hilfe schlimm enden konnte.

Ab und zu, wenn das Kindchen schlief, ging die Schwester zum »Geburtshaus« hoch und sah nach, ob sie irgendeine Spur von Maria ausmachen konnte. Wenn Maria verschwunden blieb und sie über längere Zeit als Ersatzmutter fungieren musste, kam sie nicht umhin, wohl oder übel die Mutter Oberin über die seltsamen Ereignisse zu informieren, ein Gedanke, der ihr jedoch überhaupt nicht behagte. Die Mutter Oberin würde zweifellos – die beiden kannten sich nun bereits seit gut fünfzig Jahren – Schwester Luises emotionale Bindung zu dem Kind nie und nimmer verstehen und ihr auftragen, die Kindsmutter ausfindig zu machen, um das Kind unverzüglich in ihre Obhut zu geben. Durch diese unangenehmen Gedanken abgelenkt, hatte sie soeben der Kleinen das Fläschchen verabreicht, worauf diese, zufrieden an ihrem Schnuller nuckelnd, eingeschlafen war. Jetzt konnte sie es ihrer Meinung nach ein weiteres Mal wagen, nach Maria Ausschau zu halten.

Als sie den Säugling zur Ruhe gebettet hatte, spähte sie durch die geöffnete Haustür. Das Wetter war kalt und ein leichter Wind hetzte dichte Nebelfetzen durch Wälder, Schluchten und Weiden. Sie zog sich ihre beige Winterjacke über, schnürte ihre schwarzen Schuhe und schaute dann noch schnell nach dem kleinen Geschöpf. Wieder war da ein unglaublich starkes, nie da gewesenes Glücksgefühl, das aufflammte, wenn sie das friedlich schlafende Kindchen auch nur erblickte. Sie konnte nicht anders, als das kleine Geschöpf in seiner Unschuld noch eine Weile zu betrachten, ehe sie sich losreißen konnte, um sich auf den Weg zum Ferienhäuschen zu machen, um nach Maria zu suchen.

Schwester Luise stapfte durch die mit Dung übersäte Bergwiese hügelan und schaute sich um. Weit und breit war kein Mensch zu sehen und auch die Kühe, die vor Tagen noch vereinzelt anzutreffen waren, befanden sich nun im Tal. Als sie das Haus erreicht hatte, war ihr von vornherein klar, dass ein Eintreten eigentlich gar nicht nötig war. Sie spürte es förmlich: Maria war nicht da. Trotzdem öffnete sie das Gartentor, schaute sich um und trat durch das Tor zur Haustür. Erst später realisierte sie, dass sie eigentlich die dreckbeschmierte Steinstufe gesehen, aber keine Schlüsse daraus gezogen hatte. Sie drückte die Klinke vorsichtig nach unten und wollte eintreten. Die Tür gab jedoch nicht nach. Sie drückte noch einmal dagegen. Sie stutzte und brauchte einen Augenblick, um zu begreifen. Kein Zweifel. Der Eingang war verschlossen. Ihr Herz pochte laut. Trotz der Gewissensbisse, die sie erfassten, ließ sie den Türgriff sachte in die Ausgangsposition zurückgleiten, um sofort einen erschrockenen Schritt zurück zu tun. Sie fühlte sich ertappt. Jemand war da gewesen und hatte das Haus abgeschlossen, vielleicht war dieser jemand sogar noch anwesend. Die verschiedenartigen Gefühle, die sich ihrer bemächtigten, steigerten ihr Verlangen, das Grundstück so schnell wie möglich zu verlassen. Sie drehte sich um und die jahrzehntelang eingeübten Bewegungen der Würde und Zurückhaltung verhinderten nur knapp, dass Schwester Luise in hektischem Schrecken kehrtmachte und rennend die Umzäunung hinter sich ließ. Stattdessen verließ sie die Umgebung des Hauses mit einem steifen Rücken, der Gelassenheit und Ruhe ausdrücken sollte. Sie machte, dass sie möglichst Abstand gewann von dem Haus, in dem Maria ihr Kind geboren hatte. Zwei-, dreimal schaute sie sich verstohlen um, ob sich irgendwo eine Menschenseele blicken ließ, die sie beobachtet haben könnte. Doch nirgends war jemand zu entdecken. Langsam fasste sie sich wieder und mit jedem Schritt, mit dem sie sich ihrem Zuhause näherte, wurde ihr bewusster, in was für eine vertrackte Situation Gott sie gebracht hatte.

Die aufkommende Gemütsverfassung, die sie an ihrem Verstand zweifeln ließ, zwang sie regelrecht dazu, das Kindchen aufzusuchen und sich zu vergewissern, dass sie sich nicht mitten in einem bösen Traum befand oder an einem Schub von Senilität erkrankt war. Mit diesen Gedanken trat sie durch die Tür, und ohne die schmutzigen Schuhe vorher auszuziehen, eilte sie schnurstracks in ihr Zimmer, um den lebendigen Beweis ihrer abstrusen Geschichte anzuschauen und sich zu versichern, dass ihre Wahrnehmung in Ordnung war und sie sich in der Realität befand.

Erleichterung machte sich breit, als sie das Kind erblickte, das ruhig und zufrieden schlief. Doch diese Erleichterung über ihren geistigen Gesundheitszustand war nur von kurzer Dauer. Als sie dem Säugling mit sanfter Hand über das kleine Köpfchen strich und beinahe in Tränen ausbrach vor lauter Rührung, machte sich Bekümmernis breit. In dieser emotionalen Irrfahrt zwischen absoluter Liebe zu diesem Kind und den widrigen Umständen, unter denen sie dazu gekommen war, nahm sie das Kindlein aus dem Kaminholzkorb, der als improvisiertes Bettchen herhalten musste. Obwohl es schlief, konnte sie nicht anders, nahm es in die Arme, wiegte es und ein Beobachter hätte schwören mögen, dass diese so offensichtlich innigste Liebe, so rein und ohne Gegenleistung erwartend, nur zwischen leiblicher Mutter und Kind entstehen konnte.

Sie hätte längst die Polizei einschalten müssen. Zuerst war es reine Rücksicht gegenüber Maria gewesen, die sie daran gehindert hatte. Mit ihrem humanistischen Menschenbild war sie ganz selbstverständlich davon ausgegangen, dass mit Zuvorkommenheit und Wertschätzung Maria gar nicht anders konnte, als Vertrauen in sie zu fassen, und alles hätte sich schließlich in Wohlgefallen aufgelöst. Doch das Gegenteil geschah. Maria verschwand spurlos und überließ ihr Neugeborenes dem Schicksal. Jetzt war es schon beinahe zu spät, auch mit einer guten Begründung, aus der Misere herauszukommen. Eine Mischung aus Enttäuschung gegenüber Maria und Selbstmitleid in dieser Situation, wo die Seele durch so viel Liebe offen und verletzlich war, nahm von Schwester Luises Herzen Besitz. Oder war es verletzter Stolz, der da in ihrer Seele zu rumoren begann? Hatte sie sich zu viel auf ihr Einfühlungsvermögen eingebildet und Gott hatte sie eines Besseren belehrt? Um diesen unangenehmen Gedanken nicht länger nachzuhängen, gestand sie sich ein, dass sie vielleicht genauso gehandelt hätte, wenn sie mit den gleichen Voraussetzungen wie Maria konfrontiert worden wäre. Und man sollte nie über einen Menschen urteilen, wenn man seine Geschichte nicht kannte. Aber eins stand für sie fest: Sie musste Maria so bald wie möglich finden, ob sie nun enttäuscht war oder nicht. Und ganz detektivischen Spürsinn entwickelnd, stellte sie sich die erste Frage, wie sie diese Aufgabe am effizientesten angehen sollte. Eine Aufgabe, die ihre geistigen und körperlichen Kräfte ohne Zweifel sehr fordern würde. Einerseits hatte sie als Mutter zu fungieren und andererseits wollte sie Maria finden. Dass sie sich in diesem Moment als Mutter bezeichnete, wurde ihr glücklicherweise im Augenblick nicht bewusst, denn sonst hätte sie sicherlich vor lauter Rührung auf ihre alten Tage noch zu weinen begonnen.

*

Schwester Luise saß am Ufer eines Flusses. Sie war vollkommen nackt, besaß weder Kleider noch Schuhe zum Anziehen. Sie fühlte sich dabei überhaupt nicht unwohl. Es schien ihr völlig normal, zumal sie wohltuend warme Sonnenstrahlen auf ihrem Rücken spürte. Hinter ihr erstreckte sich Weideland, auf dem eine kleine Herde Schafe friedlich graste. Die üppig grüne Grasfläche wurde nur wenige Dutzend Meter halbkreisförmig begrenzt von einem dichten, undurchdringlichen Wald, der das Idyll vor der Außenwelt abschirmte. Schmetterlinge tanzten durch die Luft und emsige Bienen mit von Blütenstaub schweren Beinen krabbelten auf den Blumen umher. Vögel zwitscherten und die Glöckchen einiger weniger Schafe bimmelten fröhlich. Die Schwester fühlte sich in einem harmonischen Gleichgewicht mit der sie umgebenden Natur. Die friedlichen Tiere, das träge dahinfließende Wasser, der schützende Wald, die farbenprächtigen Blumen und die wärmende Sonne zeigten sich in ihren schönsten Formen, Farben und Gerüchen und schienen gemeinsam ein Stelldichein zu geben, um die Besucherin mit süßer Schmeichelei zu betören. Der Fluss war durchsetzt von großen Steinen, die vom Wasser gurgelnd umschäumt wurden. Auf der anderen Seite säumte ein lichtes Birkenwäldchen das Ufer. Weiter hinten am Horizont waren hohe, schneebedeckte Berggipfel zu sehen, die in der Sonne gleißten und glänzten.

Auf einmal wurde es seltsam still. Das Rauschen des Wassers schien gedämpft und die hellen Klänge der Glöckchen waren verstummt. Als die Schwester dies wahrnahm, suchten ihre Blicke nach dem Grund und im gleichen Augenblick verdunkelte ein großer Schatten die Sonne, die Schwester Luise im Rücken stand. Irritiert schaute sie sich um.

Was sie zu sehen bekam, verwunderte sie nicht im Geringsten. Entzückt schlug sie die Hände vor der Brust zusammen. Dass sie das erleben durfte. In ihrem Alter. Sie hatte es immer gewusst. Es gab sie. Und jetzt, in diesem Augenblick, wurde sie von einem besucht, einem wunderschönen weißen Engel mit riesigen Flügeln, der sachte zu ihr hinabschwebte. Die Flügel, weiß wie der glänzende Schnee auf den entfernten Bergen, waren ausgebreitet, aber kein hektischer Schlag störte die sanfte Anmut, mit der der Engel direkt vor ihr, leicht wie eine Feder, mit nackten Füßen auf dem Boden aufsetzte. Schwester Luise stand auf. Nach wie vor störte sie ihre Nacktheit überhaupt nicht. Der Engel trug einen Weidenkorb in der linken Armbeuge. Diesen streckte er nun Schwester Luise wortlos mit einer sparsamen Bewegung und einem sanften und anmutigen Lächeln entgegen. Die Schwester tat, geblendet von der Aura ihres Gegenübers, einen respektvollen Schritt zu ihm hin und ergriff den Henkel des Weidenkorbs. Als sich ihrer beider Hände durch die Übergabe nahe kamen, spürte Schwester Luise eine intensive Wärme, die von dieser Lichtgestalt ausging. Noch bevor sie in den Korb sehen konnte, wusste sie instinktiv, dass sich darin ein kleines, neugeborenes Mädchen befand, das den Namen Lisa Maria trug. Und tatsächlich: Als sie den Korb an sich nahm, schaute ihr ein aufgewecktes, winzig kleines Mädchen entgegen, das sich am Anblick der Schwester zu erfreuen schien. Es lag auf einem weißen Tuch, war nackt und völlig entspannt. Schwester Luise war gerührt und wusste wie von einer inneren Stimme, dass das nun ihr Kind sein sollte. Glückseligkeit und Entzückung erfassten ihren ganzen Körper und Geist und sie fühlte sich in diesem Augenblick als glücklichster Mensch auf Erden.

Der Engel betrachtete die Schwester noch einen Moment lang mit geneigtem Kopf und warmen Augen und hob dann sanft, wieder ohne jeglichen Flügelschlag, von der Erde ab. Kurz blieb er wie schwerelos in der Luft, hob beide Arme, führte die nach innen gerichteten offenen Handflächen über Kreuz an die Brust und entschwebte schließlich sanft und geräuschlos gen Himmel. Schwester Luise war von ihren Emotionen so überwältigt, dass sie ihre zurückhaltende, von Würde geprägte Haltung verlor und ihm mit profaner Geste zuwinkte. Die Gestalt schwebte weiter in die Höhe und wurde auf einmal unsichtbar.

Als sich die Schwester endlich von ihrem Erlebnis erholt hatte und wieder ihrer Umgebung zuwandte, bemerkte sie die Schafherde, die in einem Kreis um sie versammelt war, sich aber jetzt völlig reglos verhielt und anscheinend die gesamte Szenerie beobachtet hatte. Auf einmal hörte sie undeutlich und wie aus weiter Entfernung das Wimmern des Kindes. Sie schaute in den Korb, stellte ihn dabei sorgfältig auf den Boden und kniete sich hin. Das Kind blickte sie mit unbewegter Miene an, war jedoch nach wie vor ruhig. Das Wimmern war aber dennoch zu vernehmen.

Irritiert wachte sie auf. Sie musste sich zuerst orientieren, doch der helle, zum Fenster hereinscheinende Mond half ihr dabei. Sie war in der Gorneren und hatte vor drei Tagen geholfen, ein Kind zur Welt zu bringen. Und dieses Kind, neben ihrem Bett auf dem Schreibtisch im Kaminholzkorb, schrie und verlangte offensichtlich nach einer Mahlzeit. Sie gab sich jedoch noch einen Augenblick ihrer Mattigkeit hin. Sie musste erst ihre Gedanken ordnen und diesen intensiven Traum verdauen.

Erst nach einiger Zeit stand sie auf, ging mit müden Schritten und noch völlig in ihrem Traum gefangen in die Küche und bereitete das Fläschchen zu. Als sie wieder ins Schlafzimmer zurückkehrte, nahm sie das Neugeborene andächtig aus dem Bettchen:

»Hallo, kleine Maus. Du bist also die Lisa Maria. Ein wunderschöner Name.«

Und als sie den Namen aussprach, stellte sich das gleiche intensive Gefühl von Glückseligkeit und Entzückung in Körper und Geist ein wie für das kleine Geschöpf, welches sie im Traum von dem Engel geschenkt erhalten hatte. Ein Gefühl, das sie in ihrem mittlerweile langen Leben noch nie in dieser Intensität erlebt hatte – nicht einmal während einer meditativen Kontemplation mit Gott, wie sie sich mit beschämter Verwunderung eingestehen musste.

*

Auch zwei Tage später konnte die Nonne keine Spur von Maria ausfindig machen. Nach ihrem Schreck, als sie vor der verschlossenen Tür des »Geburtshauses« stand, hatte sie immer wieder dort hinaufgespäht und mit ihrem alten Fernglas die Gegend rund um das Gebäude abgesucht – tagsüber, in der Dämmerung, aber auch in der Dunkelheit. Ihre Suche hatte nicht das Geringste ergeben. Nur Stille und Dunkelheit, keine Menschenseele weit und breit. Zu guter Letzt hatte sie sich mitten in der Nacht in die Kapelle begeben, vor den Altar gekniet und gebetet, nachdem sie das kleine Geschöpf gestillt hatte. Gottes Segen war nicht lange ausgeblieben und unterstützte sie in ihrem Entschluss, am nächsten Morgen aktiv die Suche nach der Kindsmutter aufzunehmen.

Der Montag war angebrochen. Trotz des festen Willens von Schwester Luise, sich nun ernsthaft mit der Suche nach Maria zu beschäftigen, dauerte es bis zum späteren Nachmittag, ehe sie sich von dem Säugling trennen und die Tatsache akzeptieren konnte, Lisa Maria allein lassen zu müssen. Zudem benötigte das Kind alle zwei Stunden ein Fläschchen und somit war die Nonne gezwungen, innerhalb dieser Zeitspanne über Maria etwas in Erfahrung zu bringen. Obwohl die Kleine nach wie vor einen gesunden und robusten Eindruck hinterließ, musste sie sehr regelmäßig Nahrung verabreicht bekommen, denn Frühgeburten brauchten intensive Pflege. Schwester Luise wollte also, sobald sie sich sicher war, dass die Kleine gesättigt war und schlief, dem Restaurant Hübeli einen Besuch abstatten, um so diskret wie möglich den Aufenthalt der Kindsmutter in Erfahrung zu bringen. Für sie bedeutete es eine Premiere, denn sie war in den vielen Jahren, in denen sie bereits einen Teil des Jahres in der Garneren verbracht hatte, nie in diesem Gasthaus gewesen. Nicht nur in diesem nicht. Sie war überhaupt kaum einmal, seit sie in die Schwesternschaft eingetreten war, in einem Gasthaus gewesen. Früher, als sich der Orden dem weltlichen Leben noch weitestgehend verschlossen hielt, war es selbstverständlich, dass eine Nonne sich nicht in einem Lokal dieser Art sehen ließ. Und als dann diese strengen, selbst auferlegten Gesetze in ihrer Absolutheit von den jüngeren Schwestern subtil hinterfragt und schließlich nicht mehr explizit verordnet wurden, war es ihr nicht mehr danach, diese Möglichkeit der Zusammenkunft oder Versorgung oder was sonst in einem solchen Haus geboten wurde, in Anspruch zu nehmen.

Heute wollte sie es also versuchen. Und da sie möglichst beiläufig nachfragen wollte, wo sich Maria befand, würde sie sich wie ein normaler Gast in die Gaststube setzen und etwas bestellen. Was wohl ihre Mitschwestern zu sich nahmen, wenn sie ein solches Lokal aufsuchten? Sicherlich einen Tee. Das fand sie angemessen. Eine Schwester trinkt einen Tee in einem Gasthaus. Dieses Bild, das vor ihrem geistigen Auge entstand, war stimmig und gefiel ihr. Entschlossen, ihren Plan in die Tat umzusetzen, zog sie ihr Schuhwerk an und machte sich auf, das Haus zu verlassen, nicht ohne noch einmal nach der kleinen Lisa Maria gesehen zu haben.

Eine Schar munterer Meisen flog leise zwitschernd in die mächtige Tanne vor dem Haus und suchte flink in der groben Rinde nach Nahrung. Das Wetter war nach wie vor kalt und diesig und Schwester Luises Schritt beschleunigte sich entsprechend. Kurz überlegte sie, einen Abstecher in die Kapelle zu tun, um ein Gebet zu sprechen, entschied sich aber anders und ging an der Abzweigung geradeaus, bis sie das Hübeli erblicken konnte.

Geld, schoss es ihr durch den Kopf. Sie brauchte natürlich Geld. Wie hatte sie das vergessen können? Ihr Gang verlangsamte sich augenblicklich und schließlich blieb sie stehen. Musste sie jetzt tatsächlich noch einmal zurück, um im Rucksack nach ihrem Geldbeutel zu kramen? Es fiel ihr schwer, die unabänderliche Tatsache zu akzeptieren, da sie dabei Zeit verlieren würde. Ihr kam ein geradezu gotteslästerlicher Gedanke. Aber ehe sie mit sich selbst ins Gericht ging, entschuldigte sie sich damit, dass außergewöhnliche Situationen eben auch außergewöhnlicher Maßnahmen bedurften. Und als sie Gott in einem raschen Gebet ob ihrer Handlung um Verständnis bat, durfte sie erfreut feststellen, dass dieser äußerst nachsichtig reagierte.

Augenblicklich machte sie kehrt und marschierte entschlossen hügelan wieder zurück. Als sie die Abzweigung zur Kapelle erreichte, bog sie ab und eilte ebenso zielgerichtet und ohne das Tempo zu verlangsamen, das schmale Weglein hinan, bis sie die Kapelle erreichte. Schon auf der Treppe wühlte sie unter ihrem Habit und zog noch im Gehen einen Schlüsselbund hervor. Rasch und ohne zu zögern öffnete sie die knarrende Kapellentür und trat ein. Augenblicklich empfing sie Stille in dem kleinen, düsteren, kühlen Raum. Kühn steckte sie den Schlüssel in den kleinen schmiedeeisernen Opferstock und drehte daran. Dieser klemmte wie gewohnt. Gott meinte es gut mit ihr und hatte ein Einsehen für ihr Problem, denn sie erblickte tatsächlich ein paar wenige Münzen. Obwohl sie nicht wusste, wie viel sie zu zahlen hatte, glaubte sie genug beisammen zu haben, um damit einen Tee bezahlen zu können. Rasch klaubte sie die Münzen zusammen, dankte Gott für seine Nachsicht, versprach zum dritten Mal, dies selbstverständlich seiner wahren Bestimmung zuzuführen, sobald sich die Gelegenheit dazu bot, verschloss den Opferstock hastig wieder und machte sich erneut auf den Weg.

Je näher sie dem Hübeli kam, desto langsamer wurde ihr Schritt. Das Unbekannte machte ihr zu schaffen und sie rief sich das kleine Kind in Erinnerung, das in ihrem Zimmer im Moment hoffentlich noch friedlich schlief, damit sie die Kraft aufbrachte, dieses Gasthaus zu betreten. Als sie schließlich mit verlangsamten Schritten dort anlangte, blieb sie mitten auf der Straße stehen, so als ob ihr ein wichtiger Gedanke gekommen wäre. Dabei schaute sie unbemerkt ins Innere der Gaststube.

Es waren kaum Gäste zugegen. Soviel sie sehen konnte, war lediglich ein einzelner Tisch besetzt. In diesem Moment hörte die Schwester ein Fahrzeug von der Griesalp her näher kommen. Sie wandte sich dem Straßenrand zu, um dem Gefährt Platz zu machen. So stand sie an der gegenüberliegenden Seite des Weges, wo eine große Anzahl von metallenen Schildern und gelben Wegweisern Informationen für Wanderer bereithielten. Der Motor des Fahrzeugs heulte, stöhnte und schien mit der enormen Steigung unmittelbar vor dem Hübeli seine liebe Mühe zu haben.

Da das Sträßchen durch das Gasthaus verdeckt war, konnte die Schwester erst im letzten Moment erkennen, dass sich hier Alfred Wüthrich mit seinem alten Volvo näherte. Als er sich auf ihrer Höhe befand, wurde er durch die Anwesenheit der Nonne kurz abgelenkt, und so schaffte er es nur mit einem kühnen Herumreißen des Steuerrads, rechtzeitig die Kurve zu kriegen und sein Fahrzeug auf den engen Parkplatz zu steuern. Dass ihm dies nicht immer gleich gut gelang, zeigten stumme Zeugen in Form von unzähligen Schrammen, Dellen und rostigen Stellen an den Ecken und Kanten des Fahrzeugs.

Mit weit ausladenden Bewegungen stieg Wüthrich aus dem Auto. Doch als er stand, schwankte er bedrohlich und musste sich schließlich im letzten Moment vor dem Stürzen an der offenen Autotür festhalten, bis sich die Erde nicht mehr bewegte. Schwester Luise erkannte sofort, dass hier etwas nicht stimmte. Sie kannte den Viehhändler seit Langem und wusste, entweder war er betrunken oder sein Blutzuckerspiegel – er litt an Diabetes – war zu niedrig oder beides. Das war bei Alfi nie so ganz klar.

Als er die Schwester erblickte, riss er sich augenblicklich zusammen, schlug die Tür ins Schloss, zog die heruntergerutschte Hose zurecht und steuerte, ums Gleichgewicht kämpfend, auf die Schwester zu. Schwester Luise dankte Gott für diese Hilfe. Einerseits war der Viehhändler ein Plappermaul, der die meiste Zeit in den Gaststuben hockte und sich betrank, aber gerade in diesem Moment, in dieser Situation konnte der Mann ihr eine unschätzbare Hilfe sein. Er wusste bestimmt mehr als alle hier ansässigen Menschen zusammen oder, anders gesagt, wenn er keine Antwort wusste, dann wusste es niemand.

»Hallo Schwester, darf ich Sie zu einem …«, hier zögerte er einen Moment, grinste verlegen und fuhr dann fort, »… zu einem Tee einladen?«

Eine solche Jovialität legte Alfi nur an den Tag, wenn

er alkoholisiert war, und auch dann hatte er sich bisher noch nie erdreistet, sie, wie er es einmal ausdrückte, als rechte Hand Gottes, zu einem Tee einzuladen. Die Anzeichen waren zu deutlich: Alfi war betrunken, sein Blutzuckerspiegel wahrscheinlich in Ordnung. Aber das sollte sie in diesem Moment nicht kümmern. Mit gütigem Lächeln erwiderte sie:

»Das freut mich aber, dass du mich einlädst. Du glaubst es nicht, aber das ist eine Ewigkeit her, seit ich das letzte Mal in einem Gasthaus war«, fügte sie fast entschuldigend hinzu.

»Das kann man bei mir nicht sagen«, entgegnete Alfi mit schwerer Zunge. Mit dem derben Charme des langjährigen Verkäufers und berauschtem Kopf wollte Alfi mit weiträumigen Bewegungen der Nonne den Vortritt gewähren. Doch diese lehnte freundlich, aber bestimmt ab und Alfi, der sich nicht mit der rechten Hand Gottes auf Diskussionen einlassen wollte, ging frohgemut voran, nicht ganz ohne Stolz, der Erste zu sein, der die Nonne in eine Kneipe entführen konnte. Zumal das sicherlich etwas zu reden bei den anderen und zu prahlen bei ihm geben würde – und dazu war Alfi nie abgeneigt. Er marschierte also sichtlich stolz, aber mit unsicheren Schritten den Gang entlang in die Gaststube. Nur ein Tisch war mit zwei Männern besetzt, die aussahen wie Vater und Sohn, die sich aber nichts zu sagen hatten. Da Alfi nur den älteren der beiden kannte, grüßte er unverbindlich und blieb dann stehen, um die Nonne nachkommen zu lassen. Schwester Luise schloss zu ihm auf und, einer plötzlichen Eingebung folgend, glaubte sie, der große Tisch mit dem schmiedeeisernen Aschenbecher sei das

Richtige für sie. Alfi schien den gleichen Gedanken gehabt zu haben:

»Sind Sie einverstanden, wenn wir uns an den Stammtisch setzen?«, fragte er mit rollender Zunge an die Nonne gewandt. Sie nickte. Aha, das war also der Stammtisch und in diesem Moment fand sie die Wahl nun doch nicht mehr so gut. Aber Alfi hatte bereits Platz genommen. Als beide saßen, breitete sich Stille aus. Die beiden Männer am Nebentisch hatten sich nach wie vor nichts zu sagen. Der Jüngere, quer auf dem Stuhl sitzend, die Ellenbogen auf Tisch und Stuhllehne gestützt, blickte in sich gekehrt die Bilder an den Wänden an, der Ältere starrte in sein hohes Bierglas. Die Standuhr tickte laut und aufdringlich. Auf einmal kam Vroni Luginbühl aus der Küche und rieb sich die Hände an der Schürze. Verwundert trat sie an den Tisch der beiden.

»Salü Vroni. Schau, wen ich mitgebracht habe. Das ist Schwester Luise. Sie wohnt im Steinenberg im Chalet ›Ruf Gottes‹ und schaut zur Kapelle. Du hast sie bestimmt auch schon gesehen. Ich habe gedacht, ich lade sie einmal ein, und sie ist tatsächlich mitgekommen«, begrüßte Alfi die Wirtin und lehnte sich wichtigtuerisch zurück, derweil Vroni respektvoll Schwester Luise die Hand reichte und meinte: »Schön, dass Sie auch einmal unser Gast sind.«

Nachdem sie sich die Hände geschüttelt hatten, betrachtete Vroni die Nonne einen Augenblick in der Absicht, mit ihr noch ein paar Worte zu wechseln. Sie fand jedoch in ihrem reichhaltigen Themenfundus nichts Passendes für eine Nonne und erkundigte sich dann lediglich nach den Wünschen der beiden. Alfi wollte sich auch prompt dazu äußern, besann sich jedoch auf seine gute Erziehung. Er ließ seinem Gast den Vortritt, merkte auch, dass es nicht klug war zu bestellen, was er eigentlich vorgehabt hatte. Schwester Luise erkannte den Rückzieher und durchbrach die nun peinliche Stille:

»Ich nehme gerne einen Schwarztee.«

»Gerne«, erwiderte die Wirtin und blickte nun noch einmal den Viehhändler an.

»Ich nehme einen Kaffee Creme mit Assugrin«, kam nun Alfi zum Zug und ergänzte rasch: »Diese Runde geht auf mich«, und, sich wiederholend: »Ich hab sie nämlich eingeladen.«

Vroni Luginbühl nahm es mit einem Lächeln zur Kenntnis und wandte sich der Küche zu. Schwester Luise wurde bereits ein wenig ungeduldig, was sonst nicht ihre Art war. Unauffällig schaute sie auf die Uhr. Schon eine Viertelstunde war vergangen und sie hatte noch nicht einmal etwas zu trinken bekommen. Was war, wenn Lisa Maria bereits kurz nach ihrem Verlassen des Hauses erwacht war und sie voller Angst und Verlassenheitsgefühl zu schreien begonnen hatte? Sie musste sich beherrschen, diesem Impuls nicht nachzugeben, aufzustehen und einen verblüfften Alfi und die Wirtin wortlos hinter sich zu lassen. Sie versuchte stattdessen ihre Gefühle zu rationalisieren und sich einzureden, es sei unwahrscheinlich, dass die Kleine ausgerechnet jetzt, wenn sie einmal außer Haus war, erwachte, wo sie bisher tagsüber immer friedlich schlief und sich erst bei Hunger meldete. Eigentlich ein Glück, dass nun Alfi sie aus ihren trüben Gedanken riss:

»Sie sind immer so allein hier oben, Schwester. Ist das nicht langweilig für Sie?«

Die Schwester erschrak unmerklich bei der Frage. Hoffentlich wollte er nicht wissen, ob sie im Moment allein war. Damit in dieser Hinsicht keine Fragen mehr offen blieben, beeilte sie sich, entsprechend umfassend zu antworten:

»Gott ist unser Hirte und Jesus unser Wegbereiter. Wie könnten wir da nur einsam sein? Nur wer zweifelt im Glauben, ist einsam.«

Gerade noch rechtzeitig erkannte Schwester Luise, dass sie zu predigen anfing. Das wollte sie aber im Moment unter allen Umständen vermeiden. Im Augenblick hatte sie nur ein Ziel. Und das erreichte sie sicherlich nicht mit der Verkündung von Gottes Wort. Also tat sie besser daran zu schweigen, Alfis Mitteilungsbedürfnis auszunutzen und ihn subtil in die richtige Richtung zu lenken, um endlich etwas über Maria zu erfahren.

Die Wirtin kam mit einem kleinen Tablett an den Tisch und bediente die beiden, die das Geschehen schweigend mitverfolgten. Alfi nahm seinen Süßstoff und Schwester Luise ahnte bereits, was jetzt kommen würde. Sicherlich würde er ihr nun sein Leid klagen. Das kannte sie zur Genüge. Viele Menschen glaubten, eine Ordensschwester sei automatisch auch Krankenschwester, psychologische Beraterin und eine barmherzige dazu, der man sein ganzes Leid anvertrauen konnte. Und so wurde sie von vielen Menschen angesprochen, die ihr ihre körperlichen oder seelischen Leiden klagten oder gar beides. Aber sie nahm es mittlerweile gelassen, mit Humor und Nachsicht. Die Menschen waren ja so allein. Würden sie doch nur im Gebet die Kommunikation mit Gott suchen – sie wären dann nie mehr einsam. Aber was sollte man machen?

»Ich muss eben aufpassen, was ich esse, ich habe Zucker«, legte Alfi auch prompt los. Aber erstaunlicherweise ließ er es dabei bewenden und sprach kein Wort mehr über seine Krankheit, sondern schien auf einmal in eine trübselige Stimmung zu verfallen, denn er rutschte allmählich nach hinten auf der Sitzfläche der Bank und stützte sich mit den Ellenbogen müde auf dem Tisch auf. Schwester Luise konnte sich im letzten Moment zurückhalten, Trost zu spenden. Es gab jetzt Wichtigeres, die Zeit drängte. Also wollte sie auf den Punkt kommen:

»Es kommen ja nicht mehr viele Leute her. Wann werden sie hier wohl schließen? Die Saison ist ja bald vorüber, denke ich?«

»Wahrscheinlich noch diese und nächste Woche. Das kommt auf das Wetter an.«

Erfreut nahm die Schwester zur Kenntnis, dass sich Alfi zur Küche wandte und die Vroni rief. Die kam auch prompt aus der Küche, wieder die Hände an der Schürze abwischend, und blieb fragend am Tisch stehen. Alfi, wieder ganz der leutselige Kumpel, zeigte auf den Stuhl an der Stirnseite des Tisches und meinte zur Wirtin:

»Setz dich doch ein wenig zu uns, Vroni, du wirst doch nicht mehr allzu viel zu tun haben.«

»Eigentlich hast du Recht«, erwiderte sie, zog den Stuhl nach vorn und setzte sich zu den beiden an den Tisch. Mit einem Blick zu Schwester Luise gewandt, meinte Alfi:

»Die Schwester hat gerade gefragt, wann ihr wohl schließen werdet«, und ein wenig wichtigtuerisch: »Ich habe ihr gesagt, das komme auf das Wetter an, aber etwa übernächste Woche.«

Vroni ließ Alfi ausreden und bestätigte dann das Gesagte. Schwester Luise sah die Gelegenheit und wollte sie nicht verlieren:

»Sie haben doch noch Angestellte gehabt. Sind die schon gegangen?«

Das Gesicht der Wirtin verfinsterte sich und gedankenverloren schaute sie an die Wand und schien mehr zu sich zu sprechen:

»Ja, die Maria, das ist eine komische Geschichte«, und erklärend an die Schwester gerichtet: »Wir hatten heuer nur sie«, und wieder geradeaus starrend: »Ist urplötzlich verschwunden. Der Arbeitsvertrag dauerte bis zum elften November. Wir wollten dann am nächsten Tag – weil wir am Sonntag nicht da waren – noch zusammen im Häuschen oben, wo sie gewohnt hat, Inventur machen, und danach hätte sie Ruedi«, dieses wieder an die Schwester gerichtet, »mein Mann, nach Reichenbach gefahren. Doch am Montag, als ich am Abend beim Haus anlangte, lag der Schlüssel unter dem Blumentopf und keine Maria weit und breit. Kein Zettel, kein Brief. Nicht das geringste Lebenszeichen. Das Häuschen, da war nicht das Kleinste zu beanstanden, war tipptopp in Ordnung und sauber. Aber von Maria: nichts! Als wäre sie nie da gewesen. Zuerst hat mich das Ganze ziemlich wütend gemacht und ich wollte sie anrufen, um ihr meine Meinung zu sagen, aber dann hab ich es mir anders überlegt. Vielleicht hatte sie Probleme mit dem Abschied. Sie war nämlich schon eine ganze Weile sehr dünnhäutig und hat sich ziemlich zurückgezogen. Aber sie muss selber wissen, was sie tut. Sie war eine gute Hilfe. Aber, wie gesagt, in den letzten Wochen hat sie doch sehr nachgelassen. So gesehen, passte dieser Abgang zu ihr. Und deshalb habe ich auch nicht reagiert.«

Es entstand eine Pause. Die große Standuhr tickte in langsamem, gemächlichem Takt. Der Schwester kam es vor, als wolle die Uhr ihr vorführen, wie lange sie Lisa Maria bereits im Stich gelassen hatte. Dann meldete sich Vroni noch einmal zögernd und leise zu Wort:

»Wenn ich heute so überlege, schien mir fast, als wäre sie schwanger gewesen.«

Schwester Luises Puls beschleunigte sich fast unmittelbar. Sie fühlte sich, als wäre ihr Geheimnis vor aller Welt entdeckt worden. Doch schnell warf Vroni ein:

»Entschuldigt, aber mir kam es fast so vor.«

»Das kann ja eigentlich gar nicht sein«, schwächte sie mit einer wegwerfenden Handbewegung ab, bereute aber ihre Offenheit vor Alfi, die nämlich eher der Nonne gegolten hatte. Doch prompt nahm Alfi den Faden auf und Vroni hätte sich in dem Moment die Zunge abbeißen mögen, als Alfi den Mund auftat:

»Schwanger, sagst du? Von wem, meinst du wohl?« Er beugte sich vor lauter Neugierde so weit vor, dass sein Kopf beinahe mit Vronis zusammenstieß. Sie war wütend über sich selbst, weil sie ihre Mutmaßung ausgerechnet vor dem größten Lästermaul in der Gegend ausgeplaudert hatte, und reagierte entsprechend ungehalten.

»Ach, vergiss es! Es kann ja gar nicht sein.« Dabei war sie sich bewusst, dass dies sehr wohl hätte sein können.

Nun schaltete sich Schwester Luise wieder ein, die dem Gespräch atemlos gefolgt war. Sie wollte unbedingt, dass das Gesprächsthema bei Maria blieb, um mehr über sie zu erfahren.

»Möchten Sie nicht doch die Maria anrufen, um zu erfahren, wie es ihr geht? Gerade wenn sie in schlechter Verfassung ist, bräuchte sie doch sicher jemanden, der ihr beisteht. Hat sie denn Familie und wo wohnt sie eigentlich?«

Vor der Nonne konnte Vroni ihren Ärger nicht offen zeigen:

»Sie wohnte bis zu ihrer Anstellung bei ihrem Vater in Burgdorf. Und vermutlich ist sie Mitglied in einer sehr strengen Glaubensgemeinschaft.« Abschätzig fügte sie hinzu: »Die werden ihr schon helfen.«

Die Wirtin hatte auf einmal genug von der Fragerei. Sie erhob sich rasch, meinte bereits im Stehen: »So, ich muss doch noch etwas machen«, und entfernte sich eilends in die Küche. Wieder entstand eine Pause. Schwester Luise und Alfi hingen ihren Gedanken nach. Auch die zwei Männer am anderen Tisch blieben weiterhin stumm. Nur die Standuhr gab unverdrossen den Takt der Zeit in scheinbar immer lauter und aufdringlich werdendem Ton an, bis das dumpfe Ticken den ganzen Raum ausfüllte und Schwester Luise unmissverständlich auf die vergehende Zeit aufmerksam machte, die sie hier und nicht bei ihrem Kind verbrachte. Zwar war erst eine Stunde vergangen, dennoch brannte ihr die Zeit unter den Nägeln. Sie war nicht viel weitergekommen mit ihrem Latein. Sie wusste nur, dass Maria in Burgdorf bei ihrem Vater wohnte und Mitglied in einer Sekte sein sollte. Doch das reichte nicht, sie musste mindestens noch den Nachnamen erfahren. Und das war nur über die Wirtin möglich. Aber würde das nicht sehr auffällig wirken, wenn sie nach dem Nachnamen fragte? Vielleicht konnte ihr Alfi helfen. Bei ihm würde eine neugierige Frage nicht auffallen.

»Weißt du eigentlich, Alfi, wie die Maria mit Nachnamen heißt?«, fragte sie ihr Gegenüber und wünschte, er würde ihr keine Fragen stellen.

»Keine Ahnung«, meinte Alfi, »aber ich werde Vroni fragen.«

Und schon rief Alfi in die Küche nach der Wirtin. Die Schwester hoffte indessen, dass er sich nicht auf sie berief. Vroni stand auf einmal in der Tür zur Küche, wieder die Hände an der Schürze reibend.

»Du, Vroni, wie heißt die Maria mit Nachnamen?«

»Sollberger«, rief die Wirtin, offenbar ohne sich um ein »Warum« zu kümmern, und verschwand wieder. Als hätte die Schwester die Antwort nicht gehört, wiederholte Alfi ihre Aussage. »Also, sie heißt Maria Sollberger, wohnt in Burgdorf bei ihrem Vater und ist in einer Sekte«, fasste er zur Verblüffung der Schwester zusammen. Eigentlich war das genau das, was sie wissen wollte. Warum nur hatte der Viehhändler genau diese Angaben gemacht? Wusste er am Ende mehr, als er zugab? Wieder beschleunigte sich ihr Puls. Aus den Augenwinkeln betrachtete sie den Viehhändler. Keine verräterischen Anzeichen in der Mimik oder in den Augen waren auszumachen. Eher war das Gegenteil der Fall. Er war nach wie vor betrunken und starrte geistesabwesend in seine Kaffeetasse, die längst leer war.

Für Schwester Luise war es nun endlich Zeit, wieder nach Hause zu kommen. Wie sie nun weiter vorgehen wollte, wusste sie beim besten Willen jetzt noch nicht. Eigentlich wäre nun eine gute Gelegenheit gewesen, die

Mutter Oberin über die außergewöhnlichen Vorkommnisse zu informieren. Und da diese von größerer Tragweite waren als die sonst üblichen Berichterstattungen aus der Gorneren, die nicht über den Zustand des Hauses, die Einnahmen aus dem Opferstock oder das Wetter hinausgingen, sollten diese gemäß dem Gebot der Mutter Oberin nicht schriftlich, sondern telefonisch getätigt werden. Dies jedoch hatte die Schwester noch nie in Anspruch zu nehmen brauchen und gedachte es auch jetzt nicht zu tun. Zumal sie dafür den Telefonapparat hier im Hübeli gebraucht hätte.

Sie sehnte sich nach einem Gebet, das sie vielleicht auf den richtigen Weg bringen würde. Plötzlich dröhnte die Standuhr los und kündete mit hallendem Ton die achtzehnte Stunde des Tages an. Die Dämmerung hatte eingesetzt und im niedrigen Raum war es bereits ziemlich düster geworden.

»So, Alfi«, begann Schwester Luise, weil dieser immer noch vornübergebeugt dahockte, in seine leere Tasse starrte und ungewöhnlich stumm und ruhig war, »ich muss wohl«, und wartete ab, wie er reagierte. Sie wusste nämlich nicht, ob er sich noch an seine Worte der Einladung erinnern konnte oder nicht. Und ihn darauf aufmerksam zu machen, das verbot ihr der Anstand. Sie würde selbst bezahlen, hatte sie ja deswegen extra den Opferstock geplündert. Aber Gott ließ anscheinend nicht zu, dass sie dieses Geld entehrte. Alfi erwachte augenblicklich aus seiner Lethargie, griff sich mit der rechten Hand an das Gesäß und klatschte das ausgebeulte und abgegriffene Portemonnaie schwungvoll auf den Tisch.

»Sie sind eingeladen, Schwester«, lallte er mit schwerer Zunge, als ob sich sein Rausch auf einmal verstärkt hätte. »Vroni, zahlen!«, rief er in Richtung Küche. Vroni erschien unverzüglich mit dem großen schwarzen Geldbeutel in der Hand. Die Schwester musste trotz ihrer ungemütlichen Situation innerlich lächeln. Sie war überzeugt, hätte diese Vroni kein Portemonnaie bei sich gehabt, sie hätte sich die Hände an der Schürze gerieben. Alfi zahlte, gab der Wirtin seiner Meinung nach ein großzügiges Trinkgeld und stand dann einfach auf. Die Nonne tat es ihm gleich, froh darüber, endlich zu ihrem Kind zu kommen. Alfi musste sich an der Stuhllehne festhalten und trottete schließlich voraus. Im Gehen murmelte er einen an die verbliebenen Gäste gerichteten Abschiedsgruß und hielt schließlich der Nonne die Tür ins Freie auf. In diesem Moment schien er ein Bedürfnis zu spüren.

»Entschuldigen Sie, Schwester, ich muss noch schnell auf die Toilette«, bemühte er sich um eine anständige Ausdrucksweise. Er hielt ihr die Tür und mit der anderen Hand verabschiedete er sich von Schwester Luise.

»Ich danke dir ganz herzlich für die Einladung. Du bist jederzeit bei mir im Chalet ›Ruf Gottes‹ oben oder in der Kapelle willkommen. Ich könnte dir eine Tasse Tee anbieten oder vielleicht haben wir sogar noch ein wenig Kaffee.«

Alfi begann verlegen zu lächeln und meinte unverbindlich: »Wenn ich Zeit habe, komme ich gerne einmal vorbei.«

Mit einem »Vergelt's Gott« verabschiedete sich die Nonne vom Viehhändler in der Tür des Hübeli.

Sie atmete erst einmal tief durch und schritt dann

los, ihrem Kind entgegen. Als sie ihren Kopf ein wenig durchgelüftet hatte, ging sie das Erlebte noch einmal durch. Sie hatte wohl herausgefunden, wie Maria mit Nachnamen hieß und wo sie wohnte, aber nüchtern betrachtet, half ihr das schlussendlich doch herzlich wenig. Maria blieb verschwunden und die Schwester hatte nur sehr eingeschränkte Möglichkeiten, sie ausfindig zu machen.

Mittlerweile war sie an der Abzweigung zur Kapelle angelangt und erinnerte sich an die Münzen, die sie zwecks Einkehr ins Hübeli aus dem Opferstock entwendet hatte. Doch sie entschloss sich, das Geld direkt nach Hause mitzunehmen und dort im dafür vorgesehenen Gabenbuch zu vermerken.

Endlich kam sie vor der Haustür an. Bereits im Vorgarten hatte sie den Schlüssel aus ihrem Habit gefischt und dabei angestrengt gelauscht, ob nicht etwa ein Wimmern aus dem Haus drang. Doch nichts war zu hören, das sie beunruhigte. Als sie eintrat, empfing sie die übliche Stille, die sich ihr immer bot, wenn sie allein hier wohnte. Ohne die Schuhe oder die Jacke auszuziehen, eilte sie schnellen Schrittes hinüber in ihre kleine Kammer. Sie öffnete die Tür, die sie einen Spalt offen gelassen hatte, und spähte, während sie auf Zehenspitzen hineinschlich, zum improvisierten Bettchen im Kaminholzkorb. Da lag sie, ihre herzallerliebste Lisa Maria, und schlief ruhig und friedlich auf dem Rücken, die Arme seitlich des Kopfes flach auf dem Kissen, und schien auch nicht aufgewacht zu sein während ihrer Abwesenheit. Liebend gern hätte sie das Kindlein in die Arme genommen, um es festzuhalten. Der Gedanke, dieses Kind jemals wieder aus den Händen geben zu müssen, war ihr unerträglich. Sie nahm den Stuhl, der in der Ecke stand und als Kleiderständer diente, stellte ihn neben das Bettchen der Kleinen, setzte sich darauf und betrachtete für lange Zeit das kleine Kind, wie es friedlich schlief und wie sich die Decke bei jedem Atemzug leicht, kaum wahrnehmbar, hob und senkte. Es war ein wunderschönes Kind. Das Gesichtchen war harmonisch und ebenmäßig, die Lippen waren voll, schön geschwungen und von der umliegenden Haut klar abgegrenzt. Die Augen waren groß und das Näschen schmal mit geradem Rücken.

Nach einer Ewigkeit der versunkenen Betrachtung kam sie sich auf einmal töricht vor und konnte sich diese heftige Zuneigung einmal mehr nicht erklären. Ratlos blickte sie auf ihre Uhr. Annähernd zwei Stunden waren vergangen, seit sie den Weg ins Hübeli eingeschlagen hatte. Höchste Zeit also, der Kleinen das Fläschchen zuzubereiten. Noch vollständig in Gedanken erhob sie sich schwer vom Sessel und begab sich in die Küche. Sie fühlte sich dem Kind so verbunden, wie es wahrscheinlich nur eine leibliche Mutter sein konnte. Sie würde die Behörden vorläufig nicht informieren, wohl aber die Suche nach Maria weiterführen. Aber dafür brauchte sie Hilfe, denn dazu waren Fähigkeiten vonnöten, die sie nicht vorweisen konnte. Mit dieser Entscheidung bereitete sie den Schoppen zu und bald darauf lag ihr die kleine Lisa Maria im Schoß. Mit engelhafter Unschuld nuckelte sie an ihrem Fläschchen, beobachtet von einer entzückten Nonne, die sich in diesem Moment kaum ein schöneres Erlebnis vorstellen konnte.

Am nächsten Morgen stand ihr Entschluss – am Vorabend gefällt – definitiv fest. Sie brauchte jemanden, den sie ins Vertrauen ziehen konnte. Jemanden, der weltgewandter war als sie und den Mut besaß herumzufragen, dies klug machte und auch konnte. Doch sie kannte hier oben niemanden und eine ihrer Mitschwestern würde kaum in der Lage sein, diese verworrene Geschichte nachzuvollziehen, geschweige denn hatte die Nervenstärke – und vor allem den Pragmatismus –, mit ihr diese Geschichte zu Ende zu führen. Die Mutter Oberin würde ohne jegliches Feingefühl für die Zwischentöne anordnen, die Sache so schnell wie möglich aus der Welt zu schaffen. Auch Schwester Apollonia, die sie noch am ehesten erreichen konnte, denn sie befand sich im Nachbartal, war ihr mit ihrem ungezügelten Temperament auch nicht ganz geheuer und neigte zu übereiltem Handeln. Doch allmählich nistete sich ein Gedanke in ihrem Kopf ein, der zwar auf den ersten Blick sehr abwegig schien, doch je länger, je mehr etwas für sich hatte. Alfi, der arbeitslose Viehhändler, war gewieft, leutselig und ein Menschenkenner. Nicht gerade scharfsinnig, aber bauernschlau, wie der Volksmund zu sagen pflegte, und das schien ihr die richtige Kombination, um etwas in Erfahrung zu bringen. Eine Kostprobe seiner Fähigkeit hatte sie ja bereits im Hübeli mitbekommen. Auch war er nicht gerade verschwiegen (ihr kam das Wort Schwätzer in den Sinn, das sie aber so nicht verwenden wollte), doch mit den richtigen Worten würde sie ihm die Ernsthaftigkeit der Lage sicherlich erklären können, damit er mit der nötigen Zurückhaltung zu Werke ging. Notfalls, und hier wandte sie den Blick entschuldigend gen Himmel, konnte sie immer noch den allwissenden Gott ins Spiel bringen, sollte Alfi die Sache überall ausplaudern wollen. Sie würde ihn also einweihen.

Und so nahm sie sich beim Nachtgebet, der Komplet, vor, für Alfi zu beten, denn als sie sich die bisherigen Erlebnisse mit ihm in Erinnerung rief, überkam sie eine Welle der Sympathie für diesen Mann, der sein nicht einfaches Leben mit einer Mischung aus Humor und Schläue zu meistern verstand.

Schwester Luise legte den nackten Säugling sachte auf den mit weißen Tüchern ausgelegten Tisch in ihrer Zelle. Mit wachen, neugierigen Augen blickte das winzige Geschöpf zu ihr hinauf und fuchtelte mit den Armen herum. Ein zu früh Geborenes musste regelmäßig untersucht werden. Auch wenn sich die Kleine bis jetzt ganz ohne Komplikationen entwickelte, konnten solche immer noch auftreten.

Sie maß ihre Temperatur, achtete bewusst auf die Atmung, sah sich die Farbe der Haut an und prüfte die Reflexe. Natürlich waren das geschulte Auge und die langjährige Erfahrung mit kleinen Kindern immer mit im Spiel, wenn sich die Nonne um den Säugling kümmerte, doch wollte sie nicht unterlassen, einmal im Tag diese Untersuchung bewusst und seriös durchzuführen, um Buch darüber führen zu können. Dazu notierte sie alles fein säuberlich auf liniertem Papier, das sie zu diesem Zweck aus einer Schublade hervorgekramt hatte. Alles war in Ordnung, das Geschöpf in bester Verfassung.

Nachdem Schwester Luise Lisa Maria versorgt hatte und diese bereits wieder friedlich schlief, war sie rund ums

Haus daran, das Haus allmählich winterfest zu machen. Zu ihrer Freude entdeckte sie plötzlich auf der gegenüberliegenden Seite des schmalen Sträßchens ein Eichhörnchen, das sich flink eine Tanne hinaufbewegte. Immer wieder hielt es abrupt inne, blieb reglos am Stamm kleben, um urplötzlich weiterzuklettern. Sein Fell war beinahe schwarz, der Unterleib schimmerte weißlich. Die Nonne verfolgte das putzige Tierchen mit ihren Augen, bis es schließlich von den dichten Ästen verschluckt wurde.

Auf einmal wurde die Stille von einem hochtourigen Automotor durchbrochen. Das Geräusch schwoll durch die Kurvenfahrt und die Felswände an und wieder ab und trotzdem war deutlich herauszuhören, dass es sich dem Haus ihrer Schwesternschaft näherte.

Neugierig geworden wegen des im Spätherbst selten gewordenen Geräuschs, näherte sich die Schwester mit dem Besen in der Hand der Umzäunung, die unmittelbar an die Straße grenzte. Von hier hatte sie einen wunderbaren Blick auf den Niesen, der bereits mit einer Schneekappe bedeckt war. Nun hatte das Auto die Steigung erklommen und trat ins Blickfeld der Nonne. Sie erkannte das Fahrzeug auf Anhieb. Es war der sandgelbe, verbeulte alte Volvo von Alfi. Auf den Besen gestützt, wartete sie erfreut darauf und dankte Gott für seine »unbürokratische« Hilfe. Alfi erkannte die Nonne erst, als er sie schon fast gekreuzt hatte. Er bremste hart, öffnete die Tür, die unsanft den Zaun touchierte, und stieg ungelenk aus. Den Motor ließ er laufen.

»Hallo Schwester«, rief der Viehhändler der Nonne zu, die in würdevoller Haltung den Besen in der Rechten hielt. »Ich will nur noch schnell zu Tonis Hütte und schauen, ob alles in Ordnung ist.«

Ehe er geendet hatte, wusste die Schwester, dass er nicht die Wahrheit sprach. Irgendetwas in seiner Stimme – oder war's in seiner Haltung? – sagte ihr, dass Alfi schwindelte. Wollte er zu ihr oder was war der Grund für seinen Besuch? Er kam näher, reichte der Schwester die Hand über den Zaun hinweg und begrüßte sie mit unsteten Augen. Obwohl sie froh darüber war, Alfi zu sehen und ihn bei dieser Gelegenheit um Hilfe bitten zu können, sorgte sie sich gleichzeitig, ihr Geheimnis könnte sich mit Schreien bemerkbar machen.

»Du kommst gerade recht«, erlaubte sich die Nonne im Dienste der Freundlichkeit auch ein wenig zu schummeln. »Ich werde gleich Wasser aufsetzen. Möchtest du einen Tee oder einen Kaffee?«

Alfi, die Hände tief in den Hosentaschen versenkt, ging höflich und schüchtern den Zaun entlang zum Tor und trat in den Garten.

»Wenn ich denn wählen kann, dann bevorzuge ich natürlich gerne einen Kaffee«, entgegnete er der Nonne und beeilte sich, zum Auto zu kommen, um den noch immer laufenden Motor abzustellen.

Sie schritt nun voran, hieß ihn mitzukommen, stellte den Besen in die Ecke, öffnete die Tür und bat ihn herein. Sie hoffte inständig, dass die kleine Lisa Maria nicht zu schreien begann. Sie hätte sich sonst gezwungen gefühlt, Alfi unmittelbar ohne Einleitung aufzuklären, und das wollte sie vermeiden. Sie gedachte ihm die ganze Angelegenheit von Anfang an und mit sorgfältig abgewägten Worten mitzuteilen und dafür wäre ein schreiender Säugling nicht geeignet gewesen.

Alfi trat auf den Metallrost vor der Tür und streifte gewissenhaft seine Schuhe ab. Das Prozedere wiederholte er auf der Fußmatte innerhalb des Hauses. Erst dann ging er langsam, beinahe ehrfürchtig in das Haus hinein. Hier war es kühl und es roch nach Putzmitteln. Vor ihm erstreckte sich ein schmaler Gang, der das ganze Haus durchmaß und zuhinterst durch ein Fenster begrenzt wurde. Links befand sich die Garderobe. Hier machte ihm die Schwester das Angebot, seinen zerschlissenen dunkelgrünen Faserpelzpullover abzulegen. Er lehnte dankend ab. Schwester Luise nickte verständnisvoll und bat ihn, ihr zu folgen. Nach ein paar Schritten in die Küche öffnete sie rechter Hand eine Tür und ließ Alfi eintreten. Hier offenbarte sich ihm ein großer Raum, in dem zwei Tische standen, an denen gut und gerne fünfundzwanzig Leute Platz fanden. Die Tische waren bedeckt mit schneeweißen, glatt gebügelten Tischtüchern. Rundherum standen akkurat platzierte Stühle mit hohen, geschwungenen Lehnen und zusammen mit der Kühle im Raum machte das Ganze einen abweisenden Eindruck und erinnerte Alfi an einen Speisesaal in einem schlecht besuchten Wirtshaus.

Doch Alfis Aufmerksamkeit wurde von etwas anderem abgelenkt. An der rechten Wand des kleinen Saales präsentierte sich ihm eine Art Altar. Eingerahmt von einem mächtigen Edelholzrahmen, blickte ihm die Gestalt von Jesus Christus entgegen. Typisch, das eingefallene Gesicht mit Bart, dazu die klaren und gütigen, scheinbar allwissenden Augen. Auch der Heiligenschein fehlte nicht.

Das mit kitschig-süßen Farben gemalte Bild machte einen abgestandenen Eindruck, der durch die rundum drapierten Kunstblumen noch verstärkt wurde. Vor dem Bild befanden sich drei Stufen, ähnlich einer Treppe. Auf der obersten ragten drei Kreuze aus geschmiedetem Eisen in die Höhe, wovon das mittlere die beiden anderen um einiges überragte. Auf der zweiten Stufe stand eine Anzahl weißer Kerzen in transparenten Gläsern, doch es brannte nur eine einzige. Die Flamme tanzte und zuckte und entließ schwarzen Rauch, der hastig nach oben stieg. Die unterste Stufe war abgeschabt und Alfi ging davon aus, dass hier kniend gebetet wurde.

»Das ist unser Refektorium, wo wir unsere Mahlzeiten einnehmen. Nimm ruhig irgendwo Platz«, meinte die Schwester großzügig und ging nicht auf Alfis staunendes Gesicht ein, der seinen Blick nicht von dem Bildnis zu lösen vermochte.

Unterdessen huschte die Schwester aus dem Raum und machte sich in der Küche zu schaffen. Immer wieder hörte sie angestrengt nach der Kleinen. Doch bis jetzt blieb alles ruhig. Als das Wasser auf dem Gaskocher aufgesetzt und die Tassen bereitstanden, ging Schwester Luise mit Rahmkännchen und Zuckerdöschen in Händen ins Refektorium zurück. Hier traf sie Alfi an, der mit angezogenen Beinen auf der Stuhlkante an der Stirnseite des vorderen Tisches saß, als sei er bereit, jederzeit den Raum hurtig zu verlassen, sollte es denn die Not erfordern.

Schwester Luise war es gewohnt, dass fremde Leute sich in diesem Haus nicht auf Anhieb wohl fühlten. Sie war es aber ebenso gewohnt, dass die Leute – und das führte sie nicht ganz unbescheiden auf ihre gastfreundliche Art zurück – sich schon bald entspannten. Das Wichtigste war, man durfte nicht missionieren. Man musste Gott, also die Liebe, durch einen sprechen lassen und das andere ergab sich dann wie von selbst.

»Nur noch einen Augenblick«, verkündete sie mit einem Lächeln, das ihre Lebensweisheit zum Ausdruck brachte, als sie das Krügchen mit der Milch und das Döschen mit dem Zucker vor ihn hinstellte. Hätte die Nonne nicht unter der Anspannung gestanden, Lisa Maria könnte sich mit Schreien zu erkennen geben, hätte sie daran gedacht, dass Alfi keinen Zucker zu sich nehmen durfte.

»Das Kaffeewasser kocht gleich«, hieß es und schon war sie wieder aus dem Raum. Alfi murmelte derweil etwas Unverständliches wie: »Machen Sie nur«, und rutschte dabei nervös auf dem Stuhl herum, unschlüssig, ob er ihr nun etwas helfen sollte oder nicht, und wenn ja, wie. Doch schließlich entschied sich die Angelegenheit von selbst. Die Schwester kam bereits mit einem altertümlichen Thermoskrug herein, in der anderen Hand ein Tablett mit Tassen, Untertassen, Kaffeelöffeln und zwei Dosen, offensichtlich mit Tee und Kaffee gefüllt. Jetzt sah Alfi die Gelegenheit gekommen, der Schwester zur Hand zu gehen. Aber er kam gar nicht dazu, denn die Nonne erledigte das Auftischen mit routinierten und würdevollen Bewegungen. Auch ihre nochmalige Frage, ob Alfi nun lieber Tee oder Kaffee trank, und die dazugehörigen Handgriffe, um das Gewünschte zuzubereiten, gingen ihr derart selbstverständlich von der Hand, dass Alfi schließlich innerlich kapitulierte, sich entspannte und dies ganz der Nonne überließ.

Schwester Luise war gerade im Begriff, die gefüllte Kaffeetasse ihrem Besucher hinzustellen, als aus einem entfernten Raum ein Geräusch ertönte, welches sich wie das kurze Aufschreien eines kleinen Kindes anhörte.

Alfi glaubte seinen Ohren nicht zu trauen, wurde aber abgelenkt von der Schwester, die im selben Augenblick unmerklich zusammenzuckte. Sie versuchte ihr Vorhaben weiter auszuführen, doch ihre Bewegungen wurden unkontrolliert. Fahrig gelang es ihr mit knapper Not, den Krug abzustellen. Die andere Hand, die die Untertasse hielt, zitterte nun sichtlich und Alfi, Unheil ahnend, streckte seine Hand danach aus.

Weder die zitternde Hand der Schwester noch die unkoordinierten Bewegungen des zuckerkranken Alkoholikers konnten verhindern, dass die Tasse von der Untertasse rutschte, auf der Tischkante zerbrach und ihren heißen Inhalt auf das schneeweiße, glatt gebügelte Tischtuch und den Riemenboden ergoss. Einen Moment herrschte betroffene Stille, dann erwachten die beiden aus ihrer Starre. Schwester Luise hielt sich vor Schreck die Hände vor den Mund und Alfi betrachtete mit gebeugtem Oberkörper die Scherben am Boden. Schließlich reagierte er als Erster, indem er sich aus dem Stuhl erhob, sich steif niederkniete und anfing, die Scherben einzusammeln.

Dies erlöste nun auch Schwester Luise aus ihrer bewegungslosen Haltung und sie eilte kommentarlos in die Küche.

Vorsichtig klaubte Alfi die Bruchstücke vom Boden und legte sie auf den Tisch. Dann stützte er sich mit der Hand schwer auf sein Knie und stemmte sich auf.

Da rückte auch schon die Schwester an, bewaffnet mit einem Eimer, einem Mopp und einem Putzlappen. Wo sie das ganze Zeug so schnell her hatte, war Alfi ein Rätsel.

Hastig fing sie an, zuerst das Tischtuch zu schrubben, was natürlich völlig sinnlos war, weil dieses den Kaffee bereits vollständig aufgesogen hatte, und machte sich dann daran, den Boden zu wischen. Alfi konnte beobachten, wie sich die Schwester während dieser Arbeit langsam wieder zu beruhigen schien, ihre Bewegungen wieder die Anmut annahmen, die er von ihr gewohnt war. Er ging ihr zur Hand, so gut er konnte und so gut sie es zuließ.

Endlich war der Boden wieder blitzsauber und die Schwester erhob sich aus ihrer knienden Haltung. Sie tat dies jedoch deutlich eleganter, als es Alfi zustande gebracht hatte. Wortlos packte sie die Putzutensilien zusammen und ging damit aus dem Raum. Kurz hörte Alfi es rumoren, als sie mit einem neuen Gedeck wieder an den Tisch trat. Nachdem Alfi sich mit Kaffeepulver versorgt hatte, bediente ihn die Nonne erneut mit heißem Wasser.

»Bitte entschuldige vielmals, aber ich bin ein wenig durcheinander.« Dabei strich sie sich eine imaginäre Haarsträhne, die unter der Kopfbedeckung versteckt war, aus dem Gesicht. Alfi reagierte sofort und voller Verständnis:

»Das kann schon mal passieren und schließlich war ich es, der die Tasse nicht richtig ergriff.«

»Nein, nein«, widersprach sie, »ich bin einfach ein bisschen nervös ...« Dabei holte sie Luft und wollte weitersprechen, doch blieb stumm und blickte ins Leere. Ein Moment der Stille entstand. Dann stützte sich die Schwester mit beiden Händen an der Tischkante ab und stand schwerfällig auf. Den Stuhl hatte sie mit den Kniekehlen salopp nach hinten geschoben.

Nun schaute sie Alfi bittend an und meinte ernst: »Könntest du bitte einmal mitkommen, Alfi? Ich muss dir etwas zeigen.«

Alfi schaute sie mit gespannter Erwartung an. »Selbstverständlich kann ich mitkommen.« Er erhob sich schnell und stand auch schon beflissen neben dem Tisch. Schwester Luise ging voran. Alfi kam wieder das Schreien in den Sinn, das er vorhin gehört hatte. Hatte der Schwester seltsames Verhalten damit etwas zu tun? Er folgte ihr in respektvollem Abstand.

Sie gingen aus dem Refektorium durch die Küche zum Eingang und schließlich trat Schwester Luise an die zweitletzte Tür des langen Ganges heran. Sie ergriff vorsichtig die Klinke, drehte sich zu Alfi herum und legte den gestreckten Zeigefinger auf den gespitzten Mund. Ganz langsam drückte die Schwester die Klinke nach unten. Trotz allergrößter Sorgfalt knackste und quietschte sie fürchterlich und Alfi konnte im Gesicht der Nonne Unmut feststellen. Die Schwester öffnete nun die Tür und trat ganz sachte hinein.

Unmittelbar hinter der Tür befand sich ein altmodisches, mit mächtigen Umrandungsbrettern versehenes Bett, das fast den halben Raum ausfüllte. Linker Hand ein ebenso stabiler schwerer dunkler Schrank. Über dem oberen Bettrand ließ ein Fenster trübes Licht herein. Gegenüber dem Bett schließlich ein kleiner Schreibtisch, darauf ein Kaminholzkorb, aus dem das Kopfkissen herausquoll, das auf dem Bett fehlte.

Diesem Korb galt Schwester Luises Interesse. Als sie dort angelangt war, bedeutete sie Alfi mit einem warmen, ja selig-sentimentalen Lächeln, näher zu treten, um den Inhalt des Korbes zu begutachten. Alfi schien sogar, als hätte die Nonne feuchte Augen.

Vorsichtig drückte er sich in dem engen Raum an der Nonne vorbei und reckte nun ebenfalls den Hals. Schließlich erblickte er auf einem mehrfach zusammengefalteten Leintuch, das als Matratze diente, ein winzig kleines Menschenköpfchen mit ungewöhnlich vielen schwarzen Haaren. Das Baby hielt die Augen geschlossen und schlief friedlich. Alfi wusste nicht, wann er das letzte Mal ein derart kleines Kind gesehen hatte, und auch er war gerührt von diesem Anblick. Meist hatte er junge Tiere wie Kaninchen, Katzen, Hunde und natürlich Kälbchen gesehen, aber ein Menschenkind kaum einmal in seinen fünfundfünfzig Jahren.

Eigentlich hätte er den Anblick des kleinen Kindes noch ein wenig länger genossen, doch hinter ihm stand die Nonne und wartete darauf – das spürte er geradezu körperlich –, dass er ihr Platz machte und den Raum verließ. Er drehte sich halb zur Schwester um, nickte ihr bewundernd zu, bevor er sich aus dem Zimmer zurückzog.

Draußen auf dem Gang sah er sich ein wenig verloren um und wartete auf die Schwester, die sich zum Kindchen hinuntergebeugt hatte und im Korb hantierte. Als sie die Hände zurückzog, richtete sie sich auf, schaute lange mit geneigtem Kopf in den Korb hinein und schien darob die Zeit und Alfis Anwesenheit vollständig zu vergessen. Als sie endlich Anstalten traf, ebenfalls aus dem Zimmer zu treten, drehte Alfi sich ab, da er sie die ganze Zeit beobachtet hatte. Mit gesenktem Kopf kam sie leise aus dem Zimmer, ergriff die Türklinke, schloss die Tür genauso sorgfältig, wie sie sie geöffnet hatte, und ließ das Gequietsche abermals mit verzerrter Miene über sich ergehen.

Als die beiden wieder am Tisch mit dem braun besudelten Tischtuch saßen, hatte die Schwester auf einmal ein großes Taschentuch in den Händen und tupfte sich damit im Gesicht herum. Alfi wandte den Blick diskret ab, weil er davon ausging, dass der Schwester ihr Gefühlsausbruch peinlich war. Trotzdem platzte er fast vor Neugierde, merkte er doch, dass hier etwas Merkwürdiges im Gange sein musste. Er hatte aber Hemmungen, die von starken Emotionen heimgesuchte alte Frau auszufragen. Und in dieser Anspannung gefangen, musste er unwillkürlich an Bier denken und sehnte sich, ja gierte beinahe nach einem Schluck oder auch zwei oder besser nach einer Flasche, so unangenehm berührte ihn nun diese in sich zusammengefallene Frau, die jetzt die Ellenbogen aufgestützt, die Hände gefaltet und die Augen geschlossen hatte und zu beten schien.

Sein Verlangen trat jedoch in den Hintergrund, als er die Nonne so sah, und auf einmal fühlte er sich seltsam allein gelassen, ausgestoßen und fremd hier in diesem Haus, an diesem Platz, und am liebsten wäre er aufgestanden und hätte sich wie ein Dieb klammheimlich davongemacht. Aber er blieb hocken, sprach kein Wort und litt unter der Situation, die ihm erbärmlich vorkam.

Er schaute zum Altar, oder was immer das sein mochte, in Jesu Antlitz. Für ihn war es unvorstellbar, dass man sich von diesem Bild Trost erhoffte. Kurz blickte er in das Gesicht der Nonne und erschrak. Die alte Frau schlug die Augen auf und blickte ihn direkt an. Peinlich berührt, senkte er sofort den Blick. Sie erhob sich ein wenig von ihrem Stuhl, streckte gleichzeitig die linke Hand aus und legte sie mit sanftem Druck auf den rechten Unterarm eines verblüfften Alfi, der vor Schreck den Atem anhielt.

»Ich muss dir was erzählen und ich brauche deine Hilfe, Alfi«, begann nun die Schwester in stockendem Ton und nahm die Hand von Alfis Arm. Er nickte fleißig und fühlte sich sogleich geehrt, so wie er sich immer geehrt fühlte, wenn er irgendwo etwas helfen konnte, auch dann, wenn es nur darum ging, schwere Lasten zu heben, die einem garantiert den Rücken kaputtmachten.

»Es begann vorletzten Montag. Ich war in der Kapelle und merkte auf einmal, dass etwas nicht stimmen konnte. Ich spürte, irgendwo in meiner Nähe hatte jemand heftige Schmerzen.«

Und erklärend fügte sie mit einem Blick zu Alfi an, der bis dahin nicht an solch übersinnliches Zeugs geglaubt hatte, der Schwester aber diese Fähigkeit ohne Weiteres zutraute:

»Ich habe einfach manchmal solche Empfindungen. Gott leitet mich darin. Also, ich spürte, etwas war nicht in Ordnung. Ich sah mich um und bemerkte auf einmal, dass in dem Häuschen gegenüber der Kapelle Licht brannte, wo sonst während meines ganzen Lebens noch nie jemand war.«

Alfi beugte sich vor, um ja nichts zu verpassen: »In welchem Häuschen meinen Sie, Schwester?«

»Weißt du, in diesem Haus, das auf dem Hügel ein wenig hinter dem Grat liegt und von Tannen verborgen wird. Die Mauern sind aus Naturstein.«

Alfi hatte nun eine ungefähre Ahnung, von welchem die Rede war, und würde später Zeit finden, sich dies in aller Ruhe anzusehen. Im Moment gierte er nur danach zu hören, wie die Geschichte weiterging.

»Also«, fuhr die Schwester fort, die sich offenbar wieder vollständig gefangen hatte: »Ich merke also, dass dort etwas nicht in Ordnung sein kann, und gehe hin. Ich klopfe an die Tür und horche. Nichts passiert. Ich klopfe noch einmal. Immer noch nichts. Also gehe ich rein – verbotenerweise natürlich, aber Er hat mich geleitet. Und was finde ich?«

Die beiden wechselten Blicke, als stelle die Nonne Alfi eine Quizfrage. Doch sie wartete nicht auf eine Antwort:

»Maria Sollberger – die im Hübeli gearbeitet hat – liegt in einem Bett und erwartet ein Kind.«

Und betroffen, ja ein wenig entrüstet, fügte die Nonne hinzu:

»Liegt dort mutterseelenallein in einem Bett, hat bereits Wehen und steht kurz vor einer Geburt.«

Dabei war Alfi nicht klar, ob sie sich über Maria ärgerte, den Umstand der Geburt oder das Umfeld, das Maria so sträflich im Stich gelassen hatte.

»Na ja, ich war früher einmal Hebamme«, fuhr die Schwester ein wenig stolz fort, »und so haben wir das Kind gemeinsam auf die Welt gebracht – und dieses

Kind hast du vorhin in meiner Zelle zu Gesicht bekommen. Es ist ein gesundes Mädchen, aber viel zu früh zur Welt gekommen, und deshalb braucht es ganz besonders sorgfältige Pflege und Aufsicht.«

Kurz hielt die Nonne inne, damit Alfi die Wirkung ihrer Worte verdauen konnte.

»Ich habe mich dann selbstverständlich bemüht, von Maria zu erfahren, wie sie dazu kommt, in dieser Abgeschiedenheit und dazu noch ohne fremde Hilfe ein Kind zu gebären, aber ich habe beim besten Willen nicht das Geringste aus ihr herausgebracht – bis sie verschwunden ist.«

»Sie ist verschwunden?«, wunderte sich ihr Besucher. »Und wohin denn?«, fügte er noch hinzu, ohne zu merken, dass dies eine nicht sehr gescheite Frage war.

»Das ist es ja eben. Da das Kind eine Frühgeburt ist, braucht es auch spezielle Nahrung, und die musste ich natürlich in Reichenbach einkaufen gehen. Als ich zurückkam, fand ich nur noch das schreiende Kind vor, Maria blieb unauffindbar – bis heute.«

Wieder entstand eine Pause. Dann sagte sie mehr zu sich selbst und in Gedanken:

»Maria hat das Haus geputzt und aufgeräumt, nur das sich selbst überlassene Würmchen liegt im großen Bett und schreit sich fast die Seele aus dem Leib – mein Gott, hat mir dieses Kindchen Leid getan … Bis heute habe ich nicht die geringste Ahnung, was jetzt passieren soll.«

Hier merkte Alfi, wie die Schwester auf einmal wieder um ihre Fassung rang. Ungläubig wiederholte sie den Sachverhalt.

»Und sie hat ihr Kind einfach dagelassen. Wie kann man so etwas tun?«

Die Schwester hatte wieder ihr Taschentuch in der Hand und wischte sich die Nase ab.

Alfi betrachtete Jesus auf dem Bild. Wie viel Trost konnte dieser wirklich spenden? Dann schweiften seine Gedanken zu Maria. Sie war also seit neun Monaten schwanger gewesen und niemand hatte das Geringste wahrgenommen. Auch er nicht. Aber dass er nichts bemerkt hatte, war eigentlich kein Wunder. Er hatte in seinem Leben noch kaum etwas mit Frauen gehabt. Bei Kühen. Ja, bei Kühen, da hätte er sofort festgestellt, wenn eine trächtig war. Aber bei einer Frau? Unwahrscheinlich. Ihm kam Vroni in den Sinn. Hatte sie nicht erwähnt, dass Maria schwanger gewesen sein könnte? Aber wie hatte Maria nur ihren Bauch verstecken können über die lange Zeit hinweg? Doch auch hier gab es eine Erklärung. Wenn er darüber nachdachte, war Maria in der letzten Zeit immer mit auffallend weiten T-Shirts oder Pullovern bekleidet gewesen. Genau, so musste es gewesen sein! Damit hatte sie die Schwangerschaft zu verbergen gewusst. Seine Neugierde, die nun weitgehend befriedigt war, verwandelte sich in Betroffenheit, die ihn stumm werden ließ.

Er war zwar nicht gläubig, noch nie gewesen und würde es sicher auch nie werden, aber er hatte doch immer gedacht, eine Ordensfrau, eine Frau, die an Gott glaubte, ihre ganzen Sorgen und Nöte mit ihm teilen konnte, wäre immer stark, immer mit einer Antwort zur Stelle und immer ein Fels in der Brandung des Lebens, an den man sich in Lebenskrisen anlehnen konnte. Jetzt erlebte er eine Nonne, die so gar nicht seinem Bild entsprach, sondern das Erlebte nur schwer verdauen konnte. Die ihn, den arbeitslosen Viehhändler, der sich im Leben mehr schlecht als recht durchzuwursteln verstand, um Hilfe bat. Sein Weltbild geriet darob zusehends aus den Fugen, was das Verlangen nach einem Bier oder besser Schnaps noch größer werden ließ. Das war starker Tobak, den Alfi hier zu hören bekam und den er erst verarbeiten musste. Aber gleichzeitig war er es, der dank seiner Fähigkeit, sich durchzumogeln, auch die schlimmsten Lebenskrisen, die schwersten Stunden in seinem Leben mit Humor durchgestanden hatte, auch wenn er halt dazu ab und an etwas Alkohol benötigte.

Die Schwester saß nach vorn gebeugt und hatte lange geschwiegen, nur gelegentlich in ihr Taschentuch geschnäuzt. Auf einmal lehnte sie sich im Stuhl zurück und atmete hörbar ein und wieder aus.

»Könntest du mir helfen, Maria zu finden, Alfi? Ich habe schon gedacht, ob ich die Polizei informieren soll, aber ich denke einfach, dass das keine gute Idee wäre, wenn Maria schon mir gegenüber keine Angaben über die Umstände der Schwangerschaft machen wollte. Ich glaube einfach, sie käme in noch größere Schwierigkeiten dadurch.«

Alfi legte den Kopf schief und kratzte sich unvermittelt seine unrasierte Backe. Sein Bart war durch mangelhafte Pflege konturlos geworden und spross hoch bis zu den Wangenknochen. So schnell er überlegen konnte, wägte er die eventuellen Konsequenzen ab, die er bei einer Zusage zu erwarten hatte. Dies war aber schwierig zu beurteilen und schließlich erkannte er, dass eine

Nonne auf Gottes Hilfe zählen konnte, er also folglich auch davon profitierte. Zudem hätte er den Hilferuf einer Nonne ohnehin nie ablehnen können. Also fügte er sich in sein Schicksal, versuchte das Positive daran zu sehen und zeigte sich im weiteren Verlauf des Gesprächs beinahe unbeschwert, als er ihr zusagte und anfügte, selbstverständlich werde er ihr beistehen, und gab sogar noch eins drauf, indem er meinte, wenn ihn schon eine gottesfürchtige Frau um Hilfe bitte, könne er doch nicht kneifen und es sei Christenpflicht und er fühle sich natürlich geehrt – was wiederum tatsächlich stimmte. Dabei richtete er sich gerade auf und streckte die Brust heraus, als sei er gerade von einem Vorgesetzten im Militär für eine besonders mutige Tat vor versammelter Mannschaft gelobt worden.

Als er diese Worte ausgesprochen hatte, fühlte er sich sofort ein wenig sicherer. Er war jetzt nicht mehr nur einer, der von einer gottesfürchtigen Nonne eingeladen worden war, sondern ein Mitwisser und ein Mithelfer, sozusagen Schwester Luises Stellvertreter, und in dieser Funktion hatte er auch etwas zu sagen.

»Sie haben doch sicher nichts dagegen, wenn ich kurz rausgehe. Ich möchte eine rauchen«, und als Entschuldigung, weil ihm sein Mut soeben wieder ein wenig dreist vorkam: »Sie können mir dann auch das betreffende Ferienhäuschen zeigen.«

Die Schwester erhob sich und führte Alfi nach draußen.

Es war bereits später Nachmittag geworden. Die Dämmerung würde nicht mehr lange auf sich warten lassen. Alfis Auto stand immer noch auf dem Sträßchen und hatte anscheinend niemanden gestört. Alfi griff von oben her unter seinen Pullover und fingerte seine Zigaretten hervor, die er in der Hemdbrusttasche aufbewahrte. Er schüttelte ein Feuerzeug aus der Packung, gefolgt von einer Zigarette, die er sich in den Mund steckte. Mit automatischen Bewegungen zündete er die Zigarette an, nahm einen gierigen Zug, blies schließlich den Rauch aus und ließ das Paket wieder unter dem Pullover verschwinden, wo es eine Ausbuchtung verursachte. Erst jetzt war Alfi für weitere Erklärungen zu haben.

Die Schwester stand unterdessen an der Tür und wartete, bis Alfi so weit war. Dann ging sie die Stufen hinab und wandte sich mit drei, vier Schritten nach links. Sie blickte nach oben, drehte sich zu Alfi um und zeigte mit der Hand in die Richtung des betreffenden Gebäudes:

»Dort ist das Haus. Dort hat Maria das Kind geboren.«

Alfi trat zu ihr und erkannte in der beginnenden Dämmerung noch gerade die Umrisse des kleinen Hauses, das hinter dem Grat und den mächtigen Tannen davor beinahe zu verschwinden drohte.

»Ja, ja, ich hab's gedacht. Das ist das Haus eines Notars aus dem Zürcherland. Der Name fällt mir jetzt gerade nicht ein.« Beinahe abschätzig fügte er hinzu: »Der ist kaum einmal da.« Alfi zog an seiner Zigarette und machte ein nachdenkliches Gesicht. »Ich glaube, er heißt Schuler oder Scheibler oder so.«

Die Nonne hatte gespannt zugehört. Doch diese Information war nutzlos. Am einfachsten würde es sein, im Hübeli nachzufragen, wo Maria in Burgdorf genau wohnte. Danach sollte es mit Alfis Hilfe ein Leichtes sein, Maria mit dem Auto aufzusuchen, um ihr das Kind zu übergeben. Doch bei diesem Gedanken wurde der Schwester flau im Magen, und weil sie von Betrübnis erfasst wurde, ließ sie sich zu einem stummen, an Gott gerichteten Wehklagen hinreißen.

Alfi schien indes nach wie vor an diesem Namen herumzustudieren: »Also, ich habe diesen Schuler oder Scheibler nur einmal im Hübeli erlebt. Er hat sich sehr wichtig genommen, war mit Freunden und seiner Frau da, übrigens ein sehr hübsches, junges Ding. Sie haben Wein getrunken und wurden dann ziemlich laut. Aber uns«, damit meinte er sich selber und Toni, »haben sie nicht eingeladen. Ich glaube, er hieß Scheibler. Und seine Frau, vielleicht war's natürlich seine Freundin, die hat er Sabine gerufen. Ja, sie hieß Sabine.«

Und so teilte Alfi all seine Gedanken, die ihm über diesen Scheibler oder Schuler in den Sinn kamen, ungefiltert mit Schwester Luise. Doch je mehr Alfi darüber erzählte, desto klarer wurde es der Schwester, Alfi bremsen zu müssen und ihm ihre Sicht der Dinge kundzutun. Doch Alfi redete ohne Unterlass, bis sich die Schwester schließlich – trotz aller Güte – gezwungen sah, seinen Redefluss beim nächsten Zug an der Zigarette zu unterbrechen. Gespannt wartete sie auf den Augenblick. Endlich hatte Alfi einen Satz beendet, in dem es um junge Frauen in der Ehe mit alten Männern ging, als er den für die Schwester ersehnten Zug tat.

»Ich glaube, Alfi«, warf sie nun mutig ein, »es wird das Beste sein, wenn wir im Hübeli noch nach der genauen Adresse von Maria fragen und sie dann vielleicht aufsuchen. Meinst du nicht?«

Alfi ließ sich ohne Weiteres das Wort abschneiden. Die Befürchtungen der Schwester, er könnte missbilligend darauf reagieren, trafen nicht im Geringsten zu. Jetzt, wo er genau wusste, was zu tun war und er sich nicht in weitschweifigen Erzählungen verzetteln konnte, entwickelte Alfi einen erstaunlichen Tatendrang. Sofort erklärte er sich bereit, ins Hübeli hinunterzugehen, um dort in Erfahrung zu bringen, was ihm die Nonne in Auftrag gegeben hatte.

Dieses ungezügelte Engagement erinnerte Schwester Luise sogleich an ihre übereifrige Mitschwester Apollonia. Das Ganze musste diskret über die Bühne gehen, denn ansonsten würden die Leute im Hübeli sich noch Gedanken machen, weshalb das Interesse an Maria plötzlich so groß wurde. Und offen gesagt, hatte die Schwester Bedenken, auf Alfis Verschwiegenheit zu vertrauen – denn wenn er Neuigkeiten auf Lager hatte, die ihn in den Mittelpunkt des Interesses stellten, würde er sich kaum zurückhalten können. Ob sie wohl Alfi zu unüberlegt eingeweiht hatte? Der Zweifel wuchs.

»Alfi, du musst das ganz vorsichtig machen. Niemand darf misstrauisch werden, wenn du nach Maria fragst.« Und um der ganzen Sachen den nötigen Ernst zu geben, mahnte sie ihn eindringlich: »Du könntest sonst Maria schaden.« In diesem Augenblick bereute sie ihre Entscheidung definitiv.

Alfi fing an schelmisch zu grinsen und blickte der Schwester wissend in die Augen. »Ich werde Rüedu nach der Adresse von Maria fragen mit der Begründung, dass ich ihr noch Geld schulde. Das wirkt immer gut. Wie finden Sie das, Schwester?«

»Ist das denn auch wirklich wahr?«, entgegnete die Nonne mit skeptischer Miene.

»Eigentlich nicht direkt«, wurde nun Alfi nachdenklich und schaute zu Boden, weil er vorgeschlagen hatte zu lügen. Er hatte im Eifer vergessen, dass ihm eine moralische Instanz gegenübersaß, und fühlte sich in diesem Moment wie ein Schuljunge, den der Pfarrer beim Quälen einer Katze ertappt hatte. Doch er erholte sich von dieser Keule rasch wieder und gab gar etwas keck zurück: »Wissen Sie, Schwester, was mein Vater immer gesagt hat, wenn uns ein Stier abgehauen ist und wir ihn einfangen mussten? Außerordentliche Situationen erfordern außerordentliche Maßnahmen.« Und mit übertrieben viel Pathos und weit ausholenden Bewegungen fügte er hinzu: »Genauso hat er's gesagt und genauso hat er's gemacht. Gott sei seiner Seele gnädig.«

Und als hätte er jetzt die Leitung für die Lösung des Problems mit dem Kindlein übernommen, wurde er ganz väterlich und meinte zur Nonne:

»Lassen Sie mich nur machen, Schwester. Ich regle das schon und niemand wird sich fragen, warum ich Marias Adresse brauche. Sie sind Gott verpflichtet – ich zwar auch, aber mich beobachtet er wahrscheinlich weniger als Sie. Meinen Sie nicht auch, Schwester?«

Nun war es Schwester Luise, die ob des Gehabes des alten bauernschlauen Viehhändlers lächeln und ihm mit einem Augenzwinkern Recht geben musste, obwohl sie den Zusammenhang mit dem Stier und der außerordentlichen Maßnahme nicht ganz verstand. Als sich Alfi bereits auf den Weg begeben wollte, fiel ihm ein, dass auch er eine Frühgeburt gewesen war, und diese Geschichte wollte er jetzt der Nonne zum Besten geben. Dass er vom Arzt schon aufgegeben worden war und ihm die Mutter flüssige Schokolade in den Mund gestrichen hatte, weil er nicht gestillt werden konnte. Bei all diesen Schilderungen vergaß Alfi die Zeit und auch die Nonne, die bis dahin tapfer zugehört hatte, war heilfroh, als sie glaubte, Lisa Maria wimmern zu hören. Oder hatte sie ihrem Gehör ein wenig nachgeholfen? Auf alle Fälle horchte sie auf und erlaubte sich, Alfi zu unterbrechen mit der Begründung, das Kindlein schreie. Alfi unterbrach sich jedoch bei diesem Thema nur ungern, doch ließ es geschehen. Zeit, ins Hübeli zu fahren, sich ein Bier zu genehmigen und die gewünschte Information zu beschaffen. Als Alfi an das kühle Bier dachte, war er nicht mehr zu halten. Die Nonne und er hatten jetzt zusammen einen Auftrag zu erfüllen, der nicht warten konnte, und so war der Abschied ein Leichtes.

Alfi machte sich auf den Weg und mit Blick auf die Uhr fragte er die Nonne, ob er heute noch vorbeikommen könne, wenn er die Adresse ausfindig gemacht habe. Spontan antwortete die Nonne, dass er zum Abendessen eingeladen sei, wenn er möge, was Alfi mit einem erstaunten Gesicht zur Kenntnis nahm, aber keineswegs etwa ablehnte. Auf die Frage, wann er denn kommen solle, antwortete die Schwester:

»Etwa um sieben werde ich kochen. Sagen wir, um halb acht. Ist dir das recht?«

»Ja, natürlich«, rief Alfi vor der geöffneten Wagentür und stieg ein. Kurz darauf hatte er den Wagen etwa hundert Meter weiter hinten beim Fahrverbot gewendet und fuhr am Haus der Nonne vorbei, die ihm noch kurz zuwinkte, ehe sie beinahe ins Haus stürzte und das leise wimmernde, abgöttisch geliebte Kindlein sorgfältig aus dem Kaminholzkorb herausnahm und inbrünstig in die Arme schloss.

Alfi war indessen im Hübeli angekommen und parkte seinen Wagen schwungvoll auf dem mit Kies belegten Parkplatz. Er stieg aus und sah vor seinem geistigen Auge schon das kalte Bier stehen. Er kontrollierte seinen Hosenschlitz, ob dieser auch ordentlich geschlossen war, und fühlte mit geübtem Griff, ob sich sein Geldbeutel in der hinteren rechten Tasche befand. Alles war in Ordnung. Er öffnete die Tür, trat hinein und setzte sich an den Stammtisch. Er war allein. Aus der Küche hörte er gedämpfte Stimmen. Die Gaslampen, welche die Gaststube in düsteres Licht tauchten, rauschten leise. Es war heiß und Alfis Brille beschlug leicht. Er ließ es geschehen, denn er war der Meinung, eigentlich genug zu sehen. Als sich die Sicht wieder gebessert hatte, warf Alfi einen Blick in die Küche und rief:

»Eine Flasche Bier, nicht zu kalt, bitte!«

Etwas verdattert kam nun Vroni aus der Küche und wie gewohnt trocknete sie ihre Hände an der Schürze.

»Tut mir Leid, Alfi. Ich habe dich gar nicht reinkommen hören. Bist du schon lange hier?«

»Nein, nein, erst grad gekommen«, beschwichtigte er. Sogleich bemerkte sein verkaufsgeschulter Verstand die günstige Gelegenheit. Sie hatte ein schlechtes Gewissen, er konnte von ihr auf einfache Art etwas verlangen. Also ließ er keine unnötige Zeit verstreichen und kam ohne Umschweife zur Sache: »Vroni, schreib mir doch bitte die Adresse von Maria auf, ich muss ihr noch den Zwanziger schicken, den ich ihr schulde.« Dabei versuchte er so unbeteiligt wie möglich zu wirken.

»Das kommt dir aber auch spät in den Sinn«, bemerkte Vroni, machte aber zu Alfis Erstaunen keine weiteren Bemerkungen. Kurz darauf kam sie mit einem Tablett aus der Küche, auf dem eine Flasche Bier und ein Glas standen. Sie nahm das Glas, neigte es, schenkte ein und stellte es auf den Bierdeckel, den Alfi bereits vor sich hingelegt hatte. Dann nahm sie einen Zettel vom Tablett, den sie Alfi hinstreckte. Dieser ergriff ihn und legte ihn auf den Tisch. Sie wünschte »Zum Wohl«, um dann wortlos in die Küche zu verschwinden. Alfi schaute den Zettel lange an und war perplex. Vroni, sonst sehr neugierig und gerne Kommentare abgebend, hatte ihm den Zettel wortlos überreicht. Erstaunlich. War da etwa Gottes Macht im Spiel, obwohl er eigentlich gelogen hatte? Beinahe erschrocken verwarf er diese Idee sogleich wieder. Hirngespinste, die er da plötzlich entwickelte. Um seine auf Abwege geratenen Gedanken wieder in die vertrauten Bahnen zu lenken, brauchte er vorerst einen großen Schluck aus dem Glas, dem ein zweiter und ein dritter folgten, ehe er sein Augenmerk auf das quadratische Zettelchen warf, das ihm Vroni zugesteckt hatte und das auf der Vorderseite mit dem Logo der hier angebotenen Kaffeemarke bedruckt war. Ausgestattet mit dieser Adresse, würde es ein Leichtes sein, Maria zu finden und den kleinen Balg bei ihr abzugeben. Doch merkwürdig war das Ganze schon. Wie doch die Nonne dieses Kind vergötterte und meinte, sie könne dies nicht mehr weggeben. Natürlich musste sie dieses selbst verantworten, und obwohl sie ja eine äußerst nette Person war, musste sie dennoch aufpassen, dass sie sich damit nicht in Teufels Küche begab. Sie war so vernarrt in das Kind, dass da mehr sein musste als nur diese Geburt, der sie zufällig beigewohnt und die sie begleitet hatte. Aber sie hatte ihn um Hilfe gebeten und war derart aus der Fassung geraten, dass er im Gegenzug selbst an seinem Weltbild zu zweifeln begann. Er nahm einen weiteren Schluck. Rasch zündete er sich eine Zigarette an.

Lange blieb er sitzen. Es kam ihm gelegen, dass sich niemand sonst in der Gaststube befand und sich auch die Wirtsleute nicht sehen ließen. Je mehr er über das Vorgefallene sinnierte und je mehr er den Alkohol zu spüren bekam, desto dumpfer wurden die Gedanken und die dazugehörigen Gefühle verloren ihre scharfen Konturen, als würden sie sich im warmen Bier langsam auflösen. Darob vergaß er beinahe die Einladung der Schwester, stürzte, als er endlich bezahlen konnte, aus dem Hübeli und fuhr, so schnell er den alten Volvo treiben konnte, zum Steinenberg hinauf zur Schwester.

Es war bereits dunkel und er musste mit Licht fahren. Auch jetzt ließ er den Wagen einfach auf dem Sträßchen stehen und eilte zum Haus, wo aus dem Fenster neben dem Eingang schwaches Licht drang. Er klopfte mit kräftigen Schlägen an das verwitterte Holz der schweren Tür. Kurz darauf wurde geöffnet und die Nonne stand im Rahmen mit dem Kind im Arm. Es war gerade dabei, an einem Fläschchen zu nuckeln. Alfi fragte sich, wie die Schwester in dieser Situation die Tür hatte öffnen können.

»Grüß Gott, Alfi«, begrüßte sie ihn herzlich und machte einen Schritt auf die Seite. »Komm doch bitte herein. Das Essen ist bald fertig.«

Alfi putzte sich die Schuhe am Türvorleger ab und trat hinein. Es roch verführerisch nach warmem Essen. Schwester Luise, die hinter ihm stand und immer noch mit dem Kind beschäftigt war, bat ihn wieder ins Refektorium. Alfi ging langsam in die Küche und sah irgendwelche Pfannen auf dem Herd stehen. Er ging weiter, bis er in der Tür zum Esszimmer stand. Hier bemerkte er als Erstes, dass das Tischtuch seine blendend weiße Farbe zurückerhalten hatte. Offensichtlich war es ausgewechselt worden. Nichts mehr deutete auf das nachmittägliche Ereignis hin. Im Gegenteil: Über die Ecke waren zwei schöne alte Gedecke aufgetischt worden, mit mächtigem Besteck und großen schweren Tellern. Alfi schaute sich etwas hilflos um und war einmal mehr unschlüssig, ob er sich setzen sollte. Schließlich rang er sich eine Entscheidung ab und hockte sich wie am Nachmittag an die Stirnseite des Tisches.

Das Bild über dem Altar drängte sich in sein Gesichtsfeld. Er betrachtete es einen kurzen Moment und wandte dann den Kopf ab. Doch immer wieder sog sich sein Blick an Jesu Haupt fest, ohne dass er sich klar wurde, warum. Als er sich bewusst davon losriss und aus diesem Grund seinen Stuhl absichtlich ein wenig gegen die Tür drehte, kam ihm in den Sinn, warum er eigentlich hier war. Er kramte unter seinem Pullover und holte mit spitzen Fingern das Zettelchen mit der Kaffeewerbung aus der Brusttasche des Hemdes hervor. Als er dabei das Zigarettenpäckchen spürte, packte ihn heftiges Verlangen nach einer Zigarette. Hier hätte er sich jedoch nie und nimmer getraut zu rauchen. So faltete er das Zettelchen sorgsam auseinander. Mit seinen schwieligen, spröden und groben Fingern fiel ihm das gar nicht so leicht, und als er es endlich geschafft hatte, las er noch einmal die Adresse von Maria Sollberger.

In diesem Moment trat die Schwester mit einer dampfenden Suppenschüssel in den Händen hinein. Lächelnd stellte sie die Schüssel auf den Tisch und nahm den Deckel ab. Mit einer beflissenen Geste streckte Alfi der Nonne seinen Teller hin.

»Ich hoffe doch, dass du Hunger hast, Alfi«, meinte sie, den Suppenlöffel in die Schüssel tauchend. Als der Inhalt des Löffels sich über den Teller ergoss, ergänzte sie: »Tomatensuppe.«

Dann etwas geheimnisvoll und charmant: »Und nachher gibt's eine Spezialität des Hauses: Gornerenrösti.«

Sie setzte sich zu ihrem Gast.

Alfi ergriff den Löffel und tunkte ihn bereits in die Suppe, als er bemerkte, dass die Nonne in ein Gebet versunken war. Peinlich berührt, hielt er inne und wartete, bis sie die Augen wieder aufschlug. Als sie so weit war, wünschte sie ihrem Gast einen guten Appetit und begann, ohne ein weiteres Wort zu verlieren, mit dem Essen.

Schweigend, nur durch diskretes Schlürfen unterbrochen, löffelten die beiden – und das musste Alfi wirklich zugeben – die köstliche Suppe. Er wunderte sich, warum ihn seine Gastgeberin nicht nach seinem Erfolg im Hübeli fragte. Sie musste doch Interesse daran haben. War vielleicht Reden bei den Nonnen während des Essens verpönt? Er hatte aber nie etwas dergleichen vernommen, obwohl er natürlich nur ungenügende Kenntnisse über das Klosterleben besaß.

Er gab sich einen Ruck, denn schließlich war er Gast und kannte keine solche Regel. Also nahm er den winzigen Zettel und streckte ihn der Schwester entgegen:

»Hier ist die Adresse von Maria. Wollen Sie sie mal anschauen?«

Wegen seiner Unsicherheit geriet die Frage ein wenig zu laut und störte die beinahe feierliche Stille in dem großen, kahlen Raum empfindlich. Einen winzigen Moment erstarrte die Schwester ob der Frage des Gastes, fasste sich aber augenblicklich wieder. Dann schaute sie Alfi mit dem gewinnendsten Lächeln an, das der Viehhändler in seinem Leben je gesehen hatte, und flötete:

»Tut mir Leid, Alfi, aber seit bald fünfundfünfzig Jahren sprach ich während des Essens nicht mehr.«

Dann kicherte sie beinahe befreit auf, hob den Blick gen Himmel und schlug die Hände zusammen: »Und plötzlich redet da jemand. Das hat mich fast ein wenig erschreckt.«

Nun fiel auch Alfi in das Lachen ein und in diesem Moment entstanden zwischen den beiden so etwas wie die ersten zarten Bande einer Vertrautheit, die im gemeinsamen Gasthausbesuch ihren Anfang genommen hatte.

Nun legte die Schwester die linke Hand sanft auf Alfis Unterarm und erklärte weiter: »Selbstverständlich kannst du sprechen. Schließlich bist du Gast und somit von unseren Regeln entbunden, weil wir hier ja nicht im Kloster sind.«

Ernsthafter fuhr sie fort: »Dort wäre das natürlich etwas anderes. Aber wir sind wahrscheinlich ohnehin etwas verstaubt. Auch Schwester Rosemarie, unsere Jüngste, ist dieser Meinung. Aber was soll's.« Dabei nahm sie den Zettel, der vor ihr auf dem Tisch lag, und blickte lange darauf.

»Ich danke dir herzlich dafür.«

»Wir könnten morgen das Kind einpacken, nach Burgdorf fahren und es dort bei Maria abliefern«, schlug Alfi auf seine pragmatische Art und Weise zwischen zwei Löffeln Suppe vor. Die Schwester aß weiter, ohne sich etwas anmerken zu lassen. Sie hatte gar keine Freude an diesem Vorschlag, der so einfach und unkompliziert und in seiner logischen Konsequenz so bestechend schien. Ihr drohte darob der Appetit zu vergehen, sie versuchte dies aber vor Alfi zu verbergen. Schon die Vorstellung, das Kindlein am nächsten Tag bereits abgeben zu müssen, war für sie unerträglich, als ob ihr das eigene Herz herausgerissen würde. Es war ein Stück von ihr und niemand auf der Welt durfte ihr das Eigene nehmen. Hätte sie doch auf dem Sprechverbot beharrt, sie wäre um eine rasche Entscheidung herumgekommen, ärgerte sie sich. Derweil erwartete Alfi gespannt eine Antwort. Sie versuchte mit Gott in Kontakt zu treten, bat um einen Wink, was sie tun sollte. Doch er blieb stumm, so wie er immer stumm blieb, wenn sie in der Hektik einen Rat brauchte. Sie war schon dabei, den Verstand die Oberhand gewinnen zu lassen und einzuwilligen, als Alfi stutzte, überlegte und stirnrunzelnd fragte:

»Ist morgen Donnerstag?«

Die Nonne war von der Frage irritiert, weil sie aus ihren weitschweifigen Gedankengängen gerissen wurde.

»Ja, morgen ist Donnerstag«, entgegnete sie ihrem Gegenüber. Nachdenklich rieb nun Alfi seine Stirn und meinte ein wenig verlegen:

»Tut mir Leid, Schwester, aber morgen habe ich Werner Rüeggsegger versprochen, dass ich ihm beim Holzen helfe. Wir könnten aber am Freitag nach Burgdorf fahren. Ginge das?«

Schwester Luise wäre dem Viehhändler am liebsten um den Hals gefallen, so erleichtert war sie, dass sie das Kindlein noch einen Tag länger behalten durfte. Bemüht um einen sachlichen Ton, fügte sie hinzu:

»Das ist kein Problem, Alfi. Ich glaube, so lange können wir und Maria schon warten.« Sie stand auf und stellte die Suppenteller zusammen: »So, und jetzt gibt's meine Spezialität. Eine Gornerenrösti. Die wird dir schmecken, verlass dich drauf.«

Sie entfernte sich mit leichten Schritten in die Küche. Dort angelangt, hätte sie tanzen mögen. Sie begann ihre Spezialrösti mit der Kelle in der Pfanne in drei Stücke zu zerteilen, wovon sie zwei Teile auf den einen und einen Teil auf den anderen Teller schaufelte, um sich schließlich damit zurück in den Speisesaal zu begeben.

Als Alfi gegen elf Uhr abends aus dem Chalet »Ruf Gottes« trat, war er rundum glücklich und zufrieden. Er hatte gut gegessen und schließlich hatte die Schwester ihm völlig überraschend einen anständigen Schnaps offeriert, den er natürlich nicht abschlagen konnte. Zusammen prosteten sie sich ganz und gar profan zu und tranken auf die kleine Lisa Maria, die in diesem Moment auf dem Arm der Schwester lag und gerade ihr Fläschchen leer getrunken hatte. Sogar von Gott war die Rede gewesen, obwohl Alfi dieses Thema nicht ganz geheuer war und er sich auf gar keinen Fall von der Schwester einlullen lassen wollte. Und als wäre es die natürlichste Sache der Welt, sang die Nonne auf einmal ein Lied, wahrscheinlich war es ein Psalm, und Alfi fühlte sich erst noch wohl, wenn nicht behaglich dabei und wurde beinahe ein wenig rührselig. Er musste jedoch auf der Hut sein, dass er nicht in eine Schwermut verfiel, die ihn in ein uferloses Verlangen nach einem Besäufnis trieb und dem er bis dahin nie zu widerstehen in der Lage gewesen war. Um sich abzulenken, erinnerte er sich noch einmal an die Rösti, denn diese vermochte ihn derart zu begeistern, dass er nicht umhin kam, nach dem Rezept zu fragen – er, der seit dem Tod seines Vaters fast nur noch in Kneipen aß. Klar ging das ins Geld und die Tante vom Sozialdienst hielt ihn so schmal, dass dies über kurz oder lang nicht mehr drin lag. Wenn er ihr mit dem Argument kam, er könne nicht kochen, lachte sie ihn aus und meinte, dann müsse er es halt lernen, ein Familienvater mit einem normalen Einkommen könne es sich auch nicht leisten, ständig in Restaurants essen zu gehen, und schließlich hätten sie ihre Weisungen. Mehr Geld gebe es auf keinen Fall. So hatte er sich vorgenommen, selbst zu kochen, was aber bis jetzt meist kläglich gescheitert war, oder aber er wärmte sich Ravioli aus der Büchse auf. Da kam ihm dieses Gericht gerade recht. Er griff in die Brusttasche unter dem Pullover und spürte neben der Zigarettenschachtel den Zettel, auf dem ihm Schwester Luise Zutaten und Zubereitung notiert hatte. Vergnügt klaubte er die Zigaretten heraus und zündete sich eine an. Nach einem tiefen Zug eilte er zu seinem Auto, stieg ein, wendete auf dem Parkplatz und fuhr schließlich nach Hause.

*

Schwester Luise, immer noch nackt, hielt das Neugeborene in ihren Armen und blickte verzückt auf das kleine, feine menschliche Wesen, das da so friedlich da lag und sie in ihren Bann zog. Langsam und sachte, jeden Schritt sorgfältig ertastend, um ja nicht zu straucheln, begab sie sich zu dem munter dahinfließenden Fluss. Ähnlich einer Prozession, geleiteten die Schafe mit verhalten bimmelnden Glöckchen die Nonne auf ihrem Weg. Sie kniete nieder, legte den Korb, in dem das Kind gelegen hatte, auf den Boden und war im Begriff, sich am Ufer hinzusetzen und sich ganz dem wärmenden Gefühl hinzugeben, das ihr das Kindlein bescherte.

Kaum dass sie sich richtig positioniert und die Schafe sich im Halbkreis um sie versammelt hatten, wurde es seltsam still. Sie schaute sich verwundert um. Kein Lüftchen regte sich, kein Vogel war zu hören, die Schafe verharrten reglos, alles war totenstill. Ja, sogar das Wasser des Flusses schien gefroren, war still, unbeweglich, starr. Die Idylle war zerstört und machte einer bedrohlichen, dunklen Stimmung Platz. Die Nonne erzitterte. Unheil kündigte sich an.

Auf einmal erklang ein Geräusch vom nahen Waldrand, das sie aufhorchen ließ. Erschrocken stand sie auf und ergriff den Korb. Etwas Großes, Mächtiges brach durch den Wald. Laub raschelte, Äste knackten. Die Schafe standen immer noch reglos, horchend, steif. Urplötzlich kam Bewegung in sie. Wie auf ein unhörbares Zeichen hetzten sie in maßloser Verwirrung und Hektik in zwei Richtungen auseinander, trafen sich schließlich wieder zu einer Gruppe und stoben dann gemeinsam panisch vor dem furchterregenden Geräusch davon. Die Köpfe wurden immer wieder aus dem zu einer Einheit zusammengeschmolzenen Wollknäuel herausgestreckt, um schneller voranzukommen in dieser unübersichtlichen, sich fortbewegenden Ansammlung von verängstigten Leibern. Die Nonne starrte angestrengt auf die Stelle, wo sie die Gefahr zu hören glaubte. Auch sie wurde von einer Angst gepackt, die sie nie zuvor erlebt hatte. Das Kindlein an den Körper gepresst, ging sie langsam rückwärts, weiter dem Ufer zu.

Bald erreichte sie die lichten Büsche, die das Weideland vom Fluss trennten, und trat nun ins Bachbett.

Plötzlich war er da. Mit einem gewaltigen, fast der Schwerkraft entflohenen Sprung überwand er die Grenze zwischen Unterholz und Wiese. Mächtig, drohend, jede Faser des Körpers gespannt, jederzeit zu einem weiteren Sprung bereit, vor Gier zitternd, stand ein schwarzer, unnatürlich großer Wolf vor ihr und starrte mit triefendem Maul und blutunterlaufenen Augen genau auf die Körpermitte der Nonne, dort, wo sie den Säugling an sich klammerte. Sie ließ den Korb fallen und konzentrierte sich nur noch auf die tödliche Gefahr. Augenblicklich wurde ihr klar: Diese Bestie hatte es einzig und allein auf ihr Kind abgesehen. Diese Erkenntnis brachte sie beinahe um den Verstand. Sie war nahe daran, panisch wegzurennen. Doch die Angst um ihr Kind ließ sie stehen bleiben und sie zwang sich mit einer unglaublichen Willensanstrengung, den Verstand zu gebrauchen, und kam so zu einer genialen, in ihrer Einfachheit bestechenden Idee. Ohne die Bestie, die seltsamerweise keinen Schritt mehr tat, aus den Augen zu verlieren, ging sie langsam in die Hocke und tastete nach dem Korb, der unweit vor ihr auf dem Boden lag. Langsam, jeden Moment darauf gefasst, dem Wolf im Falle eines Angriffs den Korb gegen das aufgerissene, triefende Maul zu werfen, zog sie diesen zu sich hin. Die immer noch bewegungslose, aber vor Wildheit vibrierende Bestie beobachtete jede ihrer Bewegungen genau. Die Nonne zog den Korb noch ein wenig näher zu sich heran. Ganz langsam legte sie den Säugling vorsichtig hinein. Zu ihrem Erstaunen schlief das Kind nun friedlich, ahnungslos in welcher Gefahr es schwebte. Sie deckte es zu, derweil der Wolf nicht genau zu begreifen schien, was hier vor sich ging. Die Schwester hob den Korb an, ging noch ein paar Schritte zurück und stand nun bis Mitte Unterschenkel im Wasser, das nun wieder hinabfloss und sie seltsamerweise herrlich warm umschmeichelte. Sorgfältig legte sie den Korb auf die Wellen, die ihn sofort sanft erfassten und mit munterem Schaukeln forttrugen. Ohne auch nur die geringste Spur von Angst um das Kind zu hegen, atmete sie auf und nahm sofort wieder den Wolf in Augenschein.

Erst jetzt, als der Korb zur Mitte des Flusses trieb, bemerkte das mächtige Tier, wie es hereingelegt worden war. Mit einem weiteren riesigen Satz überwand es spielend die Strecke zum Ufer. Doch als die Vorderpfote ins Wasser tauchte, schreckte es richtiggehend auf, so, als sei das Wasser kochend heiß. Wütend und enttäuscht wandte es sich wieder der Nonne zu, blitzte diese mit bösen Augen an, verharrte einen Moment und machte sich schließlich, für die Schwester völlig überraschend, mit gesenktem Kopf davon.

Die wilde Entschlossenheit war wie weggeblasen und hätte das schreckliche Tier der Nonne nicht gerade ihr Kind rauben wollen, hätte sich fast Mitleid in ihr Herz geschlichen ob der zusammengefallenen Bestie, die nun wie gebrochen dem Waldrand zutrottete, bis sie schließlich zwischen dem Unterholz verschwunden war.

Erst jetzt atmete die Schwester auf. Im Moment war das Kind in Sicherheit und sie wusste genau, dass sie es irgendeinmal wiedersehen würde.

Mit diesem entspannten Gedanken wachte sie auf und fühlte eine matte Schwere. Langsam fand sie sich in der Wirklichkeit zurecht und ihre Gedanken begannen sich mit der kleinen Lisa Maria zu beschäftigen, die neben ihr schlief und tatsächlich zu ihr zurückgekehrt war.

Sie wandte den Kopf und schaute auf ihren alten Wecker, doch die Leuchtziffern erwiesen sich als zu schwach. Meist war sie des Nachts in der Lage, die Zeit einigermaßen zu schätzen, doch jetzt fiel ihr das ungewohnt schwer, zu sehr war sie noch im Banne des Traums gefangen.

Im Haus war es totenstill. Auch die Dämmerung hatte noch nicht eingesetzt. Nichts konnte sie zu Hilfe nehmen, um die Zeit zu schätzen. So blieb ihr nichts anderes übrig, als ihre Schwere zu überwinden, den linken Arm unter der Bettdecke hervorzuziehen und ihre Armbanduhr, deren Zifferblatt ebenfalls kaum noch leuchtete, zu Rate zu ziehen. Wenn sie sich nicht täuschte, war es zehn vor vier. Und somit musste die Kleine gestillt werden.

Die Mattigkeit verschwand fast augenblicklich, denn die Vorfreude, das Kindlein in Kürze in den Armen wiegen zu können, gab ihr Schwung. Sie schlug die Decke zurück und hockte sich auf die Bettkante. Die Kälte, die sich sofort um ihren Körper schlang, machte ihr den Entschluss leicht, sofort aufzustehen. Blind fingerte sie nach ihrem Morgenmantel und der alten, blechernen Militärtaschenlampe, schlüpfte in ihre Hausschuhe, die exakt am vermuteten Ort zu finden waren, und tastete sich aus dem Zimmer. Erst hier betätigte sie den Schalter und ein dumpfes Licht verlor sich in dem kalten, langen Gang.

Den ganzen Tag beschäftigte auf eigentümliche Weise der nächtliche Traum die Nonne, nahm sie gefangen und beherrschte ihre Gedanken. Nie war ihr ein solcher so nahe gegangen. Meist verblassten sie in der Morgendämmerung und waren verschwunden, dahingeschmolzen im blendenden Licht des Tages und bald ganz vergessen.

*

Der Freitag war herangebrochen. Schwester Luise hatte eben den Säugling gefüttert und machte sich nun daran, das Geschirr abzuwaschen. Bald darauf hörte sie das Geräusch eines Autos, das näher kam und vor dem Haus bremste. Kurz darauf klopfte man an der Tür. Mit einem tiefen Seufzer machte sich die Nonne daran, die Tür öffnen zu gehen. Zweifellos war es Alfi, der kam, um sie mit dem Kind nach Burgdorf zu fahren. Sie öffnete und wie erwartet stand Alfi da. Breit grinsend, aber offensichtlich nüchtern. Sie begrüßten sich, Alfi putzte wie üblich seine Schuhe ab und trat ein.

Die Schwester stand einen Moment etwas unschlüssig

herum und rieb sich verkrampft die Hände, derweil sie Alfi erwartungsvoll musterte. Sie vergewisserte sich noch einmal, ob Alfi beim letzten Besuch auch alles richtig verstanden hatte, und meinte höflich:

»So, Alfi. Dann fahren wir also nach Burgdorf?«

Eifrig nickte er und trat auch sofort einen Schritt vor, um anzudeuten, dass er irgendetwas helfen wollte. Die Nonne wiegelte rasch ab.

»Viel haben wir ja nicht mitzunehmen. Die Lisa Maria habe ich bereits eingepackt und die Nahrungsmittel ebenfalls.«

Auf dem kleinen Tisch in der Küche stand eine große Plastiktüte eines Sportartikelgeschäfts in Reichenbach. Mit aufkeimender Wehmut bemerkte Schwester Luise: »Die brauche ich ja dann nicht mehr.«

Alfi, der sich sorgte, ob sie wohl bis nach Burgdorf kämen, obwohl sein Auto kaum noch Benzin im Tank hatte und er auch kein Geld besaß, konnte die Traurigkeit der Schwester nicht ertragen und meinte zur Auflockerung:

»Dann haben Sie doch endlich wieder Ihre Ruhe.«

Zuerst irritierte Alfis Ausspruch die Schwester, doch sie ließ sich nichts anmerken. Sie wandte sich dem Plastiksack zu und entschied sich nun doch, ihn Alfi zu übergeben, um ihn zu beschäftigen. Er zockelte auch wacker los und ließ der Schwester die Gelegenheit, mit der kleinen Lisa Maria noch ein letztes Mal allein zu sein.

Schnell ging sie hinter Alfi her, bis sie neben ihrer Zelle stand, bog ab, ging hinein und schloss die Tür hinter sich. Sachte nahm sie die Kleine aus dem Kaminholzkorb. Lisa Maria war wach. Die Nonne wiegte das Kind innig umschlungen in den Armen und summte mit leiser Stimme einen Psalm. Doch sie hörte bereits Alfis Schritte nahen. Sie legte die Kleine wieder in den Korb und deckte sie sorgfältig zu.

»Ich werde dich jetzt deiner Mami zurückbringen, meine kleine Maus. Du wirst dich freuen. Dann bist du endlich zu Hause und lernst deine Mami richtig kennen. Ist das nicht schön?«

Um ob der sentimentalen Gefühle nicht loszuweinen, hob sie mit einer energischen Bewegung den Korb hoch, öffnete die Tür und trug ihn nach draußen, wo Alfi bereits wartete. Auf sein Angebot, ihr den Korb abzunehmen, reagierte sie mit freundlichster Abwehr.

Schwester Luise wäre keine gute Ersatzmutter gewesen, hätte sie sich nicht bereits lange Zeit den Kopf darüber zerbrochen, wo das Kind im Auto am sichersten mitgeführt werden konnte, hatten sie doch in diesem Auto keinerlei Sicherheitsausrüstung für einen Säugling zur Verfügung. Sie würde hinten sitzen und die Kleine neben sich auf dem Autoboden direkt hinter dem Beifahrersitz platzieren. Dort würde ihr wahrscheinlich bei einem Unfall am wenigsten passieren und sie hatte die Kleine immer im Blickfeld. Und Alfi würde sicher nichts dagegen einzuwenden haben.

Alfi, ganz in der Rolle des fürsorglichen Mannes, öffnete eifrig die Beifahrertür.

»Macht es dir etwas aus, wenn ich und die Kleine hinten Platz nehmen?«, wollte die Nonne wissen. Alfi stutzte und kam kurzfristig in Verlegenheit, doch dann riss er die hintere Tür auf und lehnte sich hinein.

»Ich muss nur schnell Platz schaffen«, ertönte es aus

dem Auto. Emsig suchte er allerlei Krimskrams zusammen und kam mit vollen Händen aus dem Fond gekrochen. Kaum war er draußen, fielen ihm eine Musikkassette und ein einzelner Arbeitshandschuh aus den Händen. Im Bemühen, die Kassette vor dem Hinunterfallen zu retten, schepperte es ein zweites Mal und eine Rohrzange lag ihm zu Füßen. Mit einem verlegenen Grinsen ging er mit dem Rest nach hinten und ließ alles auf den Kofferraumdeckel fallen, um ihn mit der freien Hand zu öffnen. Schließlich ließ er den ganzen Krempel achtlos im riesigen Kofferraum verschwinden. Dreimal noch holte er Gegenstände aus dem Fond, bis er pustend vor der Nonne stehen blieb, die Hose am Bund zurechtzog und meinte: »So, jetzt müsste es gehen.«

Er forderte die Nonne zum Einsteigen auf, indem er ihr die Tür aufhielt. Als sie jedoch den Rücksitz erblickte, war ihr höchst unwohl bei dem Gedanken, dort Platz nehmen zu müssen. Nach wie vor lag eine Unmenge an Papier, ungeöffneten Briefen, alten Boulevardzeitungen und anderem mehr auf dem Sitz und am Boden herum. Zudem waren überall Zigarettenkippen und Asche verstreut. Sie kam nicht umhin, hier das Zepter zu übernehmen und in Anbetracht der Situation fiel ihr das nicht einmal schwer. Dieser Mann bräuchte unbedingt eine Frau, ging ihr durch den Kopf, bevor sie sorgfältig den Korb mit dem Neugeborenen hinstellte. Dann blickte sie Alfi an und gebot ihm mit mütterlicher Strenge: »Komm, Alfi, das Zeugs räumen wir alles nach hinten. Das wird sonst zerrissen und diese Briefe brauchst du sicher noch – die sind ja noch nicht mal geöffnet!«

Dabei hielt sie einen Brief der Arbeitslosenkasse in

Händen und wendete ihn prüfend, wohl wissend, dass sie dabei war, sich in Privatangelegenheiten einzumischen. Doch er hatte damit keine Probleme. Im Gegenteil. Eifrig half er mit, die Unterlagen hinten zu verstauen und die von der Nonne als wichtig erachteten Briefe sogleich zu bündeln und auf den Beifahrersitz zu legen.

Endlich war der Rücksitz so weit geräumt, dass sie sich mit gutem Gewissen hinsetzen konnte. Erst jetzt merkte die Schwester in vollem Umfang, was sie bereits während des Aufräumens in Ansätzen gerochen hatte. Es stank grauenhaft in diesem Auto. Die Mischung aus kaltem Zigarettenrauch und Benzindämpfen rief bei ihr beinahe Brechreiz hervor. Mit Schrecken dachte sie an die kurvenreiche Fahrt bis nach Reichenbach hinunter. Seit ihrer Jugend reagierte sie mit Übelkeit auf schlechte Gerüche und Autofahrten. Doch ohne sich etwas anmerken zu lassen, rutschte sie hinter den Fahrersitz und Alfi reichte ihr den Korb mit der Kleinen, den sie mit andächtiger Sorgfalt hinter dem Beifahrersitz auf dem Boden platzierte. Zu ihrer Genugtuung passte er genau hinein.

Alfi bemühte sich nun leidlich, die Tür achtsam zu schließen, doch dies gelang ihm nur mangelhaft und die Nonne verkniff das Gesicht aus Angst, die kleine Lisa Maria könnte irgendwie zu Schaden kommen. Nun war auch Alfi im Auto und startete den Motor. Mit einem Ruck wuchtete er den Gang hinein und ruckelte los. Wie gewohnt, fuhr er erst taleinwärts, bevor er beim Parkplatz schwungvoll und mit fast absterbendem Motor wendete, und mit seinen zwei Mitfahrerinnen den weiten Weg talauswärts nach Burgdorf einschlug.

Alfi fuhr in halsbrecherischem Tempo die engen und

steilen Kehren in den Tschingel hinunter. Die Schwester hielt sich krampfhaft am Vordersitz fest und blickte in günstigen Momenten ans Autodach in der Hoffnung, Gott möge ihre verzweifelten Blicke richtig deuten. Denn zu mehr war sie nicht in der Lage. Sie vertraute der Reaktionsfähigkeit des Viehhändlers nicht so recht und versuchte deshalb ein eventuell entgegenkommendes Fahrzeug rechtzeitig zu entdecken. Bis jetzt hatte Gott sie sicher geleitet, doch man sollte seine Hilfe nicht zu sehr in Anspruch nehmen.

Kurz vor der Dündenbachbrücke, die Straße war dort sehr unübersichtlich und nicht einsehbar, passierte es doch. Unvermittelt tauchte ein kleines gelbes Fahrzeug auf, das ebenfalls in hohem Tempo bergauf fuhr. Schwester Luise erstarrte vor Schreck und Alfi riss nach einer für die Nonne unendlich scheinenden Schrecksekunde das Steuerrad endlich nach rechts. Gott wachte tatsächlich über sie, denn prompt befand sich an dieser Stelle eine Ausweichmöglichkeit. Alfi zwängte seinen Wagen hinein und trat mit voller Kraft auf die Bremse. Die Räder blockierten zwar, doch der Splitt auf dem Sträßchen verhinderte einen schnellen Stopp, sodass der Wagen rutschte und gefährlich nahe an den Abgrund geriet, ehe er endlich zum Stillstand kam. Auch der kleine gelbe Wagen hatte gebremst und einen Moment sahen sich die zwei Fahrer an, ehe sie aus ihrer Erstarrung erwachten und fast gleichzeitig die Scheibe herunterkurbelten.

Erst jetzt erkannte die Nonne, dass es sich um den Postbeamten handelte, der mit seinem allradgetriebenen Fiat Panda die Post in die Griesalp brachte. Langsam fuhr dieser nun weiter, bis sich die beiden gegenübersaßen.

Ohne auch nur ein Wort über das beinahe missglückte Kreuzungsmanöver zu verlieren – denn das war offenbar Alltag –, begrüßten sich die Fahrer und wechselten ein paar Worte über das Wetter.

Die Nonne benutzte die Gelegenheit, um ebenfalls das Fenster zu öffnen und die frische Luft ohne Durchzug zu genießen. Der Pöstler schien gar nicht zu realisieren, dass noch jemand im Auto saß. Erst als das Gespräch zu versiegen drohte, bemerkte er mit Sarkasmus in der Stimme, dass Alfi keinen Unfall haben könne, weil er im Moment ja einen besonders guten Draht zu Gott pflege. Dabei schaute er gen Himmel und hob viel sagend die Augenbrauen. Alfi verzog seinen Mund zu einem gequälten Lächeln, denn er wusste nicht, wie die Nonne diese spöttische Bemerkung interpretieren würde.

Auf einmal blickte der Pöstler, der die Schwester bis dahin weder beachtet noch gegrüßt hatte, dieser direkt in die Augen und fragte mit unbewegter Miene:

»Für Sie habe ich einen Brief. Sie sind doch die Schwester Luise vom Chalet ›Ruf Gottes‹?«

Ohne eine Antwort abzuwarten, fuhr er fort: »Wollen Sie ihn jetzt oder soll ich ihn in den Kasten werfen?«

Die Schwester, verwundert über die Nachricht, setzte ein freundliches Lächeln auf und entschloss sich, doch etwas neugierig geworden, den Brief anzunehmen. Wortlos gab der Pöstler Gas und fuhr an der verwunderten Nonne vorbei, die bereits annahm, er habe sie falsch verstanden. Doch unmittelbar hinter Alfis Volvo, jedoch auf der gegenüberliegenden Seite, befand sich ein weiterer Ausweichplatz, wo der gelbe Fiat flink eingeparkt wurde. Die Handbremse ratschte, der Pöstler stieg aus, öffnete die Heckklappe und nahm einen Stapel Post aus einer grauen Kunststoffkiste. Er hielt den Stapel an die Brust, blätterte ihn durch und klemmte die durchgesehenen Sendungen unter dem Kinn fest. Schließlich schien er den erwähnten Brief gefunden zu haben. Der Rest der Post flog unsanft in die Kiste zurück und der Mann überbrachte den Brief Schwester Luise.

Jetzt hatte er es plötzlich eilig. Er ließ seine offene Hand auf die versenkte Scheibe der Fahrertür fallen und wünschte Alfi einen schönen Tag. Nur ganz kurz streiften sich die Blicke von Schwester Luise und ihm und verhinderten ganz knapp, dass er als unhöflich abgestempelt werden konnte. Das wohlwollende Nicken der Nonne übersah er und wandte sich zum Gehen.

»Dann wollen wir mal weiter«, erklärte Alfi und riss mit aller Kraft an der Handbremse, um sie zu lösen. Dann ließ er den Wagen anrollen und kurbelte währenddessen wie verrückt am Steuerrad, um den Wagen wieder auf das Sträßchen zu dirigieren.

Verwundert schaute die Nonne auf den Brief. Sie erhielt nur ganz selten Post. Umso mehr erstaunte es sie, als sie sich die Person anhand des Schriftbilds vorzustellen versuchte. Zweifellos war es eine Frau, die Buchstaben hatten harmonisch runde Formen. Anscheinend war es eine junge Frau. Natürlich. Ihr fiel es wie Schuppen von den Augen. Das war ein Brief von Maria. Von wem sonst? Und während Alfi mit heftigen Steuerradbewegungen neben dem imposanten Hexenkessel ins Tal hinunterfuhr, öffnete die Nonne nicht ihrer Art entsprechend rasch, ja hastig das Kuvert und riss den Inhalt heraus. Zum Vorschein kam ein nachlässig gefaltetes, kariertes

Blatt Papier, welches offensichtlich aus einem Ringheft herausgetrennt worden war. Mit unruhigen Händen entfaltete sie den Brief, wollte lesen, merkte, dass sie ihn verkehrt herum in Händen hielt, drehte ihn ungeduldig um und vertiefte sich in den Text.

Es war eine rasch hingekritzelte Botschaft. Die Verfasserin, zweifellos eine Frau, schien sich kaum Zeit genommen zu haben, die Zeilen zu Papier zu bringen.

Liebe Schwester Luise,
Bitte behalten Sie das Kind noch eine Weile. Ich kann mich im Moment nicht darum kümmern. Ich bin nicht zu Hause. Bitte suchen Sie mich nicht. Ich melde mich wieder.
Vielen Dank.
Gott wird es Ihnen danken!
Maria

Das war alles. Verwundert drehte die Schwester das Papier, doch die Rückseite war leer. Sie brauchte einen Moment, um die Tragweite dieser Nachricht zu erfassen. Beim Blick aus dem Fenster bemerkte sie, dass sie bereits im Tschingel angelangt waren und Alfi die gerade Strecke zum See in rasantem Tempo zurücklegte. Die Nachricht löste in ihr eine eigenartige Mischung aus Irritation, Ratlosigkeit und Resignation aus.

Sich Ablenkung verschaffend, erinnerte sie sich an den letzten Frühling, als man im See die Leiche von diesem Kunz gefunden hatte. Sie schlug ein Kreuz. Geistesabwesend schaute sie nach unten auf die kleine Lisa Maria, die bereits wieder schlief. Schmerzlich wurde ihr bewusst, dass sie ihre mühsam erkämpfte Akzeptanz der Loslösung des Kindes aus ihrer Obhut also wieder aufgeben konnte. Ihr traten Tränen in die Augen. Sie erhielt die Gelegenheit, das Kindlein noch ein wenig bei sich zu behalten – und sofort nahmen die mütterlichen Gefühle von ihr Besitz, die sich wie ein Schwall vom Magen her kommend gegen das Herz ausbreiteten und dieses riesengroß und warm werden ließen.

Als sie sich ein wenig gefangen hatte, lehnte sie sich im Sitz nach vorn, wandte sich an Alfi und wedelte mit dem Brief herum:

»Der Brief ist von Maria. Ich darf das Kind noch behalten. Sie ist nicht zu Hause.«

So gut es ging, wandte Alfi sich um, seiner Verblüffung mit einem unschicklichen »Hä?« Ausdruck gebend. Dabei verlor er für einen Moment die Straße aus den Augen und geriet mit dem rechten Vorderrad auf die Grasnarbe. Als er das Gerüttel am Steuerrad wahrnahm, schaute er erschrocken nach vorn, riss das Lenkrad herum und trat kommentarlos hart auf die Bremse. Als der Wagen stand, stieg er wortlos aus dem Auto, zündete sich eine Zigarette an und nahm einen tiefen Zug.

Auch die Nonne stieg aus und benutzte einmal mehr die Gelegenheit, frische Luft zu schnappen. Das Ganze nahm sie ziemlich mit. Zuerst die Tatsache, die kleine Lisa nunmehr für kurze Zeit an ihrer Seite zu wissen, dann das abenteuerliche Kreuzungsmanöver, dann der Brief und jetzt noch Alfis Beinaheunfall.

»Tut mir Leid, Alfi«, lächelte sie verkrampft und hielt

ihm versöhnlich den Brief noch einmal hin, damit er ihn selber lesen konnte.

Alfi war jedoch nicht unglücklich über die neue Entwicklung und seine Laune besserte sich schlagartig, denn das Problem des Benzinmangels machte ihm nach wie vor zu schaffen. Er grinste und meinte etwas kühn: »Die Wege des Herrn sind unergründlich, nicht wahr, Schwester Luise?«

»Wie Recht du hast, Alfi, wie Recht du hast«, stöhnte sie nur und hörte seinen ironischen Unterton nicht heraus. Inzwischen las Alfi die paar Zeilen, die Maria aufgesetzt hatte. Er rauchte dazu seine Zigarette, und um dem hochsteigenden Rauch zu entgehen, neigte er mit verwegenem Blick den Kopf zur Seite.

Schwester Luise ging um das Auto herum und öffnete so leise wie möglich die hintere Tür, wo die kleine Lisa Maria in ihrem Körbchen auf dem Autoboden friedlich schlief. Der Geruch, der ihr entgegenschwappte, war ihr nun eindeutig zu viel. Eine hässliche Mischung aus Übelkeit und Schwindel erfasste sie und ließ sie ihr Vorhaben abbrechen. Sie richtete sich auf und machte, dass sie Abstand zum Auto gewann. Da sie sich vor Alfi keine Schwäche geben und ihn auch nicht bloßstellen wollte, ging sie langsamen Schrittes auf das Ufer des Sees zu. Der Blick auf die urtümliche Landschaft tat ihrer Seele gut und die leichte, aber frische Brise half ihr nach mehrmaligem tiefen Durchatmen, vom Schwindelgefühl etwas loszukommen.

Trotzdem fühlte sie sich elend. Die Sache fing an, sie zu überfordern, musste sie sich wohl oder übel eingestehen. Diese heftigen Emotionen, die immer wieder unterdrückt werden mussten, um dann wieder durch irgendwelche glücklichen – oder sollte sie sagen, unglücklichen? – Umstände aufflammen durften, machten ihrer geistigen Verfassung zu schaffen und nicht einmal mehr das intensivere Gebet, die Kontemplation mit Gott, konnte das Geringste daran ändern. Die Angst, Gott sei von ihr abgerückt, Er sei enttäuscht von ihr und habe sie deshalb aus den Augen verloren, war unerträglich, nachdem sie immer geglaubt hatte, ihm noch nie so nah gestanden zu haben wie heute. Was für eine schwere Aufgabe hatte er ihr da zuerkannt?

Mit einem Seufzer löste sie sich aus ihren schweren Gedanken und betrachtete die zwei kleinen Inselchen unweit des Ufers. In diesem Moment hörte sie Alfi neben ihr auftauchen.

»Hier haben wir seinerzeit den Vico gefunden«, erklärte Alfi und deutete mit der rechten Hand in Blickrichtung der Nonne. Die Schwester wollte schon nach Details fragen, als sie sich anders entschied und glaubte, Wichtigeres mit Alfi besprechen zu müssen, als die näheren Umstände eines Mordes zu ergründen.

Alfi kam ihr zuvor. Ausführlich erzählte er der Schwester den Hergang, wie sie die Leiche im Wasser gefunden hätten, wie die Polizei ihn und fast die gesamte Bewohnerschaft des Tals vernommen hätte und trotzdem bis heute im Dunkeln tappte.

Schwester Luise hörte nur mit einem Ohr zu. Gedanklich war sie wieder bei ihrer kleinen Lisa Maria, die sie am liebsten aus dem Korb gehoben und in die Arme geschlossen hätte. Alfi erzählte weiter und die Schwester hatte nicht die Kraft dazu, seinen Worten weiter zu folgen. So versuchte sie ihren Kopf und ihren Magen mit bewusstem Atmen zu beruhigen und im stummen Gebet Trost zu finden.

Nach einiger Zeit fühlte sie sich etwas besser. Das Schwindelgefühl war nun vollständig verschwunden und die Übelkeit hatte sich ein wenig gelegt. Wie aus weiter Ferne hörte sie, dass Alfi immer noch fröhlich vor sich hinplauderte. Ein leichter Ärger erregte ihr Gemüt, den sie sogleich versuchte hinunterzuschlucken. Wie um Gottes willen konnte man nur so viel reden? Es fiel ihr in diesem Moment äußerst schwer, Toleranz gegenüber dem arbeitslosen Viehhändler aufzubringen, und so entschloss sie sich, ihren bewährten Redeunterbrechungstrick anzuwenden. Zu diesem Zweck wartete sie, bis er einen Zug an seiner Zigarette tat, und tatsächlich schaffte sie es, Alfis Redefluss zu stoppen und so das Thema wieder auf die aktuellen Ereignisse zu lenken.

»Tut mir wirklich Leid, Alfi, aber uns bleibt wohl nichts anderes übrig, als wieder in die Corneren zu fahren. Hiermit«, und damit zeigte sie auf den Brief in Alfis linker Hand, »ist wohl klar, dass wir Lisa Maria noch behalten …« – fast hätte sie »dürfen« gesagt, doch sie wollte dies Alfi nicht allzu deutlich zu merken geben und so verschluckte sie das letzte Wort.

Wortlos ließ Alfi seine zu Ende gerauchte Zigarette fallen und trat sie aus. Dann murmelte er etwas Unverständliches, bevor er den Rückweg zum Auto in Angriff nahm. Dort angelangt, blieb er stehen und sah der Schwester zu, wie sie ebenfalls zum Auto schritt und zur hinteren Tür einstieg. Sein Blick streifte noch einmal die zwei Inselchen, dann schnaubte er durch die Nase und stieg ein. Er startete den Motor, ließ aber den Wagen nicht anrollen, da sein Blick bereits wieder die Inselchen ins Visier genommen hatte. Schließlich meinte er mehr zu sich selbst: »Ich weiß, was da passiert ...«

Der Rest des Satzes ging in einem plötzlichen Aufschrei der kleinen Lisa Maria unter, die in diesem Moment aus dem Schlaf aufgeschreckt war. Die Schwester, die kaum realisiert hatte, dass Alfi da etwas Wichtiges zu erzählen gehabt hätte, sprang beinahe aus dem Sitz, damit sie sich um die Kleine kümmern konnte. Sie zerrte Lisa Maria aus dem Kaminholzkorb, nahm sie in die Arme, redete ihr gut zu, liebkoste sie mit Inbrunst und blendete damit den Rest der Welt aus – so auch Alfis Worte, die – ausgesprochen und wahrgenommen – weit reichende Folgen in der Geschichte der drei Menschen gehabt hätten.

Stattdessen ließ Alfi den Wagen anrollen, wendete auf dem Kiesparkplatz beim Ausfluss des Sees und fuhr auf der schmalen Straße gen Gorneren, mit einer von einem weinenden Baby absorbierten Nonne, er nicht minder abwesend und fahrig, aber aus einem anderen Grund.

Als er den alten Volvo die enge, steile Kurve neben dem Hübeli hinaufquälte, bekam er einen schrecklich trockenen Mund und so nahm er sich vor, den Abschied von der Nonne möglichst kurz zu halten, um ein Bier trinken zu gehen. Wie gewohnt, hielt er direkt neben dem Gartentor des Chalets »Ruf Gottes« und stellte den Motor ab. Er ließ die Kupplung zu früh los und provozierte einen heftigen Hüpfer des Wagens. Wortlos stieg er aus, um der Schwester mit seiner ungeschickten Liebenswürdigkeit aus dem Sitz zu helfen. Dieses Vorhaben war nicht ganz einfach, hielt doch die Nonne das Kind immer noch in den Armen und schien es nicht aus den Händen geben zu wollen.

Als sie endlich auf der Straße stand, ging sie auf das Haus zu und wandte dabei den Blick kaum vom Gesicht des Säuglings. Alfi schaute ihr nach, und als sie im Eingang verschwunden war, nahm er den Korb aus dem Auto und machte sich ebenfalls auf den Weg. Im Flur angekommen, stand er etwas unschlüssig herum und deponierte den Korb schließlich neben der Garderobe. Danach versenkte er beide Hände in den Hosentaschen und wusste nicht so recht, was er nun tun sollte. Er schaute sich in dem leeren, kalten Gang um und kurz darauf erschien die Nonne aus ihrem Zimmer und hielt den gestreckten Zeigefinger vor den gespitzten Mund. Als sie die quietschende Tür geschlossen hatte, bemerkte sie, dass Alfi erstaunt seinen Blick zwischen ihr und dem Korb hin- und herpendeln ließ.

»Sie liegt in meinem Bett«, erklärte die Nonne mit schelmischer Freude und ging zur Küche. Alfi schaute ihr etwas hilflos hinterher. Sie öffnete eine Schublade und ihre Hand kam mit einem mächtigen schwarzen Portemonnaie zum Vorschein, in dem sie zu kramen begann. Schließlich hatte sie eine Zwanzig-Franken-Note in der Hand, die sie dem verdutzten Alfi hinstreckte.

»Das ist für deine Bemühungen. Du kannst das sicher gebrauchen. Ich danke dir ganz herzlich dafür. Vergelt's Gott.«

»Das kann ich nicht annehmen«, sträubte sich Alfi verlegen und behielt anständigerweise die Hände in den Taschen, um seine Meinung zu bekräftigen.

»Doch, doch, Alfi, du hast dir das verdient«, erwiderte Schwester Luise und fuhr wissend fort: »*Ein* Bier sei dir gestattet! Da hat niemand etwas einzuwenden.« Dann wurde ihr Ausdruck ernst: »Aber nur eins! Hast du verstanden?«

Dann wandte sie ihren Blick gen Himmel und reckte den rechten Zeigefinger: »Sonst bekommst du Ärger!«

Damit war Alfi entwaffnet. Erfreut streckte er die Hand nach dem Geldschein aus und steckte ihn achtlos in die Tasche. Vor seinem geistigen Auge erschien ein kühles Bier und seine Zunge, die sich urplötzlich schwer und trocken anfühlte, lechzte nach dem Geschmack von Hopfen und Malz, genossen in einer Kneipe, wo er sich unter Gleichgesinnten befand.

Einer stillen Übereinkunft gleich, waren sich die beiden einig, dass sie sich nun trennen würden, und so brauchte es gar keine großen Worte dazu.

»Wenn Sie mich wieder brauchen sollten, Schwester Luise, dann bin ich immer für Sie da. Ich werde morgen wieder hereinschauen und meine Telefonnummer haben Sie ja«, verabschiedete sich Alfi nun plötzlich hastig, denn sein Durst verwandelte sich erschreckend schnell in eine Gier, die kaum mehr auszuhalten war. Zudem hatte er die Legitimation von hoher Instanz, ein einziges Bier trinken zu gehen. Und so konnte ihn nichts mehr davon abhalten.

Die beiden gaben einander herzlich die Hand und Schwester Luise führte Alfi noch zum Ausgang, von wo er in sein Auto stieg und nur noch einen einzigen Gedanken im Kopf hatte.

*

Die Schwester trat aus dem Haus und schlug den Weg zur Kapelle ein. Es war diesig und sah nach Regen, wenn nicht sogar nach Schnee aus. Winzige Wassertröpfchen sammelten sich auf ihrer Brille. Ein Flugzeug, von Südwesten her kommend und von Wolken verdeckt, flog in großer Höhe über das Tal.

Bald hatte sie ihr Ziel erreicht und trat hinein. Dunkelheit und feuchter Geruch empfingen sie. Sie ließ die Tür sanft ins Schloss fallen, bekreuzigte sich und durchschritt den engen, kurzen Gang bis zum Altar. Dort musste sie kurz die Taschenlampe aufleuchten lassen, um die Streichhölzer zu finden. Mit einem kleinen Flämmchen ging sie zur ersten Kerze, die in einer Reihe mit zwei weiteren an der Längswand auf schmiedeeisernen Ständern angebracht war.

Als die erste Kerze brannte, erwartete sie gewohnheitsmäßig eine feierliche Stimmung, die sich im Raum ausbreitete. Doch es blieb unerklärlich kühl in der winzigen Kapelle. Verwundert blies sie das abgebrannte Streichholz aus und zog die brennende Kerze aus der Halterung, um die restlichen zwei sowie diejenigen an der gegenüberliegenden Wand anzuzünden. Sie drehte sich um und bemerkte einen mächtigen Schatten, der sich links neben dem Eingang postiert hatte. Sie zuckte unmerklich zusammen, hielt die Kerze in die Höhe und blickte mit zugekniffenen Augen auf eine diffuse Gestalt. Die wassertröpfchenbehafteten Brillengläser und die unruhigen Kerzenflammen verzerrten den Schatten zu einem bizarren, furchteinflößenden Ganzen. Zwischen Neugierde und Angst schwankend, einer biblischen Gestalt gegenüberzustehen, verharrte sie einen Augenblick.

»Ihr Gott ist inexistent«, tönte auf einmal eine tiefe, mächtige Stimme aus dem Schatten heraus, die den Herzschlag der Nonne einen Moment aussetzen ließ. Sicherheitshalber wich sie einen Schritt zurück und hielt mit zittriger Hand die Kerze noch ein wenig höher. Der Schatten löste sich von der Wand und kam auf die Nonne zu. Vor ihr stand ein Mann, der sie, klein, wie sie war, um sicherlich zwei Köpfe überragte. Die grauen, schulterlangen Haare, dicht und ein wenig gewellt, hatte er nach hinten gekämmt. Er trug einen schwarzen, mantelähnlichen Umhang und die Arme waren hinter dem Rücken verborgen. Er hielt die Augen geschlossen und den Kopf leicht erhoben.

»Ihr Gott ist lediglich ein Kulturgut, ein Hoffnungsmacher, eine Stütze für die Seele. Der klägliche Versuch des Menschen, das Schicksal – das er nie wird nachvollziehen können – zu erklären, das Schicksal zu ertragen in dieser kalten Welt«, belehrte der Unbekannte mit feierlichen Worten die Nonne, die sich ein wenig vom Schrecken erholt hatte.

Das war ein zutiefst Ungläubiger, regte sich ein ganz schwacher Ärger in ihrem Bauch. Um aber dieses Gefühl, das der gebotenen Nächstenliebe zuwiderlief, in andere Bahnen zu lenken, wollte sie das Gespräch mit dem Mann aufnehmen. Dazu versuchte sie ihrer Stimme so viel Gelassenheit und Ruhe zu geben wie irgend möglich und betonte ihre Arglosigkeit, indem sie sich abwandte und dem Anzünden der weiteren Kerzen widmete:

»Sie glauben also, Gott ist inexistent?«

»Ihr Gott ist tot, ja! Und Sie, Schwester, sind ein Anachronismus. Ihrem Glauben laufen die Menschen davon. Sie meinen, Gottes Wege seien unergründlich. Sie sind es nicht! Ich als Weiser, von unserem, dem wahren Gott auserwählt, habe die Antwort parat. Und deshalb kommen sie zu mir, zu uns, vertrauen dem Schicksal, vertrauen den Schicksalsgesetzen, die unser Gott uns offenbart hat – und werden nicht enttäuscht. Wir gehören zum Weisenzirkel Gottes, zu den Auserwählten.«

Jetzt wurde er vollends feierlich:

»Vertrauen Sie Ihren Träumen, Schwester Luise, sie beherbergen Ihren Lebensweg, vertrauen Sie ihnen.«

Ohne auch nur ein Wort der Erklärung oder der Gegenwehr von Schwester Luise abzuwarten, wandte er sich zum Gehen, öffnete die Tür, bückte sich, damit er sich den Kopf nicht stieß, und trat hinaus. Dort drehte er sich noch einmal um und war lediglich noch als große, schwarze Silhouette auszumachen, die beinahe den ganzen Türrahmen ausfüllte. »Übrigens: Maria hat sich für den richtigen Weg entschieden. Sie ist bei mir.«

Damit verschwand er aus dem Blickfeld der perplexen Nonne und ließ die Tür ins Schloss fallen, deren Knall die Worte des Unbekannten zu unterstreichen schien.

Als Schwester Luise sich von dem Schreck ein wenig erholt hatte, brachte sie die kurze Strecke bis zur Tür mit ein paar wenigen Schritten hinter sich, riss diese auf und trat in die Dämmerung hinaus.

»Wer sind Sie?«, rief sie ihm nach. Der Fremde blieb stehen, hob beide Arme in die Höhe und sprach mit viel Pathos: »Ich bin Lomus, Führer der Lom-Sekte, Herr des Weisenzirkels und Meister des Schicksals.«

Er senkte die Arme wieder und ging weiter, ohne die Schwester eines letzten Blickes zu würdigen. Bald darauf bog er rechts in das Sträßchen ein, das ihn talwärts zum Hübeli führte.

Kaum hatte ihn die Dunkelheit verschluckt, leuchteten plötzlich auf dem Sträßchen zwei rote Lichter eines Autos auf. Gleich darauf wurde eine Autotür gedämpft zugeschlagen, ein Motor gestartet und das Fahrzeug setzte sich mit aufgeblendeten Scheinwerfern langsam und kaum hörbar in Bewegung.

Wie um das mulmige Gefühl der Nonne zu betonen, strich auf einmal ein kalter, unangenehmer Luftzug vom Berg herab direkt auf die Schwester zu, der sie frösteln machte und sie zwang, ihre blaue Strickjacke enger um sich zu schlingen. Eine ganze Weile stand sie da und ließ sich die Worte dieser geheimnisvollen Gestalt namens Lomus durch den Kopf gehen. Dabei beruhigte sich ihr Puls allmählich wieder. Er hatte sie beim Namen genannt und auch von Maria gesprochen. Also musste er über etliche Einzelheiten Bescheid wissen. Ob er wohl auch über die Existenz der kleinen Tochter von Maria im Bilde war?

Je mehr Antworten sie suchte, desto mehr Fragen tauchten auf. Schließlich wandte sie sich um, ging zurück in die Kapelle, zündete die restlichen Kerzen an und setzte sich an ihren Platz. Jetzt endlich war auch die erwartete feierliche Stimmung entstanden. Sie hatte das Bedürfnis zu beten. Gott, das wusste sie mit absoluter Sicherheit, wollte ihr durch Lomus etwas mitteilen, ihr etwas offenbaren. Die Frage war nur, sprach wirklich Gott durch Lomus oder war Schwester Luise von Ihm schon so weit abgerückt, dass Satan – der dadurch an Einfluss gewonnen hatte – durch Lomus womöglich sein

Unheil zu verbreiten drohte? Und Maria sollte bei ihm sein. War das eine sündige Lüge oder entsprach das der Wahrheit?

Der Gedankenstrom, der ungestüm über sie hereingebrochen war, musste geordnet werden. Da bot sich das Gebet, die Zwiesprache mit Gott an. Er konnte ihr helfen, konnte Ordnung in das Chaos bringen und ihr den Weg weisen. Sie faltete die Hände und versank trotz der inneren und äußeren Kälte – und das hatte sie lediglich ihrer langjährigen Routine zu verdanken – sehr bald in die tiefere Bewusstseinsebene, um ein Gebet zu sprechen, das ihr vielleicht offenbarte, ob dieser Lomus von Gott oder von Satan geschickt worden war.

Ich danke dir, Gott, dass du mir meine Schwächen und mein Versagen durch meine Mitmenschen vorhältst. Ich höre deine Stimme. Jedem will ich danken, der mir mein Versagen offenbart. Wo dies nicht geschieht, will ich die anderen dazu auffordern.

Sollte mich eine Mahnung, ein Vorwurf, eine Anklage treffen, selbst wo es nicht völlig den Tatsachen entspricht, soll dies eine Gelegenheit für mich sein, meine Selbstgerechtigkeit, meine Selbstrechtfertigung brechen zu lassen.

Gleichzeitig will ich von meinen Mitmenschen nur das Beste denken und keine misstrauischen Gedanken sollen in meiner Seele reifen können, sondern ich bringe ihnen Vertrauen und Liebe entgegen. Erst wenn ich Liebe gebe, so wie du es machst o Herr, komme ich weg von meiner Ichsucht.

Du, mein Herr, machst den dunklen, steinigen Weg,

den du für mich gewählt hast, voller Licht und Zuversicht und ich will ihn gehen, auch wenn er noch so steil, beschwerlich und voller Wirrungen ist. Du ebnest ihn für mich. Also, o Herr, ich bitte dich, sende deine Helligkeit und deine Wahrheit, damit meine unerkannten Sünden ins Licht vor mein Angesicht gestellt werden. Amen.

*

Schwester Luise befand sich wieder am altbekannten Fluss, der sich träge an den großen Steinen vorbeischlängelte. Wieder blökten die Schafe, glänzten weiß die Berggipfel und die Sonnenstrahlen umhüllten ihren nackten Körper wie einen warmen Mantel. Nichts erinnerte an die unheimliche Begegnung im letzten Traum. Friede und Ruhe herrschten, eine vollendete Idylle.

Auf einmal wurde das Sonnenlicht heller und heller. Die Nonne kniff die Augen zusammen und konnte sich diese Veränderung nicht erklären. Ihr Blick suchte die Sonne, doch von hier war keine Veränderung festzustellen. Sie schaute sich um und erkannte, dass dieses Licht, das immer noch gleißender wurde, hinter ihr durch die Waldlichtung und vor ihr durch den Fluss begrenzt war. Selbst mit zugekniffenen Augen gelang es ihr kaum noch, etwas zu erkennen, und nie hätte sie sich vorstellen können, dass es etwas Derartiges geben konnte, das in der Lage war, sogar die Sonne zu überstrahlen. Die Quelle dieses Phänomens war aber nach wie vor nicht auszumachen und plötzlich, einer Eingebung gleich, wusste sie, was es war: das göttliche Licht.

Mit freudiger Erwartung erhob sich Schwester Luise. In diesem Moment verblasste die alles überstrahlende Helligkeit allmählich und machte wieder dem Sonnenlicht Platz. Es gelang ihr, die Augen zu öffnen, und ihr entzückter Blick verfolgte den ihr bekannten Engel, der schwerelos der Erde zuschwebte.

Als er seine nackten Füße sanft auf der Erde aufgesetzt hatte, stutzte sie. Zuerst glaubte sie ihren Augen nicht zu trauen. Litt sie, bedingt durch das göttliche Licht, an Sehstörungen? Sie kniff die Augen zusammen und blinzelte. Doch die Züge im Antlitz des Engels wurden deutlicher. Die markante Nase bildete sich heraus, gefolgt von den schwarzen Augen, bis es keinen Zweifel mehr gab.

Richard, ihr Geliebter, den sie vor so vielen Jahren plötzlich durch einen tragischen Unfall verloren hatte. Ihr Geliebter, der damals von einem Bauern auf dem Traktor überfahren worden war. Er hatte um ihre Hand angehalten, obwohl ihr Vater damit ganz und gar nicht einverstanden gewesen war. Er schaute mit wehmütigem, vergeistigtem Blick zu ihr hinab. Richard.

Obwohl diese Geschichte eine Ewigkeit her war, war plötzlich vor ihrem geistigen Auge alles wieder wie real vorhanden. Ihre Liebe, ihre Zuneigung und dann die Nachricht vom Tod, die sie damals seelisch völlig aus der Bahn geworfen hatte. Sie machte einen Schritt auf den Engel zu, wollte ihm nahe sein, ihn berühren, umarmen. Erst jetzt bemerkte die Nonne etwas, was sie noch mehr in Ekstase, ja in Entzücken versetzte. Ein Korb, dessen Henkel in der rechten Armbeuge des Engels hing und aus dem eine flauschig weiche, weiße Decke lugte. Die Gefühle übermannten sie und sie konnte sich nicht länger zurückhalten. Zwei Menschen, die ihr alles bedeuteten und die sie verloren hatte, waren zu ihr zurückgekehrt.

»Lisa Maria, Richard, du hast mir Lisa Maria zurückgebracht.«

Die Stimme versagte ihr. Tränen stiegen ihr in die Augen und trübten den Blick. Sie sank auf die Knie, senkte den Kopf und betete mit vor Rührung nassen Augen das Vaterunser.

In dieser Haltung und dem Gebet versunken, bemerkte sie nicht, was sich vor ihr abspielte, welches entsetzliche Drama hier seinen Lauf nahm.

Lautlos, urplötzlich, wie aus dem Nichts war die wilde Bestie wieder da und sprang ohne zu zögern mit einem gewaltigen Satz den Engel an. Schwester Luise gewahrte lediglich einen sich über sie hinwegbewegenden Schatten, der sie aus ihrer Versunkenheit erwachen ließ, um nach Richard zu sehen, unsicher, ob sich dieser bereits wieder auf den Weg machen wollte. Was sie jedoch erblickte, war derart schrecklich, dass sie wie gelähmt auf den Knien verharrte, unfähig zur kleinsten Bewegung.

Mit aller Kraft versuchte sie sich aus dieser Erstarrung zu lösen, ihrem geliebten Richard, dem Engel, zu Hilfe zu eilen, ihm beizustehen, doch dies war unmöglich, sie war wie am Boden verankert, hilflos, machtlos und musste mit ansehen, was da geschah.

Die Bestie hatte den Engel am Hals gepackt und sich darin verbissen. Verzweifelt versuchte er sich mit heftigen Flügelschlägen zu wehren, versuchte gen Himmel zu entfliehen, doch die Last, die sich an seinem Hals festgebissen hatte, ließ sich nicht abstreifen. Die mächtigen Flügel schlugen verzweifelt, verursachten heftige

Luftwirbel, Federn flogen umher. Es gelang ihm nur ein wenig abzuheben und die Bestie mitzureißen, doch dann landete er wieder am Boden, dem Gewicht nicht gewachsen.

Doch seltsam, die Arme und Hände des Engels hingen schlaff herunter, keine Abwehrbewegung war zu sehen, nur der Wille, der tobsüchtigen Bestie zu entkommen, ohne selbst bösartig zu werden.

Schwester Luises Entsetzen verwandelte sich in Anbetracht ihrer Unfähigkeit zu helfen in einen tiefgründigen Seelenschmerz. Kaum hatten sie sich wieder gefunden, wurde ihr Richard wieder genommen. Und sie war zur Tatenlosigkeit verurteilt, war nicht fähig zu helfen.

Wie ein Blitz durchzuckte sie ein Gedanke, der ihren Willen, das Ganze nicht tatenlos geschehen zu lassen, wieder erstarken ließ. Wo war der Korb mit dem Kind? Ihr Kind. Wenigstens das Kind! Ein zweites Mal beinahe das ihre und schon war es wieder weg. Sie schaute sich um, immer wieder die Kämpfenden im Blickfeld. Nichts. Nirgends das geringste Anzeichen eines Kindes oder des Korbes. Nur Richard im lautlosen Todeskampf mit der Bestie. Sie glaubte wahnsinnig zu werden. Sie schrie, Blut spritzte. Sie schrie und schrie. Ihre Ohnmacht war nicht zum Aushalten. Die Flügel des Engels, diese glänzend weißen, makellosen Flügel waren auf einmal über und über mit hellrotem Blut befleckt.

In ihrer grenzenlosen Panik schoss ihr ein seltsam profaner Gedanke durch den Kopf. Wie konnte ein Engel als Wesen Gottes nur bluten?

Die Flügel schlugen nun nicht mehr so wild und heftig, denn die Kräfte des Himmelswesens erlahmten zusehends, und schließlich sank er langsam in sich zusammen. Die Augen mit dem vergeistigten Blick wurden stumpf, ehe sie sich langsam schlossen.

Und jetzt passierte etwas Wunderbares. Die Bestie hatte ihre Zähne immer noch im Hals des Engels vergraben und schien auf sein endgültiges Ende zu warten, da fielen der Körper und die herrlich großen Flügel in sich zusammen, gerade so, als würde man die Luft ablassen, damit der Geist, der darin gewohnt hatte, seinen Auftrag weiterführen konnte. Knapp über der Hülle formierten sich aus einer wolkenähnlichen Substanz die Umrisse des Engels, die sich jedoch bald zu einer rundlichen Gaswolke verdichteten. Diese Wolke, leicht und flüchtig, schwebte langsam und völlig lautlos senkrecht gen Himmel. Im Inneren der Wolke blinkten in langsamem Rhythmus weiße Lichtlein, die bald erloschen, so wie sich auch die Wolke langsam verflüchtigte.

Indes realisierte die Bestie, die am Boden gekauert hatte und den Tod des Engels abwartete, was mit dessen Hülle passierte. Sie hatte nichts mehr zwischen den Zähnen. Sie öffnete das Maul und schaute dem Zerfall mit schrägem Kopf zu. Die Hülle wurde immer heller, immer durchlässiger, schien sich aufzulösen, zu versickern und auf einmal war sie ganz verschwunden.

Die Bestie gab einen unwilligen Laut aus tiefster Kehle von sich, stand auf und fixierte mit ihren bösartig blitzenden Augen die Nonne, die nach wie vor wie versteinert kniete, zu keiner Bewegung fähig.

Und nun, als die Bestie die nackte Nonne belauerte, wurde aus der Fratze ein menschliches Gesicht, ebenso verkniffen und abscheulich wie das der Bestie selbst, aber eben doch ein Gesicht einer ihr bekannten Person.

Vater!

Diesmal erwachte sie mit einem heftigen Zucken. Sie lag auf dem Rücken und erkannte, dass sie völlig durchgeschwitzt war. Das Geräusch des nahen Wasserfalls vermochte ihr rasendes Herz ein wenig zu beruhigen. Sie dankte Gott, dass sie aus diesem Traum erwacht war und schlug ein Kreuz über Kopf und Brust. Der schweißnasse Stoff des Nachthemds streifte über die Haut und erzeugte ein Frösteln. Das Kind. War das Kind noch da, blitzte es durch ihren Kopf. Sie konnte in diesem Moment Traum und Realität schlecht auseinander halten. So schnell sie konnte, drehte sie sich auf die rechte Seite und griff in der vollkommenen Dunkelheit nach ihrer Taschenlampe, die sie auch sofort fand. Eilig fingerte sie daran herum, bis endlich der blasse Lichtstrahl das dunkle Zimmer ein wenig erhellte. Gott sei Dank! Der Korb stand wie gewohnt auf dem Tisch. Erleichtert schlug sie die Decke zurück und setzte sich auf die Bettkante. Ihr fröstelte. Sie erhob sich und machte zwei Schritte zum Tisch. Zwischen Behutsamkeit und Hektik leuchtete sie in den Korb hinein. Die kleine Lisa Maria lag auf dem Rücken und schlief friedlich mit gleichmäßigen Atemzügen.

Die Anspannung, die sich während des Traums und der Vergewisserung, ob die Kleine noch da war, was real und was Traum war, aufgebaut hatte, war mit einem Mal verschwunden und machte einer Mattigkeit Platz, die ihr das seit sehr langer Zeit nicht mehr bewusst gemachte Alter in Erinnerung rief. Ja, sie fühlte sich alt und müde.

Schwer setzte sie sich auf den Stuhl, doch die Kälte, die sich durch das nass geschwitzte Nachthemd verstärkte, ließ sie nicht lange ruhig sitzen. So stand sie auf und schaltete das Licht ein. Es war fünf Uhr in der Früh. Sie fühlte, dass sie krank werden würde. Eine Erkältung kündigte sich bei ihr immer so an: Das Schlucken tat ihr weh und die Lymphknoten waren schmerzhaft geschwollen. Bald, das wusste sie auch aus der Erfahrung, würde sie einen starken Schnupfen bekommen, im schlimmsten Fall einhergehend mit Fieber. Auch das noch.

Schwester Luise konnte sich einer leisen Enttäuschung kaum erwehren. Sie war auf dem Rückweg von der Kapelle ins Chalet »Ruf Gottes«. Sie ging den Weg tief in Gedanken versunken und versuchte auch jetzt ihre Sinne auf das Zwiegespräch mit Gott zu lenken, um doch noch einen kleinen Wink von Ihm zu erhaschen. Doch so sehr sie sich auch zu konzentrieren vermochte, da war nichts.

Sie schaute auf die Uhr. Es war zehn Uhr vormittags. Sie hatte sich geschlagene zwei Stunden in der Kapelle aufgehalten und war in das Gespräch mit Gott vertieft gewesen, aber alle Bemühungen hatten sich als Monolog herausgestellt. Keine Eingebung, keine Vision, kein Gefühl, nichts, das sie auf eine Spur gebracht hätte, was sie tun musste, wie sie die schwere Bürde, die sie in den letzten Tagen ohne zu murren zu tragen bereit gewesen war, auch wieder loswurde. Gott ließ sie warten.

War es vielleicht Geduld, die sie noch weiter entwickeln musste? Geduld zu haben, ohne das Vertrauen zu verlieren? Auch in einer Situation, die sie schon beinahe als ausweglos einstufte? Geduld und Vertrauen zu Gott?

War ihr das abhanden gekommen in der letzten Zeit oder war Gott unzufrieden mit ihr in dieser Beziehung? Wollte er sie prüfen?

Abrupt blieb sie auf dem Sträßchen zum Haus stehen, faltete die Hände, senkte den Kopf und betete ein weiteres Mal:

Herr, ich weiß, deine Hilfe kommt nie zu spät. Wenn die Zeit gereift, bricht die Hilf mit Macht herein. Du bist die reine Liebe und deine Hilfe kommt gewiss – darum kann ich getrost in Geduld mich üben.
Ich weiß, hinter allem stehst du, auch hinter notvollen Umständen und dunklen Durchquerungen, die mich zur Ungeduld reizen. Ich bete dafür, dass du meinen Eigenwillen brichst und ich deinem Willen gehorche und vertraue, damit ich die Not geduldig tragen kann. Amen.

Als sie dieses Gebet zu Ende gesprochen hatte, machte sie sich nun endgültig auf den Weg nach Hause. Sie hatte ihr Möglichstes getan und würde nun gelassen und ruhig darauf warten, dass Er sie leiten würde.

Trotz ihrer wiedergewonnenen Zuversicht, die ihre Schritte entschlossener werden ließ, war da etwas in ihrer Seele, das sie mit einer Prise Unbehagen zur Kenntnis nahm. Zweifellos hätte man das Kind längst bei den Behörden melden müssen. Sie konnte sich nämlich beim besten Willen nicht vorstellen, dass Maria dies getan haben könnte in Anbetracht der Geheimnistuerei, die sie bei der Geburt an den Tag gelegt hatte.

Glücklicherweise erreichte sie in diesem Moment das

Haus und die Freude, ihr Baby wieder in die Arme nehmen zu können, nahm überhand. So übergab sie ihre Bedenken ebenfalls Gottes Hand und öffnete voller Vorfreude die Tür.

Als Erstes vernahm sie Alfis Stimme. Mit skeptischer Miene hatte er sich am Morgen der Bitte der Nonne gebeugt, Lisa Maria zu beaufsichtigen, nicht ohne darauf zu verweisen, dass er noch nie in seinem Leben einen Säugling gehütet, geschweige denn einem solchen ein Fläschchen verabreicht hatte.

Mit dunkler, beruhigender Stimme gab er leises Gemurmel von sich. Ganz offensichtlich sprach er mit dem Mädchen und schien es zu genießen, denn in seiner Stimme lag ein vergnügliches, warmes Lachen.

Sie fand ihn im Refektorium. Er hatte ihr Eintreten nicht bemerkt, kniete am Boden und beugte sich über den vor ihm liegenden Kaminholzkorb, in dem die kleine Lisa Maria lag. In kindlich überschwänglicher Manier neigte er immer wieder den Kopf über den Korb und gab unverständliche Laute von sich.

In diesem Augenblick beanspruchte ein Gedanke, der ihr durch den Kopf schoss, ihre ganze Aufmerksamkeit. Jetzt! Endlich! Die Stimme Gottes sprach in Bildern zu ihr. Sie stutzte und konzentrierte sich, so gut sie nur irgend konnte, denn sie wollte nichts verpassen, nichts sollte ihr entgehen.

Wie vor zwölf Tagen, als Er sie in das versteckte Chalet zu Maria geleitet hatte, war es auch hier klar und deutlich: Die Vision zeigte ihr das Bild ihrer Schwägerin, die vor dem Haus stand, in dem sie selber aufgewachsen war, und sie zu sich winkte. Kein Zweifel möglich.

Sie versuchte weitere Bilder zu erhaschen, rief stumm zu Gott, ihr doch bitte klarere Hinweise zu geben, doch es blieb dunkel und eine innere Stimme sagte, dass sie sich mit diesem einen Bild zufrieden geben musste. Einen Moment verharrte sie noch in ihrer nach innen gerichteten Aufmerksamkeit, bevor sie, ohne ein Geräusch zu machen, wieder hinausging, sich auf den Stuhl neben der Tür setzte und nach Worten der Dankbarkeit suchte.

Endlich, endlich, allmächtiger Gott, hast du mir ein Zeichen gegeben. Wenn die Stunden sich gefunden, führst du mich durch die schwärzeste Dunkelheit auch wenn ich voller Ungeduld bin. Du weist den Weg und lässt mich ihn gehen, wenn ich voller Vertrauen in dich bin. Du führst mich ins Licht, auch wenn ich zaghaft bin und das Licht nicht auf Anhieb erkennen kann.

*

Gottes Offenbarung war wunderbar in ihrer Klarheit: Schwester Luise hatte soeben den Auftrag erhalten, ihrer Schwägerin einen Besuch abzustatten. Was der Allmächtige damit bezweckte, konnte sie freilich nicht sagen, doch das war auch nicht ihr Begehren. Er war daran, sie ins Licht zu führen, und blind wollte sie gehorchen, ohne zu zögern.

Sie hatte ihre Schwägerin, die Klara hieß, seit dem Tod ihres Bruders vor etwas mehr als fünf Jahren nicht mehr gesehen. Sie und Klara hatten sich nie besonders gut verstanden und so waren sie sich aus dem Weg gegangen. Klara hatte Schwester Luises Bruder Karl an der Uni kennen gelernt, die sie gemeinsam besuchten. Er hatte damals Medizin studiert, sie Ethnologie. Karl und Klara waren beide damals höchst erstaunt, als Luise ihnen eröffnete, dass sie ins Kloster eintreten würde. Seltene Besuche von Schwester Luise, die mehr ihrem Bruder als ihrer Schwägerin gegolten hatten, konnten das kühle Verhältnis, das die beiden zueinander hegten, nie erwärmen. Mehr noch: Dies erlosch vollends, als Schwester Luise sich von den beiden mit den Worten verabschiedete, sie werde für ein paar Jahre nach Namibia in eine Missionsstation gerufen. Klara verurteilte diesen Entschluss äußerst scharf. Sie sprach von imperialistischem Gehabe der hiesigen Kirche, wenn deren Vertreterinnen die »bösen« Wilden bekehren wollten, wobei sie das Wort »böse« derart betonte, dass kein Zweifel aufkam, wie sie darüber dachte. Und obwohl Karl seine Frau dabei missbilligend musterte, wandte sie sich spöttisch von Schwester Luise ab, noch bevor diese sich verabschieden konnte. Karl schrieb ihr dann noch ein paarmal, wahrscheinlich heimlich und ebenso wahrscheinlich aus schlechtem Gewissen heraus, suchte er doch jeweils im Text nach Erklärungen für die Haltung seiner Frau. Dieser Briefkontakt verebbte aber mit der Zeit auch, bis er schließlich ganz abbrach.

Da mittlerweile Mutter, Vater und ihr einziger Bruder verstorben waren, hatte Schwester Luise in den letzten Jahren keinen Grund mehr gesehen, die Schwägerin zu besuchen. Wie es wohl um sie stand? Und wie Klara wohl reagieren würde, sie nach all den Jahren wieder einmal zu Gesicht zu bekommen?

Gespannte Erwartung stieg in Schwester Luise auf. Ob

ihr Zimmer, in dem sie zwölf Jahre verbracht hatte, wohl immer noch unangetastet war? Der Vater hatte damals ihre Entscheidung, in ein Kloster zu gehen, nicht richtig ernst genommen und das Zimmer so belassen, um die Rückkehr seiner einzigen Tochter angenehmer zu gestalten. Als dann ihr Bruder nach dem Tod des Vaters nicht nur die Praxisräume, sondern das ganze Haus übernahm und früh bemerkte, dass Klara und er keine Kinder würden haben können, beließ man das Zimmer weiterhin so mit der Begründung, dass es kaum anderweitig gebraucht würde. So geriet dieses Zimmer in dem großen Haus allmählich in Vergessenheit wie ein altes, zu eng gewordenes Kleidungsstück, das man in der sinnlosen Hoffnung, wieder einmal schlanker zu werden, auf dem Dachboden deponierte.

Bei all diesen Gedanken wurde Schwester Luise klar, dass sie ihrer Schwägerin wohl besser vorher irgendwie Nachricht geben musste, dass sie sie besuchen kommen wollte. Ungern wäre sie nach Schwarzenburg gereist, um dann vor verschlossenen Türen zu stehen und zu merken, dass sie vergebens die lange Reise unternommen hatte. Ihres Wissens hatte die Schwägerin kurz nach dem Tod ihres Mannes die Telefonleitung unterbrechen lassen, weil sie zunehmend verschrobener geworden war, sich immer mehr zurückzog und sich von der Außenwelt verabschiedete. Da Schwester Luise schon jetzt fast die Zeit davonlief und sie ihre wachsende Ungeduld kaum mehr unterdrücken konnte, schied die Möglichkeit einer brieflichen Ankündigung aus. Sie konnte unmöglich die paar Tage warten, bis der Brief auch tatsächlich angekommen war.

Vielleicht sollte sie doch Alfi fragen, ob er sie nicht fahren konnte. Sie würden die kleine Lisa halt trotz allem mitnehmen.

Etwas durfte sie jedoch nicht unterlassen. Der Orden, dem sie angehörte, verbot mit aller Strenge eigenmächtiges Verhalten. Also musste sie ihre geplante Reise unbedingt mit der Mutter Oberin besprechen und die Erlaubnis dafür einholen. Weil es eilte, konnte dies nur telefonisch geschehen. Die Frage war nur, wie sie ihr plötzliches Begehren vor der Mutter Oberin begründete, ohne sich lange rechtfertigen zu müssen.

Das Telefonat mit der Mutter Oberin führte sie am Abend in der Telefonzelle auf der Griesalp. Schwester Luise hatte alle Register gezogen, um den bohrenden Fragen der Oberin aus dem Weg zu gehen. So wählte sie den Zeitpunkt des Anrufs bewusst spät, weil sie wusste, dass ihre Vorgesetzte zu später Stunde nicht mehr sehr hellhörig war und wegen ihres fortgeschrittenen Alters eher in Ruhe gelassen werden wollte. Auf alle Fälle stellte diese nicht viele Fragen und war mit der übereilten Reise nach Schwarzenburg erstaunlich rasch einverstanden, als Schwester Luise mit diskret theatralischer Stimme meinte, ihre Schwägerin sei auch schon sehr alt, wobei sie das Wort »sehr« so betonte, als stünde deren Ableben kurz bevor. Glücklicherweise war für ihre Vorgesetzte offensichtlich von vornherein klar, dass die Schwester mit öffentlichen Verkehrsmitteln reisen würde, und so erkundigte sie sich nicht danach. Wäre eine entsprechende Frage gestellt worden, hätte die Schwester zugeben müssen, mit einem Mann zu reisen, was wiederum Probleme heraufbeschworen hätte. So aber wurde ihr die Bewilligung erteilt und die Schwester hängte den Hörer nur mit einem ganz kleinen schlechten Gewissen ein.

*

Schwungvoll fuhr Alfi auf den mit Kies gestreuten großzügigen Parkplatz. Endlich hatten sie das in Schwarzenburg nur unter dem Namen »Doktorhaus« bekannte Gebäude erreicht. Schwester Luise war erleichtert, endlich dem penetranten Gestank im Auto entrinnen zu können. Wider Erwarten war ihr nicht schlecht geworden, obwohl Alfi wie gehabt zerstreut und unkonzentriert gefahren war, jedoch machten ihr starke Halsschmerzen zu schaffen. Sie hatte wie gewohnt hinten hinter Alfi gesessen und das Kind neben sich im Korb auf den Boden des Autos gestellt.

Sie löste den Sicherheitsgurt und wollte gerade aussteigen, als das Auto überraschend einen Hüpfer vollführte, der Alfi ein ebenso überraschtes »Hoppala« entlockte. Sie enthielt sich jeglichen Kommentars und unternahm einen zweiten, diesmal erfolgreichen Versuch auszusteigen.

Sie war etwas steif in Knien und Hüften und das Pulsieren des Blutes im Kopf hatte ein beunruhigendes Ausmaß angenommen. Sie atmete tief durch und schaute auf ihre Uhr. Es war kurz nach zehn Uhr vormittags und sie waren knapp zwei Stunden unterwegs gewesen.

Alte Erinnerungen wurden wach. Ihr Elternhaus war ein dreihundert Jahre altes Herrschaftshaus, das ihr Vater vor langer Zeit von einem befreundeten Fabrikanten aus Bern erstanden hatte. Sie war damals sechs Jahre alt gewesen und hatte sich riesig über die vielen Zimmer gefreut, die es zu erkunden gab, und auch über den Dachboden, wo allerlei Krimskrams auf seine Entdeckung wartete. Erst viel später hatte sie hinter vorgehaltener Hand erfahren, dass ihr Vater das Haus viel zu teuer gekauft hatte, und zwar nur deshalb, weil sein Freund, der Fabrikant, in Konkurs gegangen war und er ihm nicht das Gefühl geben wollte, Almosen entgegennehmen zu müssen.

Gedanken an ihren Vater stimmten sie vollends sentimental. Auch wenn er sich nie über den Hauskauf geäußert hatte, wäre das typisch für ihn gewesen, und sie hatte keinen Grund gesehen, an dieser Version zu zweifeln. Nie hätte er etwas getan, das die Würde und den Stolz eines Menschen verletzt hätte. Immer stand er auf der Seite der Schwächeren und setzte sich als Landarzt unermüdlich für das Wohl der Bevölkerung ein.

Schwester Luise sah sich weiter um. Da ihr Vater bei der Bevölkerung weit und breit einen ausgezeichneten Ruf genoss, wurde das aus Sandstein gebaute Haus bald nur noch als »Doktorhaus« bezeichnet. Es hatte zwei Stockwerke und war mit einem Walmdach versehen, das an Front- und Rückseite je drei Dachfenster aufwies. Der Haupteingang war über drei geschwungene Stufen zu erreichen.

Links neben dem Hauptgebäude befand sich ein freistehendes Häuschen, das über zwei stark verwitterte Garagentore verfügte. Beide Tore waren geschlossen und sahen aus, als seien sie seit langer Zeit nicht mehr geöffnet worden. Auffällig, weil fremdländisch, jedoch für die Nonne nicht ungewöhnlich, standen zwischen den Gebäuden in gleichem Abstand sechs große dunkle Holzskulpturen. Diese stellten menschliche Körper dar, waren aber ausgesprochen dünn und seltsam lang gezogen.

Rechter Hand, ein wenig nach hinten versetzt, stand ein weiteres kleines Gebäude, das nach einem etwas überdimensionierten Gartenhaus aussah, ebenfalls mit einem Tor, daneben eine Tür. Kleine Fenster mit rotweiß gemusterten Vorhängen ließen vermuten, dass es bewohnt war.

Der Kiesplatz war rundherum gesäumt von Kastanienbäumen und begrenzt durch eine mannshohe, altersschwache Sandsteinmauer, die stellenweise abbröckelte und fast einzustürzen drohte. Überhaupt machte alles einen ziemlich heruntergekommenen Eindruck.

Alfi stieg ebenfalls aus und schaute sich neugierig um. Die Schwester ging ein paar Schritte zur Mitte des überdimensionierten Platzes, der wiederum einen auffallend gepflegten Eindruck erweckte, und wandte sich Alfi zu, der mit den Händen in den Hosentaschen und einer Zigarette im Mund die Anlage musterte. Sie hob die Hände und meinte lachend mit gedehnter Stimme:

»Hier bin ich aufgewachsen. Ist es nicht wunderschön?«

Alfi sah sich weiter um, entgegnete aber nichts. Wie konnte eine Frau dies alles aufgeben und in ein Kloster gehen? Für ihn war das unverständlich. Als hätte die Nonne seine Gedanken erraten, fügte sie hinzu: »Aber eines kannst du mir glauben, Alfi. Ich hab's nie bereut, den Weg Gottes eingeschlagen zu haben.« Nachdenklich und leise ergänzte sie: »Ich würde es wieder tun. Ohne zu zögern.«

»In welchem Alter sind Sie ins Kloster gegangen?«, fragte nun Alfi nach.

»Mit achtzehn, das sind jetzt schon«, sie überlegte kurz mit Blick gen Horizont, »dreiundfünfzig Jahre. Allmächtiger, wie die Zeit vergeht.«

Vor lauter Überraschung schlug sie rasch ein Kreuz und lachte dann schelmisch auf.

»Also, wollen wir einmal schauen, ob die Klara zu Hause ist und ob sie mich auch hereinlässt. Das ist nämlich gar nicht so selbstverständlich.«

Damit wandte sie sich zur Treppe, stieg die drei Stufen empor und drückte entschlossen den imposanten Klingelknopf aus Messing. Von drinnen war nichts zu hören. Schwester Luise ging die drei Schritte wieder hinunter, entfernte sich ein wenig vom Haus und blickte nach oben. Nichts tat sich. Nach geraumer Zeit, die Nonne war schon dabei, das Prozedere zu wiederholen, hörte man im Innern des Hauses, wie sich jemand geräuschvoll an der Tür zu schaffen machte. Dann wurde diese einen Spaltbreit geöffnet, gebremst von einer Sperrkette.

Eine alte Frau, Schwester Luise erkannte sie zweifellos als ihre Schwägerin, schaute mit skeptischer, abweisender Miene hinaus. Die Nonne holte Luft, um ihre Schwägerin zu begrüßen, als diese mit gehässiger, heiserer Stimme durch den Türspalt hinauskreischte:

»Was willst du? Willst du jetzt hier missionieren? Haben dich die Afrikaner endlich rausgeschmissen? Wurde auch Zeit! Hier hast du nichts mehr verloren. Verschwinde!«

Das letzte Wort war kaum ausgesprochen, als die Tür mit einem heftigen Knall ins Schloss fiel.

Die Schwester blieb sprachlos stehen und Alfi ließ wieder ein »Hoppala« hören. Diesen mehr als derben Empfang hatte die Schwester nun doch nicht erwartet. Sie und Alfi schauten sich stumm an und Hilflosigkeit sprach aus ihren Gesichtern. Alfi, der Zweckoptimist, fand als Erster die Sprache wieder.

»Ich glaube, das wird schwierig, hier ein offenes Ohr für Ihr Anliegen zu finden.«

Die Nonne war immer noch aus der Fassung, schaute Alfi von der Seite an, atmete tief ein und aus und nickte dabei, um Alfis Worte zu bestätigen.

»Was machen wir jetzt?«, erhoffte sich Schwester Luise von Alfi eine gute Idee. Der räusperte sich, nahm einen letzten Zug von seiner Zigarette, warf diese achtlos auf den gepflegten Kies, zog seine Hose zurecht, prüfte, ob der Reißverschluss geschlossen war, vergrub die Hände in den Taschen und sagte in wichtigem Ton: »Da hilft nur *Psy ... chologie*. Warten Sie einen Moment, Schwester. Ich werde sehen, was ich tun kann. Gehen Sie bitte ein wenig zur Seite, dass Ihre Schwägerin Sie nicht sehen kann.«

Dabei wies er die Nonne mit erhobener Hand an, zum Tor zu gehen.

Verwundert ließ Schwester Luise dies mit sich geschehen. Immerhin hatte sie nichts zu verlieren und schlimmer als jetzt konnte es ohnehin nicht werden. So trat sie zur Seite und machte sich daran, nach der kleinen Lisa Maria zu sehen.

Alfi wandte sich indes nach links und blieb vor den sechs Holzskulpturen stehen. Zweifellos waren sie aus den Händen eines afrikanischen Künstlers entstanden.

Alfi begutachtete die Kunstwerke und schüttelte dann unmerklich den Kopf. Er konnte mit dieser Art von Kunst nichts anfangen, wollte aber auf keinen Fall Gefahr laufen, dass die Schwägerin der Nonne ihn beim Kopfschütteln beobachtete. Dies hätte seinen ganzen Plan mit der psychologischen Angehensweise der Problematik zunichte gemacht.

Er ging zur Tür und drückte entschlossen auf die Klingel. Sodann beeilte er sich, die drei Stufen wieder hinunterzukommen, und lief zu den Figuren. Dort angelangt, begutachtete er diese scheinbar interessiert und schien sich nicht um etwelche Bewohner zu kümmern, die an der Tür erschienen. Seine Geduld war schon beinahe erschöpft und er schaute verstohlen nach der immer noch verschlossenen Tür, als diese endlich unter dem bereits bekannten Gerassel aufgeschlossen wurde. Wieder verhinderte die Sperrkette, dass Eindringlinge sich unrechtmäßig Zugang verschaffen konnten. Derselbe Kopf erschien im Türspalt.

Ungehalten schaute die alte Frau umher, denn sie konnte Alfi kaum sehen, so eingeschränkt war ihr Gesichtsfeld durch die lediglich spaltbreit geöffnete Tür. Erst als sie ihn erblickte, schrie sie in bekannter Manier in hoher, hysterischer Tonlage den Besucher an:

»Was wollen Sie? Lassen Sie meine Figuren in Ruhe!«

Alfi blieb ob des Keifens äußerlich unbeeindruckt, ja gelangweilt, und kümmerte sich nur um die Figuren. Genau diese Reaktion hatte er erwartet. Ohne sich umzudrehen, sprach er seine Antwort mit Absicht leise:

»Wunderschöne Figuren. Ist es nicht schade, sie hier draußen an der Witterung zu belassen? Die nehmen doch Schaden?«

Aus den Augenwinkeln konnte Alfi erkennen, dass die alte Frau bereits neugierig geworden war. Plötzlich wurde die Tür geschlossen und gleich darauf wieder geöffnet, diesmal ohne Sperrkette. Die Frau trat hinaus und musterte nun sichtlich interessiert den fremden Mann. Ihren eigentlichen Besuch, nämlich den ihrer Schwägerin, schien sie vollends aus dem Gedächtnis gestrichen zu haben. Langsam und mit vorgeneigtem Kopf stieg sie die Treppe hinunter.

»Sie kennen sich aus mit afrikanischer Kunst?«, wollte sie nun wissen, noch schwankend zwischen Misstrauen dem Fremden gegenüber und der Freude, jemanden gefunden zu haben, der ihr Interesse offenbar teilte. Alfi, der keine Ahnung von der Materie hatte, blieb unverbindlich:

»Wunderschöne Figuren. Aber gehen sie nicht kaputt hier draußen?«

»Ach, wissen Sie«, hatte die alte Frau nun jegliches Misstrauen verloren und machte eine abwehrende Handbewegung, in der Enttäuschung mitschwang, »ich habe noch das ganze Haus voll davon und niemand interessiert sich dafür. Künstlerisch betrachtet, wird der Schwarze Kontinent stiefmütterlich behandelt. Die Weißen haben offensichtlich immer noch das Gefühl, die Schwarzen seien Halbaffen, und deswegen müssten sie ihre großartige Kunst nicht anerkennen.«

Jetzt wieder gehässig, fuhr sie fort: »Ihre Begleiterin ist da keine Ausnahme!«

Damit sah sie sich um und machte sich auf den Weg zurück zum Haus. Alfi sah seine Chance schwinden, die Frau zu einem näheren Gespräch zu motivieren, als diese, ohne sich umzudrehen, in einem Ton, der keinen Widerspruch duldete, befahl:

»Kommen Sie mit! Ich zeige Ihnen ein paar erlesene Exponate meiner Sammlung. Sie werden Augen machen.«

Mit resoluten Schritten ging sie voraus. Alfi, bis anhin bewusst dem Äußeren der Frau keine Beachtung geschenkt, ging ihr eilig nach und nutzte die Gelegenheit, sie ausgiebig zu beobachten. Die graugelblichen Haare hatte sie zu einem strengen Knoten zusammengebunden. Über ihre blaue Bluse trug sie einen rotweiß gestreiften, ärmellosen Pullover. Selbst Alfi, der sich in Farbenlehre und Ästhetik nicht sonderlich gut auskannte, konnte sich nicht erinnern, je einmal eine Frau mit stilloserer Kleidung gesehen zu haben. Als sie Treppe hochstieg, glaubte Alfi seinen Augen nicht zu trauen. An ihren Füßen trug sie echte Berner Trachtenschuhe mit der obligaten Silberschnalle. Die Schuhe waren so groß, dass sie bei jedem Schritt mit den Fersen aus den Schuhen rutschte. Alfi verkniff sich einen Kommentar und schaute sich stattdessen verschmitzt nach Schwester Luise um, ob sein Triumph auch gebührend Beachtung fand. Doch zu seinem Leidwesen konnte er sie nirgends entdecken. Auch nicht im Auto.

Kaum hatte Alfi Schwester Luise diskret weggeschickt, sah sie an der Hausecke, von dieser halb verdeckt, einen alten Mann, der auf einen Stock gestützt dastand und sie hektisch zu sich winkte. Sie beeilte sich, dieser Geste Folge zu leisten, ging raschen Schrittes auf diesen zu und ahnte bereits, wer er war. Und tatsächlich, es war Jakob, der Gärtner, der bereits hier angestellt war, als sie noch in den Kinderschuhen steckte. Er musste mittlerweile sicher an die neunzig Jahre alt sein. Schwer und gebeugt stützte er sich auf seinen Stock, der leicht zitterte.

»Hallo Luischen, oder muss ich zu dir Schwester Luise sagen?«, begrüßte er sie mit glänzenden Augen.

Jetzt war für die Schwester kein Zweifel mehr möglich. Es war Jakob, den sie und ihr Bruder immer nur Kobi genannt hatten. Er war als junger Bursche von Vater angestellt worden und hatte sich schon bald wie ein großer Bruder um die beiden gekümmert. Einmal, als Schwester Luises Eltern Besuch von einflussreichen Freunden gehabt hatten und sie und ihr Bruder nach oben in ihre Zimmer geschickt wurden, hörte Luise, wie ihr Vater Jakobs Lebensgeschichte seinen Freunden erzählte. Daraus wurde klar, dass Jakob vor allem aus humanen Gründen bei ihnen angestellt worden war. Luise lauschte dem nicht für sie bestimmten Gespräch mit gespannter Aufmerksamkeit. Jakob wurde bereits bei seiner Geburt der schwachsinnigen Mutter, die angeblich eine Zigeunerin gewesen sei, weggenommen. Während seiner Kindheit wurde er dann von Bauernhof zu Heim und von Heim zu Bauernhof gereicht, ohne Wurzeln schlagen zu können, geschweige denn eine einigermaßen konstante Schulbildung zu genießen. Und außerdem wurde er ohnehin als minderbemittelt angesehen.

Kaum zu glauben, dass sie ihn nach all den Jahren noch einmal zu Gesicht bekam. Die beiden begrüßten sich herzlich, ohne aber die Kluft der jahrzehntelangen Trennung überwinden zu können, die vom schwarzen Habit der Nonne noch verstärkt wurde.

Jakob kam gleich zur Sache. Mit einer Handbewegung

zum Haus erklärte er mit einem verständnisvollen Lächeln: »Sie hat den Verstand verloren. Du darfst ihr das nicht übel nehmen. Es wird immer schlimmer mit ihr. Ich weiß nicht, wie das noch endet. Dein Begleiter ist ja ein ganz ausgefuchster Kerl. Wie er sich Zutritt verschafft hat. Das macht ihm so schnell keiner nach.«

Schwester Luise fiel in das Lachen ein und mit einem Mal war alles wie früher, erwachte die alte Vertrautheit, als sie unzählige Male an lauen Sommerabenden mit ihm in den Baumkronen saß, später unter ihnen, um ihm ihre Sorgen und Nöte anzuvertrauen. Er verstand vieles nicht, was sie erzählte, zu groß waren die Unterschiede in ihren Welten, doch er liebte ihre Gesellschaft und erwies sich als geduldiger Zuhörer, der nie jemanden verurteilte und sie mit einfachsten Lebensweisheiten auf den Boden der Realität holen konnte. Sie waren sich aber sonst nie näher gekommen und sie hatte sein Zimmer, das sich im Gartenhaus befand, auch nie von innen gesehen. Sie war trotz aller Vertrautheit die junge Arzttochter gewesen, wohlerzogen, in weißen Röcken, und er ein ungebildeter junger Mann, der hier als Gärtner sein Brot verdiente und sich im Umgang mit ihm unbekannten Menschen tölpelhaft und unsicher benahm.

»Darf ich dich zu einem Tee einladen?«, fragte Jakob, und ohne eine Antwort abzuwarten, fügte er mit seinem bekannten verschmitzten Lächeln hinzu: »Du bist doch nicht ganz grundlos da, so wie ich dich kenne. Stimmt's?«

Sie lachte zurück.

»Also komm«, meinte er, drehte sich langsam um und ging voraus.

»Halt, halt«, entgegnete sie, »ich muss noch etwas aus dem Auto holen. Ich komme gleich.«

Sie schritt zum Fahrzeug und kam schon bald mit dem Kaminholzkorb zum wartenden Gärtner zurück. Dieser schaute neugierig in den Korb, sah das kleine Geschöpf darin liegen, hob den Kopf und blickte der Nonne gespielt vorwurfsvoll in die Augen.

»Man könnte meinen, du hättest eine richtige kleine Familie mit Mann und Kind. Das musst du mir erklären, wie du dazu kommst.«

Mit diesen Worten ging er vornübergebeugt und vorsichtig auf krummen, wackligen Beinen zum Gartenhaus hinüber, wo er seit langer Zeit in engen, bescheidenen Verhältnissen hauste und dessen Inneres er sich mit der Einwilligung von Schwester Luises Vater selber gezimmert hatte.

Der Raum war winzig klein. Er verfügte über ein Bett, ein Tischchen, an dem gerade zwei Personen Platz fanden, ein paar voll gestopfte Regale und eine Kochgelegenheit in Form einer einzigen Herdplatte. Das war alles und bereits so schien der Raum überfüllt. Die Tür berührte beim Öffnen um Haaresbreite die Ecke des Tisches und zwischen Kochnische und Bett war der Gang so schmal, dass man gerade stehen konnte.

Schwester Luise hatte sich auf einen der Hocker gesetzt, beobachtete den alten Mann beim Hantieren und ließ den Raum auf sich wirken.

»Ich war noch nie hier drinnen«, durchbrach sie die Stille.

»Früher, als wir beide noch jung waren, hätte sich das

auch nicht geziemt. Und außerdem habe ich mich damals geschämt.«

»Aber das Zimmer im Haus wirst du doch wohl noch haben. Warum wohnst du nicht dort? Das wäre ja sicher mindestens doppelt so groß und Dusche und WC hättest du dort doch auch. In deinem Alter wäre das doch sicher bequemer?«

»Ja, ja«, erwiderte Jakob, »aber mittlerweile habe ich mich daran gewöhnt und deine Schwägerin macht es mir auch nicht gerade leicht, mich dort zu zeigen. Glaub mir. Du hast sie ja erlebt. Ständig nörgelt sie an mir herum. Ich kann ihr nichts mehr recht machen. Leider bin ich auch nicht mehr der Jüngste. Aber eigentlich bin ich schon zufrieden, dass ich überhaupt noch hier sein kann und nicht in ein Altersheim abgeschoben werde. Ich fühle mich wohl und niemand stört mich hier. Und an die Einsamkeit habe ich mich längst gewöhnt. Aber erzähl mir von dir. Warum bist du hier und woher hast du dieses Kind und den Mann?«, wollte nun der alte Mann wissen.

»Das ist eine allzu lange Geschichte, Jakob, die ich dir gern einmal erzählen werde«, wich die Schwester aus. »Existiert mein Zimmer im obersten Stock noch oder ist es in der Zwischenzeit geräumt worden? Ich weiß nur, dass es das letzte Mal, als ich da war – vor fünf Jahren, glaube ich – immer noch unberührt vorhanden war.«

»Den Schlüssel hat deine Schwägerin. Ich war nie dort drinnen. Seltsam genug, wie sie dich hasst. Aber dass sie bei all dem das Zimmer bis heute nicht geräumt hat, ist mehr als verwunderlich. Aber das ist ein Zeichen mehr, dass sie nicht mehr ganz richtig im Kopf ist. Verzeih mir diese Ausdrucksweise, aber ich glaube wirklich, sie bräuchte einen Psychiater.«

Jakobs direkte, unverblümte und nicht ganz von der Hand zu weisende Erklärung verblüffte die Schwester ein wenig, erfreute sie aber auch, denn sie merkte, dass Jakob seine Umgebung trotz seines hohen Alters und der schlechten Schulbildung mit gesundem Menschenverstand einschätzen konnte.

»Also, du glaubst, das Zimmer oder besser gesagt meine Habseligkeiten sind noch dort drinnen.«

»Ich glaube schon. Brauchst du etwa eine Puppe für dein Kind?«, fragte der Alte und Schwester Luise war sich nicht sicher, ob er nun Schabernack mit ihr trieb oder ob er es ernst gemeint hatte. Sie sah ihn von der Seite an und versuchte seine Mimik zu ergründen. Plötzlich lachte er laut heraus: »Dich kann man immer noch sehr gut auf den Arm nehmen. Natürlich glaube ich nicht, dass du eine Puppe suchst«, amüsierte er sich weiter und beide lachten im Duett, wie sie das von früher her kannten. Die Vertrautheit wurde in diesem Augenblick so intensiv, dass die Nonne den Wunsch verspürte, Jakob die ganze Geschichte von der Geburt, dem Verschwinden der Mutter, dem Erlebnis mit Lomus und den göttlichen Eingebungen zu erzählen und so teilhaben zu lassen an ihren Erlebnissen, die sie so sehr belasteten. Aber sie tat es nicht. Ein Funke vorsichtigen Respekts in ihrer Beziehung, die so lange brachgelegen hatte, stand trotz allem zwischen ihnen.

»Ich möchte einfach wieder einmal in mein Zimmer.«

Kaum hatte sie den Satz beendet, konnte sie sich des

Gefühls, ein wenig geschwindelt zu haben, nicht ganz erwehren.

Dies gab schließlich den Ausschlag, Jakob doch ins Vertrauen zu ziehen. Sie begann mit vorsichtigen Worten, weil sie keine Ahnung hatte, wie er auf diese merkwürdige Geschichte reagieren würde.

»Gott hat mir eine Aufgabe gegeben, die ich annehmen muss. Ich weiß aber noch nicht, wie. Kannst du das verstehen?«, schloss sie den Satz, um zu erfahren, wie er darüber dachte.

Jakob hockte unterdessen auf dem zweiten Hocker und blickte lange Zeit ins Leere. Schließlich nickte er, ohne seinen Blick der Schwester zuzuwenden.

»Ich nehme doch an, es hat mit diesem Kind zu tun, nicht wahr?«, schaute er ihr nun forschend in die Augen. Jetzt konnte Schwester Luise nicht mehr anders. Sie hatte nun vollends Vertrauen gefasst. Jakob war wie früher. Auf eine menschliche Art mitfühlend, nicht urteilend, was es einem sehr leicht machte, ihm zu vertrauen und ihm die eigenen Sorgen und Nöte mitzuteilen.

Sie holte tief Luft und erzählte die ganze Geschichte von Anfang an, als sie das Kind gebären half, die intensiven Träume, die auch von ihrem Vater handelten, bis zur göttlichen Eingebung, die sich mit Lomus' Ratschlag deckte, wonach sie doch zurück in die eigene Vergangenheit gehen sollte.

Jakob hörte zu, stand währenddessen auf, um für beide einen Tee zuzubereiten, sprach kein Wort dabei, und als er sich wieder hingehockt hatte, schlürfte er nur ab und zu an seiner Teetasse.

Als Schwester Luise geendet hatte, hingen beide ihren Gedanken nach und die Stille, die entstand, wurde lediglich durch das kaum hörbare Atmen des kleinen Kindes durchbrochen.

Schließlich ergriff Jakob das Wort: »Und jetzt möchtest du sicher einmal in dein Zimmer und dich in aller Ruhe umsehen. Hab ich Recht?«

»So in etwa«, war Schwester Luise einmal mehr erstaunt über seine Kombinationsgabe.

»Aber da muss ich dich wahrscheinlich enttäuschen. Deine Schwägerin wird sich kaum damit einverstanden erklären. Nachdem sie heute so heftig reagiert hat, sehe ich keine Möglichkeit, wie sie sich beruhigen könnte. Sie ist auch nicht immer in gleich schlechter Verfassung. Kann sein, dass sie morgen bereits wieder ganz umgänglich ist, kann aber auch sein, dass diese Laune eine Woche oder mehr anhält«, gab er ihr zur Auskunft, die für sie nicht sehr erbaulich war.

Nach weiteren Minuten des Schweigens hörten sie plötzlich Schritte näher kommen und gleich darauf ein Klopfen an der Tür. Jakob, der seinen Stock an den Tisch gelehnt hatte, griff mit zittrigen Fingern danach und wollte sich mühsam erheben.

»Soll ich öffnen?«, wandte sich Schwester Luise beflissen an ihren alten Bekannten. Dieser sackte wieder zurück auf seinen Hocker und gab so stumm sein Einverständnis.

Die Nonne hätte sich gar nicht zu erheben brauchen, so nah saß sie an der Tür. Sie tat es dennoch, erlaubte es doch ihre Höflichkeit nicht, einfach sitzen zu bleiben. Vor der Tür stand Alfi. Mit triumphalem Grinsen, das er kaum unterdrücken konnte, verkündete er stolz:

»Ihre Schwägerin ist bereit, Sie zu empfangen, Schwester Luise.«

Die Nonne wechselte einen erstaunten Blick mit Jakob und schlug dann, Alfi erfreut anschauend, ein Kreuz über Kopf und Brust. »Gelobt sei Gott der Allmächtige.«

Alfi sah das ein wenig anders, weil er der Überzeugung war, dass ihm das Lob gebührt hätte, sagte aber nichts dazu. Rechtzeitig bemerkte die Nonne trotz ihrer Euphorie Alfis bekümmerte Miene und war einfühlsam genug zu erkennen, was ihn dazu veranlasste.

»Vielen Dank, Alfi. Du hast das wirklich gut gemacht. Alle Achtung!«

Erst jetzt wurde ihr bewusst, dass sie die zwei Männer einander noch gar nicht vorgestellt hatte. Sie holte das sofort nach und spürte, wie ihre Nervosität stieg. Sie hätte sich nie vorstellen können, einmal in ihrem Leben so angespannt zu sein beim Wunsch, lediglich ihr Elternhaus zu betreten.

»Dann lass dich nicht aufhalten«, unterstützte sie nun Jakob in ihrem Vorhaben, »ich kümmere mich in der Zwischenzeit um deinen Begleiter – und das Kind wirst du sicher auch lieber hier lassen, hab ich Recht?«

»Ich danke dir, Jakob«, erwiderte Schwester Luise, beugte sich über den Tisch, legte ihre Hand auf die seinige und sagte: »Vergelt's Gott.«

Dann verließ sie mit nachdenklicher Miene Jakobs kleines Zuhause und ließ die zwei Männer und Lisa Maria zurück.

Sie hatte kaum die geschwungene Treppe des Haupteingangs erreicht, da öffnete Klara die Tür, erblickte ihre

Schwägerin, drehte sich wortlos um und marschierte den Gang entlang zur Treppe, ohne sich um die Nonne zu kümmern. Als sie die ersten Stufen erreicht hatte, stieg sie empor und brummelte: »Das hast du nur deinem Begleiter zu verdanken. Der ist ja ein ganz netter Mensch.« Und nach einer Pause raunzte sie weiter, dass es der Schwester nun doch ein innerliches Schmunzeln entlockte: »Ich hoffe, du weißt das zu schätzen!«

Die Nonne blieb stumm. Erinnerungen an ihre frühe Kindheit wurden wach. Die Räumlichkeiten, die Wände, die Treppe, alles schien unverändert und trotzdem war alles vollkommen anders. Alles war voll gestopft mit afrikanischen Gebrauchs- und Kunstgegenständen. Hätte die Nonne nicht gewusst, wo sie sich befand, sie hätte sich in den Räumlichkeiten eines englischen Großwildjägers gewähnt, wie sie diese in Afrika kennen gelernt hatte. Dieses Haus hier hätte ihnen alle Ehre gemacht. Sie gingen die breiten Stufen zum ersten Stock hinauf. Die Wand entlang, auf jeder Stufe, befand sich je eine der Skulpturen, wie die Nonne sie bereits draußen zwischen Garage und Hauptgebäude erblickt hatte. Insgesamt mussten es an die zwei Dutzend Holzmenschen sein, die da unbeweglich Spalier standen.

Sie wollte sich jedoch von diesem Eindruck nicht ablenken lassen. Schnell folgte sie der Schwägerin, die rasch und zielstrebig die Stufen erklomm und anscheinend überhaupt nicht ermüdete. Alfi hatte der Schwägerin offenbar ihren Wunsch, das Zimmer betreten zu dürfen, kundgetan, was sie einmal mehr staunen ließ über das Verhandlungsgeschick ihres Begleiters. Als die beiden Frauen an der Tür des betreffenden Zimmers anlangten, schloss Klara mit energischen Bewegungen die Tür auf und trat zur Seite.

»Hier, dein Zimmer. Du kannst mitnehmen, was du willst! Ich hätte deine Sachen schon längst in den Abfall geworfen. Aber dein Vater hat sich immer dagegen gewehrt. Und als er gestorben ist, hat dann auf einmal dein Bruder die gleiche Meinung vertreten. Du musst ja einen ganz großen Einfluss auf deine Familie gehabt haben. Aber bei deinem Chef ist das ja kein Wunder.«

Mit diesen Worten stapfte sie einfach davon und brummelte dabei noch etwas zu sich selbst, das zwar kaum verständlich war, jedoch bei Schwester Luise eine umso größere Wirkung hervorrief.

»Oder sie hatten ein schlechtes Gewissen dir gegenüber.«

Was die Schwägerin wohl damit gemeint haben mochte? Obwohl sie sich keinen Reim darauf machen konnte, blieb dieser Ausspruch – wahrscheinlich gedankenlos hingeworfen – während des ganzen Tages im Kopf der Nonne haften und kehrte wieder und wieder wie ein hundertmaliges Echo in einem verwunschenen Bergtal.

Als sie langsam und fast andächtig ihr ehemaliges Zimmer betrat, bemerkte sie seltsamerweise zuallererst ihr einstiges Tagebuch, das auf dem Nachttischchen lag, als wäre es vor nicht langer Zeit benutzt worden. Sie war immer der Überzeugung gewesen, sie hätte es vernichtet, und wäre nicht seit diesem Tag mehr als ein halbes Jahrhundert vergangen, ihr wäre die Schamröte ins Gesicht geschossen ob der Tatsache, dass dieses Buch seit dieser Zeit für jedermann zugänglich offen herumlag.

Doch mehr als fünfzig Jahre machten gelassen und entfremdeten einen in wohltuender Weise vom eigenen Jungsein mit seinen emotionalen Stürmen. Eine Weile verharrte sie in den Erinnerungen, die Hals über Kopf und alle durcheinander durch ihren Kopf purzelten und ein wahres Wettlaufen veranstalteten, um zuerst ins Bewusstsein zu gelangen.

Sie setzte sich auf die Bettkante. Gegenüber auf dem Bücherregal erblickte sie ihre erste und einzige Puppe, die, zerzaust vom eifrigen Spiel und verstaubt vom langen Warten, dort hockte, oder die Holzverkleidung an ihrem alten Bett, an der sie immer die verschiedensten Fabelwesen in der Maserung des Holzes gesucht hatte, um damit ihrer Puppe Märchen erzählen zu können …

Das Tagebuch. Unwiderstehlich drängte es sich immer vehementer ins Bewusstsein, hatte den Wettlauf um die höchste Aufmerksamkeit längst gewonnen und pochte nachdrücklich auf seinen Sieg. Eine innere Stimme zwang sie geradezu, die Hand nach diesem Buch, das ihre Vergangenheit beinhaltete, auszustrecken, es zu ergreifen und aufzuschlagen.

Schwester Luise erhob sich von der Bettkante und griff sich das abgegriffene mit Naturleinen eingebundene Buch. Beinahe andächtig drehte sie es in den Händen und setzte sich schließlich erneut auf die Bettkante. Sie öffnete den Buchdeckel und las die erste Seite. In kindlich-verschnörkelter Schrift stand dort: »Tagebuch von Luise Mina Stettler«. Sie konnte sich nicht mehr daran erinnern, diesen Eintrag geschrieben zu haben. Dennoch huschte ein sentimentales Lächeln über ihr Gesicht. Da sie trotz allem nicht wirklich Lust verspürte zu lesen, ergriff sie die Blätter mit der Daumenkuppe und ließ die Seiten in rascher Folge durch den Daumen gleiten.

Auf einmal lösten sich zwei Blätter leichter voneinander und ein winziger Zeitungsausschnitt huschte vorbei. Sie hielt inne und blätterte zurück.

Die Überschrift lautete: Donnerstag, den 19. August 1948. Richtig. Schlagartig kamen die Erinnerungen. Diesen Ausschnitt hatte sie damals in grenzenloser Trauer und Verzweiflung aus der Zeitung herausgeschnitten und eingeklebt. Das Einzige, was ihr damals von Richard geblieben war. Der Zeitungsschnipsel war vergilbt und durch schlechten Leim gewellt.

Pfarrer von Traktor überfahren.
Gestern Abend um circa 22.30 Uhr ereignete sich in der Nähe von Lohbsdorf ein schrecklicher Unfall mit tödlichem Ausgang. Nachdem der Pfarrer der reformierten Kirchgemeinde, Richard von Tobel aus Wahlern, einen Hausbesuch bei einem Bauern auf einem entlegenen Hof abgeschlossen hatte, befand er sich mit dem Fahrrad auf dem Heimweg. Als der 19-jährige Sohn des Bauern bemerkte, dass der Pfarrer seine Aktenmappe bei ihnen vergessen hatte, fuhr er ihm in bester Absicht mit dem Traktor nach, muss ihn aber auf der unbeleuchteten Naturstraße übersehen haben und erfasste ihn derart schwer, dass der Pfarrer noch an der Unfallstelle seinen schweren Verletzungen erlag.

Schwester Luise schloss das Buch langsam. Ihre Gedanken weilten tief in der Vergangenheit. Lange starrte sie vor sich hin und ließ ihrem Nachsinnen freien Lauf. Schließlich erhob sie sich schwer und ging zur Tür. Sie hatte genug gesehen. Das Buch nahm sie mit, denn in ihrem Kopf wuchs eine Idee heran, ein Gedanke, einem unbekannten, zarten, schutzlosen Pflänzchen gleich, das es zu hegen und zu pflegen galt, um zu sehen, was daraus entstehen sollte.

Als sie die Treppe hinunterstieg, lenkte sie sich bewusst von diesen schweren und schicksalsträchtigen Gedanken ab, indem sie sich noch einmal mit den zahlreichen Skulpturen beschäftigte, die hier überall standen und die Räume vollkommen vereinnahmten. Was wohl im Kopf einer solchen Person vorging, die sich in ihrem Haus in solch penetranter Art und Weise der afrikanischen Kunst verschworen hatte? Sie rief nach ihrer Schwägerin. Nichts erinnerte daran, dass das Haus in der Schweiz stand. Ein seltsamer Ort. Obwohl sich die Schwester dieser Kultur nahe fühlte und lange darin gelebt hatte, fand sie es seltsam, sie als Lebensinhalt zu sehen, wie es ihre Schwägerin tat.

Diese antwortete nicht. Schwester Luise hörte jedoch Geräusche, die aus der Küche zu kommen schienen. Mit sachten, zurückhaltenden Schritten, wie man sie in fremden Häusern zu machen pflegt, ging Schwester Luise zur Küche und rief weitere Male nach der Schwägerin.

Sie blieb stehen, als sie endlich eine Antwort von ihrer Gastgeberin vernahm, die mit säuerlicher Miene aus der Küche schoss. Schwester Luise streckte Klara das Buch entgegen und fragte in neutral-freundlichem Ton:

»Ob ich das wohl mitnehmen darf? Es ist nämlich mein Tagebuch.«

»Ich hab dir doch gesagt, dass du all dein Zeugs mitnehmen kannst«, warf Klara ihr an den Kopf und stand abwartend mit in die Hüften gestemmten Armen vor der Schwester.

Die will mich so bald wie möglich wieder loswerden, dachte Schwester Luise bei sich. An eine Versöhnung war wohl nicht zu denken und sie hatte im Moment mehr erreicht, als sie sich zu wünschen gewagt hatte.

»Vielen Dank, Klara, dass du mir erlaubt hast hereinzukommen und«, sie hob das Buch in die Höhe, »für das da. Mehr brauche ich nicht.« Nach einem Moment des Schweigens fügte sie hinzu: »Tja, dann gehe ich mal. Ich wünsche dir alles Gute.«

Damit reichte sie ihrer verbitterten Schwägerin die Hand und unterdrückte im letzten Moment ein »Geh mit Gott« Sie wollte ihr problematisches Verhältnis mit einer unbedachten Äußerung nicht noch mehr belasten.

Ohne sich um die dargebotene Hand zu kümmern, rauschte Klara wortlos an ihr vorbei, touchierte sie um ein Haar, marschierte energisch zur Tür, öffnete diese schwungvoll und fixierte danach Luises Augen. Die Nonne beeilte sich nun zu gehen und wich dem kalten Blick aus. Als sie sich, der Höflichkeit verpflichtet, auf der Treppe noch einmal umdrehte, hörte sie nur, wie Klara, bevor die schwere Tür zuknallte, im Befehlston verlauten ließ:

»Richte deinem Begleiter einen Gruß aus!«

Die Schwester blieb einen Moment stehen. Sie wusste nicht, ob sie sich amüsieren oder ärgern sollte. Sie entschied sich für das Erstere, stieg die restlichen Stufen hinab und begab sich eilig in Richtung Gartenhaus, wo die kleine Lisa Maria und die beiden Männer auf sie warteten.

Als sie an der Tür klopfen wollte, wurde diese im selben Moment aufgerissen und Alfi kam mit einem Grinsen aus dem Gartenhäuschen.

»Ich muss nur schnell etwas erledigen«, erklärte er im Vorbeigehen. Er lief auf den Platz hinaus, blickte suchend auf den Boden, bückte sich schließlich, schien etwas aufzuheben und kam, immer noch grinsend, zurück. Er hielt die Hand in die Höhe und blickte Schwester Luise mit viel sagendem Blick in die Augen. Zwischen Zeigefinger und Daumen hielt er eine Zigarettenkippe. Er ließ den Blick zwischen der Nonne und dem Gärtner, der immer noch auf seinem Hocker kauerte, hin- und herschweifen und sagte mit gespieltem Ernst: »Der Platzwart hat mir die Leviten gelesen.«

Alle drei lachten auf und Schwester Luise bemerkte einerseits, wie die Anspannung von ihr wich, und andererseits die Vertrautheit, die zwischen den beiden Männern bereits entstanden war.

»Ich habe leider nur zwei Stühle und ihr erlaubt mir sicher, dass ich sitzen bleibe«, wandte sich nun Jakob erklärend an die beiden Besucher. »Bleib um Gottes willen sitzen«, rutschte es Alfi, der es gut gemeint hatte, heraus, wollte er doch in Gegenwart einer Nonne lieber vorsichtig sein mit solchen Äußerungen.

Doch niemand reagierte. Hurtig ließ er den Zigarettenstummel in die Brusttasche des Hemdes fallen und machte eine Geste, mit der er die Nonne freundlich aufforderte, seinen Platz einzunehmen. Gerne nahm sie das Angebot an und ließ sich auf den Stuhl sinken.

Das mitgebrachte Buch hielt sie mit beiden Händen im Schoß. Als sie es auf den Tisch legen wollte, schlug dieses an der Tischkante an und fiel zu Boden. Schnell war Alfi heran, bückte sich unter den Tisch, merkte, dass er der Gottesfrau in diesem winzigen Raum unschicklich nahe kam, und strengte sich entsprechend an, mit weit ausgestrecktem Arm das Buch aufzuheben. Schließlich konnte er es fassen und überreichte es Schwester Luise. Am Boden blieb ein altes, kleines Schwarzweißfoto mit weißem Rand zurück.

Diesmal getraute sich Alfi nicht mehr so recht, die Intimsphäre der Nonne zu verletzen. So beschränkte er sich auf einen Hinweis, dass da am Boden noch ein Foto liege, und zögerte ein wenig mit Hilfestellung, damit die Nonne Zeit fand, es selbst aufzuheben.

Sie betrachtete das Bild eine Weile und übergab es Alfi. An beide Männer gewandt, erklärte sie: »Mein Vater mit seinem neuen Auto. Darauf war er sehr stolz.«

Die letzten Worte kamen nur langsam und sie schien auf einmal von Erinnerungen eingeholt, die sie die Realität vergessen ließ. Nach einer Weile gab sie sich einen Ruck und bemerkte zu Jakob: »Wo ist eigentlich das Auto jetzt? Weißt du etwas davon? Ich weiß nur noch, dass Vater es auf einmal nicht mehr fahren wollte und stattdessen wieder sein altes Motorrad hervorholte. Wir wunderten uns damals alle über sein Verhalten. Karl hat ihm gegenüber mal eine Bemerkung gemacht, doch Vater reagierte derart ungehalten, dass niemand mehr über dieses Thema reden wollte. … Dabei war er so stolz gewesen, das Auto zu besitzen. Weißt du das noch, Jakob?«

»Und ob ich das weiß. Nachdem er das Automobil

eingeschlossen hatte, forderte er mich auf, ihm meinen Zweitschlüssel auszuhändigen. Und seit dieser Zeit war ich nie mehr in der Garage.«

Während Jakob sprach, hob er die buschigen Augenbrauen und zuckte mit den Achseln.

»Und wahrscheinlich auch sonst niemand«, fügte er hinzu und fuhr auch gleich fort: »Die Tür wird kaum mehr zu öffnen sein. Das Schloss ist völlig verrostet. Einmal habe ich deine Schwägerin gefragt, ob ich dort drinnen«, und damit deutete er mit der Hand abschätzig auf die Garage, »aufräumen und nach dem Rechten sehen soll. Doch sie wollte nichts davon wissen. Also habe ich mich in all den Jahren nicht mehr darum gekümmert und nur außen herum alles in Ordnung gehalten.« Mit einem leisen Bedauern schloss er: »Schließlich geht es mich nichts an, wie sie die Sache hier haben will.«

»Meinst du, sie willigt ein, wenn ich sie frage, ob ich einmal rein dürfte?«, wollte die Nonne wissen. Jakob schnaubte geringschätzig. Der Nonne wurde bewusst, dass er wahrscheinlich mehr unter der Schwägerin litt, als er zugeben wollte. Seine Ausdrucksweise wurde beinahe unmerklich respektloser.

»Das wird schwierig. Aber du hast da ja einen guten Verhandlungspartner«, entgegnete er etwas heiterer mit einem Blick zu Alfi. Nun richteten sich beide Augenpaare wie auf Kommando auf diesen, der die Aufforderung verstand und kommentarlos unmittelbar die Tür öffnete, um sich auf den Weg zu machen, so, als freue er sich auf den Auftrag. Weder die Schwester noch Jakob äußerte Widerspruch zu seinen Anstalten.

Kurze Zeit später stand er bereits wieder im Türrahmen und streckte den verblüfften Wartenden stolz einen mächtigen Schlüsselbund mit verschiedensten Schlüsseln entgegen. »Sie wusste selber nicht mehr, welcher davon für die Garage ist. Wir sollen einfach probieren.«

Erfreut stand Schwester Luise auf und erkundigte sich bei Jakob, ob sie die kleine Lisa Maria hier lassen dürfe. Er bejahte und nach einem prüfenden Blick in den Korb, dem ein flinkes Zurechtzupfen der Decke folgte, trat die Schwester mit den Männern aus dem Gartenhäuschen Richtung Garagen. Die Schwester, die forsch voranging, musste ihren Schritt verlangsamen, denn Jakob war nicht in der Lage, das Tempo der beiden Besucher zu halten. Als sie vor den beiden Toren anlangten, die über je zwei Flügel verfügten, zeigte Jakob mit seinem Stock auf das rechte Tor.

»Hier drin müsste das Automobil sein.«

Alfi war bereits dabei, das Schloss zu inspizieren und die Schlüssel, welche dafür infrage kamen, zu sortieren. Mittels eines Blickes zu seinen Begleitern holte er sich deren Einverständnis und schob den ersten Schlüssel ins Schloss. Er passte nicht. So fuhr er fort, bis er noch zwei zur Verfügung hatte. Auch der zweitletzte schien nicht zu passen. Doch Alfi zögerte und versuchte mit allerlei Drehen und Ziehen etwas zu erreichen.

Die Nonne wurde skeptisch und fragte sich, ob er wohl wirklich daran glaubte, dass der Schlüssel doch noch passte, oder ob er sich in Szene setzen wollte.

»Ich glaube, die Tür hängt im Schloss.« Alfi ergriff die Klinke und machte sich daran, die Tür anzuheben. Mit gepresster Stimme, die die Anstrengung verriet, keuchte er: »Schwester, könnten Sie einmal probieren, ob sich der Schlüssel drehen lässt?«

Sie trat hinzu und versuchte ihn zu bewegen, und tatsächlich konnte sie ihn unter Aufbietung aller Kräfte langsam um seine Achse drehen. Das Blut pulsierte dabei schmerzhaft in ihrem Kopf und erinnerte sie an ihre angeschlagene Gesundheit.

Nun drängte sich Alfi wieder vor und zerrte neuerlich an der Tür. Sie hing schief in den Angeln, ließ sich aber mit Mühe und Not aufschieben. Dabei schrammte sie über den Kiesboden, wo ein Halbkreis aus weggepflügten Steinen entstand.

Licht drang in den Raum. Große Fetzen von Spinnweben hingen von Wand und Decke. Unbeeindruckt wischte sie Alfi mit der Hand weg und machte sich daran, den zweiten Flügel zu öffnen. Dieser ließ sich leichter aufschieben. Auch hier Spinnweben. Neugierig geworden, schauten nun drei Augenpaare in das Innere der Garage, die offensichtlich seit einer Ewigkeit nicht mehr betreten worden war.

Tatsächlich stand da ein kleines, altes Automobil, das jedoch bis zu den Rädern mit einem ehemals weißen Tuch bedeckt war. Dieses lag ohne die geringste Spannkraft auf dem Auto, fast wie eine zweite Haut, und machte jede Kontur sichtbar. Über den wuchtigen, auf den Kotflügeln montierten Scheinwerfern war der Stoff fadenscheinig. Das Tuch hatte an einigen Stellen hässliche schwarze Flecken und war mit toten Insekten und Spinnweben übersät. Die vordere linke Ecke des Tuches hing in Fetzen herunter und war abgefault. Wahrscheinlich war das Dach der Garage oberhalb dieser Stelle undicht. Die ungewohnt schmalen Reifen, die das Tuch nicht bedeckte, waren platt und rissig.

Alfi, der am nächsten zum Auto stand, konnte nicht widerstehen und hob den Stoff mit spitzen Fingern am linken vorderen Zipfel hoch. Da niemand einen Einwand erhob, machte er weiter. Ohne das geringste Geräusch riss das Gewebe entzwei, was Alfi veranlasste nachzufassen. Schließlich geriet das Tuch langsam ins Rutschen. Die Spinnweben fingen leise zu knirschen an, als sie zwischen Decke und Stoff zerrissen wurden. Eine große, fette Hausspinne rannte unter dem Auto hervor und flüchtete ins Freie.

Schließlich taten alle einen Schritt rückwärts, damit Alfi sein Werk vollenden konnte. Das Automobil stand vor ihnen, die Front gegen sie gerichtet. Der rechte Kotflügel hatte eine gewaltige Beule. Die schwarze Farbe war abgeblättert und der Rost hatte sich bereits tief in das dicke Blech eingefressen. Rost- und Farbteile bildeten ein Häufchen am Boden.

»Es sieht ganz danach aus, als ob dein Vater damit einen Unfall gehabt und sich dann nicht mehr auf die Straße gewagt hätte«, durchbrach Jakob die fast andächtige Stille, die entstanden war. »Er hat nämlich sein altes Motorrad wieder hervorgeholt, das er schon verkaufen wollte, und ist seit dem Tag nur noch mit diesem gefahren.«

Schwester Luise blieb stumm. Sie hatte genug gesehen und gehört. Wenn es nach ihr gegangen wäre, hätte man die Garage längst wieder schließen können. Ihr Kopf war voller dunkler Gedanken, einem Puzzle gleich, die sich aus dem Tagebuch, den Träumen in der letzten Zeit, dem Treffen mit Lomus, dem Geschehen in der Gorneren und aus Erinnerungsfragmenten zusammensetzten. Diese vielen Eindrücke und Gedanken mussten jetzt in Kontemplation mit Gott geordnet und es mussten die richtigen Schlüsse daraus gezogen werden. Und das brauchte Zeit.

Doch trotz ihrer Vorsicht in der Interpretation der Geschehnisse ergriff eine finstere Vorahnung mehr und mehr Besitz von ihrem Geist und verdichtete sich zu einer Wahrheit, die in ihrer Tragweite noch zu schrecklich war, um sie zu akzeptieren. Am liebsten hätte sich die Nonne abgewandt und wäre zur kleinen Lisa Maria gegangen, hätte sie in den Arm genommen und sich dabei über die ganze verworrene Geschichte ihre Gedanken gemacht.

Die beiden Männer waren es schließlich, die sie daran hinderten, einfach davonzugehen. Sie bekamen Interesse an diesem alten Fahrzeug und fingen an es zu begutachten, über technische Belange zu fachsimpeln und Meinungen auszutauschen, wie anders früher alles war und wie sich die Leistung der Autos in den letzten Jahren deutlich gesteigert habe, notabene bei immer geringerem Benzinverbrauch.

Auch hier bewies Alfi wieder ein bemerkenswertes Geschick, auf sein Gegenüber einzugehen und Jakob zum Erzählen zu bringen. Ob dieses Interesse aber echt war oder durch seinen früheren Beruf erlernt und schließlich verinnerlicht, konnte die Beobachterin nicht beurteilen. Auf alle Fälle hätte sich das Gespräch sicherlich noch lange so fortgesetzt, wenn nicht Schwester Luise endlich, des Zuhörens über technische Raffinessen heutiger Autos müde, Alfi in freundlichem Ton zum Aufbruch angehalten hätte. Dieser war auch sofort bereit, der Aufforderung nachzukommen. Er fand aber immer wieder ein Gesprächsthema, und auch Jakob hatte anscheinend das Bedürfnis weiterzuplaudern. So vergaß der Viehhändler den Wunsch der Nonne und so verging die Zeit und Schwester Luise musste schließlich die beiden Männer mit Bestimmtheit voneinander trennen.

Als sie sich endlich am Ziel sah, sich von Jakob verabschiedet hatte, alle drei im Auto saßen und bereit waren abzufahren, stieß Alfi einen lauten Schnauber aus und stieg noch einmal aus. Er ging zur Treppe des Haupteingangs und erst jetzt erkannte die Schwester dort eine der bekannten afrikanischen Skulpturen, die an der Hausmauer lehnte. Alfi packte sich diese und trug sie auf der Schulter zum Kofferraum des Autos, wuchtete die Statue hinein, dann rumorte es eine Weile und schließlich schlug er den Kofferraumdeckel mit Wucht ins Schloss. Wieder wurden ein paar Worte gewechselt, bevor er endlich einstieg und den Motor startete.

»Die habe ich von Ihrer Schwägerin erhalten«, bemerkte Alfi beiläufig. Dabei kurbelte er die Seitenscheibe herunter und fuhr betont vorsichtig an Jakob vorbei. Und wieder wurden Worte gewechselt, gelacht und geflachst. Die Schwester glaubte schon, sie käme hier nie mehr weg, als sich Alfi an seine Aufgabe erinnerte und endlich, endlich losfuhr.

Als die Schwester zurückschaute, um zum Abschied zu winken, stocherte Jakob bereits mit seinem Stock die Steinchen zurecht, die durch die Räder von Alfis Auto ein wenig durcheinander gewirbelt worden waren.

Samstag, 17. Juli 1948
Meine Übelkeit ist heute wieder ziemlich unangenehm. Ich hatte den ganzen Tag das Gefühl, erbrechen zu müssen. Vor allem am Abend in der Kirche während des Singens war ich einige Male drauf und dran hinauszurennen. Sabine hat mich dabei immer skeptischer beobachtet. Sie muss mein Würgen bemerkt haben. Aber dieser Kuh habe ich natürlich nichts von meinem Problem erzählt. Die hätte sich höchstens ins Fäustchen gelacht und alles sofort ihren zwei Busenfreundinnen erzählt. Dann hätten sie ihre Köpfe zusammengesteckt und wären über mich hergefahren. So wie sie es bei allen machen. Ekelhaft, wie sie tuschelnd ihre Opfer mit unverhohlenen Blicken ins Visier nehmen. Kürzlich machten sie das mit Hedy so. Hedy hatte ein blaues Auge und sah verheult aus. Niemand getraute sich jedoch, sie zu fragen, was vorgefallen war. Aber wahrscheinlich wurde sie wieder von ihrem Vater geschlagen. So munkelt man jedenfalls. Sie schien jeden Moment losweinen zu müssen. Aber unsere drei Waschweiber tratschten so lange und so offensichtlich über Hedy, dass diese schließlich irgendwann während der Pause des Singunterrichts verschwunden war. Als es der Pfarrer endlich merkte und fragte, ob jemand etwas Genaueres wüsste, waren die drei sofort zur Stelle, um Mitleid zu heucheln. Diese falschen Schlangen! Schade, dass Ida schon wieder krank ist. Mein Vater, der sie untersucht hat, sagt, sie hätte eine schwere Magen-Darm-Grippe und ich solle sie besser nicht besuchen gehen. Sie fehlt mir. Überhaupt habe ich

das Gefühl, die anderen werden immer kindischer. Das Getue jeweils, wenn sie untereinander sind, geht mir gehörig auf die Nerven. Aber was soll's. Schließlich bin ich wegen des Singens da und nicht wegen der anderen.
Vielleicht hat mich Ida doch angesteckt. Ich war ja vor drei Tagen kurz bei ihr zu Hause. Zumindest wäre meine Übelkeit damit zu erklären.

Der nächste Eintrag, der ihr Interesse weckte, war dieser:

Montag, 16. August 1948
Diese Nacht hatte ich einen schrecklichen Albtraum. Richard fuhr mit dem Fahrrad voller Wiedersehensfreude und Übermut auf mich zu. Kurz bevor er abbremste und absteigen wollte, um mich in die Arme zu nehmen, rutschte sein Vorderrad weg und er stürzte. Kaum, dass er auf dem Boden aufschlug, tat sich ein riesiges, schwarzes, bedrohliches Loch unter ihm auf, dessen abbröckelnder Rand bis zu meinen Füßen reichte, mich ebenfalls mitzureißen drohte und mir den Atem verschlug. Richard wurde mit unglaublicher Geschwindigkeit und Kraft in das unendlich tiefe Loch gesogen. Er schrie um Hilfe und streckte seine Arme nach mir aus, doch ich konnte nicht helfen. Ich war wie erstarrt. Richard schrie und schrie und ich stand da, regungslos, ohne Möglichkeit, ihn aus diesem Schlund zu befreien. Ich wage es kaum zu denken, geschweige denn zu schreiben. Aber es kam mir vor, als hätte sich der Höllenschlund auf-

getan, um sich Richards zu bemächtigen. Aber das kann unmöglich sein. Richard, so gottesfürchtig wie er ist, so voller Nächstenliebe und Güte. Er würde niemals in die Hölle gelangen, niemals! Es war ein böser Traum, nichts weiter. Ich versuche nicht mehr daran zu denken.

Mittwoch, 18. August 1948
Heute abend ist etwas Seltsames mit Vater vorgefallen. Wie immer am Dienstag machte er Hausbesuche und kam erst spät nach Hause. Ich hatte das Fenster noch offen und konnte hören, wie er mit dem Automobil zurückkehrte. Es war bereits viertel nach elf. Ich habe auf die Uhr geschaut. Dann hat er das Automobil in die Garage gefahren und diese verschlossen. Statt dass er nun leise ins Haus kommt, wie er das eigentlich immer tut, geht er zum Haus von Jakob und klopft dort mehrere Male an die Tür, bis Jakob endlich erscheint. Seinem Tonfall nach zu urteilen muss er sehr ungehalten gewesen sein, denn so hat er sich Jakob gegenüber noch nie verhalten. Ob wohl Jakob etwas Falsches getan hat? Ich bin zum Fenster gegangen und habe rausgeschaut. Vater und Jakob standen zusammen an der Tür zu Jakobs Zimmer. Vater hat etwas aus Jakobs Hand genommen. Ich konnte aber nicht erkennen, was es war. Als Vater dann zurückkam, bin ich schnell unter die Decke geschlüpft und stellte mich schlafend, als er ins Zimmer kam, um mir gute Nacht zu wünschen.

Donnerstag, 19. August 1948
Ich habe Vater heute den ganzen Tag noch nicht gesehen. Maia sagte mir, er sei bereits am frühen Morgen mit dem Motorrad weg. Als ich sie fragte, ob er Hausbesuche mache, zuckte sie nur mit den Schultern. Sie wusste es nicht. Er war also mit dem Motorrad unterwegs. Seltsam. Wo er doch so stolz auf sein neues Automobil ist. Und ausgerechnet heute, wo es noch nach Regen aussieht. Ob es wohl kaputt ist? Deshalb vielleicht das nächtliche Vorkommnis mit Jakob. Ich werde Jakob bei Gelegenheit danach fragen. Bei Vater habe ich mich nicht dazu geäußert. Er ist dann wieder spät an diesem Abend nach Hause gekommen. Und tatsächlich mit dem Motorrad. Kurze Zeit später kommt er zu mir ins Zimmer und fragt – im Türrahmen stehend –, wie es mir geht. Dabei schaut er mich so komisch an. Scheint durch mich hindurchzusehen und völlig abwesend zu sein. Als ob er zu viel getrunken hätte. Meine Antwort scheint er dann auch gar nicht richtig gehört zu haben. Plötzlich macht er rechts kehrt und verschwindet, als ob er mich nicht gesehen hätte. Langsam macht er mir Sorgen.
Richard hatte heute seine erste Bestattung zu vollziehen. Ich hoffe für dich, Richard, dass alles gut gegangen ist.

Auf der Seite des einundzwanzigsten August war der kleine Zeitungsausschnitt eingeklebt, den sie bereits in ihrem ehemaligen Zimmer gefunden hatte und der den Tod des Pfarrers Richard von Tobel beschrieb.

Die Schrift, die dem Zeitungsausschnitt folgte – mit Tinte geschrieben –, war an diversen erbsengroßen runden Stellen verschmiert, das Papier aufgeraut und leicht gewölbt. Offensichtlich hatte Luise hier Tränen vergossen. Sie konnte sich aber nicht mehr an alle Einzelheiten erinnern.

Samstag, 21. August 1948
Es kann nicht sein. Ich bin gefangen in einem bösen Traum. Ich kann nur auf ein baldiges Erwachen hoffen. Doch das Erwachen lässt auf sich warten. Foltert mich bis in meine Eingeweide hinein. Ich fühle mich absolut leer und kann nur noch weinen. Nur meine Übelkeit treibt mich, lässt mich nicht fallen in die absolute Leere.
Richard ist tot. Ich habe es einem Zufall zu verdanken, dass ich es erfahren habe. Mein Gott, es darf nicht wahr sein. Mein schrecklicher Traum hat sich bestätigt. Richard ist tot. Ich glaube, Gott hat uns bestraft, Richard. Was kann es Schlimmeres geben, als dass zwei Liebende durch den Tod auseinander gerissen werden? Ich möchte auch sterben, Richard. Möchte bei dir sein. Auf immer und ewig. Deine Wärme spüren, deine Zuversicht und Güte erleben. Gott, wie konntest du uns das nur antun? Was haben wir falsch gemacht? Gott, sprich mit mir! Was haben wir falsch gemacht? Bitte gib mir eine Antwort. Wir haben uns geliebt.
Mein Schmerz ist zu groß. Ich kann nicht mehr ...

Sonntag, 22. August 1948
Mein Schmerz ist so groß. Ich fühle mich wie betäubt. Ich kann nicht mehr denken. Liege nur noch im Bett herum, weine und heule vor mich hin. Und Vater scheint das alles nicht zu kümmern. Oder merkt er es überhaupt nicht? Er schaut mich in den kurzen Momenten, in denen wir uns sehen, kaum mehr in die Augen. Gerade jetzt, da ich ihn am meisten bräuchte, ist er mir gegenüber distanzierter denn je. Auch er scheint in schlechter Verfassung. Aber wieso nur? Gerne würde ich ihn wieder einmal so erleben, wie er früher mal war. Aber seit Mutters Tod ist er mehr und mehr in sich gekehrt und mutlos geworden. Diese Phasen gingen früher immer wieder vorbei. Aber in der letzten Zeit kehren sie immer schneller wieder und halten länger an. Vielleicht hört dies jetzt überhaupt nicht mehr auf. Langsam vergesse ich, wie er damals war. Ich hätte mich heute gerne von ihm untersuchen lassen, aber er schien keine Zeit zu haben. Aber wahrscheinlich hatte ich ob meinem seelischen Schmerz derart Bauchschmerzen. Meine Monatsblutung begann heute mit furchtbaren Magenkrämpfen. Aber zumindest ist diese wieder da. Als ich schließlich aufs Klosett musste, verlor ich einen richtigen Blutklumpen. Mein seelischer Schmerz scheint sich im Körper breit zu machen. So jedenfalls würde Vater dies auslegen. Ich will ihm jetzt nicht mehr verraten, dass Richard und ich hätten heiraten wollen. Er hätte es mit Sicherheit nicht begeistert aufgenommen. So kann ich ihm dies nun ersparen. Mein Gott: Warum Richard?

*

Die restlichen Seiten des Tagebuchs enthielten kaum mehr relevante Aussagen zu dem Eindruck, der sich bereits in Schwarzenburg in Schwester Luises Kopf zu einer schrecklichen Wahrheit verdichtet hatte. Das Verlangen, in der Kapelle ein Gebet zu sprechen, wurde übermächtig.

Kurz nach dem Abendessen war es dann so weit. Glücklicherweise hatte sich Alfi, der bei ihr zu Abend gegessen hatte, einmal mehr bereit erklärt, die kleine Lisa Maria zu hüten. Sie hatte ihr noch das Fläschchen verabreicht und machte sich nun auf den Weg zur Kapelle. Sie hoffte nur – und das einmal ganz eigennützig –, dass sich niemand dort befand und sich auch niemand blicken lassen würde. Sie brauchte Ruhe und Zeit. Als sie dort angelangt war, schaute sie sich um. Sie konnte weit und breit niemanden erblicken. Zu dieser Jahreszeit auch kein Wunder. Ein Vogel flog durch den nächtlichen Himmel, vorbei an der Kapelle. Die Schwingen erzeugten bei jedem Schlag ein dumpfes Pfeifen. Langsam verlor sich das Geräusch in der Ferne. Sie trat ein, zündete in gewohnter Manier die Kerzen an und setzte sich schließlich an ihren Platz. Dann hielt sie einen Moment inne, um ihren Atem und ihren Geist zur Ruhe kommen zu lassen. Schließlich betete sie ein Vaterunser, um sich auf die Kontemplation, die Zwiesprache mit Gott einzustimmen.

Lieber Gott, allmächtiger Vater, der du bist.
Du hast mir schwere Tage beschert.
Du hast mich einen steinigen, beschwerlichen Weg gehen lassen, der von Dunkelheit geprägt war.

Aber heute habe ich dank deiner einzigartigen Großmut Einsichten gewonnen, die mich auf dem Weg der Selbstfindung ein großes Stück weitergebracht haben.
Lange Zeit war ich blind und bin unwissend durchs Leben gegangen. Dann hast du mir offenbart, dass mein leiblicher Vater, den ich immer bewundert und geachtet habe, eine schwere Sünde begangen hat und meinen über alles geliebten Richard mit seinem Automobil überfahren hat. Du hast mir weiter gezeigt, dass ich darob ein Kind, welches von Richard in meinem Bauch heranwuchs, vor Kummer und Schmerz verloren habe, ohne dass ich mir dessen bewusst war. Gram und Betrübnis haben sich seither in meiner Seele breit gemacht, welche mein Leben bestimmten. Gram und Missgunst waren es und nicht reine Liebe, die mich dazu trieben, in Namibia vielen Frauen bei der Entbindung beizustehen. Gram und Missgunst waren es auch dann, als Maria ihr Kind gebar, das ich bis jetzt in egoistischer Weise als mein eigen sah. Ich weiß, mein allmächtiger Gott, dies Kind ist nicht mein. Du hast es mir auf Zeit anvertraut, um meine verdorbene Seele zu erlösen. Mein Kind, durch einen Schicksalsschlag verloren, ist gleichsam durch eine andere Mutter wieder auferstanden. Ein Wunder, oh Herr. Du hast ein Wunder vollbracht.
Deine Liebe ist unermesslich und dafür danke ich dir.
Ich bin bereit, alles zu geben. Ich lege einmal mehr die Geschicke in deine Hand. Bei dir bin ich gebor-

*gen. Du bist Retter und Helfer in der Not und hast mich geführt wie der Hirte seine Schafe.
Ich bitte dich, mir weiterhin Geleit und Zeichen zu geben.
Geleit und Zeichen, die mir dabei helfen, die kleine Lisa Maria der leiblichen Mutter zu überbringen.
Geleit und Zeichen, damit ich mich auf deinem Weg der reinen Nächstenliebe nicht verirre.
Ich danke dir von ganzem Herzen. Amen.*

*

Die Nonne hatte soeben Lisa Maria aus dem Korb genommen, nachdem diese nach dem Fläschchen gewimmert hatte. Liebevoll hielt sie die Kleine nun in den Armen und verabreichte ihr die Mahlzeit. Sie bemerkte, dass sich etwas in ihrer Haltung dem Kindlein gegenüber verändert hatte. Dank Gott dem Allmächtigen war die Situation nun geklärt und sie konnte sich besser damit zurechtfinden. Wie groß und herrlich doch Gottes Macht war und wie unergründlich seine Wege. Nur mit ständigen Gebeten und Bemühungen konnte man wenigstens einen kleinen Teil dieser Wege ergründen. Das Bewusstsein, wonach dieses Kind nicht ihr eigen war, aber gleichsam wie eine Wiedergeburt ihres eigenen gelten konnte, veränderte sozusagen den Charakter der Beziehung zu diesem. Es waren durchaus nicht weniger Liebe und Zuneigung im Spiel. Wahrhaftig nicht. Gott der Allmächtige hatte ihr lediglich die Zusammenhänge offenbart. Und dies machte vieles einfacher, klarer und somit auch leichter.

»Sagt dir der Name Lomus etwas?«, durchbrach die Schwester nun die Stille, die zwischen ihr und Alfi entstanden war, nachdem beide der kleinen Lisa Maria andächtig zugeschaut hatten, wie sie an ihrem Fläschchen nuckelte.

»Ja, ja«, bestätigte Alfi eifrig, was schon ahnen ließ, dass er etwas zu sagen hatte. Auch er schien mittlerweile so etwas wie eine Beziehung zum Kind entwickelt zu haben. Ab und zu machte er die seltsamsten Laute zu der Kleinen, was ihn ungemein zu amüsieren schien, das Kind jedoch mit stoischer Ruhe über sich ergehen ließ.

»Lomus, das ist doch dieser Sektenführer, der auch schon hier oben war. Man sagt«, und nun klang seine Stimme verschwörerisch, »er habe mehrere Frauen, die er sich aus seiner Gefolgschaft aussuche, und von diesen entsprechend viele Kinder. Sein Hauptsitz befindet sich in Marchbärg. Das ist in der Nähe von Biesbach, wo meine Schwester wohnt. Sie ist dort Leiterin des Spitexvereins. Sie hat mir schon von diesen Sektenbrüdern erzählt. Die haben dort ein Bauernhaus nach dem anderen aufgekauft und jetzt gehört ihnen fast der ganze Weiler. Es soll sich nicht immer um seriöse Machenschaften gehandelt haben. Meine Schwester hatte mit etlichen alten Menschen zu tun, die von sich oder von ehemaligen Nachbarn zu erzählen wussten, was ihnen mit dieser Lom-Sekte widerfahren war.«

Die Nonne hatte interessiert zugehört und wunderte sich bereits wieder über das Wissen, über welches Alfi verfügte und wie sehr ihr dieses einmal mehr gelegen kam.

»Alfi, es geht jetzt nicht mehr anders. Wir müssen die

Maria finden. Wie du richtig gesagt hast, war dieser Lomus in der Kapelle. Wir haben uns zufällig getroffen. Als er schon beinahe aus der Tür war, sagte er mir noch, ohne dass ich ihn danach gefragt hätte, dass Maria bei ihm sei. Ich darf nicht länger zuwarten mit der Kleinen. Sie gehört zu ihrer Mutter. Und die ist nun mal Maria. Daran gibt's nichts zu rütteln«, gab sich die Schwester entschlossen.

»War dieser Lomus mit seinem Mercedes hier?«, wollte Alfi nun wissen und irritierte damit die Nonne, die sich keine belanglosere Frage hätte vorstellen können.

»Ich hab das Auto nicht sehen können. Es war bereits zu dunkel. Wieso fragst du?«

»Dieser Sektenchef hat nämlich zwei dieser neuen Allradmercedes. Wissen Sie, wie teuer die sind, Schwester?«, entrüstete sich Alfi, ohne eine Antwort zu erwarten. »Aber man soll nichts Schlechtes über andere Leute sagen«, schlug er sogleich wieder einen versöhnlicheren Ton an.

Die Nonne hatte das leer getrunkene Fläschchen mittlerweile auf den Tisch gestellt und wartete auf einen Rülpser, indem sie Lisa Maria leicht wiegte. Mit wachen Augen schaute sich die Kleine ihre Umwelt an. Damit entlockte sie Alfi erneut seltsame Laute. Schließlich nahm er sanft und behutsam das winzig kleine Händchen in seine grobe, braun gebrannte, mit Schwielen besetzte Hand und drückte es ganz sanft. Schwester Luise nahm es mit einem zufriedenen Lächeln zur Kenntnis und ließ es geschehen.

»Da ist noch etwas, Alfi, das ich dir erzählen möchte«, begann die Nonne vorsichtig. Alfi erkannte nicht, dass die vorsichtige Einleitung der Nonne ein brisantes Thema auf den Tisch bringen würde, oder ließ sich zumindest nichts anmerken. Er gab weiterhin Laute von sich, von denen er überzeugt war, dass sie der Kleinen gefielen.

»Ich glaube, ich weiß, wer der Kindsvater ist. Und ich glaube, ich weiß, warum er nirgends zu finden ist.«

Alfi wurde jetzt doch hellhörig, da es um Neuigkeiten ging, die am Stammtisch von unschätzbarem Wert waren.

»Ich glaube, der Kindsvater ist dieser Vico, den man im Sommer tot im See gefunden hat. Was meinst du, Alfi, könntest du dir das vorstellen?«

»Der Vico! Meinst du wirklich?«

Vor lauter Überraschung merkte er nicht, dass er die Gottesfrau geduzt hatte.

»Wie kommen Sie darauf? Der war doch viel älter als sie!«

»War das je ein Hindernis?«, entgegnete die Schwester mit einem abgeklärten Lächeln.

Kurz hielt Alfi inne und musste das Gehörte ordnen. Dann jedoch schob er nach: »Woher wissen Sie das?«

Schwester Luise hielt den rechten Zeigefinger vorm Gesicht in die Höhe und erklärte mit einem leicht spielerischen Unterton: »Er hat es mir geflüstert.«

Dazu fiel sogar Alfi keine Antwort ein und die beiden schwiegen wieder eine Weile.

»Aber ich glaube noch mehr zu wissen«, fuhr die Nonne fort. »Ich glaube, Marias Vater hat etwas mit dem Mord zu tun.«

Und jetzt begann sie, ohne dass sie dies in einer solchen Ausführlichkeit eigentlich gewollt hatte, Alfi die ganze

Geschichte zu erzählen. Sie begann mit der Liebschaft, die sie damals mit Richard, dem jungen Pfarrer, einging, dem Unfall, der sich erst jetzt als Mord herausgestellt hatte, begangen aller Wahrscheinlichkeit nach von ihrem eigenen Vater; ihrer Fehlgeburt, der sozusagen zweiten Geburt ihres Kindes durch Maria und schließlich, dass sich hier nichts anderes als die Geschichte wiederholte und auch hier ein eifersüchtiger Vater den Liebhaber der Tochter umgebracht haben musste und sie beide, Alfi und die Nonne, infolgedessen nun die christliche Pflicht hatten zu helfen, dieses Verbrechen aufzuklären, indem sie der Polizei einen entsprechenden Hinweis gaben.

Alfi war schlichtweg überrumpelt ob der kühnen Geschichte, die die Nonne hier zum Besten gegeben hatte. Langsam breitete sich Nervosität bei ihm aus, als er die ganze Tragweite der Anschuldigungen und Mutmaßungen der Schwester erkannte. Er begann an seinen Bartstoppeln herumzuzupfen und das Verlangen nach einem Bier oder auch nur nach einer Zigarette wurde von Sekunde zu Sekunde drängender.

»Schwester, Sie können bei der Polizei niemanden verdächtigen, einen Mord begangen zu haben, wenn Sie keine Beweise haben. Da könnten Sie am Ende wegen Verleumdung in Schwierigkeiten geraten. Und Gott als Zeuge«, fügte er noch hinzu, »ist sicherlich zu wenig stichhaltig.«

Nun bekam seine Stimme etwas Befehlendes und Klagendes zugleich, für Schwester Luise ungewohnt und irritierend.

»Wir schauen, dass wir die Kleine der Maria übergeben können, der Rest ist Sache der Polizei. Und schließlich waren es ja Drogenhändler, die Vico auf dem Gewissen haben, und nicht ein eifersüchtiger Vater.«

Des arbeitslosen Viehhändlers klare und deutliche Worte vermochten sowohl die Schwester als auch ihn selbst nachdenklich zu stimmen und lange Zeit herrschte Schweigen zwischen den beiden, bis die Nonne wieder das Wort ergriff:

»Vielleicht hast du Recht, Alfi, und ich bin im Laufe der Jahre doch etwas weltfremd geworden, obwohl ich das eigentlich vermeiden wollte.«

Kaum waren diese Worte ausgesprochen, die sie eigentlich nur aus Höflichkeit geäußert hatte, bereute sie sie gleich wieder.

»Aber Maria müssen wir nun mal finden. Vielleicht können wir durch sie etwas erreichen.« Dann etwas leiser, mehr zu sich selbst, aber fast ein wenig trotzig: »Ich bin mir sicher, dass es so war.«

*

Alfi hatte sich telefonisch mit seiner Schwester in Verbindung gesetzt und sie über die Lom-Sekte ausgefragt. Sie gab bereitwillig Auskunft, froh, wieder einmal etwas von ihrem jüngeren Bruder zu hören, ohne dabei um Geld angegangen zu werden. Als sie Alfi so ziemlich alles, was sie über die Sekte wusste, mitgeteilt hatte, wurde sie doch stutzig und wollte wissen, was denn daran so interessiere.

Alfi aber wich geschickt aus, indem er mit einer Gegenfrage über den neusten Familienklatsch informiert werden wollte. So erfuhr er, dass eine Großtante verstorben war und ihr beträchtliches Vermögen dem »Verein für die sinnvolle Verwertung von Kaninchenfellen« vermacht hatte und dass Lotti, die Tochter einer Kusine, die Fahrprüfung auch beim zweiten Mal nicht bestanden hatte.

Schließlich beendete die Schwester das Telefonat, weil sie wieder an die Arbeit musste. Alfi war zufrieden mit dem Gehörten und räumte seinen Teller weg, in dem sich Reste einer Fertigrösti befanden, die er sich zu Mittag aus dem Beutel zubereitet hatte. Er hatte sie mit reichlich Speck versehen, von dem er immer vorrätig hatte. Jedoch war er beim Essen gedanklich immer wieder bei der Rösti, die ihm Schwester Luise vor ein paar Tagen vorgesetzt hatte. Selbstredend war diese wesentlich schmackhafter gewesen. Aber was sollte man machen. Sie hatte schließlich Hilfe von oben. Aber irgendwann würde er das Rezept selbst ausprobieren. Bei diesem Gedanken schnaubte er zufrieden durch die Nase.

Die Teller, Tassen und Pfannen türmten sich bereits wieder zu unübersehbaren Stapeln im und rund ums Spülbecken, und je mehr diese Berge wuchsen, desto mehr schwand bei ihm die Motivation, diese abzutragen, vor allem wenn er sich ausmalte, wie viel Zeit er damit vergeudete. Auch der Tisch war übersät mit allerlei Krimskrams und ließ kaum mehr Platz zum Essen, ganz zu schweigen vom Ausbreiten einer Zeitung zum Lesen. Auch hier ein wüstes Durcheinander von bereits Gelesenem und Ungelesenem, von Briefen, geöffneten und ungeöffneten, und überall Aschereste von Zigaretten. Blieb nur zu hoffen, dass die Sozialtante nicht plötzlich wieder einmal auf die Idee kam, ihm einen Besuch abzustatten.

Als er vor einiger Zeit sein Arbeitslosengeld, auf das er ein Anrecht hatte, das aber von ebendieser Sozialarbeiterin verwaltet wurde, abholen ging, fragte sie ganz unverbindlich, was bei ihm denn jetzt los sei. Er, vorsichtig geworden, wollte sich nicht festlegen, worauf sie ihn bat, sie zu ihm nach Hause zu fahren. Sie wolle sehen, wie und wo er lebe. Natürlich konnte er ihr dies nicht abschlagen und so fuhren sie halt zu ihm.

Sie zeigte sich wenig begeistert bezüglich seiner Haushaltsführung und erkundigte sich nach Möglichkeiten, diese zu verbessern. Alfi erfasste schnell, worauf sie hinauswollte, und beeilte sich zu sagen, seine Schwester komme manchmal vorbei und helfe ihm beim Haushalten. Dass dies bereits wieder sehr lange her war, verschwieg er wohlweislich.

Den Kaffee, den er ihr aus Höflichkeit anbot, schlug sie aus und lud ihn stattdessen ins Restaurant Kreuz ein, von wo er sie schließlich wieder in ihr Büro auf der Gemeindeverwaltung fuhr.

Wie wunderbar, sie endlich los zu sein und vor allem auch ihre ununterbrochenen Ratschläge und Tipps zu seinem »problematischen Lebenswandel«, wie sie sich ausdrückte. Dabei hatte er ein paar Episoden aus seinem Leben zum Besten gegeben, die sie wenigstens in Ansätzen zu erheitern vermochten und sie auch ein wenig Abstand nehmen ließen von ihren wohlmeinenden Empfehlungen.

Am nächsten Tag fuhr er bereits um sieben Uhr in der Früh nach Reichenbach, um dort zu tanken. Glücklicherweise hatte ihm die Nonne gestern für seine Bemühungen großzügig hundert Franken zugesteckt, die er gerne in Empfang genommen hatte. Das Benzin im Tank war so knapp, dass er jeden Moment befürchtete, stehen zu bleiben. Das rote Lämpchen, das bereits seit geraumer Zeit unverdrossen die Leere im Tank anzeigte, brannte auch jetzt wieder.

Als Alfi die engen Kehren vor Reichenbach hinter sich gebracht hatte und an der Kreuzung beim Gasthof Bären anlangte, entschied er sich blitzartig anders und wählte, ohne zu blinken, die rechts abzweigende Straße nach Mülenen. Dort war vor Kurzem eine neue Tankstelle eröffnet worden, welche das Benzin billiger verkaufte als die in Reichenbach – und der Weg dorthin betrug nur etwas mehr als einen Kilometer. Für diese Strecke würde der Tankinhalt sicherlich noch genügen.

Als er schließlich ohne weitere Zwischenfälle nach kurzer Fahrt die leichte Steigung zum Dorf Mülenen hochfuhr, begann der Motor doch tatsächlich zu stottern. Mit knapper Not ruckelte der Wagen die letzten Meter hoch, ehe die Straße mit leichtem Gefälle links zur Tankstelle hinabführte. Der Motor bäumte sich ein letztes Mal mit hoher Tourenzahl auf und erstarb. Alfi hatte zumindest so viel Geistesgegenwart, dass er auskuppelte, um den Schwung nicht zu verlieren.

Die drei Tanksäulen waren glücklicherweise alle frei und sonstiger Verkehr war ebenfalls keiner auszumachen. So steuerte er die nächstliegende Zapfstelle an und erreichte diese auch. Hastig stieg er aus und fingerte eine Zigarette hervor, die er erst einmal anzündete, und nach einem tiefen Zug löste sich seine Anspannung etwas.

Als Alfi schließlich getankt hatte, gerade noch rechtzeitig der Gefahr bewusst, die das Rauchen an der Zapfsäule mit sich brachte, der Motor nach endlosen Versuchen zu starten endlich lief, fuhr er erleichtert und frohgemut, weil die Tankuhr einen selten gesehenen und deshalb beruhigend hohen Wert anzeigte, dieselbe Strecke, die er gekommen war, ins Kiental zurück und weiter Richtung Gorneren nach Steinenberg, um die Nonne abzuholen, die ihn bereits erwartete.

Kurz nach ein Uhr waren die beiden mit der kleinen Lisa Maria und dem gesamten Gepäck ein zweites Mal unterwegs, um sie der Mutter zu überbringen. Wie gewohnt lag die Kleine hinter dem Beifahrersitz im Korb und die Nonne saß auf dem Rücksitz hinter dem Fahrer.

Nachdem Alfi der Schwester sein Malheur mit dem leeren Tank in den buntesten Farben geschildert hatte, fuhr er Richtung Reichenbach und pfiff ein altbekanntes Jodellied. Er kannte die Strecke und so verlief die Fahrt zwar rasant, aber ohne Schwierigkeiten. Zwischen den Liedchen, die er pfeifend zum Besten gab, erzählte er der Schwester Episoden aus seiner Zeit als Viehhändler oder als Trainsoldat beim Militär.

Die Schwester indes fühlte sich in schlechter Verfassung und konnte Alfis Geschichten kaum folgen. Endlich waren die Halsschmerzen wieder erträglicher geworden, doch war sie am Morgen bereits mit Fieber aufgewacht und fühlte sich kaum in der Lage, die Reise nach Marchbärg anzutreten. Sie hatte beim Frühstück keinen Bissen hinuntergebracht und so begnügte sie sich mit einer Tasse Tee, hergestellt nach einem alten Klosterrezept, gegen Fieber und Erkältung. Doch heute blieb die

Wirkung aus. Als dann die Zeit der Reise näher rückte, entschloss sie sich schweren Herzens, doch ein Medikament zu schlucken, das ihr zwar half, die Mattigkeit zu überwinden und die Gliederschmerzen zu lindern, jedoch den Kopf dumpf und schwer werden ließ.

Die Fahrt ging bis nach Spiez und dort entschied sich Alfi für die Autobahn, wo seine Konzentrationsfähigkeit lediglich eine Geschwindigkeit von hundert Stundenkilometern ertrug und er sich von sämtlichen anderen Verkehrsteilnehmern überholen ließ. Er nahm die Ausfahrt Thun Süd, fuhr Richtung Allmendingen, steuerte den Wagen durch Längenbühl, sodass sie schließlich von Forst her in Biesbach ankamen.

Alfi fuhr viel zu schnell durch das Dorf. Als die Häuser sich lichteten, zeigte er zum Seitenfenster hinaus: »Dort wohnt meine Schwester. Dort im hellblauen Haus mit den dunkelblauen Fensterläden. Sie wohnt bereits seit etwa zwanzig Jahren hier. Sie ist die Leiterin des Spitexvereins«, meinte er nicht ohne Stolz.

»Möchtest du sie besuchen?«, erkundigte sich Schwester Luise, die matt in ihrem Sitz hing.

»Sie arbeitet und wird auch im Büro für uns keine Zeit haben«, glaubte die Schwester leises Bedauern aus seiner Stimme zu hören. Sie erwiderte aber nichts darauf, froh, keinen unnötigen Belastungen ausgesetzt zu werden.

Kurz hinter dem Dorfausgang zweigte links eine schmale Straße ab, an deren rechten Rand zwei Straßenschilder übereinander angebracht waren. Eines machte auf die nächste Ortschaft mit dem Namen Marchbärg aufmerksam, das zweite wies die Straße als Sackgasse aus.

Alfi machte die Schwester fuchtelnd darauf aufmerksam und bog mit beinahe unverminderter Geschwindigkeit nach links in die Schotterstraße ein. Die zahllosen Schlaglöcher ließen den alten Volvo gnadenlos rumpeln und hopsen. Eine Staubwolke löste sich unter dem Auto und verflüchtigte sich gemächlich Richtung Biesbach.

Sie durchquerten ein kurzes Waldstück und befanden sich schließlich auf einer großen, von Wald umsäumten Lichtung, in deren Mitte sich einige mächtige, eng beieinander stehende Bauernhäuser gruppierten, von denen kaum mehr als die Dächer zu sehen waren. Alfi drosselte nun sein Tempo auf ein für die Nonne erträgliches Maß, bis sie schließlich das erste Haus erreichten.

Er hielt den Wagen an und stellte den Motor ab. Langsam stieg er aus. In diesem Moment fing die kleine Lisa Maria zu wimmern an. Sofort wandte sich die Nonne, die ebenfalls beim Aussteigen war, dem Kind zu. Alfi zog gemächlich seine Hose zurecht und ging ein paar Schritte. Da die Schwester mit dem Kind beschäftigt war, griff er unter seine Faserpelzjacke, holte die Zigaretten hervor und zündete sich eine an. Er klemmte sie zwischen Zeige- und Mittelfinger, tat einen tiefen Zug und betrachtete die Umgebung. Keine Menschenseele, kein Tier, kein Laut, nichts. Nur der Brunnen vor dem Stall plätscherte vor sich hin.

Seine Schritte führten ihn zum Stall, dessen obere Hälfte der Tür offen stand. Er schaute in den düsteren Raum und sah sechs Kühe, die teils standen, teils lagen. Die ihm am nächsten stehende blickte ihn mit ihren großen Augen lethargisch an.

Alfi verschaffte sich mit Kennerauge einen Überblick.

Die Tiere waren sehr gepflegt, sahen gesund und gut genährt aus. Eine dünne schwarzweiße Katze strich ihm ums Bein. Als er sich lächelnd bückte, stellte sie sich auf die Hinterbeine und streckte ihren Kopf Alfis Hand entgegen.

Er drehte sich um und ging die paar Schritte zurück zum Auto. Dort sah er, wie die Schwester bei offener Tür auf dem Rücksitz saß und dem Kind das Fläschchen verabreichte.

»Soll ich jemanden suchen, den wir nach Maria fragen können?«, beugte er sich mit gedämpfter Stimme in das Auto hinein. Er wollte das Neugeborene nicht unnötig erschrecken. Die Nonne schaute kurz mit fieberglänzenden Augen auf und entgegnete mit einem lahmen Nicken: »Ja, gerne«, um sich sodann wieder dem Kind zu widmen.

Alfi wandte sich ab und ging wieder zurück. Im Vorbeigehen schaute er noch einmal in den Stall hinein und erreichte schließlich das Ende der Hausmauer. Hier schielte er zuerst vorsichtig um die Ecke. Bei Bauernhäusern wusste man nie, ob man plötzlich von einem überraschten Hund mit lautem Gebell oder Geknurre empfangen wurde. Aber es blieb ruhig. So schritt er weiter, rechter Hand die Hausmauer entlang. Links befand sich ein Gemüsegarten.

Als er die Haustür erreichte, suchte er vergebens nach einem Klingelknopf. So klopfte er derb an die Tür, wohl wissend, dass die Bauersfrau sicherlich nicht direkt hinter der Tür auf möglichen Besuch wartete. Er trat wieder einen Schritt zurück und schaute sich erneut um. Auch hier war alles gepflegt und ordentlich aufgeräumt.

Niemand öffnete. Er überlegte bereits, das nächste Haus anzusteuern, wollte dies aber zuerst mit der Schwester absprechen. So trat er den Rückweg an, und als er vor seinem Auto stand, erklang auf einmal aus nicht allzu großer Entfernung, es musste am anderen Ende des Dorfes sein, das helle Geläut einer kleinen Glocke. Der Klang erinnerte ihn an die Glocke der Gornerenkapelle. Alfis und der Schwester Blicke trafen sich.

»Kommen Sie, Schwester, dort finden wir sicher jemanden«, war nun Alfi überzeugt und stieg ins Auto. Langsam fuhr er an und steuerte den Wagen zwischen den Häusern hindurch. Überall das gleiche Bild. Gepflegte Gärten, aufgeräumte Unterstände, kein Unkraut wucherte zwischen Straße und Vorplätzen der Häuser. Idyllisch lag das Dorf vor ihnen. Die Straße vollführte eine leichte Linkskurve. Beide horchten und versuchten die Richtung des Geläuts zu eruieren. Als ein Feldweg rechts abzweigte und sich zwischen zwei Häusern hindurchzwängte, rief die Nonne: »Hier muss es sein!«, und zeigte in Richtung des Feldwegs. Alfi bremste, setzte den Wagen ein wenig zurück, schaltete wieder in den Vorwärtsgang, riss das Steuerrad herum und schaffte es mit knapper Not, das Auto nicht mit dem Gartenmäuerchen kollidieren zu lassen. Das Sträßchen stieg sanft an. Als sie die beiden Häuser hinter sich hatten, fiel Alfi der auffällig geordnete Misthaufen auf, der sich neben dem Sträßchen auftürmte. Ein freies Feld lag vor ihnen, auf dessen flachem Hügel eine große Scheune thronte. Rechts daneben, ummauert von einer kniehohen Bruchsteinmauer, stand eine große, alte Linde, die von einem lichten Birkenwäldchen mit jungen Stämmen umrahmt wurde, als wollten sie dem alten Baum Ehre erweisen. Das Glockengeläut schien eindeutig aus dieser Richtung zu kommen.

»Das muss eine Kirche sein, Alfi«, meinte nun die Nonne mit vorgeneigtem Kopf.

»Komm, lass sie uns in Augenschein nehmen.«

Erst jetzt bemerkte sie, dass sich auf dem Dach der Scheune, ganz untypisch, eine Art Dachfenster befand. Dies schien neu, denn das Rot des Wellblechs war dort deutlich intensiver als auf dem Rest des Dachs. War das etwa eine Kirche und daneben ein Friedhof? Alfi schien ihre Gedanken zu lesen.

»Das muss eine Kirche mit einem Friedhof sein.« In einem Anflug von Sympathie und Solidarität der Nonne gegenüber, die er nicht anders zu vermitteln wusste, fügte er hinzu: »Eines ist sicher! Ihre Kapelle in der Gorneren ist deutlich schöner – und die Glocke tönt auch besser.«

Kurz wurden Blicke gewechselt und gelacht.

»Schauen wir uns das einmal an«, wurde die Schwester wieder sachlich und Alfi ließ die Kupplung so abrupt los, dass der alte Volvo nur hüpfend in Gang kam. Er murmelte etwas Entschuldigendes wie »früher Dieselmotor«, was die Schwester akustisch kaum und technisch überhaupt nicht verstand, nickte nur, zumal er auf das Natursträßchen konzentriert war und offensichtlich gar keine Antwort von der Schwester erwartete.

Bald bremste er den Wagen wieder ab. Sie waren vor der langen Scheune angelangt, wo ein kleiner Kiesplatz vor dem riesigen Haupttor an der Stirnseite des Gebäudes angelegt worden war. Nach wie vor fanden sie keine

Menschenseele. Das Glockengeläut dauerte an, war hier jedoch deutlich lauter.

Beide stiegen aus und sahen sich um. Schwester Luise wähnte sich schon bald am Ziel und ob der Anspannung, die sich seit dem Beginn der Glockentöne bei ihr eingestellt hatte, vergaß sie ihren schlechten Gesundheitszustand.

Das Tor war geschlossen. Ein Fußweg führte nahe der Scheune entlang bis zum anderen Ende des Gebäudes, wo sich das ummauerte, lichte Wäldchen befand. Einer Eingebung folgend, bewegte sie sich langsam auf den Weg zu. Sie drehte sich zu ihrem Begleiter um, der gerade eine Zigarette anzündete, und rief ihm energisch zu: »Komm, Alfi, wir versuchen es mal in dieser Richtung.«

Alfi steckte schnell seine Zigaretten ein und folgte der Nonne, die sich bereits auf dem Weg befand. Als er sie eingeholt hatte und hinter ihr herstapfte, stieß er beinahe mit ihr zusammen. Sie hatte ihren wackeren Schritt abrupt gestoppt und drehte sich zu ihm um.

»Hast du das Auto abgeschlossen?«, fragte sie mit sorgenvoller Miene. Sie hatte plötzlich Angst um das Kind. Alfi antwortete nichts, schaute sie nur an. Was sollte die Frage? Natürlich hatte er nicht abgeschlossen. Sein Auto hatte er noch nie abgeschlossen. Warum hätte er dies gerade jetzt tun sollen? Er begriff nur langsam.

»Soll ich's abschließen gehen?«

»Ja, das wäre nett von dir. Ich möchte nicht, dass Lisa Maria etwas passiert.«

Er drehte sich um und lief mit unbeholfenen Schritten zum Auto. Kurze Zeit später stand er keuchend wieder vor der Nonne, die vorwurfsvoll die Zigarette ins Visier nahm, die Alfi immer noch in der Hand hielt, drehte sich um und setzte sich tatendurstig in Richtung vermeintlicher Friedhof in Bewegung.

Auf einmal ertönten die Glockenschläge nur mehr unregelmäßig, um schließlich ganz zu verstummen. Eine fast gespenstische Stille machte sich breit. Nur die eiligen Schritte der beiden auf dem Kies waren zu hören. Die zwei erreichten ein paar Krähen, die zwischen dem Weg und der Scheune um etwas stritten. Unwillig nahmen die schwarzen Vögel von der Nonne und ihrem Begleiter Kenntnis und hüpften nervös umher, bis sie endlich unter lautem Protest das Feld räumten, kurz abhoben, um gleich darauf mit Luftsprüngen hinter den zwei Menschen wieder zu landen. Ihr Geschrei war beängstigend. Alfi war mehrmals versucht, nach hinten zu schauen, als erwartete er, jeden Moment einen pickenden Schnabel im Genick zu spüren. Seine Nackenhaare sträubten sich dabei. Aus unerfindlichen Gründen verspürte Alfi, der sich sonst als Tierfreund bezeichnete, Abscheu gegen diese Vögel. Unwillkürlich zog er den Hals zwischen die Schultern und machte, dass er hinter Schwester Luise herkam, die ein beachtliches Tempo angeschlagen hatte.

Als die beiden die ganze Längsseite der Scheune hinter sich gebracht hatten, wandte sich die Schwester nach links. Ihr Schritt wurde langsamer. Ihr Begleiter hingegen ließ sich davon nicht beeindrucken. Er trat neben sie und übernahm nun die Führung. Er erblickte in der Mitte der Scheunenrückwand ein großes, zweiflügliges Tor, das offen stand. Zielstrebig ging er darauf zu.

Indessen erkannte die Schwester in dem vor ihnen liegenden Birkenwäldchen tatsächlich die vermutete Gräberanlage. Trotz ihrer Skepsis musste sie sich eingestehen, dass dies ein ausgesprochen schöner und gut gepflegter Friedhof war. Zwischen den armdicken Birkenstämmchen lag ein sauber geschnittener Rasen, der in prächtigem Grün leuchtete. Darin standen, perfekt ausgerichtet, einige wenige kleine Grabsteine, die sich ähnelten wie ein Ei dem anderen. Zuhinterst, am Fuße der Linde, erblickte die Nonne einen weiteren Stein, der die anderen um vieles überragte und die Szene beherrschte. Dieser war sicherlich genauso groß wie sie selbst.

Gerne wäre sie näher getreten, doch sie entsann sich des Grundes ihres Hierseins, endlich das Kind der leiblichen Mutter zu übergeben. Zudem musste sie sich eingestehen, dass sie sich mit diesem Marsch die Scheune entlang völlig verausgabt hatte. Das Blut im Kopf rauschte und jeder Pulsschlag bereitete ihr Schmerzen.

Sie wandte sich um. Seltsamerweise präsentierte sich das, was sie zu Gesicht bekam, wie ein Film, der zu schnell vor ihren Augen ablief und ihr nicht erlaubte, die Bilder richtig aufzunehmen. Leichter Schwindel befiel sie.

Alfi stand mit dem Rücken zu ihr, einige Meter in der Scheune, in der Dämmerlicht herrschte. Plötzlich setzte er sich langsam rückwärts in Bewegung und wich dann, als er unter dem Tor im Freien angekommen war, zur linken Seite aus. Jetzt erkannte die Schwester den Grund seines seltsamen Verhaltens, als wäre er im Zeitlupentempo aus der Scheune gespült worden.

Sie erkannte ihn sofort wieder. Würdevoll schritt Lomus durch das Tor. Noch ehe die Nonne die nachfolgende Prozession richtig zur Kenntnis nehmen konnte, stockte ihr der Atem. Das Herz klopfte ihr bis zum Hals. Lomus hielt einen Stab in der Hand, verziert mit allerlei Blumen. Am Ende dieses Stabes, der Lomus' Gestalt um einiges überragte, erblickte die Schwester ein Schwarzweißfoto in der Größe eines Briefbogens, das ebenfalls rundum mit Blumen verziert war. Ganz ohne Zweifel zeigte es das Gesicht von Maria, der sie heute ihr Kind übergeben wollte.

Die Schwester hielt sich vor Schreck die Hand vor den Mund. Maria war tot. Schnell schlug sie ein Kreuz. Diese Prozession gehörte ganz offensichtlich zu einer Bestattungsfeier.

Nur verschwommen nahm die Schwester die nachfolgende Feier wahr. Sie konnte sich im Nachhinein kaum mehr an Einzelheiten erinnern. Zu unvermittelt, zu überraschend und ohne die geringste Vorahnung gehabt zu haben, erkannte sie in dem Bild Maria.

In gebührendem Abstand zu Lomus trugen vier junge Frauen in weißen, wallenden Gewändern eine Art Sänfte, auf der eine weiße Urne mit goldenen Verzierungen stand. Farbe, Form und Verzierung der Urne korrespondierten mit denjenigen der Gewänder der Menschen, die nun in einer Zweierreihe aus der Halle schritten. Die jungen Frauen, alle im Alter von zwanzig bis fünfundzwanzig Jahren, hatten eine verblüffende Ähnlichkeit mit Maria. Blonde Haare, zu einem Zopf geflochten und straff am Kopf fixiert. Die Ähnlichkeit verunsicherte Schwester Luise einen Moment. Doch es gab keinen Zweifel. Das Bild zeigte Maria.

Alle Teilnehmer starrten mit leeren Blicken geradeaus und schienen die zwei ungleichen Zaungäste, die die Szenerie mit diskret aufmerksamen Blicken beobachteten, nicht zu bemerken. Immer wieder, jeweils in einem Abstand von zwei Metern, kamen zwei weiß gekleidete Gestalten nebeneinander aus dem Halbdunkel der Halle ins Freie hinaus und die Prozession schien nicht enden zu wollen. Schließlich waren an die dreißig, vierzig Menschen aus der Halle getreten, als der Strom abbrach. Lomus und die vier jungen Frauen befanden sich unterdessen schon beinahe bei der großen Linde.

Kurz darauf, Alfi hatte sein Augenmerk bereits auf den Friedhof gerichtet, tauchten unter dem Tor noch zwei Gestalten auf. Diese jedoch unterschieden sich ganz auffällig von allen andern. Wohl waren sie in die gleichen weißen, wallenden Gewänder gehüllt, aber es waren ihre Schritte, ihre Blicke, ihre totale Aufmerksamkeit, die auffielen. Im Gegensatz zu den Trauernden waren ihre Augen wach und fixierten einmal die Nonne, einmal den Viehhändler, ließen es jedoch geschehen, dass Alfi und die Nonne der Zeremonie beiwohnten.

Lomus war bei der alten Linde angelangt. Er hatte sich umgedreht und mit Blick auf seine Anhänger blieb er bewegungslos stehen. Die Zweiergrüppchen trennten sich im Gehen unmittelbar innerhalb der Ummauerung des Friedhofs, wobei eine Person links, die andere rechts am Mäuerchen entlangging, bis sie jeweils in einer Armlänge Abstand von der vorhergehenden Person stehen blieb und sich Lomus zuwandte. Die vier jungen Frauen hatten die sänftenartige Trage mit der Urne abgestellt und verharrten nun bewegungslos.

Als alle ihren Platz eingenommen hatten, entstand einen kurzen Moment lang eine seltsam anmutende Bewegungslosigkeit. Nur die zwei Männer, die sich neben dem Eingang der Scheune postiert hatten, schauten nach wie vor mit unruhigen Blicken umher.

Auf einmal löste sich Lomus aus seiner Erstarrung, hob mit einer energischen Bewegung beide Arme auf Schulterhöhe und hielt die offenen Handflächen seinen Jüngern entgegen. Gleich darauf erschallte ein monotoner, aus tiefen Kehlen kommender Gesang:

»Looom, Looom, Looom.«

Die Luft schien durch die Töne zu vibrieren. Alfi, der sich mittlerweile zu Schwester Luise gesellt und noch nicht begriffen hatte, wer hier begraben werden sollte, erschauerte. Die beiden standen etwas versetzt vor dem Eingang des Friedhofs. Sie wagten sich jedoch nicht weiter vor, teils aus Pietät, teils aus Respekt vor der Autorität von Lomus und seinen Bewachern. Als sich die Schwester einigermaßen von ihrem Schrecken erholt hatte, neigte sie den Kopf zu Alfi hin und flüsterte ihm aufgeregt zu: »Das ist Maria, welche sie hier begraben, Alfi.«

Alfi wollte oder hatte tatsächlich nicht verstanden: »Was meinen Sie?«, versuchte er ebenfalls zu flüstern, was ihm jedoch misslang. Schwester Luise war es peinlich. Sie schaute sich um und wiederholte in etwas ungeduldigerem Ton: »Sie beerdigen hier Maria!«

Einen Moment erstarrte er, bekam einen leeren Blick und schluckte schwer. »Sind Sie sicher? Das kann doch nicht wahr sein!« Und nach weiterem Nachdenken: »Sie war doch noch so jung.« Dann drehte er sich um, setzte die Brille ab und wischte sich mit dem Handrücken verschämt über die Augen.

Der monotone Gesang verstummte so plötzlich, wie er begonnen hatte. Nun neigten alle ihre Häupter und schienen still zu beten. Wie auf ein geheimes Kommando hoben sie die Köpfe wieder und wandten sich erneut Lomus zu.

Und nun passierte etwas Unglaubliches, das Schwester Luise später als billigen Zauber abtat und es mit aussichtslosen Zaubertricks von afrikanischen Medizinmännern verglich, die ihren Einfluss durch die westliche Medizin und den christlichen Glauben verloren hatten und diesen mit verzweifelten, wenn nicht peinlichen Bemühungen wieder zurückzuerobern versuchten.

Lomus hob abermals seine Arme und starrte mit stechenden Augen auf die Urne. Plötzlich verschob sich das Gefäß leicht, fing an zu zittern, hob schließlich von seinem Standort ab und bewegte sich, völlig losgelöst von der Erdanziehungskraft, in Lomus' Kopfhöhe auf diesen zu. Als die Urne beinahe an seinem Kopf angelangt war, drehte sich der geistige Führer der Lom-Sekte ab und die Urne bewegte sich weiter, bis sie vor dem Stamm der alten Linde Halt machte. Dann senkte sie sich langsam und verschwand aus den Augen der beiden Zuschauer. Schwester Luise nahm an, dass sich am Fuße des Baumes ein Grab befand, wo Lomus die Urne hindirigierte. Nach einem Augenblick entspannten sich Lomus' Züge und die Menschen rundum stimmten einen weiteren Gesang an: »Looom, Looom, Lomus ... Looom, Looom, Lomus.«

Als dieser verstummte, setzte sich Lomus wieder in Bewegung und die gesamte Anhängerschaft folgte ihm in umgekehrter Reihenfolge, wie sie gekommen war. Doch diesmal waren ihre Blicke nicht leer. Alle starrten die zwei ungleichen Besucher mit unverhohlener Neugier an. Eine Nonne bei einer ihrer Beisetzungen. Das war zweifellos ein merkwürdiges Bild.

»Was machen wir jetzt?«, neigte sich Alfi Schwester Luise zu und versuchte die Frage wieder flüsternd zu formulieren, was ihm jedoch wieder nicht gelang. Schwester Luise schien, als hätten alle Anhänger, die an ihnen vorbeigingen, die Frage gehört. Die Nonne nahm, statt eine Antwort zu geben, ihren Begleiter am Ärmel und zog ihn zur Seite, etwas abseits aufs offene Feld. Alfi hatte noch immer feuchte Augen. Schließlich meinte die Schwester in einem Ton, der keinen Widerspruch duldete:

»Jetzt gehen wir zur Polizei! Diese Sekte hat sicher etwas mit dem Tod von Maria zu tun. Dieser Lomus«, und hier wurde ihre Stimme gepresst und ungewohnt scharf, »gefällt mir gar nicht! Der mit seinem Hokuspokus!«

Sie machte eine abfällige Handbewegung.

»Und diese Mädchen. Diese jungen, unschuldigen Mädchen. Das ist Satans Werk. Er hat sie doch sicher verführt. Hast du gesehen, Alfi? Alle diese vier Mädchen sahen der Maria zum Verwechseln ähnlich. Ich würde mich nicht wundern, wenn das die Mätressen dieses feinen Herrn wären.«

Und während Schwester Luise ihre Schimpftirade vom Stapel ließ, drehte sie sich um und stapfte, ohne sich darum zu kümmern, ob ihr Begleiter ihr folgte, zum Auto zurück. Alfi hatte die Nonne, die er sonst als die Liebenswürdigkeit in Person kennen gelernt hatte, noch nie so erlebt. Nach einer Schrecksekunde beeilte er sich, ihr nachzukommen, ohne auch nur die Hälfte dessen zu verstehen, was sie vor sich hinschimpfte. Dies hing einerseits mit einigen Wörtern zusammen, deren Bedeutung er schlicht nicht verstand, wie etwa »Mätressen«, aber andererseits auch mit seiner Mühe, mit der Nonne Schritt zu halten. Er musste immer wieder ein paar Schritte laufen und ein außen stehender Betrachter hätte meinen mögen, hier bewegten sich Mutter und Kind auf einem Feld, nachdem der Sohn der Mutter Schande bereitet, sie ihm Schelte verabreicht hatte und nun mit dem schnellen Schreiten ihren Unmut über das Fehlverhalten des Sohnes kundtat. Sogar die Krähen, die sich immer noch am selben Ort aufhielten, schienen beeindruckt. Kaum war die Nonne mit gefährlich wehendem Habit heran, hielten sie sich nicht lange mit unwilligem Herumhüpfen auf. Sie machten, dass sie Distanz gewannen, und ergriffen ohne Federlesens die Flucht nach oben.

Als die Nonne beim Auto angekommen war, betätigte sie mit energischen Bewegungen den Türgriff. Erst jetzt stellte sie fest, dass die Tür ja auf ihren ausdrücklichen Wunsch hin von Alfi verschlossen worden war. Sie schnaufte hörbar und schaute mit ungeduldigem Blick zu ihrem Begleiter. Dieser hetzte heran, ging um das Auto herum, schloss mit nervösen Händen die Fahrertür auf, langte hinein und zog den Verschlussknopf der hinteren Tür, damit die Nonne einsteigen konnte. Er verzichtete in diesem Moment darauf, der Schwester die Tür zu öffnen.

Schwester Luise stieg ein und der ganze Ärger war wie

weggeblasen. Mit plötzlicher Liebenswürdigkeit blickte sie in den Kaminholzkorb, langte hinein, ergriff die kleine Lisa Maria, hob sie zu sich auf den Schoß und liebkoste sie in einer Art und Weise, die ihresgleichen suchte.

Auf einmal kreisten schwarze Punkte vor ihren Augen und jegliche Körperkraft schien von ihr abzufallen. Als sie das Kind mit dem Rest an Kraft noch mit knapper Not geordnet zurückgelegt hatte, sank sie in den Sitz und glaubte, sich nie mehr erheben zu können.

Alfi war gerade im Begriff ins Auto zu steigen, als das Tor der Scheune mit einem Quietschen geöffnet wurde. Zuerst erschien einer der beiden Männer, der während der Bestattung als Beobachter zugegen gewesen war und postierte sich neben dem Tor.

Nun trat Lomus aus dem Halbdunkel der Scheune und beherrschte mit seinem Auftritt sofort die Szene. Er hatte sich umgekleidet, trug eine Art langes weißes Gewand, das ihm bis zu den Knöcheln reichte und vorne akkurat mit einer Reihe von Knöpfen verschlossen war. Er hielt die Hände auf dem Rücken und erreichte mit würdevollen Schritten und einem gewinnenden Lächeln die beiden ungleichen Besucher.

Schwester Luise konnte beim besten Willen und trotz Schwächeanfall nicht anders: Mit aller Kraft zwang sie sich dazu, aus dem Auto auszusteigen. Mit übermenschlicher Anstrengung stand sie endlich, musste sich jedoch an der Autotür festhalten. Die schwarzen Punkte vor ihren Augen wurden immer größer und verlangsamten ihre kreisrunden Bewegungen. Mühsam bewahrte sie

Fassung, denn sie wollte sich vor Lomus auf keinen Fall eine Blöße geben.

Auf einmal löste sich zögerlich eine weitere Gestalt aus der Halle. Es war ein Mann, der unsicher schien und sich nur ungern zeigte. Er war groß, hager, hatte lichtes graues Haar und einen Bart. Gekleidet war er wie die anderen Anhänger der Sekte während der Bestattungsfeier. Mit scheuem Blick, der immer wieder abschweifte, näherte er sich dem Auto.

Lomus war inzwischen stehen geblieben und hatte sich nach dem Mann umgedreht. Er wartete geduldig mit einer einladenden Handbewegung, bis dieser zu ihm aufgeschlossen hatte, und sprach ihn mit väterlich aufmunternder Stimme an: »Komm, mein Sohn.«

Unbändiger Zorn stieg in der Schwester auf. Dieser Lomus! »Sohn« hatte er seinen Begleiter genannt, der gut und gern zehn Jahre älter war als er selbst. Was für ein impertinentes Getue dieser Lomus an den Tag legte. »Teufelswerk!«, schrie es stumm aus ihr heraus. In diesem Moment verloren die kreisenden schwarzen Punkte ihre Intensität, wurden heller und heller, bis sie endlich ganz verschwanden und die Nonne wieder ein klares Sichtfeld erhielt.

Schließlich stand der Mann neben Lomus. Der Unterschied in der Ausstrahlung dieser zwei Männer hätte nicht größer sein können.

Lomus wandte sich an die Schwester, nahm die Hände vom Rücken, hielt die Fingerkuppen der beiden Hände zusammen und sprach: »Das ist der Vater von Maria. Hannes Sollberger. Er möchte, dass Sie ihm das Kind überantworten. Maria ist verstorben und somit hat er Anspruch darauf. Würden Sie es ihm bitte übergeben?«

Die Stimme hörte sich freundlich, bestimmt und befehlsgewohnt an. Die Schwester fixierte diesen unscheinbaren Mann und vergaß darob die ganze Umgebung. Langsam kam sie hinter dem Auto hervor. Der Zorn hielt sie aufrecht. Dieser scheue Mann war also der Mörder von Vico Kunz. Mit Erschrecken nahm sie zur Kenntnis, dass ihr Vater damals genau den gleichen schwermütigen Ausdruck im Gesicht gehabt hatte, als er zu ihr ins Zimmer kam, nachdem er den Wagen in der Garage für immer eingeschlossen hatte. Die Erinnerung daran war auf einmal vollkommen klar vor ihrem geistigen Auge. Die Geschichte hatte sich wiederholt. Gott der Allmächtige hatte sich ihr offenbart. Ihr Vater und dieser Mann waren beide auf dieselbe Art gezeichnet. Beide hatten sie ein schreckliches Verbrechen begangen und die Last drückte auf ihre Schultern, hatte sich in ihren Geist eingenistet und rumorte dort herum.

Die Gesichtszüge des Mannes vor ihr verschwammen plötzlich und nahmen die ihres Vaters an. Schwester Luise erschrak und schlug ein Kreuz. Als sie ihr Gegenüber wieder der Realität entsprechend wahrnahm, bemerkte sie, wie Marias Vater sie entsetzt anstarrte und sein Blick immer wieder zu Lomus irrte, um sich dort Halt und Hilfe zu holen.

»Warum haben Sie das getan?«, presste Schwester Luise hervor, sprach aber mehr zu sich selbst und zu ihrem Vater als zu ihrem Gegenüber. Dieser Ausspruch der Nonne bewog nun Lomus dazu, sich wieder einzumischen.

»Schwester Luise, dürfte ich Sie nun bitten, diesem Mann das Kind zu übergeben!«

Schwester Luise war von der ganzen Situation so gefordert, dass sie keine Kraft mehr hatte, sich in eine Diskussion mit irgendjemandem einzulassen. Sie drehte sich abrupt um, schlug noch einmal ein Kreuz und schritt wortlos zum Auto. Alfi begriff die Lage und hielt der Nonne die Tür zum Rücksitz offen. Auch er war froh, hier endlich wegzukommen.

Als die Nonne gerade einsteigen wollte, konnte sie sich ihrer Traurigkeit und ihres Entsetzens nicht länger erwehren und ließ sich zu einem Ausspruch hinreißen, der der ganzen Geschichte eine geradezu dramatische Wende geben sollte. Aber ihre Emotionen hatten durch das Fieber in diesem Moment soeben den Kampf gegen ihren sonst so überlegenen Verstand, gegen ihre bibelgeschulte Weisheit, gegen die Demut und Umsicht gewonnen:

»Niemals übergebe ich das Kind einem Mörder!«

Ohne eine Antwort abzuwarten, stieg sie in den Wagen und würdigte die zwei Männer, die draußen nebeneinander standen und bei dem emotionalen Ausbruch der Nonne völlig konsterniert waren, keines Blickes mehr.

Alfi schlug die Tür zu, stieg ebenfalls eiligst ein, fuhr eine große Kurve rund um die beiden Männer und bog in die Naturstraße ein, die zum Dorf hinunterführte.

Schwester Luise atmete tief und schwer und gab sich vorerst ihrem Fieber hin. So bemerkte sie auch nicht, wie Alfi mehrere Male von dem zwar schmalen, aber gerade verlaufenden Sträßchen zum Dorf vom Weg abkam und das Steuer immer wieder herumreißen musste. Erst als er hinter dem Dorf ohne zu bremsen in die Hauptstraße einbog und ein erschrockener und empörter Autofahrer, dem Alfi die Vorfahrt genommen hatte, hinter ihm wie verrückt hupte und aufblendete, realisierte Schwester Luise, dass er sein

Auto unkonzentriert und fahrig steuerte. Doch für mehr reichten ihre Kräfte nicht. Ihre Gedanken drehten sich nun um das Erlebte. Dieser Hannes Sollberger hatte zweifellos ein Anrecht auf das Kind. Da konnte sie sich beim besten Willen nichts vormachen. Aber dieser Vater würde seiner gerechten weltlichen Strafe nicht entgehen können. Auch da war sie sich sicher. Aber wo würde dann ihre kleine Lisa Maria untergebracht werden? Mit Sicherheit würde dieser dubiose Sektenführer Lomus das unschuldige Kind unter seine Fittiche nehmen und damit wäre das Schicksal des Kindes besiegelt. Der Schwester gab es einen Stich ins Herz ob der Zukunft ihrer geliebten Lisa Maria. Doch sogleich meldete sich ihr kämpferisches Herz. Niemals durfte dies passieren. Das würde sie zu verhindern wissen.

Die Gedanken mochten noch so kämpferisch sein, der Körper war längst nicht mehr in der Lage, dem Willen Folge zu leisten. Sie war krank und hatte sich in den letzten Tagen sowohl emotional als auch körperlich viel zu stark gefordert. Sie musste aufpassen und ihr Seelenheil wieder finden. Der Wille war stark – beim Allmächtigen, doch das Fleisch war schwach. Und so nahm sich die Nonne Zeit, sich in aller Ruhe um das Kindlein zu kümmern und dazwischen in aller Stille zu beten, dass die ganze Geschichte gut ausgehen mochte, die Mutter Oberin auf ihr heftiges Verhalten nachsichtig reagierte und dass sie durch Alfis Fahrweise nicht zu Schaden kamen.

*

Erstaunlicherweise hatte die Schwester ausgezeichnet geschlafen, nur unterbrochen durch die Fütterungen der Kleinen. Der Tee nach dem alten Rezept des Klosters, den sie nach der Rückkehr von Marchbärg in großen Mengen genossen hatte, musste doch geholfen haben. So war sie am Morgen zeitig erwacht und nach dem Morgenlob um fünf Uhr dreißig, das die Nonne im Refektorium vor dem Altar sang, hoffte sie inständig, dass Alfi seine gestrige Ankündigung wahr machte und bereits am Morgen früh auftauchen würde, um mit ihr, wie er meinte, das weitere Vorgehen zu besprechen. Doch insgeheim wartete sie nicht auf seinen Rat, sondern gedachte ihm für eine Weile die Betreuung der kleinen Lisa Maria zu überlassen, damit sie in aller Ruhe mit Gott in der Kapelle Zwiesprache halten und er ihr den weiteren Weg weisen konnte.

Zu ihrer Überraschung klopfte es bereits kurz nach sieben Uhr an der Tür. Eine für sie neue Art der Freude machte sich in ihrem Herzen breit und schnell schritt sie zum Eingang, um Alfi hereinzubitten.

Sie erschrak. Alfi sah aus, dass es Gott erbarmen musste. Er war völlig übernächtigt, die Augen aufgequollen, die Haare wirr und die Falten im Gesicht schienen zahlreicher und tiefer als sonst. Mit einem müden und gezwungenen Lächeln folgte er der einladenden Handbewegung der Nonne und trottete hinein, wohl wissend, wie er aussehen musste.

»Hast du schon etwas gegessen?«, wollte Schwester Luise mit kummervoller Miene wissen.

»Nein, eigentlich nicht«, entgegnete er und blickte sie erwartungsvoll an.

»Ich mache dir einen Tee. Setz dich schon mal ins Refektorium!«, bemerkte sie und hantierte bereits am Kochherd herum.

Alfis insgeheime Erwartung wurde erfüllt und er machte sich zum Refektorium davon. Er hätte zwar liebend gern einen Kaffee vorgesetzt bekommen, wusste jedoch, dass die Nonne diesen ausgehen ließ. Wohlweislich hatte er deshalb daheim einen vom letzten Tag hinuntergestürzt.

Kurze Zeit später aß und trank Alfi, trotz seines sorgenvollen Gesichts, genüsslich und viel und konnte seine Bekümmernis darob etwas vergessen. Die behagliche Wärme, durch das knisternde Feuer im Sitzofen erzeugt, trug das ihre dazu bei. Zum Wohlgefallen der Nonne war Alfi auch sofort einverstanden, als sie ihn bat, für einige Zeit nach der kleinen Lisa Maria zu schauen, damit sie in der Kapelle ihr Gebet verrichten konnte.

Alfis anfängliche Zaghaftigkeit dem Kind gegenüber, diesem nicht gerecht werden zu können, hatte sich ganz offensichtlich gelegt, hatte einer Freude Platz gemacht, für das Kind da zu sein, es zu betreuen und zu beaufsichtigen.

Die Nonne nahm diesen Umstand erfreut zur Kenntnis und war erleichtert, mit ruhigem Gewissen die Kapelle aufsuchen zu können. Dort angelangt, zündete sie, gemäß ihrem Ritual, die Kerzen an und setzte sich auf ihren Platz. Kaum hatte sie die nötige geistige Versunkenheit für die Kontemplation mit Gott erreicht, wurde hinter ihr die Tür geöffnet. Leichter Unmut regte sich in ihr.

Es blieb still. Wer da auch immer hereingekommen sein mochte, er stand im Eingang und blieb dort still stehen. Jemand flüsterte, wie ihr schien, in einem gehässigen Ton. Schwester Luise bat Gott um eine kurze

Unterbrechung des Gesprächs, um sich dann langsam zur Tür hin umzuwenden.

Ihre Augen konnten im ersten Moment wegen des diffusen Lichts nicht viel erkennen. Erst nach einem Moment zeichneten sich Umrisse ab, die sie als zwei Männer identifizierte. Einer befand sich noch draußen und war gerade im Begriff, den vorderen, der einen Fuß bereits im Innern der Kapelle hatte, hineinzudrängen. Als beide drinnen standen, konnte die Schwester Einzelheiten erkennen.

Einer der Männer war erstaunlich klein, drahtig und stand gebückt. Den rechten Arm hielt er angewinkelt und das Handgelenk wurde von einem Verband gestützt. Die blonden, kurz geschnittenen Haare sahen aus wie Stroh und standen ungebändigt und wild nach allen Seiten. Was bei diesem Mann jedoch sofort auffiel, waren seine stechend blauen Augen, die Entschlossenheit ausstrahlten, aber in sonderbarem Kontrast zu seiner gebückten Haltung und dem verbundenen Arm standen.

Der zweite Mann, der vom kleineren fast hineingedrängt worden war, überragte seinen Begleiter um vieles. Der Aufstieg zur Kapelle schien ihn außer Atem gebracht zu haben, denn sein Bauch wölbte sich heftig und sein Mund stand offen. Er hatte eine stattliche Figur und war kräftig gebaut. Die Tatsache aber, dass er seine Hände vor dem Bauch zusammenhielt und nervös an einem Fingernagel fummelte, schmälerte seine durch die Statur bedingte Souveränität erheblich und ließ ihn wie ein zu großer eingeschüchterter Knabe aussehen.

»Sind Sie Schwester Luise? Mit bürgerlichem Namen Luise Mina Stettler?«, begann der kleinere der beiden förmlich.

Schwester Luise bejahte und sah die beiden mit einem gutmütigen Lächeln an. Sie hatte sofort erkannt, dass es sich um Polizeibeamte handeln musste. Ohne sich etwas anmerken zu lassen, meldete sich nun doch ihr schlechtes Gewissen, welches vor Gott dem Allmächtigen bis dahin immer rein gewesen war.

Während der Wortführer der beiden mit einem Griff in die Brusttasche eine kleine Karte hervorholte und sie mechanisch der Nonne hinstreckte, erklärte er: »Mein Name ist Brunner, Kriminalpolizei Bern, Abteilung Leib und Leben. Und das ist«, er machte eine saloppe Kopfbewegung nach hinten, »Fankhauser, mein Kollege. Ich hätte da ein paar Fragen an Sie.«

Nun nestelte er erneut in seiner Brusttasche und holte ein kleines, blaues Notizheftchen hervor, das er jedoch nicht öffnete, sondern lediglich in seiner unversehrten Hand malträtierte, indem er sie abwechselnd enger darum schloss, sie dann entspannte und wieder anspannte.

Wachtmeister Studer hatte doch auch ein solches Notizheft, dachte Schwester Luise unvermittelt, die einen dieser Filme einmal vor Jahren irgendwo gesehen hatte.

»Gestern sind zwei Herren bei uns auf der Polizeiwache erschienen. Ein gewisser Sollberger und sein Begleiter, ich glaube, er hieß Sortas.«

»Sartos, Mikka Sartos«, ertönte Fankhausers Stimme aus dem Hintergrund. Brunner machte eine unwillige Handbewegung.

»Also, dieser Sollberger und dieser Sartos haben behauptet, Sie hätten ein Kind«, hier stockte er und wählte seine Worte vorsichtig, »eh, nicht gerade entführt, aber in Ihrer Obhut, obwohl es nicht Ihnen gehört. Ist das richtig?«

Schwester Luise wurde mulmig zumute. Gott der Allmächtige hatte für sie entschieden. Mit einem kurzen Gebet, in Gedanken gesprochen, versuchte sie Zuversicht zu erlangen für den guten Ausgang dieser Geschichte.

Du, mein allmächtiger Gott, du bist mein Erlöser, und im Lichte deiner Macht frohlocke ich.

»Ja, ich habe das Kind, das übrigens Lisa Maria heißt, in meiner Obhut. Aber von Entführung, wie Sie das nennen, kann keine Rede sein. Ich habe lediglich dem Wunsch der Kindsmutter Folge geleistet, die ja nun leider für immer heimgegangen ist – Gott sei ihrer Seele gnädig.« Und damit schlug sie ein Kreuz.

»Wie um Gottes Willen ist den Maria ums Leben gekommen? Das ging doch garantiert nicht mit rechten Dingen zu. Dieser Lomus ist doch höchst suspekt. Wahrscheinlich hat er sie in den Tod getrieben«, mutmaßte die Schwester mit plötzlichem Eifer in der Stimme.

Brunner fasse sich kurz, wollte sich nicht von seiner eigenen Frage ablenken lassen: »Aufgrund der Untersuchungen muss davon ausgegangen werden, dass Maria Sollberger Suizid begangen hat.«

Die Schwester äußerte sich nicht dazu, schüttelte nur gedankenverloren den Kopf. Was hätte sie darauf noch erwidern sollen. Die Polizei hielt sich an Fakten, für die psychologischen Hintergründe schien sie sich nicht zu interessieren.

Nach einer Schweigeminute fasste sich Schwester Luise

ein Herz und begann die ganze Geschichte zu erzählen. Sie sprach von der Geburt des Kindes, von der Pflege der Gebärenden, von deren plötzlichem Verschwinden, von ihren Bemühungen, diese zu finden, um ihr das Kind zu übergeben, von dem Brief und schließlich von der Bestattung, der sie als Zaungast beigewohnt hatte.

»Und solange nicht klar ist, wer rechtmäßig nun nach Marias Tod für Lisa Maria zuständig ist, bleibt die Kleine bei mir!«, gab sich die Nonne zum Abschluss ihrer bewegenden Geschichte kämpferisch, relativierte das Ganze jedoch ein wenig: »Auf alle Fälle übergebe ich das Kind nicht irgendeinem zweifelhaften Sektenführer oder einem seiner Getreuen, der behauptet, Marias Vater zu sein.«

Als die Nonne geendet hatte, trat eine fast feierliche Stille in der Kapelle ein. Längst hatten es sich die drei Personen auf den kleinen Bänken bequem gemacht und saßen einander zugewandt gegenüber. Inspektor Fankhauser hatte während der Erzählung der Nonne den Anfang gemacht und sich unter leisem Gestöhn – die Bänke waren für seine Körperfülle ein wenig eng – hingesetzt und war der Geschichte interessiert gefolgt. Schließlich hatten sich auch die Schwester und der Kommissar niedergelassen.

Nach der Gedenkminute, in der sich Brunner ununterbrochen das Kinn rieb, hakte er plötzlich nach und unterbrach die Stille mit schneidender Stimme: »... und ein Mörder sein soll?«

Mit diesen Worten fixierte er die Nonne, die jedoch dem Blick lange standhielt, um kein schlechtes Gewissen zu offenbaren. Dann wandte sie ihn ab, um eine Kerze, die heftig flackerte, zu betrachten.

Doch der Kommissar blieb hartnäckig. »Es ist doch so, dass Sie diesen Sollberger, der übrigens wirklich Marias Vater ist und sehr wohl ein Anrecht auf das Kind hat, als Mörder bezeichnet haben. Oder etwa nicht? Und wie um Himmels willen kommen Sie darauf?«

Schwester Luise konnte in diesem Moment nichts darauf erwidern. Wie sollte sie auch? Wie sollte sie dem Kommissar verständlich machen, dass ihr Gott der Allmächtige offenbart hatte, wer der Mörder war? Dass sich die Geschichte hier wiederholte. Ihre Geschichte. Dass der Herr so großartig in seinem Tun und Handeln war und ihr damit ermöglichte, ihre eigene Vergangenheit aufzuarbeiten. Wie sollte sie das dem Kommissar beibringen? Nie und nimmer würde er das verstehen.

Die Schwester drehte sich sitzend auf der Bank nach vorn, faltete die Hände zu einem Gebet und versank für einige Zeit darin. Ihre Gesprächspartner ließen sie in Ruhe und überbrückten die Zeit zuerst mit viel sagenden Blicken, um schließlich ebenfalls, aber nicht zum Gebet, die Köpfe zu senken. Endlich hob die Schwester langsam ihren Kopf, wandte sich wieder dem Kommissar zu und schaute ihm direkt in die Augen: »Ja, ich habe diesen Mann als Mörder betitelt. Weil ich auf Gott den Allmächtigen vertraue, und nur auf ihn!«

Schwester Luise glaubte, mit dieser Antwort des Kommissars Neugierde Genüge getan zu haben. Doch dieser gab sich nicht so schnell zufrieden:

»Gott hat Ihnen also mitgeteilt, dass dieser Sollberger ein Mörder ist?«

»Bei Gott, dem Allmächtigen. Ja!«

»Und wen soll Sollberger ermordet haben?«, wollte der Kommissar nun etwas gedehnt und sarkastisch wissen.

»Na, diesen Vico Kunz natürlich«, wunderte sich die Schwester ob der Frage, weil ihr schien, die Beamten wüssten überhaupt nicht, wovon sie sprach.

Die zwei Männer wechselten wieder Blicke und Inspektor Fankhauser verzog schweigend den Mund. Eine Weile herrschte Schweigen. Schwester Luise wandte ihren Blick wieder der Kerze zu, die immer noch heftig flackerte und eine schwarze Rußfahne gegen die holzverkleidete Decke entließ. Schließlich erhob sich Brunner und Fankhauser tat es ihm mit eifrigen Bewegungen gleich.

»Ich werde das mit dem Kind dem Regierungsstatthalter melden müssen. Der wird entscheiden, was mit ihm geschieht. Sie hören von uns.«

Ohne ein weiteres Wort zu verlieren, drehte sich Brunner zur Tür, die von Fankhauser aufgerissen und offen gehalten wurde. Als Brunner bereits draußen war, wandte sich Fankhauser Schwester Luise zu, die im Gang stand, und nickte ihr mit freundlichem Gesicht wortlos zu. Sie erwiderte den Gruß und blieb nachdenklich stehen.

Kaum hatte sich die Tür geschlossen, hörte die Schwester Kommissar Brunner, der sich bereits unterhalb der Treppe befinden musste, einen deftigen Fluch ausstoßen, der sie veranlasste, hurtig zur Tür zu gehen, um sie einen Spalt zu öffnen.

»Hör zu, Fankhauser! Das könnte stimmen was die Nonne da ausgesagt hat. Das Kind ist von diesem Kunz. Der Vater dieser Maria hat das spitzgekriegt, wurde eifersüchtig oder von diesem Lomus angestachelt und hat den Kunz erschossen.«

»Aber der Sollberger hat ja ein Alibi und wäre doch zu so einer Tat gar nicht fähig«, versuchte Fankhauser abzuschwächen. »Der würde doch eher sich selbst etwas antun. Der ist doch schwermütig. Und überhaupt: Der Kunz war immerhin der Freund der …«

Heftig fuhr Brunner seinem Untergebenen über den Mund: »Eben doch, Fankhauser. Du verstehst wieder mal überhaupt nichts. Bei diesen Sektenheinis ist das doch eine Todsünde, wenn vor der Ehe herumgevögelt wird. Darum hat die Sollberger auch die Geburt verschwiegen und schließlich Selbstmord begangen, als es herauskam. Und ein Alibi von diesem Volksverführer ist doch überhaupt nichts wert. Das müsstest du wissen! Hör mir doch endlich auf mit deiner Menschenkenntnis. Die hat uns noch nie weitergebracht!«

Schmollend und halbherzig wollte Fankhauser widersprechen, doch sein Chef ließ ihn gar nicht zu Wort kommen.

»Wir knöpfen uns diesen Sollberger noch einmal vor. Der hat Dreck am Stecken. Veranlasse das. Am besten heute noch.«

»Gut, Chef, wie du meinst«, entgegnete Fankhauser, nun kleinlaut geworden.

Dann wurde es still. Die letzten Sätze konnte die Nonne nicht mehr verstehen. Sie schloss die Tür sorgfältig und setzte sich auf ihren gewohnten Platz. Erst nach einigen Minuten drang das Geräusch eines talwärts fahrenden Autos in das Innere der kleinen Kapelle. Doch

Schwester Luise nahm bereits nichts mehr wahr, was um sie herum geschah.

Die Kerze über ihrem Kopf flackerte und rußte immer noch.

9. Kapitel

Mit einem dumpfen Schlag fiel die schwere Eisentür ins Schloss. Ein Schlüssel wurde ins Schlüsselloch gesteckt, zweimal geräuschvoll gedreht und wieder herausgezogen. Dann hüllte Stille Hannes Sollberger ein. Er stand in gebeugter Haltung mitten im Raum, bewegungslos, starr, leicht schwankend. Ungläubig starrte er auf die weiße Stahltür. In der Tür eingelassen, auf Augenhöhe, befand sich ein Kontrollfenster, das von außen durch einen Riegel verschlossen war. Eine Türklinke gab es nicht.

Schwerfällig ließ sich Sollberger auf das Bett nieder. Langsam wandte er den hängenden Kopf nach links. Eine WC-Schüssel, ein Waschbecken, ein Spiegel und eine kleine Abstellfläche, alles aus Chromstahl. Ihm gegenüber ein kleiner Tisch und ein Stuhl. Rechts schien trübes Licht durch ein schmales, hohes Fenster, das bis zum Boden reichte und durch das Milchglas keinen Blick nach draußen gestattete. Sollberger stützte die Ellenbogen auf die Knie und legte den Kopf in die Hände. Sie hatten ihn hereingelegt. Einem Verhör hatte er sich unterziehen müssen. Er wurde richtiggehend angefahren, ob er Pfeilbogen schießen könne. Dies hatte er verneint. Verneint, weil er es selbst nicht mehr glaubte, nachdem er seit vielleicht dreißig Jahren keinen mehr in Händen gehalten hatte. Dann kam plötzlich einer herein und drückte ihm einen Bogen in die Hand. Arglos ergriff er ihn und merkte sofort, dass dieser für Linkshänder gebaut war. Erstaunlich, dass er nach so vielen Jahren das Gefühl dafür nicht verloren hatte.

Die Stimme hallte noch immer in seinem Kopf.

»Sie wollen mir doch nicht weismachen, dass Sie noch nie mit einem solchen Ding geschossen haben?«, erklang die vor Ungeduld scharfe und gehässige Stimme seines Gegenübers, dessen Atem nach Kaffee gerochen hatte, unangenehm nah an seinen Ohren.

»Das ist lange her und beinahe nicht mehr wahr«, hatte er sich lahm verteidigt, was dem Kommissar, der krumm und rauchend in einer Ecke des Zimmers stand, ein meckerndes Lachen entlockt hatte.

Sie brauchten nicht lange, um herauszufinden, dass er sich mit Pfeil und Bogen auskannte, und obwohl es eine halbe Ewigkeit her war, war dies für sie Grund genug, ihn als potenziellen Mörder dieses Vico Kunz anzusehen, den er überhaupt nicht kannte und der der Vater des Kindes von Maria sein sollte.

Unvorstellbar. Er hatte sich noch nie so einsam gefühlt. Er war jetzt bereits drei Tage in dieser Zelle, wurde verhört, konnte nur ungenaue Angaben darüber machen, wo er zum Zeitpunkt des Mordes war, und sollte sich dessen entsinnen. Und je mehr er sich dies vornahm, desto weniger war sein Kopf in der Lage zu rekonstruieren, wo er damals gewesen war, und infolgedessen wurde seine Integrität immer mehr in Zweifel gezogen. Man glaubte ihm schlichtweg nichts mehr, ihm, dem älteren Mann, der damals als Zwanzigjähriger verträumt, naiv und weltfremd nach seiner Lehre als Maurer nach Amerika ausgewandert war, um den Indianern, die in ihren Reservaten ein erbärmliches Leben fristeten, im Kampf gegen Unrecht und Arroganz beizustehen. Er hatte damals alles lesend aufgesogen wie ein trockener Schwamm, was es über die nordamerikanischen Indianer zu lesen gab, hatte schießen gelernt mit Gewehr und Pfeilbogen und die Sitten und Gebräuche studiert.

Die englische Sprache hatte er sich mittels eines alten Lehrbuchs und englischer Romane, die zu finden gar nicht so einfach gewesen war, in nächtlichen Stunden mit einer außergewöhnlichen Leidenschaft selbst beigebracht. Dann war er eines Tages mit Sack und Pack aufgebrochen und mit einem Schiff über den Atlantik nach Amerika gefahren.

Doch alles war anders, als er sich das vorgestellt hatte. Die Indianer wollten nichts von ihm wissen, waren misstrauisch, ablehnend und dem Alkohol verfallen. Sie hatten nicht auf ihn gewartet. Seine Pfeilbogenkünste wirkten deplatziert und eher peinlich. Und irgendwann reiste er desillusioniert ab, kam nach Hause und arbeitete als Straßenbauer. Er blieb ein Träumer, dessen Träume sich längst zerschlagen hatten. Doch die harte, an der Gesundheit zehrende und das Träumen verunmöglichende Arbeit forderte ihren Tribut, machte ihn krank, körperlich und psychisch. Der sensible Träumer konnte die entbehrungsreiche Arbeit immer weniger ertragen und schleppte sich von Wochenende zu Wochenende, hockte nur noch lethargisch herum und ging seiner Frau, einer temperamentvollen Spanierin, auf die Nerven.

Als seine Frau überraschend starb, war er mit seiner Tochter allein, und nur ihr war es zu verdanken, dass er nicht vollends in eine Depression verfiel, als er seine Arbeit verlor und in einem Arbeitslosenprogramm Straßen reinigen musste. Dies sah er als absolut entwürdigend an und schämte sich deswegen.

Als er die Nachricht vom Tod seiner geliebten Tochter erhalten hatte, die während eines Aufenthalts bei der Lom-Sekte gestorben war, brach für ihn eine Welt zusammen. Schwer gezeichnet, hatte er all seinen Mut und all seine Kraft aufgewandt, um die näheren Umstände des Todes bei diesem Lomus zu erfahren.

Lomus sprach davon, Maria habe im Versteckten ein Kind zur Welt gebracht. Zufällig sei eine Nonne bei der Geburt zugegen gewesen und das Kind sei nun in deren Obhut. Er habe Maria zu sich eingeladen, aber anscheinend aufgrund einer postnatalen Depression sei sie dermaßen verwirrt gewesen, dass sie in einer bitter kalten Nacht das Haus verlassen habe und später auf einem Acker tot aufgefunden wurde. Lomus, der über ein unglaubliches Charisma verfügte und ihn mir nichts, dir nichts für seine eigene Sache eingelullt hatte, empfahl ihm, das Kind um jeden Preis von dieser Nonne zurückzuverlangen. Und jetzt war er hier in der Zelle und wurde beschuldigt, den Freund von Maria oder was das auch immer für sie gewesen war, ermordet zu haben.

Auf einmal ging ein Zittern durch seinen ganzen Körper, er sank seitlich auf das Bett und kurz darauf ließ er ein unterdrücktes, schauerliches Schluchzen hören, das sich wie das Wehklagen eines dem Tode geweihten Tieres anhörte.

Lange blieb er wach. Um drei Uhr in der Früh lag er immer noch in der gleichen Stellung da, so wie er sich vor etlichen Stunden fallen gelassen hatte. Nun stand er auf und tastete sich zur Tür hin, um den Lichtschalter zu betätigen. Als die trübe Lampe brannte, schmerzten seine Augen. Er hockte sich schwer und langsam aufs

Bett und zog die Bettdecke, die in einem braun karierten Überzug steckte, zu sich. Was er jetzt zu tun gedachte, hatte er von den Indianern gelernt.

Er fing an, nach den Knöpfen zu suchen. Nachdem er das letzte Knopfloch über den Knopf gestülpt hatte, stand er auf, schüttelte die Bettdecke aus dem Überzug, ließ diese auf den Boden gleiten und legte sie pflichtbewusst aufs Bett. Er setzte sich wieder. Nun prüfte er die Qualität des Überzugstoffs. Dieser war neu und robust. Dann ergriff er einen äußeren Rand des Stoffes und begann daran zu kauen.

Immer wieder untersuchte er sein Resultat, bis es ihm endlich gelang, den Stoff zu zerreißen. Nach weiteren Bemühungen, die viel Zeit in Anspruch nahmen, war er endlich so weit. Er hatte zwei annähernd vier Meter lange Stoffstreifen herausgetrennt. An einem der Streifen brachte er einen Knoten an. Das andere Ende formte er zu einer Schlinge.

Schwer erhob er sich vom Bett und ging zum Fenster, das sich nur eine Handbreit kippen ließ. Er öffnete es, streckte seinen Arm und ließ den Knoten des Stoffbandes hinausgleiten. Dann schloss er das Fenster wieder und zog am Seil. Der Knoten außerhalb des Fensters rutschte bis zum Rahmen hoch, zog sich zusammen und hielt.

Er zog den Stuhl heran, stellte sich auf die Sitzfläche und kauerte sich hin. Den zweiten Streifen schlang er nun um die Oberschenkel und Fußknöchel und verknotete dieses Band im Schoß so straff wie möglich. Dies sollte verhindern, dass er sich im letzten Moment mit den Beinen würde auffangen können. Mit sorgfältigen Bewegungen knüpfte er nun die Schlinge um den Hals.

Als er sein Werk beendet hatte, sammelte er sich einen Moment. Dann ließ er mit einer heftigen Armbewegung den Stuhl wegrutschen. Augenblicklich fiel Hannes Sollberger in die Schlinge, die sich um seinen Hals zusammenzog, ihm den Atem nahm und den Blutfluss zum Kopf unterbrach.

10. Kapitel

Es dunkelte bereits, als Alfi sturzbesoffen aus dem Restaurant Hübeli torkelte. Nicht, dass er seit Stunden hier gewesen war. Nein, er hatte eine wüste Kneipentour hinter sich, die ihn vom Hübeli zur Griesalp, zur Alpenruhe und zu guter Letzt wieder ins Hübeli geführt hatte.

Hier hatte er schließlich genug getrunken, lallte nur noch herum und Vroni war froh, als ihr Stammgast endlich wie gewohnt in solchen Situationen umständlich sein Portemonnaie aus der Hose klaubte, es der Wirtin überließ, das nötige Geld daraus zu entnehmen, und danach das Gasthaus verließ.

Es war kurz nach sieben Uhr abends, die Sterne funkelten durch die kalte Nacht und eine unangenehme Brise strich ums Haus.

Alfi merkte von all dem nichts. Er bemühte sich, nicht umzufallen. Endlich saß er im Auto, riss die Tür zu und griff an das Zündschloss. Er fummelte daran herum, ehe er begriff, dass der Schlüssel nicht steckte. So kletterte er brummelnd aus dem Wagen, um an seine Hosentasche zu kommen. Schließlich fand er das Gewünschte in der rechten Tasche und stieg wieder umständlich ein. Vorgebeugt gelang es ihm nach langem Probieren, den Schlüssel ins Schloss zu stecken. Er drehte daran und schon machte der alte Volvo einen Hüpfer. Nach weiterem ungeschickten Hantieren heulte der Motor endlich auf und Alfi erwischte knapp die Biegung, als er in Richtung Steinenberg fuhr, wo die Nonne wohnte.

Erst nach kurzer Fahrt bemerkte er, dass es ziemlich

finster war, und schaltete das Licht ein. Tatsächlich gelangte er wohlbehalten zu Schwester Luises Domizil. Schwankend hämmerte er an die Tür des Chalets »Ruf Gottes«.

Noch bevor sich drinnen etwas tat, musste Alfi würgen und die bis dahin leichte Übelkeit verstärkte sich aufs Heftigste. Schlechtes ahnend, drehte er sich um und versuchte die große Tanne unweit des Eingangs zu erreichen. Vornübergebeugt, übersah er jedoch die tief hängenden Äste und die spitzen Nadeln piekten ihn unangenehm ins Gesicht. Einen Fluch unterdrückend, beugte er sich weiter nach vorn, um unter den Ästen durchzukommen. Doch das war für sein durch den Alkohol irritiertes Gleichgewichtsorgan zu viel. Er verlor die Balance, stürzte und landete mit Knien und Händen auf dem weichen, mit braunen Nadeln übersäten, feuchten Boden. Verdutzt verharrte er einen Moment in dieser Stellung.

Gerade wollte er sich erheben, als er hinter sich das Geräusch einer sich öffnenden Tür hörte, es ihm im selben Moment sauer die Speiseröhre hochkam und der vorwiegend flüssige Mageninhalt, ohne dass er auch nur das Geringste dagegen tun konnte, in einem Schwall aus dem Mund schoss. Ein fürchterlicher Hustenanfall, ausgelöst durch Ekel und Magensäure im Hals, folgte dem Erbrochenen und schüttelte ihn.

Er spürte eine Hand auf dem Rücken. Schwester Luise war herbeigeeilt und beugte sich zu ihm hinunter. Wortlos blieb sie in gebückter Haltung stehen und wartete. Ihr war sofort klar, wie es um den arbeitslosen Viehhändler stand. Sie gab ihm Zeit.

Alfi fingerte in seiner Hosentasche herum, zog ein zerknülltes, verklebtes kariertes Taschentuch hervor und putzte sich geräuschvoll Nase und Mund. Als er dieses nach mühsamem Gefummel endlich wieder in der Hose verstaut hatte, machte er sich daran aufzustehen.

Die Nonne half ihm, so gut es ging, und endlich hatte er sich so weit erhoben, dass er der Schwester, die ihren Arm unter den seinen geschoben hatte, auf wackligen Beinen folgen konnte. Stolpernd, mit hängendem Kopf, schaffte er es bis in die Küche, wo er sich schwer auf einen Stuhl fallen ließ. Die Nonne vergewisserte sich, dass er auch gut saß, und wusch sich dann diskret ein wenig vom Erbrochenen ab, das sie auf ihrem Handrücken entdeckt hatte.

Sie setzte Wasser auf, holte einen Stuhl heran und setzte sich gegenüber von Alfi, der mit hängendem Kopf, die Unterarme schwer auf den Knien abgestützt, vor sich hinstarrte. Wieder stieg der Schwester der eklig säuerliche Geruch in die Nase.

Alfi fühlte sich elend. Er schämte sich vor der Nonne, gleichzeitig empfand er eine unendliche Erleichterung, die er merkwürdigerweise erst in betrunkenem Zustand richtig wahrzunehmen in der Lage war. Nach Jahren der Lebenslüge hatte er endlich jemanden gefunden, der ihm wohlgesinnt gegenübertrat, ihn als Mensch achtete und schätzte. Diese Wertschätzung erlaubte es ihm, seiner bekümmerten Seele Luft zu machen. Auch wenn das in Form des Erbrechens und nicht mit wohlüberlegten Worten geschehen war, die er für seine Nöte und Sorgen ohnehin nie gefunden hätte. Ihm ging's schlecht, hundsmiserabel schlecht. Und immer mimte er den lebensbejahenden, fröhlichen, durch nichts zu erschütternden Alfi, der alles immer von der positiven Seite sah. Dabei war das nur eine klägliche Bewältigungsstrategie, die ihm mehr oder weniger half, nicht in die abgrundtiefe Schwermut zu verfallen, in die er bereits mehrere Male hineingerutscht war und aus der er kaum noch herausgefunden hatte. Oder in der er, das wusste er in letzter Zeit gar nicht mehr so recht, bereits wieder steckte, weil ihn diese seelische Finsternis ständig belauerte, um ihn in die bodenlose Tiefe zu ziehen, wenn er nicht achtsam war und sich mithilfe des Alkohols vormachte, das Leben sei schön und lebenswert. Die Ideale, von der fordernden Mutter und dem erfolgreichen Vater mitgegeben, hatten bei ihm ganze Arbeit geleistet. Ihm, dem schwächlichen Säugling, der bereits bei seiner Geburt kränklich war und später als Kind dem Vater, dessen Laufbursche er immer war, nacheiferte, um Zuneigung, Wertschätzung und Geborgenheit kämpfend, sich immer überforderte und überfordert wurde, vom cleveren, kraftstrotzenden und erfolgreichen Viehhändler und Schwingerkönig, der seinen kleinen dummen Sohn höchstens zur Belustigung beachtete, wenn er einen aggressiven Stier einzufangen hatte, der vorher von Buben mit der Steinschleuder an die Hoden beschossen worden war. Sonst blieb er eher schamhaft im Hintergrund, wenn die Geschäfte mit den Bauern über die Bühne gingen. Doch das ließ er sich nie anmerken.

Sein Vater konnte stundenlang mit einem Bauern in dessen überheizter Stube auf einem abgelegenen Hof im Oberland fachsimpeln und wusste genau, wo den Bauern der Schuh drückte und wie er ihn für sich vereinnahmen konnte, um ihm dann einen überhöhten Preis abzuverlangen, was dieser im Glauben, schon beinahe einen Freund gewonnen zu haben, nicht einmal realisierte. Dabei predigte der Vater immer wieder das Gleiche, wenn sie im lärmenden Viehtransporter, Schleichwege benutzend, um nicht der Polizei zu begegnen, nach Hause fuhren, beide besoffen vom Schnaps, den sie während des Verkaufsgesprächs genossen hatten.

»Rede niemals schlecht über einen anderen. Du kannst ihn innerlich verfluchen. Aber rede niemals schlecht über einen anderen, wenn er vor dir steht oder ein anderer über diesen redet. Rede niemals schlecht über einen anderen. Hör zu. Gib deinem Gegenüber Recht. Aber du darfst niemals etwas Schlechtes sagen.«

Diese Lebensweisheit wurde Alfi von seinem Vater immer wieder gebetsmühlenartig eingetrichtert. Er musste es wissen, denn er hatte viel Erfahrung und ebenso viel Erfolg.

»Ich weiß, wer der Mörder ist«, murmelte Alfi, immer noch schwer atmend, mehr zu sich selbst. Die Schwester verstand nicht ganz. Einerseits war ihr der Mord an Vico Kunz im Moment nicht gerade im Bewusstsein und andererseits konnte sie sich angesichts des Zustands, in dem Alfi sich befand, nicht vorstellen, dass er wusste, was er da sagte. Also glaubte sie, sich verhört zu haben. Sie stand von ihrem Stuhl auf, trat näher und beugte sich erneut zu ihm herunter: »Was hast du gesagt, Alfi?«

Einen Moment lang passierte nichts. Die Nonne meinte schon, Alfi habe seinerseits ihre Frage nicht gehört. Auf einmal hob er langsam den Kopf und wandte ihn Schwester Luise zu. Mit umnebeltem Blick und schwankendem Kopf schaute er ihr direkt ins Gesicht:

»Ich habe Vicos Mörder gesehen«, sprach er nun etwas lauter und deutlicher. »Ich kenne ihn. Es ist der Kaminfeger.« Vorwurfsvoll sprach er zu sich selbst: »Und ich blöder Schafseckel habe ihn noch in Schutz genommen.« Dann klagte er: »Dabei war Vico ein Freund.«

Er ließ den Kopf sinken und vergrub sein Gesicht in den Händen. Die Schwester blieb stumm. Was sie gehört hatte, strapazierte ihr Fassungsvermögen allzu stark, auf alle Fälle im Moment. Sie hatte sich nicht verhört.

Das Wasser kochte und der Wassertopf pfiff immer drängender. Die Schwester erhob sich und trat zum Herd. Sie drehte den Gashahn zu und gleich darauf erstarb das nervöse Pfeifen. Sie war froh um die nicht zu verschiebenden Handgriffe. Dies gab ihr Zeit, über die schreckliche Neuigkeit nachzudenken. Sie bereitete für beide einen Tee zu und musste sich mit aller Kraft dazu zwingen, die Gedanken beieinander zu haben und sich darauf zu konzentrieren. Obwohl die Handgriffe Routine bedeuteten, war sie so durcheinander, dass sie zuerst das Wasser eingoss, bevor sie die getrockneten Kräuter, die sie aus großen Büchsen klaubte, in die Tassen tat.

Alfi hatte also den Mörder gesehen. Mehr noch, er behauptete sogar, diesen zu kennen. Der Kaminfeger sollte es gewesen sein. Nicht Marias Vater, den sie in ihrem blinden Zorn angeprangert hatte. Ausgerechnet sie. Die Nonne, die Nächstenliebe vorlebte.

*

Etliche Male war sie im Frühling zugegen gewesen, als der Kaminfeger seine Arbeit verrichtete. Immer hatte sie ihn zu einer Tasse Tee eingeladen. Ein ruhiger Mensch war er. Immer freundlich und zuvorkommend. Aber er sprach nicht viel. Das Einzige, das sie von ihm wusste, war, dass er seine Frau bereits in frühen Jahren verloren hatte. Ob Kinder da waren, konnte sie beim besten Willen nicht mehr sagen. Bestimmt hatte sie das einmal zum Thema gemacht. Obwohl zurückhaltend und sehr respektvoll, gab er jeweils auf die Fragen der Nonne Auskunft und schien sich an diesen keinesfalls zu stören. Der Name, wie war noch der Name? Daran konnte sie sich nicht mehr erinnern.

Ganz in Gedanken hantierte sie weiter und zwang sich, ruhig zu bleiben. Er war eigentlich ein durch und durch netter Mensch. Unvorstellbar, dass er diese grauenvolle Tat hätte begehen sollen. Sie war froh, dass Alfi nicht weitersprach. Sie musste die schreckliche Neuigkeit, die Alfi ihr offenbart hatte, erst verdauen. Er brauchte jetzt sicher auch ein wenig Zeit, um zu begreifen, dass er nun ein Geheimnis ausgeplaudert hatte und dies eine ganze Menge Konsequenzen nach sich zog.

Die Schwester hatte alles für den Tee beisammen auf einem Tablett. Sie nahm dies in die Hände und bedeutete dem betrunkenen Alfi freundlich, aber bestimmt, ihr ins Refektorium zu folgen. Alfi, treu und folgsam wie ein alter Hund, erhob sich schwer und trottete der Schwester hinterher.

Als sie beide saßen und Schwester Luise für beide eine Tasse Tee zubereitet hatte, war die Zeit gekommen, dass sie es genau wissen wollte, obwohl ihr die unerwartete Nachricht immer noch in den Knochen steckte.

»Also, Alfi. Erzähl mal, wie du darauf kommst, dass … der Kaminfeger, sagtest du, der Mörder sein soll?«

Sie versuchte einen ruhigen, gelassenen Eindruck zu machen, was ihr aber außerordentlich schwer fiel. Ihr ganzes komplexes Gebilde, das in letzter Zeit aus Träumen, aus Einsichten, aus Gesprächen mit Gott entstanden war, wonach sich die Geschichte wiederholt hatte, zerplatzte wie eine Seifenblase und sie stand da, unwissend, ja entsetzt, die Zeichen Gottes derart falsch gedeutet zu haben. Grauenvoll. Im Geist schlug sie ein Kreuz.

Alfi sammelte sich. Er nahm noch einen Schluck, den er schlürfend einsog, stellte die Tasse sorgfältig ab und begann zu erzählen. Dabei ließ er seinen Kopf nach wie vor hängen und schien eher die Tasse anzusprechen als die Nonne schräg gegenüber.

»Am Anfang habe ich es ja noch gar nicht realisiert«, leitete er ein. »Wir waren im Hübeli, Vico, Toni und ich. Wir haben zusammen gejasst. Wie immer hat Vico gewonnen. Als es wieder einmal so weit war, bin ich nach draußen gegangen, um frische Luft zu schnappen. Draußen merke ich, dass ich ...«, hier stockte er einen Moment, um das richtige Wort vor der Gottesfrau zu finden, »... Wasser lassen musste. Also habe ich mich neben dem Hübeli zum Bach hin in die Büsche geschlagen. Als ich da beim Seichen bin« – diesmal bemerkte er seine unkultivierte Ausdrucksweise bereits nicht mehr, hatte doch auf einmal ein gewisser Erzähleifer die stockenden Worte abgelöst – »sehe ich, dass im Chalet Edelweiß plötzlich die Tür aufgeht und der Kaminfeger aus der Tür kommt. Nein. Er ist eben nicht herausgekommen. Doch, er ist dann doch gekommen. Also, ich meine«, stotterte er nun vor Eifer, »er öffnete die Tür, Licht drang nach draußen, er schloss schnell wieder und nach einem kurzen Moment kam er wieder hinaus. Natürlich ist das um diese Zeit etwas sonderbar, aber andererseits war er in diesen Tagen hier oben beschäftigt und vielleicht hatte er dort etwas vergessen. Er kann ja ein und aus, wie ihm beliebt. Er weiß ja, wo die Hausschlüssel deponiert sind.«

Die Schwester musste ihm Recht geben, denn es war auch bei ihrem Chalet ein Reserveschlüssel für mögliche Eventualitäten draußen versteckt.

»Könnte ja sein. Auf alle Fälle denke ich mir nicht viel dabei.«

Er schlürfte wieder einen Schluck Tee, diesmal entschlossener und hastiger.

»Ich gehe also wieder rein und Vico entschließt sich, nicht mehr mitzumachen. Er will heim. Trotz unserer Umstimmungsversuche bleibt er dabei und verlässt uns bald. Ich habe mir dann trotzdem die ganze Zeit so meine Gedanken gemacht. Fragte mich schon, ob ich zu viel getrunken hatte oder er dort, verzeihen Sie, Schwester, eine Geliebte hat. So was soll es geben.«

Die Schwester lächelte nachsichtig, hielt nicht das Geringste von der zweiten Möglichkeit und schwieg.

»Da ich an diesem Abend etwas über den Durst getrunken hatte, war die Sache am nächsten Tag vergessen. Auch als die Polizei mich verhörte und fragte, ob ich wisse, dass der Besitzer des Chalets Edelweiß einen Pfeilbogen besitze, reagierte ich im Moment noch nicht. Ich habe das nicht gewusst. Ich kenne diesen Mann auch nicht näher, was ich der Polizei auch erzähle. Erst als ich das Auto des Kaminfegers ein paar Tage, nachdem wir die Leiche gefunden haben, in Reichenbach sehe, fällt es mir wie Schuppen von den Augen.«

Jetzt wurde Alfis Stimme eindringlich und leise:

»Der hat sich doch den Pfeilbogen dort geholt, den Vico erschossen und die Waffe wieder zurückgelegt.«

Er lehnte sich mit einem Schnauber und nickendem Kopf nach hinten, um seinen Worten mehr Nachdruck zu verleihen. Etwas klarer im Kopf und ohne Widerspruch duldend, mit dem Zeigefinger noch etwas fahrig in der Luft herumfuchtelnd, fügte er wichtigtuerisch an:

»So ist das gegangen!«

Schwester Luise starrte ins Leere und eine ganze Weile hingen beide ihren Gedanken nach.

Als Erste meldete sich die Schwester wieder zu Wort.

»Du meinst also wirklich, dieser Kaminfeger ... wie heißt er denn überhaupt?«

»Schneider Aschi.«

»Dieser Ernst Schneider hat sich also einen Pfeilbogen aus einem Chalet genommen und schießt damit auf Kunz? Warum sollte er so etwas tun? Was ist der Grund? Um Gottes willen!« Diesmal schlug die Nonne nicht nur ein imaginäres Kreuz.

»Warum hast du das nicht der Polizei erzählt, Alfi?«, hörte er die Nonne in einem Tonfall zwischen Vorwurf und Erstaunen fragen. Doch er hatte keine Antwort und blieb stumm.

Die Nonne merkte schon während des Sprechens, dass sie hier zu tief in Alfis Seelenleben eingedrungen war, und vermied es deshalb nachzufragen, obwohl die Umstände sie wütend und hilflos machten.

Alfi blieb in dieser Nacht im Chalet »Ruf Gottes«. Die Schwester erlaubte es ihm schlichtweg nicht, in dieser

Verfassung nach Hause zu fahren. Sie richtete für ihn die hinterste Zelle am Ende des Ganges her, die direkt neben der Toilette lag. War es Zufall oder Kalkül? Er wusste es nicht und eigentlich war es ihm auch egal. Seit er nämlich mit der Wahrheit herausgerückt war und die Nonne über sein schreckliches Geheimnis Bescheid wusste, war tatsächlich eine schwere Last von ihm gefallen, ja, er hatte sozusagen sein Wissen an eine höhere, wenn nicht an die höchste Instanz weitergeleitet und viel mehr konnte man beim besten Willen nicht von ihm erwarten.

Trotz seines umnebelten Bewusstseins fühlte er sich erlöst und genoss die Situation. Umsorgt von der Nonne, in einem Bett mit frischen, weißen Laken liegend, in einem blitzsauberen Zimmer mit Aussicht in das Tal hinaus bis zum Niesen, dessen Gipfelbeleuchtung funkelte, alles gratis (so vermutete er jedenfalls), was wollte man mehr. Kein Vergleich mit Tonis zerschlissenem, stinkenden Sofa, bei dem man am Morgen mit Rückenschmerzen erwachte. Er kam sich vor wie in den Ferien, obwohl er diese Erfahrung noch kaum je gemacht hatte.

Morgen sah man weiter.

Er räkelte sich wie ein Kind in die Matratze hinein und sog den Duft der frischen Bettwäsche ein. Zufrieden schlief er ein und schon bald zeugte ein regelmäßiges Schnarchen vom tiefen, traumlosen Schlaf von Alfi, dem arbeitslosen Viehhändler. Zeit seines Lebens war er nichts anderes gewesen als das Knechtlein seines Vaters, immer bemüht, diesem zu gefallen, und in diesem Moment im Chalet »Ruf Gottes« fühlte er das erste Mal so etwas wie Nestwärme.

Schwester Luise war indes weniger gelöst. Sie hatte Hannes Sollberger zu Unrecht verurteilt. Sie hoffte, dass sie mit dieser unüberlegten Anschuldigung kein Unheil angerichtet hatte. Zudem hatte sich die Geschichte offensichtlich nicht wiederholt, so wie sie geglaubt hatte, es von Gott empfangen zu haben. Kaum hatte sie die aktuellen Probleme einigermaßen geordnet und mit Gott besprochen, wurde sie unfreiwillig Mitwisserin einer schrecklichen Mordtat. War sie zu Beginn von Alfis Erzählung noch skeptisch, so war es für sie, je länger sie darüber nachdachte, eine plausible Erklärung, die so der Wahrheit entsprechen konnte.

Schwester Luise hatte gerade gefrühstückt. Frühstück war zu viel gesagt. Sie hatte kaum einen Bissen hinuntergebracht. Ihr war flau im Magen und dieser sträubte sich gegen jegliche Belastung. Sogar den Tee musste sie sich zwingen zu trinken.

Sie hatte alles andere als gut geschlafen. Das schlechte Gewissen hatte sie die ganze Nacht geplagt. Immer wieder war sie aus einem Dämmerzustand aufgewacht und musste an Lisa Marias Großvater denken, den sie als Mörder betitelt hatte. Dabei hatte sie in den letzten Tagen geglaubt, Gottes Weg, seinen Willen und seine Stimme noch nie so klar gefühlt zu haben. Alles schien auf einmal in so klarem Lichte. Sie sollte ein Kind haben. Ein Kind, weil sie das eigene vor vielen Jahren verloren hatte. Und Gott hatte dies so wunderbar eingerichtet. Wunderbar, wie nur Er das konnte. Er hatte ihr den Weg gewiesen. Doch irgendwann auf dieser Reise zum eigenen Ich war sie selbstherrlich geworden, dabei waren die Wege des Herrn viel unergründlicher und verschlungener.

Hatte ihr Gott der Allmächtige bereits wieder eine Prüfung auferlegt? Wollte er prüfen, ob sie trotz des Glaubens, seinen Weg durchschaut zu haben, nicht hochmütig würde, sondern demütig blieb?

Einmal mehr drängte sich das Gebet auf. Sie würde noch mehr beten als sonst, um Ihn damit gnädig zu stimmen und Ihm zu zeigen, dass sie fortan wieder in vollkommener Hingabe lebte und nicht voreilig Schlüsse aus seinen Offenbarungen ziehen würde. Beten, dass sie nicht wie ein kleines ungestümes Kind, das Ziel der Wanderung erblickend, losstürmen würde, um die schützende Obhut des Vaters in überschwänglicher Freude und Übermut zu verlassen.

Ein Unheil bringender Fehler, eine Sünde, die sie da begangen hatte. Und diese Sünde schrie nach Wiedergutmachung.

Ich bin bereit, schrie sie stumm zu Gott dem Allmächtigen, jede Aufgabe, ist sie noch so schwer und von Mühsal geprägt, auf mich zu nehmen, um für diese Sünde zu büßen.

So bald wie irgend möglich wollte sie mit der Wiedergutmachung ihres voreiligen Verhaltens beginnen. Das Kind gehörte dem Vater der verstorbenen Maria. Er hatte ein Anrecht darauf, gleich welchem Glauben er angehörte und welchen Leuten er nacheiferte. Sie würde sich bei ihm in aller Form für ihr ungebührliches Verhalten entschuldigen

Sie war Mutter gewesen, hatte das Kind gepflegt und

alles für sein Gedeihen getan, was getan werden musste. Gott hatte ihr ein Kind auf Zeit geschenkt, damit sie dieses Gefühl, das sie seit ewiger Zeit unterdrückt hatte, erleben durfte. Gott der Allmächtige war groß und gütig. Und sie wollte dankbar sein und seine Gutmütigkeit nicht ausnutzen. Doch jetzt war die Zeit gekommen: Sie würde, das versprach sie Gott, das Kind zurückbringen. Heute noch!

11. Kapitel

Mittlerweile war es zehn Uhr geworden. Alfi schien noch zu schlafen, glaubte sie doch, leise Schnarchgeräusche aus der hintersten Zelle zu vernehmen. Sie war gerade dabei, der kleinen Lisa Maria das Fläschchen zu verabreichen, als sie ein Auto in auffallend langsamer Fahrt heranfahren und schließlich abbremsen hörte.

Sofort waren die Sinne der Nonne hellwach. Jetzt war es so weit. Sie fühlte es instinktiv. Sie kamen und holten das Kind. Sie würden mindestens zu dritt sein. Womöglich war dieser Lomus ebenfalls dabei und der Vater des Kindes würde sie mit berechtigten Vorwürfen eindecken, da sie ihn völlig zu Unrecht als Mörder bezichtigt hatte. Wie um Gottes willen hatte sie sich zu einer solchen Beschuldigung hinreißen lassen können? Immer noch nagte das schlechte Gewissen in ihr.

Es klopfte an der Tür, bedächtig und mit schwerer Hand. Schwester Luise konnte sich des Unwohlseins in der Magengegend nicht erwehren. Sie erhob sich schwer mit dem Kind im Arm und ging zur Tür, um sie umständlich zu öffnen. Überrascht musterte sie die drei Herren, die in respektvollem Abstand in gespannter Erwartung ihre Blicke zwischen dem Kind und der Schwester hin- und herwandern ließen. Alle drei nickten ihr stumm zu. Mit einiger Erleichterung nahm sie zur Kenntnis, dass weder Lomus noch Sollberger zugegen waren.

Die drei ihr unbekannten Männer schienen sich nicht einig zu sein, wer nun das Gespräch beginnen sollte. So entstand eine längere Pause.

Endlich löste sich der links stehende Mann mit einem Schritt von den anderen und stieg eine einzelne Stufe zum Eingang hoch. Er trug einen dunkelgrauen Anzug und darüber einen eleganten Mantel. Unter dem rechten Arm klemmte eine schwarze Aktenmappe, die er nun in die linke Hand nahm, um seine Rechte der Nonne entgegenzustrecken. Diese zuckte mit den Schultern, lächelte entschuldigend und wies mit dem Kinn auf das Fläschchen, das sie festhalten musste. Der Mann zog seine Hand etwas unbeholfen wieder zurück und hielt nun die Aktenmappe mit beiden Händen vor den Bauch.

»Guten Tag, Schwester. Darf ich vorstellen«, dabei wandte er sich nach links, »Herr Zehnder. Er ist Amtsvormund.«

Dieser machte ein ernstes Gesicht, nickte aber und ließ dann doch noch ein gezwungenes Lächeln sehen. Dann schaute der Wortführer nach rechts und stellte einen Mann namens Wenger vor, der Polizeibeamter in Zivil war.

»Mein Name ist Moser, ich bin Untersuchungsrichter. Wir müssten uns mit Ihnen unterhalten. Haben Sie einen Moment Zeit?«

Ohne auf eine Antwort zu warten, fuhr er fort: »Leider konnten wir Sie telefonisch nicht erreichen. So haben wir uns entschlossen, spontan heraufzukommen. Und wie es aussieht, haben wir Glück.«

Mit diesen Worten setzte sich Moser langsam in Bewegung.

Die Nonne trat einen Schritt zurück und bat damit die drei Herren wortlos herein. Lisa Maria hatte zu trinken aufgehört, sodass die Nonne das Fläschchen hin und her bewegte. Diese Bewegung zeitigte Wirkung und die Kleine begann wieder zu saugen.

Die drei Herren schritten respektvoll an der Nonne vorbei, nicht ohne reflexartig an ihre Kinderstube erinnert zu werden, die gebot, die Schuhe beim Eintreten auf der Fußmatte abzustreifen. Die Nonne zeigte, so gut es eben ging, auf die Garderobe. Lediglich der Untersuchungsrichter legte seine Mappe in die diensteifrig ausgestreckte Hand von Wenger und zog seinen Mantel aus. Dann bat die Nonne die Herren ins Refektorium.

Nachdem alle drei sich mit diskreter Neugierde umgesehen und ihre Blicke längere Zeit auf dem Altar geruht hatten, setzten sie sich schließlich mit den gleichen, von vorsichtiger Höflichkeit geprägten Bewegungen an den Tisch. Der Platz an der Stirnseite des Tisches blieb dabei leer.

»Möchten die Herren einen Tee?«, erkundigte sich Schwester Luise in der Tür stehend und immer noch die nuckelnde Kleine auf dem Arm. Die drei wechselten kurze Blicke und der Untersuchungsrichter verneinte mit ernster Miene.

»Dürfte ich Sie höflichst bitten, Schwester, bei uns Platz zu nehmen. Wir haben mit Ihnen etwas Wichtiges zu bereden.«

Der Schwester wurde es eine Spur mulmiger und ohne Umschweife setzte sie sich an die Stirnseite des Tisches, deren Stuhl der Polizeibeamte zuvorkommend hervorgezogen hatte. Währenddessen öffnete der Untersuchungsrichter mit einer schwungvollen Bewegung den Rundumreißverschluss seiner Aktenmappe und entnahm ihr einige Unterlagen. Einen kurzen Moment vertiefte er sich darin und blickte dann Schwester Luise eindringlich an.

»Gehe ich richtig in der Annahme, dass das hier«, und damit fiel sein Blick auf das mittlerweile schlafende Baby, um ihn dann wieder auf das Papier zu heften, »Lisa Maria Sollberger ist, Tochter der Maria Sollberger, Geburtszeit und -ort unbekannt, Vater ebenso unbekannt?«

»Meines Wissens ist das richtig so.«

»Kennen Sie die genauen Umstände der Geburt?«

»Ich habe bei der Geburt mitgeholfen. Das habe ich den Polizeibeamten bereits erzählt.«

»Das ist richtig. Dann stimmt es also, dass das Kind in der Nacht vom zwölften auf den dreizehnten November um zehn nach zwei geboren wurde?«

Er schaute die Schwester fragend an.

»Das ist richtig. Ich habe alles protokolliert. Soll ich die Unterlagen holen?«

»Nein, nein, das ist im Moment nicht nötig.«

Sein Schreibstift huschte über das Papier. Dann warf er den Stift hin, lehnte sich zurück, atmete tief ein und sammelte sich, indem er zum Bildnis von Jesus hinüberschaute.

»Wir müssen Ihnen leider mitteilen, dass sich Hannes Sollberger, also der Großvater und letzte Verwandte von Lisa Maria, heute Nacht in der Untersuchungshaft das Leben genommen hat. Wir bedauern natürlich diesen Umstand, aber der Verdacht liegt nun umso näher, dass er aus schlechtem Gewissen heraus so handelte, er also diesen Vico Kunz tatsächlich ermordet hat.«

Er machte eine Pause und fügte dann hinzu:

»So wie Sie es gesagt haben.«

Dieser letzte Satz war für die Schwester, als würde eine feurige Lanze in ihr Herz dringen. Bereits die Nachricht von Sollbergers Tod hatte sie zutiefst erschüttert. Mühsam Fassung und Würde bewahrend, hörte sie weiter zu, bis der Untersuchungsrichter ihren unüberlegten Ausspruch erwähnte.

Sie fühlte sich elend und Gott der Allmächtige hatte ihr für ihre Eigenwilligkeit und ihren Hochmut eine noch größere Strafe auferlegt, als sie erwartet hatte. Doch sie wollte diese Strafe tapfer über sich ergehen lassen.

In diesem Augenblick hörte man durch die Wand des Refektoriums eine Tür unsanft ins Schloss fallen, dann ein Knarren, das sich näherte. Schließlich begleitete ein lautes Räuspern, gefolgt von einem trockenen Husten, das knarrende Geräusch. Die drei Herren wechselten beredte Blicke, verhielten sich aber ruhig. Der Untersuchungsrichter, der mit dem Rücken zur Tür saß, drehte sich langsam auf seinem Stuhl herum. Alle Blicke waren nun auf den Eingang gerichtet.

Das Knarren verstärkte sich und Alfi stand im Türrahmen. Allem Anschein nach hatte er nichts von diesem Besuch mitbekommen. Verdattert stand er da und war auf einmal hellwach. Er sah erbärmlich aus und die Schwester schämte sich fast ein wenig für ihren Gast, für den sie die moralische Verantwortung übernommen hatte, solange sie ihn beherbergte. Der Hosenschlitz stand offen, ein Hosenaufschlag steckte zum Teil in der wollenen, grauen Socke und ein Hemdzipfel war nicht ordentlich in der Hose verstaut. Sein schuppendes, trockenes Haar stand nach allen Seiten ab und sein Gesicht zeigte tiefe Falten und einen veritablen Stoppelbart. Es war augenscheinlich, dass er in dieser Nacht nicht aus den Kleidern gekommen war.

Schwester Luise stand auf, entschuldigte sich und während die drei Herren verständnisvoll nickten und den Blick auf Alfi gerichtet hielten, ging sie mit Lisa Maria auf ihn zu und schubste ihn schließlich mit ihrer Autorität aus der Tür, bis er aus dem Sichtfeld der drei Besucher getreten war.

Eifrig, ohne ein Wort der Nonne abzuwarten, machte er sich daran, mit hektischen und linkischen Bewegungen seine Kleider in Ordnung zu bringen und seine Haare zu glätten.

»Warte einen Moment hier«, befahl ihm die Nonne nicht gerade freundlich und ging mit dem schlafenden Kind in ihr Zimmer. Als sie zurückkam, stemmte sie mit strenger Miene die Hände in die Hüften, wie es der Viehhändler noch nie gesehen hatte, und gab ihm klare Anweisungen, wie er sein Aussehen in Ordnung bringen sollte. Dabei stach ihr immer noch der säuerliche Geruch von gestern in die Nase.

Nachdem sie mit seinen Bemühungen den Umständen entsprechend zufrieden war und er sich wie ein Schuljunge vor der gestrengen Lehrerin begutachten ließ, erklärte sie ihm flüsternd und in kurzen Sätzen den Sachverhalt. Bei dieser Erzählung wurde ihr im Magen wieder flau und urplötzlich wandelte sich ihre beginnende Verzagtheit in Zorn gegen Alfi, sodass sie ihn am Hemdsärmel ergriff und energisch ins Refektorium geleitete. Er ließ es eingeschüchtert geschehen, auch dass sie ihn an den Platz beorderte, den sie vorher benutzt hatte. Sie stellte ihn den Herren vor und forderte ihn mit Nachdruck auf, unverzüglich seine Beobachtungen von damals zu erzählen.

Mit Räuspern und brüchiger Stimme wiederholte Alfi ohne große Umschweife und ohne die drei Herren anzusehen seine Geschichte. Niemand unterbrach ihn dabei, alle hörten ihm gebannt zu. Die drei Herren wechselten ein paar Mal viel sagende Blicke untereinander, bis der Polizeibeamte, seiner Pflicht plötzlich bewusst, lebhaft wurde, Schreibutensilien aus seiner Jacke klaubte und begann Notizen zu machen.

Als Alfi geendet hatte, wurde es still im Refektorium. Nur das Feuer im alten gekachelten Sitzofen knisterte.

»Warum haben Sie uns das nicht bereits bei der ersten Einvernahme gesagt?«, hörte Alfi wie von weither durch einen Nebel die vorwurfsvollen Worte des Untersuchungsrichters. Er starrte mit gebeugter Haltung auf den Tisch und war einmal mehr nicht in der Lage, eine Erklärung für sein Versäumnis abzugeben, welches von großer Tragweite war. Seinetwegen war ein Mensch zu Unrecht verhaftet worden und seinetwegen hatte dieser Mensch seinem Leben ein Ende gesetzt. Diese Unterlassungssünde würde ihn Zeit seines Lebens verfolgen und er war fast ein wenig erleichtert, als nach einer Pause der Untersuchungsrichter mit fester Stimme bestätigte:

»Ihre Aussage werden Sie wiederholen müssen. Und diese ganze Angelegenheit wird leider ein Nachspiel für Sie haben. Sie haben eine Falschaussage gemacht und die Ermittlungen in starkem Maß behindert, so stark, dass sich deswegen ein Mann das Leben genommen hat … und dieses Kind nun keinen einzigen Menschen mehr hat. Herrgott, Wüthrich, was haben Sie sich dabei gedacht?«, schimpfte nun der Untersuchungsrichter, selbst betroffen. Betretenes Schweigen entstand. Er erholte sich jedoch schnell wieder.

»Ich muss Sie bitten, uns nach Thun zu begleiten.«

Mit diesen Worten wandte sich Moser ein wenig ab, zückte sein Mobiltelefon und wollte eine Nummer wählen. Dann blickte er ratlos zur Nonne und fragte, wie um sich zu vergewissern, dass sein Gerät keinen Defekt aufwies: »Haben Sie hier keinen Empfang?«

Die Schwester wiederum ließ ihren Blick zu Alfi gleiten, der nach wie vor völlig geknickt und mit hängenden Schultern dasaß und mit belegter Stimme meinte, Moser müsse hinunter ins Hübeli. Zwar verstand der Untersuchungsrichter nicht, ob der Empfang nun dort unten besser war oder ob er dort ein Telefon benutzen konnte. Aber er mochte nicht nachfragen. Er würde es merken. Wie auf Kommando holten Zehnder und Wenger nun ihrerseits ihre Geräte hervor und überprüften die Empfangsqualität. Die ratlosen Blicke und kopfschüttelnden Gesten waren selbstredend.

Nun wandte sich der Amtsvormund an die Schwester: »Das Kind hat nun keine direkten Verwandten mehr und weitergehende Nachforschungen konnten noch nicht getätigt werden. Und da ich denke, die Lisa Maria hat es im Moment gut bei Ihnen, möchte ich anfragen: Wären Sie damit einverstanden, wenn das Kind noch ein paar Tage bei Ihnen verbleiben könnte?«

Schwester Luise war zu bedrückt, um über die neuerliche Entwicklung erfreut zu reagieren. Sie blieb würdevoll sitzen. Die Tatsache, dass durch ihre Mitschuld ein

Mensch in den Tod getrieben wurde, ließ sie kurz und knapp antworten:

»Sie können sich auf mich verlassen. Ich kenne mich mit Kleinkindern aus.« Der Vormund nahm die Antwort wohlwollend zur Kenntnis: »Ich hoffe doch, das Kind ist gesund?«

»Natürlich. Ich war früher Hebamme«, beeilte sich Schwester Luise zu beruhigen und verschwieg dabei, dass in den hiesigen Breitengraden ein so viel zu früh geborenes Kind ins Krankenhaus gehört hätte.

»Wir denken, es ergibt keinen Sinn und wäre für ein so kleines Kind eine zu große Belastung, wenn sie jetzt noch ein paar Mal herumgereicht würde. Wir versuchen so schnell wie möglich eine definitive Lösung zu finden und werden uns dann melden, damit sie übergeben werden kann. Ob das ein Heim sein wird oder wir noch Verwandte finden, die zur Aufnahme bereit sind, wird sich zeigen. Leider, und das sage ich jetzt nicht gerne«, fügte er mit bedauerndem Unterton hinzu, »werden wir noch überprüfen müssen, ob Sie sich strafbar gemacht haben, weil Sie das Kind nicht angemeldet haben; aber das wird Gegenstand von späteren Untersuchungen sein. Im Moment haben wir noch Wichtigeres zu tun«, schien er den Tatbestand ein wenig herunterzuspielen und Schwester Luise so versteckt mitzuteilen, dass sie kaum eine gravierende Straftat begangen haben konnte.

Mit diesen Worten lehnte er sich im Stuhl zurück und signalisierte so den anderen, dass er geendet hatte. Der Untersuchungsrichter übernahm nun wieder die Gesprächsführung und schaute fragend in die Runde:

»Hat noch jemand irgendetwas?«

Seine Begleiter machten nachdenkliche Gesichter und verneinten schließlich. Dann schaute er die Schwester an, die ebenfalls nichts hinzuzufügen hatte.

»Sollten Sie zur Betreuung des Kindes doch Hilfe brauchen, lassen Sie es Herrn Zehnder wissen, er wird das Nötige veranlassen.«

Dieser nickte zur Bestätigung. Dann blickte er Alfi an und tat besorgt:

»Wie Sie gehört haben, Herr Wüthrich, werden Sie uns begleiten müssen.«

»Soviel ich weiß, wohnen Sie in Scharnachtal. Wenn Sie wollen, fahren wir dort vorbei, damit Sie sich ein wenig frisch machen können«, versuchte der Mann Alfi so diplomatisch wie möglich mitzuteilen, dass er ziemlich verwahrlost aussah und dringend eine Dusche und frische Kleider benötigte.

Alfi nickte mit gesenktem Kopf, schaute von unten herauf der Nonne in die Augen, die ihm zur Aufmunterung am liebsten über die Haare gestrichen hätte. Ihr Groll gegen ihn war in Anbetracht seines traurigen Aussehens und der Tatsache, dass er bestraft werden würde, bereits wieder verflogen. Stattdessen blinzelte sie ihm mit einem kurzen Lächeln ermutigend zu, obwohl es in ihrem Innern ganz anders aussah.

Untersuchungsrichter Moser ordnete seine Papiere, nahm die Mappe auf und schloss deren Reißverschluss. Fast gleichzeitig erhoben sich die drei Herren.

Alfi, plötzlich lebendig geworden, als gehorche er einem Kommando, stand eifrig auf wie damals im Militärdienst. Die drei Herren sahen ihn verwundert an. Der

Amtsvormund erfasste die Situation am schnellsten und schlug einen freundlich-militärischen Ton an, den Alfi am besten verstand:

»Also, packen wir's, Herr Wüthrich?«

Alfi fühlte sich verstanden, machte sich mit Eifer daran, den Stuhl ordentlich an den Tisch zu stellen, und stand dann bereitwillig da, bis ihn Wenger, der Polizeibeamte, mit einer Handbewegung bat vorauszugehen. Alfi tat, wie ihm geheißen, merkte, dass er keine Schuhe trug, und meinte zurückschauend, er müsse seine Schuhe aus dem Zimmer holen gehen, was ihm vom Polizeibeamten, der seine Begleiter diskret angrinste, bewilligt wurde.

Als die drei Herren mit Alfi in ihrer Mitte gegangen waren, packte Schwester Luise die kleine Lisa Maria in den Kaminholzkorb und begab sich ohne Umwege direkt in die Kapelle. Dort stellte sie den Korb neben ihren Stammplatz, zündete in gewohnter Manier die Kerzen an und verschloss die Tür. Sie brauchte Ruhe und Zeit. Sie hatte viel zu überlegen, zu büßen und zu sprechen mit Gott dem Allmächtigen, der ihr in den letzten Tagen so viele Bürden aufgeladen hatte, von denen sie aber sehr viel profitiert hatte. Die Wege des Herrn waren für sie trotz ihres zeitweiligen Hochmuts, diese scheinbar durchschaut zu haben, unergründlich und wunderbar. Er war in seiner Großmut unerreichbar und herrlich.

Epilog

Alfi sollte Recht behalten. Die Untersuchungen der Beamten ergaben, dass nicht der Vater von Maria Sollberger für den Mord an Vico Kunz verantwortlich war, sondern der Kaminfeger Ernst Schneider. Beim Verhör gestand er ein, dass er den tödlichen Pfeil auf Vico Kunz abgeschossen hatte. Als er den ehemaligen Freund seiner über alles geliebten Tochter hier oben an Corneren zu Gesicht bekam, wurde ihm beinahe übel und sein Gram verstärkte sich zu einem abgrundtiefen Hass, der schlussendlich in die schreckliche Tat mündete. Vico Kunz, braun gebrannt, muskulös und voller Lebenskraft, hatte seine Sucht scheinbar ohne Schaden überwunden. Mehr noch: Mit seinen dreckigen Geschäften hatte er nicht nur unzählige junge Menschen in die Drogensucht getrieben, er hatte mit dem so verdienten Geld hier auf der Gorneren ein Heimetli, gekauft während seine Tochter Sandra bis heute drogensüchtig geblieben war und auf dem Drogenstrich ihr Geld verdiente, HIV-positiv war und wahrscheinlich nicht mehr lange zu leben hatte.

Die Behörden konnten keine Verwandten von Maria Sollberger ausfindig machen. Niemand war da, der die kleine Lisa Maria aufgenommen hätte, und so wurde schließlich eine Heimeinweisung als letzte und einzige Möglichkeit ins Auge gefasst. Wäre da nicht Schwester Luise gewesen, die mit ihrer Zivilcourage (oder war es Mutterliebe?) dieses zu verhindern wusste oder, anders gesagt, so weit beeinflussen konnte, dass sie das Kind nicht ganz aus den Augen verlor. Das von ihrem Orden in der Ostschweiz geführte Kinderheim verfügte wunderbarerweise über einen freien Platz. Nach einigem administrativem Aufwand, nach vielen Telefonaten, nach viel Überzeugungsarbeit, die sogar die Mutter Oberin stirnrunzelnd Schwester Luise zuliebe erledigte, war es möglich, dass das Kind außerhalb des Geburtskantons in dem besagten Heim Aufnahme fand.

Kurze Zeit danach hielt es die Schwester nicht mehr aus. Sie ließ sich in dieses Heim versetzen, um der kleinen Lisa Maria nah zu sein und mitzuerleben, wie sie aufwuchs und sich entwickelte.

Alfi indes kam mit einem blauen Auge davon, was die Behinderung der Ermittlungen anbetraf. Jedoch plagte ihn sein schlechtes Gewissen. Seine Arbeitslosigkeit, seine ständige Geldknappheit, die gestrenge Sozialarbeiterin im Nacken, die ihn nötigte, eine Arbeitsstelle zu finden, all dies bedrückte und belastete ihn so sehr, dass er immer mehr dem Alkohol verfiel und in der Folge oft schon am Morgen besoffen war und immer mehr verwahrloste. Als er, so betrunken, mit seinem alten Volvo einen Unfall verursachte, war er zu allem Übel auch noch sein Auto los. Dies hinderte ihn freilich nicht daran weiterzutrinken, nur wurde sein Aktionsradius kleiner. Man sah ihn nur noch in den zwei Kneipen, die in unmittelbarer Umgebung seines Wohnorts angesiedelt waren.

Als dann die Behörde entschied, ihn unter Beistandschaft zu stellen, weil es so nicht mehr weitergehen konnte, lehnte seine Schwester vehement ab, dieses Amt zu übernehmen. Daraufhin entsann man sich der

Nonne, von der man wusste, dass sie Alfi damals, als die Geschichte mit dem Mord auf Gorneren passiert war, mehr oder weniger betreut hatte. Schwester Luise stellte sich dann auch spontan zur Verfügung, diese Aufgabe zu übernehmen, und Alfi konnte sich durch die gutmütige Strenge, mit der die Nonne die Aufgabe anging, etwas auffangen.

Noch heute erinnert ein kleines, unscheinbares Kreuzchen an einem großen, schwarzen Felsbrocken unweit der Kapelle an diese traurige Geschichte.

** ENDE **

Nachwort

Dieser Roman ist eine frei erfundene Geschichte. Sie spielt sich jedoch in einer realen Gegend ab, die ich kenne und liebe. Ich habe diese aber für meine Zwecke ein wenig abgeändert und den Gegebenheiten angepasst. Dennoch wird der geneigte Leser, wenn er denn auch noch interessierter Wanderer ist, das beschriebene Tal weitgehend authentisch vorfinden. Und wenn er genau hinsieht, wird er viele interessante Einzelheiten entdecken, die in der Erzählung Erwähnung finden.

Die Personen, die in diesem Roman vorkommen, sind nicht real. Sie sind jedoch beispielhaft für Menschen, die vom Schicksal gezeichnet sind und lernen mussten, mit ihren Ängsten, Nöten und Problemen fertig zu werden; und so haben sie vielleicht manchmal kaum nachvollziehbare Bewältigungsstrategien entwickelt, die vordergründig sehr verworren scheinen.

Diese Geschichte soll betroffen machen, uns sensibilisieren für die Belange anderer und uns befähigen, dem Mitmenschen verständnisvoller gegenüberzutreten. Vielleicht habe ich mit diesem Roman einen kleinen Beitrag dazu geleistet.

Und da ein knurrender Magen dem Verständnis eher abträglich ist, nachfolgend das Rezept der Gorneren-Rösti, so wie Schwester Luise es Alfi aufgeschrieben hat.

Rezept der Gorneren-Rösti

Für dich allein brauchst du:

- 1 bis 2 Kartoffeln (für Rösti geeignet)
- 1 mittelgroße Zwiebel
- 1 Ei
- Ca. 50 g Schinken- oder Speckwürfel
- Ca. 1 gehäufter Esslöffel Reibkäse
- Salz und Pfeffer

Je nach Fettgehalt des Fleisches (Speck oder Schinken) mehr oder weniger Öl, Bratbutter oder Bratfett

So wird's gemacht:
1. Die Kartoffel schälen und mit einer Röstireibe direkt in die auf mittlerem Feuer stehende Bratpfanne reiben. Öl, Salz und Pfeffer dazugeben.
2. Die geschälte Zwiebel nach Belieben hacken oder in grobe Stücke schneiden. Nach 2 bis 3 Min. ebenfalls in die Pfanne geben und unter die Kartoffeln verteilen.
3. Schinken- oder Speckwürfel dazugeben und alles durchrühren.
4. Das Ganze wird nun auf mittlerem Feuer immer wieder gerührt, damit keine Kruste entsteht.
5. Wenn die Kartoffeln gar sind, Ei aufschlagen, dazugeben und alles noch einmal kräftig durchrühren.
6. Nun das Ganze auf beiden Seiten schön knusprig braten.

7. Reibkäse gleichmäßig darauf verteilen und schmelzen lassen. Fertig!
8. Ä Guete!

Die Verwendung des Rezepts ist *mit Angabe der Quelle* sowohl Privatpersonen als auch Gastronomiebetrieben jederzeit und ohne Einschränkung erlaubt.

Marcel Hiltbrand, im Frühling 2006